八閩文庫

八閩文庫

要籍選刊

66

國朝全閩詩録

[清] 鄭杰 輯
陳叔侗 點校

海峽出版發行集團
THE STRAITS PUBLISHING & DISTRIBUTING GROUP
福建人民出版社

二〇一九年八閩文庫出版工程領導小組

組長
梁建勇

副組長
楊賢金

成員
施宇輝　馮潮華　賴碧濤　陳熙滿
王建南　黄　誌　卓兆水　葉飛文
陳　强　林守欽　王秀麗　蔣達德

二〇二〇年八閩文庫出版工程領導小組

組長
邢善萍

副組長
郭寧寧

成員
施宇輝　馮潮華　賴碧濤　陳熙滿
肖貴新　王建南　黄　誌　卓兆水
葉飛文　陳　强　林守欽　王秀麗
林義良

二〇二二年八閩文庫出版工程領導小組

組長　張　彦

副組長　鄭建閩

成員　林端宇　鄭家紅　顔志煌　黄國劍

許守堯　肖貴新　林　生　黄　誌

卓兆水　吴宏武　陳　强　張立峰

鄭東育　林義良　林　彬

二〇二三年八閩文庫出版工程領導小組

組長　張　彦

副組長　王金福

成員　林端宇　鄭家紅　顔志煌　黄國劍

許守堯　肖貴新　黄　誌　陳熙滿

吴宏武　林　生　李　潔　張立峰

鄭東育　黄葦洲　林　彬

八閩文庫編纂委員會

顧　問

袁行霈　樓宇烈　安平秋　陳祖武　楊國楨　周振鶴

主　任

葛兆光　張　帆

委　員（以姓氏筆畫排序）

丁荷生（Kenneth Dean）　方寶川　杜澤遜　李　岩　吴　格

汪征魯　宋怡明（Michael Szonyi）　林　彬　林繼中　陳支平

陳紅彦　陳慶元　商　偉　張志清　張善文　葉建勤　傅　剛

鄭振滿　漆永祥　稻畑耕一郎　劉　石　劉躍進　盧美松

顧　青

八閩文庫編輯中心

主　任

林　彬

成　員

鄧詩霞　劉亞忠　孫漢生　茅林立　宋一明　江中柱　史霄鴻

林　頂　王金團　連天雄　江叔維　楊思敏　盧爲峰　張華金

林玉平　林　濱　魏清榮　魏　芳　莫清洋　陳楷根　祝玲鳳

曾子鳴　余明建　林淑平

八閩文庫編輯部

宋一明　連天雄　劉挺立　趙遠方　莫清洋　張輝蘭　陳慧子

李　科　張煜杰

八閩文庫總序

葛兆光　張　帆

一

在傳統中國的文化史上，福建算是後來居上的區域。經歷了東晉、中唐、南宋幾次大移民潮，浙、閩之間的仙霞嶺，早已不是分隔内外的屏障，而成了溝通南北的通道。歷史使得福建越來越融入華夏文明之中，唐宋兩代，特别是在「背海立國」的宋代，東南的經濟發達，海洋的地位凸顯，福建逐漸從被文明中心影響的邊緣地帶，成爲反向影響全國文明的重要區域。在七世紀的初唐，詩人駱賓王曾説「龍章徒表越，閩俗本殊華」（駱臨海集箋注卷二晚憩田家，陳熙晉箋注，上海古籍出版社一九八五年，第三六頁），前一句説的是華夏的衣冠對斷髮文身的越人没有用，後一句説的是閩地的風俗本來就與華夏不同，意思都是瞧不起東南。但是，到了十五世紀的明代中期，黄仲昭在弘治八閩通志序裏卻説，八閩雖爲東南僻壤，但自唐以來文化漸盛，「至宋，大儒君子接踵而出」，實際上它的文明程度，已經「可以不愧於鄒魯」（四庫全書存目叢書史部一七七册，齊魯書社一九九六年，第三六四頁）。

的確，自從福建在唐代出了第一個進士薛令之，而且晉江有歐陽詹，福清有王棨，莆田有徐寅、黄滔這些傑出人物之後，到了更加倚重南方的宋代，福建出現了蔡襄（一〇一二—一〇六七）、陳襄（一〇一七—一〇八〇）、游酢（一〇五三—一一二三）、楊時（一〇五三—一一三五）、鄭樵（一一〇四—一一六二）、林光朝（一一一四—一一七八）、朱熹（一一三〇—一二〇〇）、蔡元定（一一三五—一一九八）、陳淳（一一五九—一二二三）、真德秀（一一七八—一二三五）等一大批著名文人士大夫。這些出身福建或流寓福建的士人學者，大大繁榮和提升了這裏的文化，甚至使得整個中國的文化重心逐漸南移，也許，就像程頤説的那樣「吾道南矣」（宋史卷四二八道學楊時傳，中華書局一九七七年，第一二七三八頁）。也就是説宋代之後，原本偏在東南的福建，逐漸成了中國重要的文化區域。

不過，習慣於中原中心的學者，當時也許還有偏見。以來自中心的偏見視東南一隅的福建，那時福建似乎還是「邊緣」。雖然人們早已承認福建「歷宋逮今，風氣日開」

（黄虞稷閩小紀序，撰於康熙五年，續修四庫全書史部七三四册，上海古籍出版社二〇〇二年，第一二七頁），但有的中原士人還覺得福建「僻在邊地」。像北宋樂史的太平寰宇記，一面承認「此州（福州）之才子登科者甚衆」，一面仍沿襲秦漢舊説，稱閩地之人「皆蛇種」，並引十道志説福建「嗜欲、衣服，别是一方」（樂史太平寰宇記卷一〇〇江南東道一二，中華書局二〇〇七年，第一九九一頁）。所以，歷史上某些關於福建歷史、文化和風俗的著作，似乎還在以中原或者江南的眼光，特别留心福建地區與核心區域不同的特異之處，筆下一面凸顯異域風情，一面鄙夷南蠻鴃舌。但是從大的方面説，我們看到宋代以降，實際上福建與中原的精英文化越來越趨向同一，正如宋人祝穆方輿勝覽所説，「海濱幾及洙泗，百里三狀元」，前一句裏所謂「洙泗」即孔子故鄉，這是説福建沿海文風鼎盛，幾乎趕得上孔子故里；後一句裏「三狀元」是指南宋乾道年間福建登第的三個狀元，即乾道二年（一一六六）的蕭國梁、乾道五年的鄭僑和乾道八年的黄定，他們都是福建永福（今永泰）這個地方的人（祝穆新編方輿勝覽卷一〇，施和金點校，中華書局二〇〇三年，第一六三頁）。

文化漸漸發達，書籍或者文獻也就越來越多，福建文獻的撰寫者中不僅有本地人，也有流寓或任職於閩中的外地人。日積月累，這些文獻記録了這個多山臨海區域千年的文化變遷史，而八閩文庫的編纂，正是把這些文獻精選並彙集起來，爲現代人留下唐宋以來有關福建的歷史記憶。

二

福建鄉邦文獻數量龐大，用一個常見的成語説，就是「汗牛充棟」。那麽多的文獻，任何歸類或叙述都不免挂一漏萬。不過，我們這裏試圖從區域文化史的角度，談一談福建文獻或書籍史的某些特徵。

毫無疑問，中國各個區域都有文獻與書籍，秦漢之後也都大體上呈現出華夏同一思想文化的底色，但各區域畢竟有其地方特色。如果我們回溯思想文化的歷史，那麽，唐宋之後福建似乎也有一些特點。恰恰因爲是後來居上的文化區域，所以福建積累的傳統包袱不重，常常會出現一些越出常軌的新思想、新精神和新知識。這使得不少代表新思想、新精神和新知識的人物與文獻，往往先誕生在福建。衆所周知的方面之一，就是宋代儒家思想的變遷。應當説，宋代的理學或者道學，最初乃是一種批判性的新思潮，一些儒家士大夫試圖以屬於文化的「道理」鉗制屬於政治的「權力」，所以，極力强調

「天理」的絶對崇高，人們往往稱之爲道學或理學，也根據學者的出身地叫作「濂洛關閩之學」。其中，「閩」雖然排在最後，卻應當説是宋代新儒學的高峰所在，以至於後人乾脆省去濂溪和關中，直接以「洛閩」稱之（如清代張夏雒閩源流録），以凸顯道學正宗，恰在洛陽的二程與福建的朱熹，而道學最終水到渠成，也正是在福建。因爲宋代道學集大成的代表人物朱熹，雖然祖籍婺源，卻出生在福建，而且相當長時間在福建生活。他的學術前輩或精神源頭，號稱「南劍三先生」的楊時、羅從彦（一〇七二—一一三五）、李侗（一〇九三—一一六三），也都是南劍州即今福建南平一帶人，他的提攜者之一陳俊卿（一一一三—一一八六），則是興化軍即今莆田人，而他的最重要的弟子黄榦（一一五二—一二二一）是閩縣（今福州）人、陳淳是龍溪（今龍海）人。

正是在這批大學者推動下，福建逐漸成爲圖書文獻之邦。慶元元年（一一九五），朱熹在福州州學經史閣記中曾經説，一個叫常濬孫的儒家學者，在福州地方軍政長官詹體仁、趙像之、許知新等資助下，修建了福州府學用來藏書的經史閣，即「開之以古人敦學之意，而後爲之儲書，以博其問辨之趣」（朱文公文集卷八〇，朱子全書第二四册，上海古籍出版社、安徽教育出版社二〇一〇年，第三八一四頁）。宋代之後，經由近千年的日積月累，我們看到福建歷史上出現了相當多的儒家論著，也陸續出現了有關儒家思想的普及讀物。大家可以從八閩文庫中看到，這裏收録的不僅有朱熹、真德秀、陳淳的著述，也有明清學者詮釋理學思想之作，像明人李廷機性理要選、清人雷鋐雷翠庭先生自恥録等等，應當説，這些論著構成了一個歷經宋元明清近千年的福建儒家文化史。

三

説到福建地區率先出現的新思想、新精神和新知識，當然不應僅限於儒家或理學一系。更應當記住的是，從宋代以來，中國政治、經濟和文化的重心，逐漸從西北轉向東南，一方面由於中原文化南下，被本地文化激蕩出此地異端的思想，另一方面海洋文明東來，同樣刺激出東南濱海的一些更新的知識。

我們注意到，在福建文獻或書籍史上，呈現了不少過去未曾有的新思想、新精神和新知識。比如唐宋之間，福建不僅出現過譚峭（生卒年不詳）化書這樣的道教著作，也出現過像百丈懷海（約七二〇—八一四）、潙山靈佑（七七一—八五三）、雪峰義存（八二二—九〇八）那樣充滿批判性的禪僧，還出現過禪宗史上撰於泉州的最重要禪史著作祖堂集。又如明代中後期，那個驚世駭俗而特立獨行的李贄（一五二七—一六〇二），有人説他的獨特思想，就是因爲他生在各種宗教交匯融合的泉州，傳説他曾受到伊斯蘭教之影響，當然更因爲有佛教與心學的刺激，使他成了晚明傳統思想世界的反叛者。而另一個莆田人林兆恩（一五一七—一五九八），則是乾脆開創了三一教，提倡「三教合一」，也同樣成爲正統的政治意識形態的挑戰者。再如明清時期，歐洲天主教傳教士「梯航九萬里」，也把天主教傳入福建，特别是明末著名傳教士艾儒略（一五八二—一六四九）應葉向高（一五五九—一六二七）之邀來閩傳教二十五年，從而福建才會有「三山論學」這樣的思想史事件，也産生了三山論學記這樣的文獻，無論是葉向高，還是謝肇淛，這些思想開明的福建士大夫，多多少少都受到外來思想的刺激。最後需要特别提及的是，由於宋元以來，福建成爲向東海與南海交通的起點，所以，各種有關海外的新知識，似乎都與福建相關，宋代趙汝适撰寫諸蕃志的機緣，是他在泉州市舶司任職；元代汪大淵撰寫島夷志略的原因，也是他從泉州兩度出海。由於此後福州成爲面向琉球的接待之地，泉州成爲南下西洋的航線起點，因而福建更出現了像張燮東西洋考、吴朴渡海方程、葉向高四夷考、王大海海島逸志等有關海外新知的文獻，這一有關海外新知的知識史，一直延續到著名的林則徐四洲志。老話説「草蛇灰線，伏脈千里」，歷史總有其連續處，由於近世福建成爲中國的海外貿易和海上交通的中心，所以，這裏會成爲有關海外新知識最重要的生産地，這才能讓我們深切理解，何以到了晚清，福建會率先出現沈葆楨開辦面向現代的船政學堂，出現嚴復通過翻譯引入的西方新思潮。

甚至還可以一提的是，近年來福建霞浦發現了轟動一時的摩尼教文書，這些深藏在道教科儀抄本中的摩尼教資料，説明唐宋元明清以來，福建思想、文化和宗教在構成與傳播方面的複雜性和多元性。所以，在八閩文庫中，不僅收録了譚峭化書，李贄焚書續焚書、藏書續藏書，林兆恩林子會編等富有挑戰性的文獻，也收録了張燮東西洋考、趙新續琉球國志略等關係海外知識的著作，讓我們看到唐宋以來，福建歷史上新思想、新精神和新知識的潮起潮落。

四

在八閩文庫收録的大量文獻中，除了福建的思想文化與宗教之外，也留存了有關福建政治、文學和藝術的歷史。如果我們看明人鄧原岳編閩中正聲、清人鄭杰編全閩詩録收録的福建歷代詩歌，看清人馮登府編閩中金石志、葉大莊編閩中石刻記、陳棨仁編閩中金石略中收録的福建各地石刻，看清人黄錫蕃編閩中書畫録中收録的唐宋以來福建書畫，那麼，我們完全可以同意歷史上福建的後來居上。這正如陳衍（一八五六—一九三七）在閩詩録的序文中所説「余維文教之開，吾閩最晚，至唐始有詩人，至唐末五代中土詩人時有流寓入閩者，詩教乃漸昌，至宋而日益盛」（續修四庫全書集部一六八七册，第四一一頁）。可見，宋史地理志五所説福建人「多向學，喜講誦，好爲文辭，登科第者尤多」，「今雖閭閻賤品處力役之際，吟詠不輟」（杜佑通典州郡十二），真是一點兒不假。

清代學者朱彝尊（一六二九—一七〇九）曾説「閩中多藏書家」（曝書亭集卷四四淳熙三山志跋，四部叢刊初編集部二七九册，上海書店一九八九年，第六〇一頁）。千年以來的人文日盛，使得現存的福建傳統鄉邦文獻，經史子集四部之書都很豐富，翻檢八閩文庫，就可以感覺到這一點，這裏不必一一叙説。需要特别指出的是，福建歷史上不僅有衆多的文獻留存，也是各種書籍刊刻與發售的中心之一。福建多山，林木葱蘢，具備造紙與刻書的有利條件，從宋元時代起，福建就成爲中國書籍出版的中心之一。宋元時代福建的所謂「建本」或「麻沙本」曾經「幾遍天下」（葉夢得石林燕語卷八，侯忠義點校，中華書局一九八四年，第一一六頁），更有所謂「麻沙、崇安兩坊産書，號稱『圖書之府』」的説法（新編方輿勝覽卷一一，第一八一頁）。版本學家也許將它與蜀本、浙本對比，覺得它並不精緻，但是，從書籍流通與文化貿易的角度看，正是這些廉價圖書，使得很多文化知識迅速傳向中國四方，也深入了社會下層。淳熙六年（一一七九），朱熹在建寧府建陽縣學藏書記中曾説到，「建陽版本書籍行四方，無遠不至」，可當時嘉禾縣學居然藏書很少，「學於縣之學者，乃以無書可讀爲恨」，於是一個叫姚耆寅的知縣，就「鬻書於市，上自六經，下及訓傳、史記、子、集，凡若干卷以充入之」。當地刊刻的書籍，豐富了當地學者的知識，也增加了當地文獻的積累，甚至扭轉了當地僅僅重視「世儒所誦科舉之業」的風氣（朱文公文集卷七八，朱子全書第二四册，第三七四五頁），這就是一例。到了清代，汀州府成爲又一個書籍刊刻基地，近年特别受到中外學者注意的四堡，就是一個圖書出版和發行中心，文獻記載這裏「以書版爲産業，刷就發販，幾半天下」（咸豐長汀縣志卷三一物産）。所以，美國學者包筠雅（Cynthia J. Brokaw）文化貿易：清代至民國時期四堡的書籍交易（劉永華、饒佳榮等譯，北京大學出版社二〇一五年）就深入研究了這個位於汀州府長汀、清流、寧化、連城四縣交界地區的客家聚集區的書籍事業，繼承宋元時代建陽地區（如麻沙）刻書業，這裏再一次出現中國書籍出版史上佔據重要位置的福建書商群體。

可以順便提及的是，福建刻書業也傳至海外。福建莆田人俞良甫，元末到日本，由九州的博多上岸，寓居在京都附近的嵯峨，由他刻印的書籍被稱爲「博多版」。據説，俞氏一面協助京都五山之天龍寺雕印典籍，一面自己刻印各種圖書，由於所刊雕書籍在日本多爲精品，所以被日本學者稱爲「俞良甫版」。

從建陽到汀州，福建不僅刊刻了精英文化中的儒家九經三傳、諸子百家以及文選、文獻通考、賈誼新書、唐律疏議之類的典籍，也刊刻了很多大衆文化讀本，諸如西廂記、花鳥争奇和話本小説。特别在明清兩代書籍流行的趨勢和作爲商品的書籍市場的影響下，蒙學、文範、詩選等教育讀物，風水、星相、類書等實用讀物，小説、戲曲等文藝讀物，在福建大量刊刻。如果我們不是從版本學家的角度，而是從區域文化史的角度去看，這種「易成而速售」（石林燕語卷八，第一一六頁）的書籍生産方式，使得各種文獻從福建走向全國甚至海外，特别是這些既有精英的、經典的，也有普及的、實用的各種知識的傳播，是否正是使得華夏文明逐漸趨向各地同一，同時也日益滲透到上下日常生活世界的一個重要因素呢？

五

八閩文庫的編纂，當然是爲福建保存鄉邦文獻，前面我們説到，保存鄉邦文獻，就是爲了留住歷史記憶。

這次編纂的八閩文庫，擬分爲三個部分。第一部分是「文獻集成」，計劃選擇與收録唐宋以來直到晚清民初的閩人各種著述，以及有關福建的文獻，共一千餘種，這部分採取影印方式，以保存文獻原貌。這是八閩文庫的基礎部分，按傳統的經史子集四部分類，這是爲了便於呈現傳統時代福建書籍面貌，因而數量最多；第二部分是「要籍選刊」，精選一百三十餘種最具代表性的閩人著述及相關文獻，以深度整理的方式點校出版，不僅爲了呈現歷代福建文獻中的精華，也爲了便於一般讀者閲讀；第三部分則爲「專題彙編」，初步擬定若干類，除了文獻總目之外，還將包括書目提要、碑傳集、宗教碑銘、官員奏折、契約文書、科舉文獻、名人尺牘、古地圖等，我們認爲，這是以現代觀念重新彙集與整理歷史資料的一個新方式，它將無法納入傳統的四部分類，卻是對理解福建文化與歷史至關重要的文獻，進行整理彙集，必將爲研究與理解福建，提供更多更系統的資料。

經歷幾年討論與幾年籌備，八閩文庫即將從二〇二〇年起陸續出版，力争用十年時間，經過一番努力，打下一個比較完備的福建文獻的基礎。

當然，不能説八閩文庫編纂過後，對於福建文獻的發掘與整理就已完成。八閩文庫僅僅是我們這一兩代人的工作，還有更多或更深入的工作，在等待著未來的幾代人去努力。無論從舊材料中發現新問題，還是以新眼光發現新材料，都是建立在前人的基礎上，而又對前人的工作不斷修正完善的過程。還是朱熹寫給陸九齡的那句廣爲流傳的老話：「舊學商量加邃密，新知培養轉深沉。」用舊的傳統融會新的觀念，整理這些縱貫千年的歷史文獻，也就無論「人間有古今」了。

八閩文庫要籍選刊出版説明

福建自唐代以降，名家輩出，著述繁興，流傳千載，聲光燦然。遺存之文獻，多可彰顯福建歷史發展脈絡，展示前賢思想學術及文學藝術成就，爲研究福建區域文化之基本典籍。八閩文庫「要籍選刊」擇取重要之閩人著作及相關福建文獻百數十種，予以點校。其中具備條件者，將採用編年、箋注、校證等方式整理。諸書略依經史子集分部編次，陸續出版。

二〇二一年八月

國朝全閩詩録整理前言

國朝全閩詩録爲清順治至乾隆間福建詩歌之總集。分初集二十一卷、續集十一卷，凡三十二卷，選録五百三十家閩詩約二千二百二十首。

該書由清人鄭杰輯録。鄭杰，一名人杰，字昌英，一字亦齋，侯官人。乾隆間諸生。父廷湴，字慕林，乾隆間布衣，嗜鉛槧，喜吟詩，積書三萬卷，著有書帶草堂詩鈔二卷。鄭杰自幼酷嗜圖籍，潛心稽古。好讀韓愈詩，輯注韓集甚勤，顔其書室曰「注韓居」，自號注韓居士。又好鈔書、藏書、刻書，著有注韓居詩鈔二卷、閩中録八卷、注韓居七種（含爾雅鄭注、孝經集注衍義、説文字原、隸書正訛、晉文春秋、唐石塔碑刻記、陳觀察墓誌）十四卷，輯有紅雨樓題跋二卷等。

依照自己的詩學主張，編纂福建全省歷代詩歌總集，是鄭杰的夙願。其注韓居詩鈔序云：「余自束髮受書，即以表揚鄉先輩爲念，桑梓土風，豈必悉歸大雅，未嘗不廣搜博採，流連遺集，想見其人。」鄭杰還曾語于好友齊弼：「吾閩自有唐至今，代多風雅之士。吾恐其久而多所湮没也，因旁搜遠採，輯爲全閩詩録若干卷。每人必詳考其生平出處，兼折衷乎衆論，時或附以己意，旁注其後，俾覽者有所稽考，庶幾知人論世之一助乎。」（齊弼國朝全閩詩録敘）由此可見，鄭杰編纂全閩詩録意在表彰先賢、搜輯鄉邦文獻，也有提倡風雅、示人矩矱之意。

鄭杰採摭群籍，選録上自有唐、下迄清乾隆間閩詩數千家，卷帙多達百册。因非一人一時之力所能成就，遂先取清代閩人五百三十家詩付梓。嘉慶五年（一八〇〇）五月，鄭杰病篤，囑好友齊弼代爲校次，不數日即逝。次年，國朝全閩詩録刻成，齊弼爲之序。同治六年（一八六七）、光緒八年（一八八二）皆曾重印。

本次整理以嘉慶六年鄭氏注韓居刻本爲底本，由陳叔侗先生點校。

八閩文庫編輯部
二〇二三年十月

目次

國朝全閩詩録初集總目

卷四

卷五

卷六

卷七

卷八

卷九

卷十

卷十一

卷十二

卷十三

卷十四

國朝全閩詩録初集續總目

卷一

卷二

卷五

卷六

卷七

卷八

卷九

卷十

卷十一

齊敘

亡友鄭君昌英，嗜學士也，家富於藏書。自弱冠爲諸生時，即潛心稽古，不汲汲以科名爲務。嘗刻尔雅鄭注、説文字原、隸書正譌等書，皆有裨於學者。予自乾隆壬子歲宦遊湖湘，至嘉慶戊午以憂旋里，與昌英一別逾六載矣。晤時握手問無恙外，即詢以近所著述，昌英語予曰：「吾閩自有唐至今，代多風雅之士。吾恐其久而多所湮没也，因旁搜遠採，輯爲全閩詩録若干卷。每人必詳考其生平出處，兼折衷乎衆論，時或附以己意，旁注其後，俾覽者有所稽考，庶幾知人論世之一助乎？」予謂閩人不善爲名，故文采風流不足爭衡上國，非獨地勢限之，亦緣無好事者流爲之搜採，時爲表章。今幸既有成書，是不可不急謀付梓也。昌英曰：「是集卷帙浩繁，非予一人一時力能猝辦。今先録刻國朝詩數百餘人，分爲初、續二集，餘姑俟諸異日焉。」及歲庚申五月，工未及半，而昌英病革。予往視之，伏枕呻吟，猶手校是集不輟，因囑予代分其任。不數日而昌英逝矣，悲夫。昌英積數年之精力，輯成是編，而天竟不少假之年，使得畢其事，以傳於世。是昌英之不幸，抑亦吾閩諸君子之所不幸。此予所深爲扼腕者也。既而其尊人慕林先生，抱其遺稿付予，曰：「此昌英未竟之事也，予欲與君共成之。」予既感念昌英永訣之詞，而重以先生之請，故不敢辭，而爲之校次。第念數年來風塵僕僕，鉛槧久踈，恐無以窺風人之旨而訂亥豕之訛，重負昌英之所託，用滋愧耳。工既竣，予因復於先生曰：「今而後，昌英之志可以稍售矣。然昌英所選，非獨是編已也。倘異日者，更有好古、强有力之人，能盡發昌英之所選者，自晉以及元明，盡爲校次、開雕，俾倣山左詩鈔、浙人詩存之例，著爲成書，則尤昌英之志也。夫豈獨昌英願之，即閩之諸君子得垂名於集中，九原有知，亦必引以爲快也。思及此，即先生與予，亦必爲昌英大快也。」傳曰：「人之好善，孰不如我。」其必有出而力任其事者乎？因爲先誌其始末如此。至是集爲昌英已成之書，選擇自有深意，予固未嘗稍有所增損於其間也。

嘉慶辛酉秋七月蘭皋齊弼書於話雨軒

序

自有唐迄勝代，已録閩詩數千家，尚未付梓。國朝閩中詩人輩出，集多秘而未傳，急爲蒐緝，歷半載，得作者若干人，分爲若干卷，先登梨棗。所録之人，俱已蓋棺論定。其曰「初集」者，次集、三集，留而有待也；曰「續」者，補初集所未備也。至明季紳士，如陳靜機、黄處菴輩未登我朝仕版者，悉歸明集，兹不載。

嘉慶庚申四月望後侯官鄭杰書

國朝全閩詩録初集

國朝全閩詩録初集卷一

侯官鄭杰昌英緝

趙　潛二十四首

潛，一名炎，字雙白，號蕁客，漳浦人。順治初廩生。有冷鷗堂集。

魏惟度云：雙白僑寓雲間，以詩鳴。董蒼水贈以長歌，有「古劍半蝕土花紫，鐵笛横叫秋雲穿。孟郊賈島今不死，風流吐納千餘年」之句，其人其詩可想見矣。

吴星若云：雙白詩字字警拔，句句蒼秀，造中唐人妙境。

注韓居詩話：雙白詩力追少陵，神似而非貌似。董蒼水擬以孟、賈，吴星若目以中唐，均未盡其妙也。

君馬黄

君馬黄，我馬白。君馬走雲烟，我馬追霹靂。二馬在沙場，萬蹄不敢敵。連解百重圍，東馳復西擊。所願成主功，年年奏高績。誰知時事非，英雄多没溺。我馬亦蕭蕭，君馬徒感感。萬蹄喜騫騰，二馬嗟伏櫪。空槽無苜蓿，飢困將何適。迢遞古邊城，昨宵飛羽檄。

大風行

狂飈怒號白日黑，乾坤慘變蕭條色。驚濤倏忽從東來，陵摇谷走險難測。少女揚威赤帝怒，深雲散作一湖墨。雞犬千村巨浸中，城南瀰漫連城北。烏衣舊第各飄殘，白楊荒壠無遺植。五茸潦倒一病夫，鄉關回首淚沾臆。燈滅不辨妻兒聲，巢翻已斷林皋翼。書床滴爛茶竈穿，墮椽飛瓦填荆棘。星辰影没晝夜浮，旋風旋雨無時息。樹杪横峰數點斜，門外流水三江直。村民苦避蛟龍居，生涯落落如鸂鶒。十里寒無半里烟，男者廢耕女廢織。野船魚賤醉何由，江市米高爭不得。鼓鼙未死蜃波生，二百餘年人未識。朱門歌舞厭酒漿，老農無衣幼無食。更聞危漲決虹橋，時吴江虹橋衝斷，没人無數。萬家幻作黿鼉國。無數人埋魚腹中，天陰鬼語何悽惻。臺榭秖存葭菼秋，漁火離離蟲唧唧。惡飈稍定毒霧闢，始知昏曉分朝夕。瀾勢漸平漾微暉，蘚痕繡扉沙擁席。海岸告崩將萬尋，城頭吹壞過千尺。吏人持牒下鄉來，鄉子倉皇失魂魄。喧傳縣令取徭夫，築海修城急就役。啼雛病嫗守空廬，舊租未完新糧迫。機無尺布地無棉，十人九遭官長責。吁嗟東南沃土多，不生秔稻生戈戟。却憐隱逸困蒿萊，還恐流離成盗賊。灾異言非董相心，治安哭是賈生職。我思調燮陰陽人，當盡艱難救饑溺。腐儒徒抱杞人憂，中夜悲歌將安適。

初秋同施則威、魏惟度、徐松之、許九日、周釜山、吴六益、張研銘、劉櫟夫、沈彦徹、董榕庵集且庵齋，用工部「波漂菰米沉雲黑，露冷蓮房墜粉紅」句爲韻，分得「菰」字

天下大儒董江都，與時不偶笑其迂。草痕入軒苔繡宅，蕭蕭風雨共生徒。日長暫輟下帷業，席上高流無時無。頭亦懶梳衣不着，脱略非同禮數拘。客來投轄門停騎，劇談縱飲爭須臾。可憐夕照花三逕，無恙秋風人五湖。已知妙論矜劉尹，則威。還覺清筵勝八厨。物品英名皆足貴，邵平瓜配季鷹鱸。伯仁此中真空洞，一石無對恣狂呼。釜山。吾里奇才推大魏，天末相逢調不孤。惟度。高士榻陳傾琥珀，松之。孝廉船繫炊彫菰。研銘。更有何人頌酒德，櫟夫。醉玩古今聊自娱。季重審音稱雅識，六益。子將出口爲清模。九日。伯氏雄詞駕潘陸，榕庵。沈郎揮灑萬斛珠。彦徹。常悔景真亂狂走，自謂。不及林公獨跏趺。鈞士不至。主人豪氣干雲霄，今我慷慨發長吁。華燭影摇連秋星，嘈嘈閩語雜吴歈。人生曠達即千載，倚盃擊劍開眉鬚。客歡欲散猶未散，白苧城頭啼夜烏。

園居八首選四

不盡園居興，茶蔬爲客添。殘花人倚笛，小閣月窺簾。湖面疑青草，山形異白塩。飄零何必嘆，樵牧力能兼。

才短非劉尹，家貧似阮咸。魚租仍有禁，吾閩海禁未開。荔信只空緘。雨葉秋聲變，城根水氣銜。琵琶多少淚，不用驗青衫。孫思九云：「字字新穎」。

浩刧生何補，浮名老不貪。中郎偏有女，元亮豈無男。崖逼江齊破，林孤塔半含。所思空杳杳，新葛已全覃。

鄉心因雨亂，嵐氣隔旬蒸。鐘濕難通棹，烟深易失燈。引盃看古劍，近竹問秋僧。金虎青莎路，多從夢裏登。

陳昌箕先生過訪有贈，奉酬四律選一

榕社同星散，回思各黯然。客帆終月雨，江草六朝烟。骨尚崚嶒在，詩多慷慨傳。出門常自悔，欹枕劍灘船。

季夏同个臣、寶初招昌箕、惟度、九日、六益、帶三、研銘、櫟夫、彥澈集鷗狎亭觀荷，次昌箕韻四首選二

驚座交何晚，昌箕。凌雲志已通。个臣父子。琴尊人萬里，天地鬢雙蓬。韻事銷金甲，歸心耐草蟲。極知許玄度，譚塵壓江東。九日。

花作幽人看，香從薄醉聞。蒲汀開遠意，門柳謝時氛。白氎同臨水，紅衣半濕雲。真風起河濮，難息見遺文。時閱个臣令祖元成先生遺集。

和徐松之九日登一覽樓

獨客重陽日，相思舊草亭。江光孤枕白，山色一樓青。莫爲寒花淚，還將夕磬聽。茱觴朋好在，不用歎飄零。

初春集董榕菴光復堂

天下董公健，佳辰手並携。看人除白額，呼客倒紅蠡。老夢疑飛蝶，兒年憶鬭雞。不如多飲酒，乘月遶春谿。

同莪士、暘谷登一覽樓

古木招提路，人來暑氣清。不知殘夢裏，猶帶亂篁聲。壓海樓陰直，銜秋嶼影橫。故交有支許，微論愜幽情。

寄酬武塘錢仲芳先生，次來韻二首

數畝傍西郭，深雲護小廬。桑麻兼魏晉，烟火半樵漁。頭白仍躭酒，江寒獨擁書。向來叩皇甫，親見帶經鉏。

大滌惟君在，悲歌不自休。先生及門漳浦，從遊大滌。中原哀二表，九辯動千秋。魚鳥存遐思，江山倚小樓。懸知開徑日，許我作羊求。

己酉人日同天玉雨酌

蹉跎千里日，浩蕩五湖身。陰壑猶藏臘，寒城不受春。烟殘何處雁，雨醉未歸人。一水柴門路，重重屐齒新。

宋荔裳先生將返棹姑蘇，招同沈子又文遊細林，得「文」字

布帆西去掛斜曛，宿雨離筵細論文。山有一痕青在舫，江成四面白於雲。松蘿無計留行子，鷗鷺猶能識使君。天畔依依不忍別，新蜩又向醉中聞。

許九日以詩見訪，次酬來韻二首

才獨嵚嶔氣混茫，喜君同調即同鄉。荔支家國烟蕪在，鼙鼓乾坤道路荒。江上偶然逢月旦，笛中容易慟山陽。爲石齋先生。何時欲發婁東櫂，千樹梅花寄八行。問訊梅村先生。

柴門但有雀聲過，半畝芙蓉傍一簑。踪跡關山天寶末，詩篇松菊義熙多。九日著述甚富。每驚落日摇孤幌，誰遣秋風助七歌。是日大風淒瑟。小騎花村知路熟，江星歸照酒顔酡。

訪林定遠於超果禪房，別後有詩寄贈，因次來韻奉酬

一榻招提古木幽，書籤藥裹外無求。客貪大泖鶯前日，花愛孤山水上樓。白髮從添心尚壯，黄金易盡舌難柔。烟波浩蕩知君意，萬里相將好狎鷗。

呈梅村先生

婁水龍門未易親，休官無過隱之貧。蒼梧往事餘雙淚，白首名山只一人。鷗鳥欲分高士席，梅花能伴苦吟身。投閒自是千秋計，落日寒江理釣緡。

次酬錢子堅

年來雞骨枕茅亭，時有父喪。寂寞邱園滯客星。一杖看雲何處好，九山落木不堪聽。夢殘烽火魂初定，頭白江湖眼倍青。天末醉歌餘數子，可知林竹未凋零。

仙霞道中

鳥道千尋復百盤，小竿青接大竿巒。幾家楓樹猿啼老，一徑秋雲馬踏殘。來日重陽何處度，故園新菊與誰看。江郎窈窕疑相近，秀石靈泉可當餐。

西　園

長洲雨過浥蘭蓀，不負西園酒一尊。腸斷鳥啼春欲暝，小樓人掩杏花門。

丁之賢 十三首

之賢，字德舉，建寧人。順治初布衣。有丁布衣詩鈔。

何梅丁布衣小傳云：布衣名之賢，字德舉，邑北隅人。少厭習帖括，刻意學爲詩，間涉獵左氏春秋及孫吴書，輒以知兵自負，然率大言耳。獨其詩高者出入唐初、盛，次亦足當李崆峒、何大復後勁。時吾綏安人論詩，爭奉竟陵鍾、譚派爲質的，見布衣詩，固未之許也。明崇禎中，流寇起西北。布衣居里中，悒悒無所知名。一日，棄其家，挾策入都門，客南司空邸第，思欲獻書闕下言兵事。會司空罷官歸秦中，挾布衣與俱，書不果上。布衣至秦中，則固請於司空，厚爲資裝，賫十日糧，短衣疋馬，循賀蘭山，出長城，訪求古戰陣營壘，日與朔方豪傑畫沙聚米，灑酒横槊，爲擣賊巢穴計。謀甫合，而自成陷西安，破潼關，明社遂以亡。布衣念家有老母，脱身南下，自此無復預人世事矣。始布衣客秦中時，南司空雅欲重布衣於諸公卿，大爲衣冠會，引布衣坐上座，出其歌詩，偏示賓客。以故丁布衣名，一時藉甚。雍隴間所贈遺，不下千金。布衣性固拓落，視之不甚惜，歸而揮斥殆盡。有王將軍者，國朝初建牙汀州。聞布衣名，招致幕下，復稍稍資給之。贈以一婢，小字海鑾。布衣因納爲側室，生子一。未幾，王將軍别調去。布衣偕海鑾歸，窮老無所聊賴，僦屋城東桃花溪上，客至樵蘇不爨，清談而已。時或飢驅出門，予猶及見其白髮鬖鬖垂額上，楮冠布袍，躡高齒屐，歌呼嗚嗚，蹩躠市廛中也。没之日，殯殮皆出前邑令秋浦檀光熿之力，且爲之書其碑曰『詩人丁布衣之墓』。嗚呼，其可哀也已。布衣詩，在秦中時遺稿緣手散去，不自收拾。所刻止百餘首，中多淺率可删去者。里居日家貧，作字不能具紙筆，所爲詩多草書曆日背上，字漫漶不可識認。予得之友人謝先九處，間以意繹之。更選十餘首，統爲抄撮，合朱布衣詩刻之，爲綏安兩布衣集。

謝劉竹嶼别駕惠竹石圖歌

先生王維之後身，癖躭詩畫洵有神。吟餘捲袖拂素練，信手掃出淇園春。一竿兩竿立寒玉，旋添風篠聲飀飀。下蟠怪石吞古根，米芾見之顛欲撲。青方馮氏近得名，子唯畫石父添竹。未若先生一筆掃，丈人君子蒼然好。嗟余久抱竹林懷，朔方無竹空懊惱。忽逢銀鹿致此圖，披圖掛壁懷不孤。吟詩飲酒坐其下，七賢六逸來親吾。瀟瀟頓覺塵市遠，濕翠似欲霑衣襦。先生先生縮地手，瀟湘淇澳何方無。

同趙彦章夜泊儀真

孤舟維壩上，風雨送殘陽。林豁秋吹葉，江喧夜聚航。客衣驚墮露，漁火點横塘。相對俱游子，懷思各一方。

立秋前一日同鄭社諸子重登古佛臺

香臺頻策杖，得句日忘還。亂水平沙外，孤城落照間。鐘聲沉暮靄，蟲語響秋山。一葉梧桐墜，蕭然客鬢斑。

曉度沙苑懷華州諸社〔一〕

茅屋晨雞早，征驂背華城。平沙含月迴，遠火雜星明。地瘠人烟冷，山空落葉鳴。凄然懷舊社，回首曉雲生。

陪王將軍貞白春獵煖泉

塞上雪初消，兵雄萬馬驕。草深藏睡兔，泉煖浴盤雕。獵響傳山谷，軍聲振海潮。不須愁日暮，埜火趂風燒。

雪次小飲呈辰如大兄

白日同雲暮，杯行雪正飛。寒光欺酒力，朔氣捲蘆衣。海内兵戈合，天涯兄弟稀。毋忘北風意，携手一同歸。

夏夜滸墅關送張鍾石歸燕、沈季聯歸越

越國南連海，幽州北到天。掛帆梅雨過，驅馬火雲懸。戀别還謀夜，相逢未卜年。却教羈雁羡，俱向故鄉旋。

登潼關城樓呈衛紫岫太史先生

歇馬維芳樹，登樓雨正晴。河流當晉曲，山勢出秦平。浪打關門險，沙浮驛路明。西京日多事，不見棄繻生。

渭南宿雨簡大司空南二泰先生

不寐空堦寂，高城已二更。濕雲凝夜色，疎雨急秋聲。賣藥真慚隱，吟詩浪得名。無由迴短棹，歸向故山耕。

莫春新霽，王瀛州、楊海鶴、張信我見訪

曉氣嵐光欲濕衣，柴門獨立趂晴暉。桑林風暖鳩聲急，芹徑泥融燕影微。半畂緑陰憐樹合，一簾紅雨惜花飛。頹然拚醉隣家酒，穲子新挑菜甲肥。

送潘貳師仲衡赴任中衛

積雨初收草樹新，胡沙如練淨無塵。憐君塞上還爲將，老我天涯只送人。旗影拂雲紛鳥陣，甲光浮日動龍鱗。不知緩帶談兵日，可有相思到隱淪。

玉壁秋風同薛明符賦

漠漠黄沙古戰場，幾家籬落隱斜陽。孤鴻欲下西風急，寒雨瀟瀟入白楊。

送石公北上十首選一

漂母祠前江水香，倩君掬水薦祠堂。何當母化身千百，盡飽英雄百結腸。

朱國漢二十五首

國漢，字爲章，建寧人。順治初布衣。有朱布衣詩鈔。

何梅朱布衣小傳云：布衣名國漢，字爲章，晚自號獨醒居士，邑北鄉楊林人。少孤，事其母以孝聞。弱冠讀書爲文，尤長於五七字。性卓犖，負大略，奮欲有所建立於時。會崇禎甲申變聞，狂走登故越王臺址，北向號慟，累日夜不休。鄉里人多竊笑之，布衣不顧也。鼎革後，悉焚棄其素所理舉子業，賦詩見志，託於賈人以自晦。歷吴越，涉荆豫，往來燕趙、齊魯郊，與僮僕傭儈共甘苦，權子母。往往垂橐而出，捆載而返，然卒非其志也。所至遇古忠臣名賢祠廟墟墓，掬石泉，摘山花，俯伏拜奠，歌詩憑吊。或字句有未工穩處，駝頭鵲尾，舉手作敲推勢。同行者不知其爲作詩，即布衣詩成，亦不以示同行人。嘗附一貴人舟渡江，貴人登金山游覽，布衣尾之同上。日暮偕反，貴人方據舷苦吟，布衣在旁忽高唱其「烟霞滅没三山外，江海蒼茫一氣中」之句。貴人不覺嘆服，以爲佳句得未曾有也。急呼與語，布衣詭辭以對，曰：「偶有所記憶耳，吾賈人子，安知詩？」其寄託深遠，厚自晦藏，不欲以姓名見知於世，類如是。中年倦遊里居，歲時伏臘，父老子弟杯酒過從，數以其贏餘爲德於鄉。識者謂布衣詩不多作不苟作，其步趨在香山、劍南之間而激昂淒婉，每每寫難狀之景如在目前，留不盡之意見於言外，其有合於風騷之遺意多矣。昔鍾嶸評淵明先生詩爲古今隱逸詩人之宗，若布衣者，非所謂奮乎百世之下而興起者耶？今布衣墓木拱矣，適予輩有徵刻綏安存雅之役，布衣孫明經君天錦、孝廉君雨蒼，從敗簏遺篋中搜得其藏稿見示，予亟慫慂合丁山人詩另梓之，爲綏安兩布衣詩鈔。丁山人名之賢，字德舉，亦以布衣能詩鳴於時者。

感懷雜詩四首

結髮負奇氣，屼崒方寸攢。仗劍出門去，仇血頸未乾。千金買美人，百金裝馬鞍。蕭蕭易水上，風日含辛酸。此意非不快，仰視天漫漫。服我飯牛服，冠我緇撮冠。小人亦有母，許身良獨難。

干莫光萬丈，補履不如錐。騏驥日千里，捕鼠不如貍。深源與次律，大名宇宙垂。一朝違所用，乃爲當世嗤。君子有遠慮，小人謀其私。利器慎所試，駕言徂東菑。嫠不恤其緯，而憂宗周爲。

朝菌無春秋，蟪蛄無晦朔。膏火明自煎，木暈性自斲。在山泉水清，出山泉水濁。昭質苟不虧，蛾眉任謠該。三季多是非，邃古日杳邈。明哲保身難，出卜粟盈握。下恐有九淵，上恐有五岳。

烏不黔而黑，鵠不浴而白。空谷有佳人，翠袖天寒夕。倡女倚市門，東西食宿易。貞淫本性生，不受人損益。鄙哉長樂公，舉國如傳驛。滚滚馬頭塵，腐鼠有餘嚇。誰從海島遊，一吊田横客。

商人行，同淮南尚太白賦

男兒墮地氣如虎，腰間合垂三尺組。不成且作商人行，安能鬱鬱老農圃。奴飽白飯馬青芻，結束出門意氣麤。殘星數點月在樹，行人立在門前路。鳴蟬疎柳日西斜，行人宿向青楓渡。僦舟賃車往來偏，賤之徵貴貴徵賤。枕中七策計然書，篋底一編貨殖傳。等閒立致千金黄，徵歌買笑羅紅粧。姓字直通五侯宅，結交多在七貴堂。吁嗟乎，竊鉤者誅竊國王。君不見，邯鄲大賈客咸陽。又不見，相如失勢賣車騎，犢鼻滌器佳人旁。貧富相耀幾歲月，青山碧草埋白骨。獨有清風萬古垂，嚴陵釣竿首陽蕨。苦心密意誰知者，三年兩客臺城下。萍水逢君把酒杯，六朝宮闕寒潮打。往事悠悠恨不平，同君高唱商人行。雞鳴分手前途去，烟水茫茫不知處。

早發荆門道上

屋角雞鳴早，關門罷曉鉦。殘星幾點没，凍雁一行横。烽火彝陵道，冰霜息壤城。蕭蕭蘆荻裡，野哭未吞聲。

新羅道中

深樹攢孤驛，崩崖縛短橋。綠蒲畬客飯，紅葉女郎樵。水落九龍險，山啣百粵遥。征途戎馬後，不見酒旗飄。

旅宿杭川

唧唧復唧唧，床頭蟋蟀吟。關山孤枕夢，溝壑百年心。不雨暮寒薄，微霜秋氣深。更聞明月下，力盡擣衣砧。

早　發

趂曉征裝發，漫漫夢境游。新霜明雁背，殘月没駝頭。破驛燈猶閃，荒村曙欲浮。僕夫戒行李，長嘯擊吴鈎。

舟泊彭澤縣，有懷陶靖節先生

孤雲天際捲，片棹落帆斜。鳥下日將夕，湖平浪不花。縣名仍典午，山色又元嘉。爲吊陶徵士，村酤帶月賒。

丙辰楚中旅舍書懷三首

故國飛鴻絶，關河仗劍行。秋風吹塞馬，殺氣凛嚴城。嶺徼猶擐甲，衡湘未洗兵。紛紛傳卜式，已拜漢公卿。

此地通梁益，旄頭壓楚氛。歸裝連夜發，戰鼓隔江聞。豎子真游釜，名王自領軍。鄉關何處望，天際捲浮雲。

異姓西南長，遲遲仗鉞誅。六師殊轉戰，一老在湘湖。雲暗飛鳶驛，天清落雁都。軍行有紀律，田野未荒蕪。

暮春遣懷

清夢誰驚覺，鉤簾意灑然。午風黄鳥樹，春水白鷗天。隔浦歸漁笛，維橋放鴨船。達生與齊物，樗散自忘年。

珠磯阻風

片帆東去指襄樊，估客停舟傍水村。戍鼓連天喧渚雁，浪花如雪拜江豚。蘆中宿火分漁艇，枕上濤聲斷旅魂。三老歌呼無一事，柁樓明月又黄昏。

金陵懷古

玉几金床遺照懸，龍蟠虎踞舊山川。宫槐月落烏啼夜，原樹春歸鶴化年。十廟衣冠鍾阜雨，一盂麥飯孝陵烟。白頭老監閒相問，細柳新蒲緑黯然。

武陵懷古

趙家宫殿莽寒烟，鎮海樓空夕照邊。石鏡雲横州十四，水犀潮落弩三千。疎鐘細雨湖頭寺，短槳輕橈閘口船。欲向孤山尋處士，梅花香雪落紛然。

岳武穆墓

森森宰樹颯刀弓，葛嶺高墳夕照中。白馬怒濤人共恨，黄龍痛飲事皆空。風波詔獄成三字，朔漠羈魂哭兩宫。從此君王無遠略，杭州花比汴州紅。

金山晚眺

獨騎鰲背俯晴空，拳石孤撑裹梵宫。倚檻平臨春樹碧，拂衣斜點暮花紅。烟霞滅没三山外，江海蒼茫一氣中。京口至今銷戰伐，水天漠漠數歸鴻。

拜方正學先生墓

長干浄業水雲孤，細草空亭碧血枯。殿下千秋難免篡，刀頭十族竟何辜。成王安在麻衣淚，孺子無家瘴嶺逋。榆木金川春盡暮，孝陵夜夜有啼烏。

舟過嚴子陵釣臺有懷謝臯羽

圖讖終歸赤伏符，故人不作執金吾。雲臺耿鄧饒開濟，合着羊裘老釣徒。
剩水殘山滿目塵，謝翱猶是宋遺民。楚歌一曲荒臺殉，七里灘頭漲白蘋。
荒亭酹酒水雲昏，風急天涼嘯暮猿。竹石碎時聲淚盡，至今猶有未招魂。

趙北口

楊柳青青浪拍湖，水禽沙鳥唼菰蒲。笭箵舴艋柴門外，一幅江南漁樂圖。

隋　堤

廿四花風廿四橋，一車兩馬路迢迢。長堤日暮瀟瀟雨，送盡行人是柳條。

【校勘記】

〔一〕「社」，原作「杜」，據後文「凄然懷舊社」改。

國朝全閩詩録初集卷二

侯官鄭杰昌英緝

丁煒 六十八首

煒，字澹汝，號雁水，晉江人。順治間廩生。授漳平訓導，擢直隸獻縣知縣，轉入兵部清吏司郎中，歷江西兩湖按察使。有問山集。

朱竹垞云：雁水詩，直者不伉，綺者不靡，約言之而可思，長言之而可歌，可謂善學唐人者矣。

漁洋詩話云：閩詩派自林子羽、高廷禮後，三百年間，前惟鄭繼之，後惟曹能始，能自見本色耳。丁雁水煒，亦林派之錚錚者。其五言佳句頗多，如「青山秋後夢，黄葉雨中詩」、「鶯啼殘夢後，花發獨吟時」、「花柳看憔悴，江山待祓除」，皆可吟。

門有車馬客行

門有車馬客，黯黯風塵色。問客所從來，三年離鄉邑。故鄉夫如何，欲語先太息。高門化爲塵，喬木摧爲薪。道傍冠蓋子，海邊捕魚民。勸客且飲酒，盤中何所有。園柑三寸許，河鯉三尺餘。慎勿烹鯉魚，恐有腹中書。王貽上云：「口齒是東漢人語。」

阮疇生遊盤山回，過訪齋頭，因談登覽之勝，作詩紀贈

秋色結庭陰，脱巾臥松脚。微聞剥啄聲，呼童啓扃鑰。故人山遊回，烟嵐繞芒屩。剪韭命新蒭，歷歷訴巖壑。突兀盤龍山，縈紆薊門郭。怪石紛巃嵸，飛泉互噴薄。萬松鐵杈枒，蟠欝蒼虯攫。躡屐禮定光，墖影丹霄落。旋磴仰飛鳶，攀條學哀玃。其時天氣清，八荒何寥廓。决眥小神州，長嘯凌大漠。絶塞萬峰攢，齒齒排劍鍔。王貽上云：「四句最豪健有氣。」晚飯叩齋厨，罩雲開翠幙。聽僧話九華，層巒更巉削。王貽上云：「又轉一境。」信宿出山腰，中盤訪大博。傳鉢有宗公，機鋒捷可樂。聳身下青岑，反顧神猶愕。以君濟勝才，不受塵鞅縛。名岫與高僧，恣覽飽詩橐。笑余簿領拘，勞形徒剌促。會了婚嫁緣，枯筇手自斵。禽夏與向平，高風庶可作。

猛虎行

山南猛虎正負嵎，山北行路斷樵蘇。少年射牛不射虎，夜夜田間彀弓弩。耕牛漸少虎漸多，村中父老奈爾何。王貽上云：「文昌、文潛二張之間。」

征婦怨

邊風颯颯秋蕭索，隣砧夜擣霜月白。空閨夢斷戍烟深，重理殘燈動刀尺。憶從南國羽書飛，嚴冬雨雪正霏霏。將軍受詔辭金殿，戰士長征臥鐵衣。孤城百仞重圍合，間道短兵日相接。終年苦戰陣雲黄，丹楓空墮離人血。妾來猶未拜姑嫜，煢煢獨守只空房。男兒能備公家急，生女真堪棄路傍。昨夜春風入桃李，纔見花開旋結子。知君不逐南歸鴻，妾心自誓東流水。葉井叔云：「右丞風格，樂府遺音。」

沈石田山水歌

石翁絶藝凌等夷，騰踔不受盛名羈。同時畫師乞題識，坦然落筆無相疑。遂令碔砆雜拱璧，披麻大皴矜神奇。施尚白云：「筆力老健。」此圖爽秀見真蹟，筆勢頡頏黄大癡。疎林瘦石倚平莽，數椽書屋清溪上。披帷挾册有幽人，演漾烟雲眼中盪。出竹柴扉半已開，過橋酒客遥相訪。別有崇岡俯碧灣，波光不動意逾閒。尺幀欲饒萬里勢，方壺蓬島疑堪攀。五言長城擬鮑謝，蒼巒倒向行間射。心畫心聲兩絶倫，石田題詩有「拊兹乃心畫，其情聊自多」之句。法書況是涪翁亞。友人寶此重兼金，錦軸裝潢什襲深。開厨未走甘相送，使我飽看松杉陰。我家茆茨山磵曲，廿載園荒秋草緑。何時拂袖歸衡廬，得對此圖坐臥貧亦足。

嶺南歌送王仲錫觀察

漲海風波久不揚，名藩猶籍省中郎。璽書夜降辭三殿，旌節春深下五羊。南天隱隱標銅柱，桂嶺炎雲照日暮。越王潭上水連空，尉佗城邊草如霧。桄榔垂葉拂行帷，翡翠啣花點繡衣。蜑户蠙珠歸合浦，島彝皮服貢離支。共識清修曾似鶴，千金不羨陸生橐。船移辠口憶沉香，文到潮陽能徙鱷。從容坐鎮海天秋，風捲濤聲月滿樓。賓朋才調多佳興，如澠之酒百斛舟。有時遥望思京邑，應話平生馬少游。王貽上云：「右丞、東川之間，有此風格。」

己未正月廿一日潞河喜雪，用歐陽公聚星堂韻

條風昨夜綻新蕚，雪花歷亂相迴薄。朝來擁鼻出門庭，雱雱更帶寒威作。冥濛瞥見壓城闉，瀰漫驚看滿山郭。沾衣拂帽細無聲，惟有光芒眼中爍。震雉掠將竹外飛，凍烏踏向松梢落。美人垂幕薰麝蘭，公子披裘擁貂貉。周原沉漭如砥平，輸跡衝成老蛟攫。應知入地盡遺蝗，不用占年聽銅雀。長安西城有銅雀，一鳴則五穀熟。呼童掃逕延嘉賓，揮帚縱横没

草屩。宜麥真堪釋杞憂，莫嗤赫赫田家樂。興至就壚酒易賒，醉後敲冰茗可瀹。廉纖日暮轉淒清，四顧天低尚漠漠。抽毫欲作喜雪行，手重呵寒如握槊。白戰何當學醉翁，倘遇髯蘇塹一噱。

茘枝曲

丹樓啓朝霞，青幕蔭玄圃。冰雪仙人著絳紗，欲呼與語不得語。空有明珠解佩心，一水流雲隔銀浦。翠釵憶掛紫荷囊，日斜幾陣飛紅雨。

癸亥仲秋吴薗次粤舟將發，招同緯雲、目天、舍弟韜汝讌集曾波閣話别，即此賦送

吴興太守盛文詞，與我握手贑之湄。尋山共蠟幾緉屐，望闕時抗雙顰眉。檀槽壓得露紅酒，蠻榼提携馬前走。拔劍狂爲斫地歌，叩壺驚縱談天口。池上山公騎屢迴，相逢一笑即啣盃。荒齋看竹過白日，曾閣觀瀾俯緑苔。神交漸已忘賓主，咫尺仙都如對宇。但知題扇有王筠，寧數班荆逢伍舉。勝事相期到百年，何當秋水拍離船。燒燈更約南皮會，行炙重開北海筵。筵上哀絲雜急管，啁啾似促傳觴緩。八拍翻殘鶯語圓，六么撥盡鵾筋短。金虀玉鱠羅東南，的爍珠光火鳳啣。華池印月湛清影，梅桃朵朵紅俱酣。時紅

梅、緋桃並開。賓朋不少鄒枚輩，射覆彈棊各精鋭。抽毫同製兔園篇，不灑臨岐子高淚。送君八月到禺陽，去看仙人騎五羊。珊瑚截作徐陵管，翡翠裁成屈子裳。四百峰頭梅勝雪，登臨興指玉龍折。買賦常存陸賈金，還丹應訪勾漏穴。將軍有子樂誰如，謂彤本。勿忘懷人數寄書。章貢臺下雙流急，尺素時時問鯉魚。葉井叔云：「先生與藺次傾蓋投轄，留連彌月。雙江名勝，眺詠賡酬，業富盛山、荊潭之句。臨别贈言復爾洋洋灑灑，詩人多情，余於先生益快定交不後藺次矣。」

出塞

慘淡邊聲起，驚沙向夕飛。猶傳鬬兵合，未許解重圍。赤氣隨金鏃，黃雲上鐵衣。荷戈成白首，擁節幾人歸。王貽上云：「老氣無敵。」

上巳過訪宋荔裳寓齋留飲

芳隣懷舊好，綺席和新篇。客醉花風下，鶯啼穀雨前。竹疎朱檻出，船動玉壺偏。良會思今夕，無慚修禊年。

送林穆之雲中訪弟

閩海歸期杳，燕山客思繁。不堪今夕會，同此醉離樽。雁塞秋風早，龍沙落日昏。施尚白云：「警句。」到來談骨肉，髩鬌是家園。

初夏宋荔裳招集梁家園別業

曲巷成幽逕，烟深隔市門。風騷推宋玉，賓客盛梁園。柳岸月初上，荷塘風乍翻。銀盤紅燭冷，更欲問青樽。

香山寺月夜

夕藹嵐光合，來青望不窮。獨留松杪月，散作杏花風。古塔穿林出，疎鐘隔寺通。幾回游屐倦，今夜宿山中。

碧雲寺次王貽上韻

松徑標層級，春山帶艷陽。雲飛高閣迴，泉瀉小池涼。偶見前朝衲，時聞內賜香。人間觀浩刧，塵夢一何長。

春事

春事真無賴，偷閒懶最宜。鶯啼殘夢後，花發獨吟時。茗椀微風度，琴牀曉日移。悠然身世外，匡坐自支頤。王貽上云：「第四句尤妙，通首全別。」

臥病酬和林蜚伯見訊之作

輕寒腰帶減，牕竹漸離披。未得高眠早，常慚退食遲。青山秋後夢，黃葉雨中詩。酒熟東籬下，君閒可預期。王貽上云：「五六一聯，司空表聖之佳句。」

癸丑除夕雜感同韜汝弟作

守歲家人在，椒觴亦强持。江湖鴻雁影，風雨脊鴒詩。婚嫁行當畢，鄉關去轉遲。不堪鼙鼓動，愁思隔天涯。

送唐習之遊金陵

都亭春霽後，送子復南遊。篋裏仲宣賦，樽前元禮舟。詩附邵瞻雨舟行。啼鶯移苑樹，乳燕入江樓。故國今如許，清吟且莫愁。施尚白云：「頗近高岑。」

晚出東便門返潞河，同家次蘭

出郭消塵慮，聯鑣信晚歸。黄雲回獵騎，白雁下漁磯。冰合河流細，天寒野渡稀。頓忘行役倦，新月上人衣。

貽上曉過金魚池寓園見訪不遇，有作，次答

乍枉高人駕，依依去後情。曉林空自緑，秋水爲誰清。風外雙笳遠，月中孤杵鳴。閒齋愁坐處，洗藥夜燒鐺。

重遊天寧寺

咫尺招提境，重來已十年。鳥啼山雨後，花發講堂前。墖影雲中落，嵐光樹杪懸。遥憐

鐘磬夕，説法到人天。王貽上云：「三四秀逸天然。」

留别伊陽孫丹扶明府

冰霜先後共，别意竟何云。匹馬嘶殘日，千峰走暮雲。抱琴憐古調，沽酒醉離群。從此伊川水，潺湲夢裏聞。王貽上云：「三四聳拔，通首俱警，『走』字尤奇。」

過信陽恨這關

三春京洛客，行役向南天。地轉河流盡，山迴楚甸連。行踪隨落日，古道入孤烟。到此增離恨，重關險不前。

舟泊天津

風沙津市暝，晚泊倚城陰。芳草縈歸夢，孤舟繫客心。春潮官渡漲，漁火海門深。屈指金臺近，遲回思不禁。王貽上云：「宛然大曆十才子。」

曉渡揚子江

孤帆涵日照，曉色一江深。潮入海門白，雲來瓜步沉。微茫輕世慮，浩蕩見天心。古寺中流出，如聞鐘磬音。葉井叔云：「全首高渾。」

泊瓜州得家信作

客路隨篷轉，停舟此夜寒。江風漁火亂，汀月雁聲單。少賤拋家易，干戈見面難。親朋能遠憶，秋思滿琅玕。

遊虎邱寺和楊淡公先生韻

屧響千人石，生公舊講臺。寺從山頂出，雲帶水聲來。夕磬烟中鳥，春泉雨後苔。待將庭際月，清影共徘徊。

夜泊雙溪口

星河天末迴，新月照流霜。林葉經秋落，船燈入夜涼。村中喧水碓，溪畔寂漁牀。客夢篷窗裏，猶疑在故鄉。

秋夜聞蛩

秋來何自苦，切切向牆陰。衰草霜偏重，寒更月易深。空幃愁織素，小苑罷鳴砧。此夕聞君語，驚予百感心。

歐陽石室歐陽公詹讀書處。

仰止高賢在，荒祠百代餘。松杉三徑老，風雨一燈虚。韓李齊名日，甌閩得第初。夜深探石室，髣髴見遺書。

巢雲巖舊有詹咫亭先生曲水流觴處，今廢。

群峰相映抱，曲磴足遨遊。芳蘚沿崖碧，鳴禽隔樹幽。雲飛山欲動，花落水爭流。何處追觴詠，蒼烟起暮愁。

過磨盤嶺，至大柳驛宿，同舍弟韜汝，分得「懸」字

嶺路盤紆上，中分南北天。亂雲低碉樹，一水遶山田。板屋居人少，檀車客思懸。遲回看暮色，巖下起炊烟。

舟過石人壩

怪石迎舟出，紆迴十里看。嵐光團野濕，樹影入江寒。過雨開斜照，驚淙落急灘。鷓鴣聲不斷，客思亂春殘。

聞蟬次牧仲韻

人事蕭齋靜，殘蟬雨後吟。夕陽移樹急，秋意入簾深。短夢孤眠覺，他時百感侵。空思玄鬢影，凄切欲沾襟。

泰和避風，用牧仲野泊韻

移船驚浪起，繫纜倚平沙。虛市爭菰米，荒村落薺花。閒知風日永，愁見水雲賒。薄暮

汀洲外，歸鷗箇箇斜。

宿小溪驛，敬步先祖父大司寇公良鄉夜宿韻

石徑俯溪深，荒山小驛臨。蝸涎書古壁，蛩語亂秋心。吏散孤燈寂，庭寒衆壑陰。披衣頻坐起，曉色動疎林。

晚泊散步田家，次舍弟韜汝韻

舍舟聊縱步，晚色一村賒。槲葉疎前路，炊烟見數家。鹿場喧凍雀，牛背落歸鴉。更喜忘機叟，殷勤話種麻。

遊化成巖，次施尚白原韻

徑幽盤磴曲，江折抱巖根。行共山雲語，時聞水碓喧。松濤吹佛閣，花雨靄漁村。灰刼禪燈寂，空憐勝地存。

送洪學士過湖口鱘魚嘴話别，兼贈吴比部

殘春催遠客，芳草滿平湖。地限東西楚，帆分大小孤。烟浮江蜃立，沙暝水禽呼。揮手增離恨，觀風舊姓吴。

賈島峪

青山名傍古人存，賈島窮居有故村。客舍無烟成獨嘆，秋風落葉向誰論。十霜幾墮并州淚，萬里空歸蜀道魂。汀月石樓寒瑟瑟，夜深疑叩老僧門。

立秋前一日柬黄御遠

與子論交二十年，客中回首各凄然。畏看霜雪來侵鬢，况有騏驎未着鞭。梧葉空堦前夜雨，荔枝殘夢五更天。莫愁世路波瀾似，受侮還應勝見憐。

九月十五夜懷李厚菴

蕭疎今夕有誰同，獨倚南樓聽遠鴻。經歲干戈荒菊徑，故人離别廢詩筒。鄉園玉笛三秋月，京國寒砧一夜風。惆悵乘槎歸路隔，銀河渺渺碧霄空。葉井叔云：「全似郢州。」

黄用錫將之太原，臨發雨阻，次和

漫懷隴首賦亭皋，勝事還知二仲豪。銀燭離堂調寶瑟，金刀渠盌膾霜螯。重雲夜過楓林黑，積雨秋連海氣高。且縶白駒聊永夕，蘭陵醉客有香醪。

獻陵懷古

同姓占封此地嘉，賢王禮樂有光華。當年大雅師毛氏，落日遺宫憶漢家。鴉啄殘紅翻柹葉，雁迷淺碧過蘋花。倏然立馬蒼茫外，城角秋深起暮笳。

雨霽望泰嶽

岱宗高峙鬱巑岏，此日東遊矯首看。三觀雲霞晴後色，五松風雨夜來寒。銘功異代遺秦碣，禪草何年奏漢官。會駕蒼虬凌絶頂，一杯滄海恣觀瀾。施尚白云：「風格似空同。」

中秋夜宴歸有感

庾樓客散興誰同，落葉蕭蕭四壁空。萬里關河懸北斗，孤城砧杵亂西風。冰絃入夜聞歸鶴，錦字經秋斷去鴻。三五月明何處是，教人霜鬢嘆飄蓬。

遊雲夢山蘇秦、張儀從鬼谷子學道處。

山腰欲轉衆峰連，縹緲孤雲入望懸。樹杪泉飛巖墖雨，鐘聲路隔水簾烟。山有巖墖、水簾之勝。龍頭鐺老花皆藥，鳥跡書傳洞有天。學盡縱横成計拙，投簪應自悔當年。

别琴臺

長嘯登高不厭頻，孤琴離曲恨方新。村烟冉冉迷紅樹，塞雁蕭蕭下白蘋。六載名山成好友，一天暮雨剩歸人。臥遊應有他年約，未許宗生獨問津。王貽上云：「似劉隨州。」

船下建溪

扁舟西下思紛紛，回首孤城日未曛。百道飛灘奔石鬬，千峰積翠到溪分。叢蘭夾岸空過眼，浴鷺衝波自不群。瞬息乘流三百里，斜風急雨半空聞。施尚白云：「余舊過建溪，有『劍稜欹側過，眉睫死生分』之句，未免用力，此更以灑落語寫盡。」

奉寄楊可庇先生濯纓湖隱居

滄浪佳興近如何，南望幽村遶薜蘿。少室烟霞違世久，茂陵風雨著書多。深耕犢過垂楊路，罷釣船歸菡萏波。最愛湖頭秋色好，問奇他日許相過。

皖城登迎江寺墖用壁間韻

崚嶒高墖插雲頭，拾級憑虛快壯遊。山勢平臨吴地盡，潮聲遠帶楚江流。千家烟火城邊市，兩岸蒹葭浦外舟。舊國孤忠餘戰壘，荒原落日弔余侯。

南康阻淺，用許丁卯韻

曲折灘迴擁淺沙，舟牽百丈水程賒。啼殘苦竹鈎輈鳥，落盡空山枳殼花。返照城邊來候騎，斷雲谷口見人家。南征自古多詞客，莫悵倦飛天一涯。王貽上云：「宛然丁卯風調。」

使院夜坐

簿領腰肢困此生，小閒蹔得暢幽情。桐陰轉處月當枕，竹露下時風滿楹。紈扇欲辭秋意早，素甆初點夜吟清。兒曹隔榭咿唔近，可有新畬慰晚耕。王貽上云：「頷聯亦是丁卯。」

新淦舟行

城下空江向北流，虔州西上正悠悠。柳邊過雨鷺窺網，花外夕陽人倚樓。漁笛數聲愁欲劇，篷牕孤枕夢偏幽。一川烟景頻來往，每對青山憶舊遊。王貽上云：「似李嘉祐。」

登晴川閣

野色波光互有無，蒼然高閣倚雲孤。江從大别流通漢，地接三湘勢會吴。遠浦漁歌停落日，長天雁影没寒蕪。憑虚獨立滄溟外，便覺閒身入畫圖。

過洞庭湖

遙溯空明一葉舟，楚天烟景望中收。雲連青草湘波晚，廟近黄陵古木秋。鄉國夢迴聞塞雁，江湖身在狎沙鷗。西風艤櫂看明月，楓葉蘆花動客愁。

望遠曲

別時花未發，別後見花飛。明歲花開落，行人歸不歸。葉井叔云：「唐音。」

秘魔厓

盧師掉船來，宴坐厓間石。手種柏一株，千年尚盈尺。

漢口別友

昨夜秋風起，江亭木葉飛。曉來江上客，萬里送人歸。

應山曉行

暗谷響流泉，疎星照行路。空村不見人，舂杵隔烟樹。

曉發小密至瑞金縣作三首

何年擘山腰，鑿徑到溪背。溪上白雲生，雲中春水碓。
犢牛下遠坡，鵓鴣啼叢竹。葉落見空村，炊烟起林屋。
望裏見孤城，行行津市杳。極浦水霞收，遥天山月小。

過馮氏思園

寂寂荒亭日欲斜，蒼藤老樹亂啼鴉。園丁自把寒泉汲，不灌桃花灌菜花。

武昌渡江

兩面孤城碧水分，天低欲墜一江雲。歸帆遥帶晴川樹，何處漁歌隔岸聞。

梅溪偶作

孤村傍水兩三家，荒草殘烟集暮鴉。昨夜寒霜初解凍，滿溪春色落梅花。

舟回至吴城作，次舍弟韜汝韻

連朝波浪拍天浮，棹入吴城見淺洲。書卷半牀春睡起，杏花風好放歸舟。

林友王 二首

友王，字二史，號容庵，莆田人。順治戊子舉人，官應州知州。有榕樓集。

蘭陔詩話云：二史詩清真秀潤，源出大曆十子。

嵇侍中廢祠

寂寞湯陰道，天空鴉鵲飛。近階荒草積，入殿夕陽微。碧水猶臣血，黄雲憶帝衣。忠魂尚未化，風雨共誰歸。

江村雜興，用楊孟載韻

地豈桃源避，身仍草閣居。六經秦火後，三策漢廷餘。跡已慚高鳥，才應老蠹魚。數椽風雨蔽，猶是昔人廬。

謝天樞十四首

天樞，字爾元，號星源，侯官人。順治辛卯舉人，官廣西慶遠府推官。有嶺外集。

曾客生云：爾元居官皆有政績，孤介峭直，不可屈撓。退居林泉，好讀書，善古文辭，渾涵幽雅，尤恣於詩。

西陂類藁云：余四十七年前與侯官謝孝廉爾元訂交輦下。後爾元自柳州司理歸，余正判黃州，盤桓數日而別。又二十餘年，棄世，今其子孝廉清裁令武進，得所著嶺外詩讀之，不覺感悼無已。

象鼻山

桂陽鬱蒼蒼，群山盡東奔。此山獨强項，不知衡嶽尊。上薄青冥色，下臨百丈源。噴沫濺珠玉，雷雨聲飛翻。舳艫啣尾上，捲如秋草根。疑入鮫人室，日月生其門。孤城懸倒景，跳躑吞全盆。朱碧忽萬狀，天地無朝昏。平生躭奇險，到此驚心魂。鄧孝威云：「似子美入蜀諸吟。」

猛虎行

飢不從猛虎食，死不蹈貪吏跡。猛虎尚可驅，貪吏縱横不可息。左手受簿書，右手囊金帛。一入閭井空，雞豚恣搜索。盎無斗粟儲，不免吏誅責。我今長跪向吏白，民生無聊不可煎迫，皮之不存毛焉宅。吏笑謂我一何愚，我馬既肥車既澤，爾胡不免於室中之交謫。嗚呼馬既肥兮車既澤，君不見都市纍纍死狼藉。貪吏不可爲，廉吏不得食。恨不奮身沙場横馬革，何能怫鬱守繩墨。

野田黄雀行

黄雀聲啾啾，將雛八九啄荒邱。本無稻粱爭，見鷂自成仇。咆哮摧羽翮，蒼天空悠悠。誰家少年子，挾彈出遨遊。坐看雀困不爲謀，見彼凶饕非不嫉，人情輕善柔。雀飛語少年，我生雖微命在天。汝不能彈鷂，又豈能彈雀。鷂不汝德，我不汝憐。將雛呼我友，急難來天邊。老拳一奮飽腸穿，雀飛高翩翩。笑汝金丸空在手，緩急莫恃亦徒然。

榕樹樓

湘水背流三百里，飛樓巀嶪壓城起。老樹亘盤鑌鐵枝，夾轂當門成兩軌。猶憶昔眥秦漢年，天子開邊日未已。晚尋方士學神仙，直窮丹砂到交趾。驪山荒草茂陵秋，此樹偏能得不死。我來萬里登此樓，陰房鬼火泣啾啾。戰骨如陵衰草白，芙蓉十里披紅秋。君獨兀坐如禪定，慘澹枯枝風雨幽。銅柱青冥摇倒影，十丈珊瑚掛碧鈎。何不託根深山去，從君來作赤松遊。

望爾將兄西鏞客歸

空山有落葉，貧士尚天涯。月在兵戈地，秋爲鴻雁家。登樓方白露，下馬未黄花。此是君歸日，柴門立影斜。

落　葉

閒看天心老，飄零九月輕。林紅風有意，窗白雨爲聲。夜失蛩蟬職，秋成草木名。霜空行似水，夕照亂山明。

謁虞山廟

荒山存古廟，絶域見重華。交戟松杉侍，深幃碧荔遮。誰知蒲坂化，已入楚湘遐。天隕蒼梧雨，風揚大麓沙。薰琴炎瘴解，鑾鼓歲時譁。山鬼扶金蓋，江妃泣玉珈。螢光驚夜燎，龍盾綴秋葩。橘柚庭仍貢，鴛鴦瓦欲斜。茅茨寧似昔，藻火亦何加。屋溜穴行蟻，爐香蘊蟄蛇。樵漁天子氣，木石野人家。望幸虛猺窟，傷心割蜀巴。長遺萬國恨，翻起九疑嗟。咫尺威難犯，幽微德不瑕。郵亭喧桀鏃，寢殿曬袈裟。寂寞南巡地，空勞使者槎。

重九同許有介借山居讀書

數茅結似老僧關，四面青光落古顏。閒我兩人當九日，讀殘半卷暝千山。天平秋氣綠菰外，客瘦夕陽黃葉間。風雨滿城聽未得，此中高臥不知還。

題黨人碑

三百九人今在斯，空山寒食使人思。中原真氣存荒裔，南渡雄心繞斷碑。落日忽看名歷歷，瘴雲長作雨絲絲。徘徊輒到黃昏去，苦憶前身每自疑。

南樓感懷

人家一半割城偏，睥睨頹唐冷柝懸。行郡曲平爭市米，開衙直見隔江船。黑雲忽暗龍湫雨，瘦日斜穿蛇徑天。十載空傳收尺地，歲煩吴楚下金錢。

龍水竹枝詞

健婠當門建節麾，短刀細馬嬝腰支。使君何事頻相問，夫婿曾爲宣慰司。

田中日暮遠呼豨，驅使惟憑里正威。袒背竹挑肩太守，入厨自取飯充飢。

人人裹飯趂墟還，亂髮低垂到鼻間。口嚼檳榔紅唾血，護儂歴齒久成斑。

闐闐鼙鼓急西疇，短戟如林鬬水頭。五日偶逢天不雨，哭牽太守到龍湫。

國朝全閩詩録初集卷三

侯官鄭杰昌英緝

陳丹赤二首

丹赤，字獻之，號真亭，閩縣人。順治辛卯舉人。官至溫處道。有客吟草。

注韓居詩話：真亭清簡寡慾，歷官皆有政聲。康熙間耿變，鎮帥祖宏勳陰通逆黨楊春芳，計脅公降，不屈而死。耿逆平後，福州府陳公于朝，詳請云：「性秉忠烈，志切匡扶。當叛兵侵溫之時，捐資積穀，請兵渡江，欲爲狂瀾砥柱。詎意奸黨合謀，變生肘腋。遂使忠臣孤憤，慘及身家。真可謂殺身成仁，舍生取義矣。」賜謚忠毅，立祠道山。

晚泊乍雨

一葉臨孤岸，微茫烟雨中。濤聲都帶白，霜葉漸留紅。雁影拖殘照，漁燈映彩虹。陰晴渾未定，身世託飄蓬。

夜泊建州芝山寺

渺渺孤帆客思輕，蒼茫極目計征程。一天水色連山色，兩岸灘聲雜磬聲。乍雨嵐光青欲滴，初昏漁火滅還明。時名莫笑潘生拙，紫氣東來徹夜清。

顔堯揆一首

堯揆，字孝叙，號紫崖，永春人。順治辛卯舉人，官至盧州知府。

魏惟度云：紫崖守古巢時，紫芝白湖之勝盡入詩囊，不減蘇州刺史、永嘉太守之風焉。

舟中效韋體

畫鷁避石尤，開牕展書讀。遥睇平蕪中，綿芊芳草緑。江豚拜濤奔，沙汀起鳧鶩。把酒發浩歌，呼雲伴我宿。

林榮芬一首

榮芬，字芝室，號東海，侯官人。從直曾祖。順治辛卯舉人，官翰林院待詔。有如蘭藁。

梧鳳篇

高岡有梧桐，棲息鳳與凰。東方白露晞，曦曦明當陽。秋至鳴肅殺，桐葉隕其黄。良材斲爲薪，焦尾留宫商。老鳳既已逝，雛鳳亦深藏。丹山遠萬里，消息何荒唐。凡鳥失所依，驚飛集苞桑。飲啄不得肆，毛羽遭摧傷。鳳兮良可哀，還恐鴟鴞張。注韓云：「明季巨奸當軸，正類摧残，言之令人痛恨。」

葉矯然二十二首

矯然，字子肅，號思庵，閩縣人。順治壬辰進士，官工部主事，出爲樂亭知縣。有龍性堂詩集、雁唳篇、東溟集。

注韓居詩話：思庵詩五古取法魏晉，得力於陶尤多，嘗自顔其軒曰「慕陶」。七言亦饒有氣力，所著龍性堂詩話，謂「作詩須生中有熟，熟中有生」，又謂「作詩高手，首在鍊意，而鍊格、鍊詞次之」，又謂「予最喜昌黎、長吉、義山、子瞻四公詩。間有所得，輒標識於上」。觀此則其生平命意，具可見矣。

雜詩三首

綢繆未及歡，中道生别離。客行詎云樂，出門悵欲悲。旨酒方盈樽，悢悢不能持。不怨道里長，但惜乖世宜。驅車上太行，僕夫左右之。交遊一失勢，顛沛當告誰。與其五鼎烹，曷若一簞飢。願爲東門婦，與君共餔糜。

靈蚍終土灰，茯苓久化石。神物有銷毁，人壽不逾百。酌酒與君言，盛壯須努力。手無魯陽戈，焉能駐白日。白日有盡時，行樂亦有宜。惜哉膏粱士，酖毒昚遠期。灼灼三春花，離離九秋實。逝景忽已侵，憔悴起寒色。零落餘空枝，行道爲太息。

壘壘邙山土，古墓縱横陳。新鬼依故鬼，鬼族多於人。人類起相戕，不如魑魅親。骨肉而離居，寧與狐兔鄰。壯哉田横士，義不愛其身。三良要同穴，黄鳥爲悲辛。

仙人行

千歲歸來人民非，仙人長生亦苦悲。百年不免日中期，仙人枉自矜前知。一生一死總傷心，仙人還爲高人嗤。笙響緱山驂鸞鶴，嘯動蘇門振林壑。張侯絶粒從赤松，向子離家陟五岳。蓬苑清都儘足樂，胡爲結駟連騎入城郭。觀者如堵門如市，識者鼓掌愚者愕。

於乎，龍藏鱗兮鳳戢羽，豹隱霧兮虬潛澤。君不見茫茫海外安期生，誰識歲星東方朔。

喜雨行

星精運東井，雨檄下南箕。渡河浴浪驚黑豨，少女吹雲雲爲衣。中霄滂沱旦未已，石燕翻飛老農喜。桑麻晚緑豆黍高，冬菁秋薺摇清濟。太行下瞰青千里，雨足氣清風日美。不似大江東去水連山，魚鱉巢林禾生耳。

野　暮

高峰明積雪，纖月冷侵衣。漁子爭移艇，田家靜掩扉。孤雲已獨去，歸鳥亦群飛。而我何爲者，栖栖負釣磯。

春日子敬病起，携朋醞仝諸子弟過其郊居有作

喜汝病初起，依然聚一庭。樹齊簷瓦緑，草亂麥畦青。蝦菜聊供酒，盤飧却厭腥。吾家無俗客，不羡五侯鯖。

草樹平湖緑，烟花薄暮嬌。斷雲低去雁，殘照送歸樵。遠火看明滅，昏鴉噪寂寥。東風吹髩影，迴首漫翛翛。

暮　歸

越東紀遊十首選四

樂天云：「東南山水越爲首，剡爲面，沃洲、天姥爲眉目。謝客『雲霓』之句，太白夢遊之吟，由來尚矣。」康熙庚戌九月，新昌劉木生令君招余遍覽諸勝。余喜得盡是勝，而綴詞少文，不能無憾於古今人之不相及也。雅鄭異曲，山靈其重誚余哉？

修竹連岡古沃洲，茅茨細路逐溪流。月明鶴怨支公嶺，楓落猿啼天姥秋。採藥何年迷洞壑，買山無計媿巢由。禪棲此地鄉關子，心蹟輸他不繫舟。

右過沃洲作也。沃洲山有支遁嶺、放鶴峰，支公欲買山隱於此，深公笑曰：「未聞巢由買山而隱。」白道猷詩云：「連岡數十里，修竹帶平津。茅茨隱不見，雞鳴知有人。」四語曲盡沃洲畫圖，唐宋人題詠遠不及也。

高人雲霓天姥岑，登臨誰起謝公吟。好峰迎客開圖畫，芳草無人自古今。華頂秋空傾左顧，石城海氣望中深。振衣欲揖浮邱子，烟靄微茫何處尋。

夕陽西瞑月纖纖，竹路苔痕草露霑。洞仄只如方丈室，泉微難瀉水晶簾。虛疑夢雨飄銅瓦，不信銀河落畫檐。更教小僮尋禹石，禹糧多取不傷廉。

右翫水簾作也。時旱久，涓滴不成簾。簾之頂，産小石如拳狀，類饅首，内裏微粉，分黑白色，若葷素餡然。相傳禹治水時出，號「禹餘糧」云。後人得之射覆，應聲無不驗者。予與從客戲取其一，爭言葷素不定，碎而視之，黑白中半也。笑而奇之。

歷盡雲峰見化城，空山鳥絶斷人行。梵林烽火新龍象，勝國藏經古殿楹。綠暎迴廊深竹色，青摇虛閣萬松聲。老僧揮麈少塵事，茗粥慇懃亦世情。

右遊萬年寺作也。寺爲明神宗太后藏經建。踞山之巔，山高無量。予凡十息足而上，所見松竹皆老而禿，飛鳥屏跡，寺僧爲言，昔浮圖上棲二鶻，客到五里外，飛噪寺簷，以故聞鶻鳴則出迎客也。今亦無見矣。

山海關 六首

神州鎖鑰古雄關，鐵騎雲屯重此間。一自六龍興朔漠，頓飛萬馬下燕山。樓船瀚海滄波壯，烽火邊城白晝閒。多少征人罷遠戍，深閨幼婦莫愁顔。

蓬瀛宫闕望中誇，薊北燕東總帝家。曠代衣裳來遠譯，開天形勝接京華。嫖姚甲帳空殘壘，風雨屯田有斷沙。殊笑祖龍心力盡，女牆長在暮棲鴉。

龍城迴合海連山，王氣東來第一關。塞嶠雲陰鴻影没，星河夜静鶴飛還。中原豺虎終歸盡，南國烽烟尚未閒。歡喜壺漿迎嶺上，雲霓端不負人間。

碧山啣照暎邊墻，疋馬臨關道路長。中土哀鴻輕出塞，南冠罽雉泣投荒。一城砧杵當秋急，八月風雲匝地黄。最是居人閒指點，紅花十里幾迴腸。

澄海樓頭月掛東，潮來吹送角山鐘。分明鳥道千盤嶂，斷絶狼烟萬里烽。塞曲晚風聽牧篴，邊人夜雨話春農。只今九土車書日，天險何勞百二重。

溟渤東浮蜃浪開，曉烟晴散指青萊。鮫宫不見秦皇島，天柱虚標漢武臺。飲馬泉邊流白骨，望夫石上長青苔。登臨幾度滄桑感，朔雁西風起暮哀。

立夏日集城西書院，雨中留春六首選三

春光未盡報春歸，小雨疎花静不飛。墻外聲聲唤泥滑，東君莫漫涴征衣。

雨冷琅玕薜荔肥，枯碁懶着坐忘機。獨憐花事今朝盡，酩酊池頭戀落暉。

鴂鶹逐子伯勞飛，天淡雲濃夕照微。勸汝東風一杯酒，明年春色早言歸。

黎士宏二十三首

士宏，字媿曾，長汀人。順治甲午順天舉人。官至布政司參政。卒年八十。有託素齋集。

詩鈔小傳云：媿曾負岸異姿，童時即能讀等身書，嗜聲詩，又不好繁豔諧俗語。少遊寧化李元仲之門，稱入室弟子。應試三山，見曾弗人，作蘭與蘭語詩爲贄。弗人大擊節，且語人曰：「黎生詩，漢魏之苗裔也。」時新建徐世溥有文名，謂「今海内人士，惟長汀黎媿曾及漢陽李文孫兩人已耳」，而周櫟園方伯謂「黎自可單行，若比並漢陽，恐疑噲伍」。其爲名公大人所傾倒若此。順治甲午捷京闈，屢試禮部不第。需次授廣信司理，旋以裁缺補永新令，舉能其職。歷官至甘山道，移節寧夏。適邊將倡亂，河西一帶無固壘，人心風鶴，訛言日數起。顧獨以鎮靜處之，督餉、籌邊、治軍書，每至達旦。八年塞上，勞苦功高。迨干羽舞階，膚功克奏，諸公多以節鉞相推。而屢疏陳情，卒遂初服以去。昔臧文仲有言：一畝之宫，彈琴賦詩，蕭然自樂，幾忘當日之赤羽白旗，而以身爲長城之寄也者。「賢者急病而讓夷。」若此者，可不謂加於人一等歟？著作甚富，選家謂其古文清新俊逸，未嘗步武前人，而動與古會。詩格隨年而變，大抵刊落陳言，清真樸老，與周櫟園、汪舟次諸公後先競爽，異於以聲悦爲工者。寅湖青草之奇，靈洞翠華之秀，吾於託素一集，蓋悠然而觀其深矣。

答贈陳弓甫先生

遠驥伏車下，寸心願高徒。負重不敢辭，但惜駑伍齒。並驅咫尺間，何所别千里。雖曰蓊稻甘，無以托生死。憐憫甚戮辱，鞭笞爲甘美。君子古九方，乃察熖光紫。寥寥誰復知，長鳴則爲爾。

追和沈約初荷

田田自欲上，生我芳沼中。新枝濯涼露，弱幹摇輕風。惟有種花人，心知花白紅。

望湖亭同江天章

十五年中七往返，遊踪歷歷生閒想。人事蹉跎那足論，湖光依舊平于掌。湖光烟色紛無數，亭上行人自來去。就中賈客年最高，猶識前朝渡頭樹，春風急雨穿人過，一亭孤峙蒼暝破。不識登臨昔幾賢，何事何心供坐卧。溪山真自爲人好，四壁開風落清曉。放懷天地古今寬，眼底廬山猶見小。

來甘州一載矣，尚未紀其風物，夙昔交遊問貽雜至，特作六百字寫懷，用柬知我

萬里黄河飛一線，五州碁錯東西面。蘭州渡河而西爲武威、張掖、酒泉、墩煌四郡。大旗日落照孤城，畫角聲低迷故縣。秦人百二誇山河，明駝駿馬羌唱歌。峽水淙淙石齒齒，祁連千仞

高嵯峨。白頭父老説前事，舉鞭還指戰場地。射殘鐵鏃半段鎗，得來換酒謀朝醉。馬蘭苜蓿生沙州，荒郵短驛連古溝。四月寒山催種麥，風高六月猶披裘。夾道鱗鱗見番族，放馬滿山羊滿谷。天巴歲歲説防秋，未必飲河能果腹。番族舊屬西人，歲索牧畜，名「討天巴」，邊士防其出入。河西僧人著黄衣，蟻蜉經卷銀字肥。吞針羅什不長見，斗室維摩仍有妻。或云此輩便其俗，要使羈縻壓荒服。時平不問燕雀安，防微深恐鼠蛇伏。前年草地紛請求，閉關卻謝誠良籌。豈可鴻溝割項羽，寧容子敬分荊州。前西人請畀草灘，不許。廟堂勝策堅壁壘，得使瀲灩安弱水。曾無佛骨與仙才，來束單車結雙軌。弱水離山丹十里，古縣名刪丹。書生落落真自豪，一斗伊涼笑爾曹。朝來起看雪山雪，夜臥貪窺星漢高。甘州四山積雪，經夏不消。金瓶新摘青粿熟，萬顆勻圓薦紅玉。梨秋熟者曰金瓶，轂蚤登者曰青粿，葡萄一種曰公領孫，熟時紫圓緑蓋，大小間垂，東南所未見也。長槍江米壓囊香，聽盡甘州垂手曲。歌舞有大小垂手。曲中何曲最斷腸，銀笙吹月山半銜。尊前鐵石頑司馬，肯教閒淚澆青衫。經年此處似差樂，土房煤甕傾羊酪。譬如生長作邊人，那識金虀開碧閣。甘州陶江絶少官廨，俱以土覆。衙散清齋一事無，還能憶我前讀書。鑿空博望出下策，欲將繒幣聯康居。繒幣東來千萬軸，單于城畔高粱肉。單于城去鎮百里。縱使貳師出渥洼，何如八駿追周穆。還想子公破月支，張掖即大月支地。當時壯節稱魁奇。而我不煩折一矢，談笑欲狹前人規。幾人稱王幾人帝，槐柯蟻蛭真兒戲。張重華、呂光、禿髮烏孤、李暠、段業、沮渠蒙遜，皆於河西僭僞號。重華空上建業踈，蒙遜解乞搜神記。不知何代何王宫，陰房鬼火遮路紅。彩虹已逐瓜蔓水，尺碣掛壁誇奇功。龍王廟有西夏建橋碑。看烏西飛兔東走，功名富貴亦何有。巧鸛當徑啄新蒲，跛羊臥路嚙殘柳。監倉公子無乃愚，不算升斗量錙銖。作詩索句如追逋，胡爲嘐嘐嗤古徒。我不敢效我友逸，粗了簿書吟抱膝。虎頭燕頷百不須，坐享清時懶投筆。

聽　蛙

群動紛于夜，林塘增一幽。以聲連遠類，是響逼新秋。月色遙分樹，涼風先著樓。今宵淒切坐，此意抱誰投。

舟過建武夜行

不住因風好，能爭半日程。船燈敲石火，人語渡河聲。月上千峰立，霜深一雁鳴。經年南北路，多半是宵征。

貴溪小隱巖

出郭無多路，斯山遂覺深。四時全雨色，長夏逼秋心。野饌分僧供，殘碑與客尋。誰能容小隱，弭節媿登臨。

秋行

許多新恨葬紅塵，漉酒閒他舊葛巾。催雨寒烟當立馬，投林荒鳥急遮人。別開文塚歸芳烈，欲買糟邱作比隣。五嶽向平真錯料，只須閉户毀蹄輪。

淮陰道上

層城高峙碧流湍，懷古人從立馬看。名字不難留畫閣，英雄何處覓漁竿。千秋戰壘啼烏喚，五尺碑陰舊雨寒。惟有市中年少客，時時清淚灑江干。

秋歸

雲暗長河落葉稀，秋風吹冷上征衣。來成底事經年別，今去能知昨日非。霜氣遠從江路白，雁群直伴旅人歸。候門穉子應相計，菊滿清齋正雨肥。

至西昌知周先生無恙，且得手書，庚子五日

他鄉驚喜公還在，痛定開函淚更流。萬死纔回明主顧，孤兒猶囑故人收。衆中薄命誰能惜，意外微生荷獨留。誤盡閩南碑下客，無端北望哭西州。沈歸愚云：「一氣赴題，少陵有此章法，前代謝茂秦亦有之。」

章江送劉峽石御史左遷入粤

萬山如畫木蘭舟，特爲章門十日留。詞賦王郎悲故郡，琵琶隣女憶江州。沿河柳細春初曉，到嶺梅殘雪未收。好去尉陀臺上望，幾人彩筆擅風流。

登武安山同周光仲、江天章、趙五聚

登山便與此山宜，領略諸峰面面低。劃爾孤雲供過眼，嵗然廢郭接當眉。花從開去皆當路，鳥自歸來不揀枝。幾處薪烟樵徑晚，爲思昨日坐看時。

别宋其武先生

一時行色滿江關，襆被西風送客還。櫓背菊花深見月，路吟紅葉飽看山。鴻飛那憶東西跡，鷗興隨乘遠近閒。當代人文誰屈指，如公寧便許身閒。

隴西秋懷，戊午八月

戰塲西去望勞勞，還記當時剷賊壕。白甲一軍屯隴右，時大師以白甲兵取勝。黄巾四月散臨洮。曾邀下馬傳飛檄，蘭州師潰渡河，幕府俱空，予忝執筆。近祗回車賦廣騷。節次通侯看蚤貴，無人解説舊功曹。

高齋過雨無人跡，短巷披衣混馬通。蘚字緑封長吉塚，塚在隴西城南五里。荳花紅入隗囂宫。一龕燈熖驚棲鵲，幾杵鐘聲聽過鴻。莫復秋風吹更急，最知易感是孤桐。

出潼關

七千里路歸途遠，日日郵籤數去程。立馬晴雲看大華，牽舟清渭過西京。科條漸密尊關吏，壁壘新開守禁兵。時滿兵守關稽客。似葉一身還問姓，知非前度棄繻生。

贈大中丞金公

一代才名視白蘇，特開棨戟照邊隅。元和盛德今平蔡，丞相天威蚤渡瀘。烽火全消安壁壘，桑麻徧插少追呼。春風步屧看泥飲，花柳村村入畫圖。

送沈瞻山

開徧青山躑躅紅，何妨客興減錢筒。鵲爐衣熨黄梅雨，烏榜船乘擘岸風。帆起迎門喧稚子，酒香約伴覓鄰翁。異書得見知何卷，笑解新篇出枕中。

玉山署中看周光仲作畫

矗上青峰十八盤，人家烟火露林端。長官近日行田慣，常得從容立馬看。

入寧夏以來筆墨都懶，就所見聞得截句二章，采風者或有取而覽觀焉。丙辰六月之一日

城頭新水嗚咽鳴，城裏丁男結伴行。健婦把鋤空雨泣，莫教春鳥唤催耕。時有添兵之議，按籍

計丁。恐來歲耕桑半爲空堡。

節下新開落雁都，梁立新軍爲落雁都。春風立馬舞交衢。漁陽舊將爭迴席，指顧銀鞍笑不如。

萬又元錬師有遠遊訪道之行

塵埃野馬漫紛紜，誰解閒身伴水雲。一棹春風乘興遠，過江先問小茅君。

毛鳴岐二首

鳴岐，字文山，福清人。順治甲午舉人。官營山知縣。有蓼庵集、萍遊草。

小孤山

漸看兩岸窄，忽擁一峰尊。峭壁懸僧寺，平流匯海門。燕穿石罅亂，帆雜雨聲喧。歷歷戰爭地，滄桑何處存。

仙霞道中

中分閩越地，一徑出危關。雲没天低樹，溪懸竹壓山。客心愁歲月，秋氣老人顔。曲折峰迴路，遙聽澗水潺。

曾大升 三首

大升，字惟佐，號二改，侯官人。順治甲午舉人。官宛平知縣。有依隱堂詩略。

芋江早發

秋色晨光裏，烟波趂曉征。一身爲客日，萬里望鄉情。鸂鶒晴沙聚，蒹葭遠岸明。風塵隨泛梗，回首媿浮名。

懷西泠宋士衡

秋葉落紛紛，秋齋時憶君。三年消息斷，千里夢思殷。夜靜孤燈暗，天寒一雁聞。胥山與岊水，何日慰離群。

兵至

寇亂憂吾土，窮年未息兵。徵書百道起，戎馬四郊鳴。按部雲連幕，吹笳月照營。將軍漢驃騎，早晚望清平。

林堯華 五首

堯華，字聞伯，莆田人，煇章子。順治甲午舉人。官榆次知縣。有浣亭詩略。

孫子未云：浣亭詩蕭散沖澹，出於自然。

步柳橋尋岸圃舊址

城南岸圃日蕭涼，碧甃丹楹跡已荒。養鶴洞平榛露白，種魚池涸草雲黃。山僧別築辛夷塢，野牧頻穿苦竹岡。歎息當時少司馬，三年貌得柳橋莊。

去榆次縣作

敝廬風雨足苔磯，勾漏尋砂覺昨非。菱米有租充石鼎，荃絲爲布剪山衣。詩情獨往蠶抽蒳，酒興頻年鷁退飛。聞道閩南開市舶，過江通印子魚肥。

雜憶二首

幔亭三百二嶢峰，薙草旗槍霧露濃。辛苦詞臣作茶録，至今人製密雲龍。

扶茘丹歸橘未黄，豆花雨散袷衣涼。客來高坐饞龍目，還道沾脣似蜜房。

梅　溪元丞相耶律楚材故居。

竹車晚過衛河西，水色如銀遶稻畦。小墅無人鵶聒聒，秋風落葉滿梅溪。

魏天申二首

天申，字宜仲，莆田人。順治甲午舉人。官石首知縣。

寄惟度家弟

天涯薄宦一身輕，望斷吴江路不平。赤鼻寒風空鶴夢，白門夜雨憶雞鳴。文章千載知虚席，貧病三春倚短檠。汝不肯來予莫往，再生應了子由情。

别吴星若

春半沿溪緑草平，載歸書劍一舟輕。臨行不灑英雄淚，恐入長江作浪聲。

曾應銓一首

應銓，字惟直，侯官人。順治甲午舉人。有焚餘草

登赭山望長江一帶

日曉湖陰霽色浮，春城芳草接丹邱。山連建業銷金氣，潮打荒蕪過石頭。雲樹蒼蒼平野闊，乾坤莽莽大江流。帆飛南北歸何處，有客天邊獨倚樓。

周韓瑞二首

韓瑞，字與仲，號退菴，莆田人，鯤曾孫。順治甲午舉人。官曲江知縣。有擷芙蓉集。

注韓居詩話：退菴宰曲江，計典膺上考。將入都，未行，尚逆變起，竄伏蠻洞中，數載始得還閩。所著詩賦十卷，雕板已失。鄭王臣購得手録詩一册，爲釋澹歸所點定者。澹歸乃前給諫金堡也。

粤客杜子徽投詩

閒庭晝靜翳松蘿，小杜高軒喜見過。嶺嶠停雲來舊雅，郢中詠雪動巴歌。三年記室鱗鴻少，一部詩情戰伐多。苦歷蒼梧烟雨路，悲笳蔓棘近如何。

元夕鄭經侯枉過，值雨至，對酌

上元一雨竟如秋，駐馬啣杯慰昔遊。客戴南冠同繫越，人驚左袒欲爲劉。燈花寂滅寒生怨，簫管輕圓散作愁。惆悵陰晴渾莫定，不知何處是扁舟。

陳烱宏一首

烱宏，字涵哉，海澄人。順治甲午舉人。官廣東高州通判。有下里巵言。

汀溪舟中

建溪奇不盡，最警是臨汀。磜撼千尋碧，天含一綫青。攢崖群籟嘯，覆石野薇馨。欲辟管城子，於山註水經。

國朝全閩詩録初集卷四

侯官鄭杰昌英緝

許遇三十八首

遇，字不棄，一字真意，號月溪，侯官人，友子。順治間官河南陳留知縣。有紫藤花菴詩鈔。

注韓居詩話：月溪工松梅竹石，受詩於新城王貽上。貽上嘗題其畫竹云：「許侯磊落負奇氣，平生節目堅蒼筤。石林手種竹萬個，興來自寫千篔簹。」仕有惠政，公餘常禮士大夫，倡酬吟咏。卒於官。七絶實爲所長，莘田學焉。子鼎、均，皆能詩。

江上寄友人

處處春歸客不歸，片帆迢遞逐斜暉。野花點水紅應瘦，遠樹留雲緑正肥。讀遍好詩愁未醒，看殘明月夢還違。何時得結寒溪侶，箬笠青簑弄釣磯。

家山雜憶一百三十五首 選三十七首

仙人昔日悲風木，故宅南樓寫拜雲。兩世藏書猶未落，傷心不忍讀遺文。

中允人文海宇傳，外孫猶得見遺編。麟峰荒草孤臣骨，江左呑聲二十年。外王父坤五黄公，故國詞臣，窮經遺老，風流文采，照映當時。僑居白下，近歲方得歸葬故鄉。遇終身未瞻顔色，三復遺編，身世之感，痛也何如。

匆匆猶憶去西泠，重過吴山依舊青。化鶴未歸悲從子，一泉風雨不堪聽。先叔侍御公尚殯梁溪。

荊花零落歐龕前，月黑螢飛叫杜鵑。春草十年猶有夢，可能夜雨對牀眠。歐龕在園内，亡弟停柩處也。與予影香窗卧榻相對。

野棠風落紙錢飛，漏日穿雲雨脚微。散福酒醒人影寂，松楸壓得擔頭歸。土俗，祭掃畢即列坐飲于墓所。牛羊初下，夕照方殘，已摘野花松葉壓榼而歸矣。

山鳥山花盡杜鵑，天涯寒食倍潸然。村童歲歲來分餅，似較兒孫熟墓田。俗歲三祭：正月、清明、重九。惟清明多載麪餅，近村童稚扶携百十而來，謂之「乞墓餅」。

如村深巷少人行，接葉過墻呀曉鶯。馬尾結籃團茉莉，夕陽又聽賣花聲。

紫藤碧荔春相引，水木芙蓉更颭秋。憶得隨行橋畔去，看山還上董松樓。樓亦在米友堂後，恰與董見龍司空山房松陰相向，故名。

結茅粉本擬雲林，瘦石霜柯稱隱心。風幔正垂秋月白，滿窗濃墨寫梧陰。米友堂規模、樹石仿倪迂位置。憶遇少時侍先人步月，既夜矣，念岸船受月無多，命童子即刻破壁如虛亭，旋製布帷隔之。雙梧影入帷中，中外澄澈如酣墨新寫者焉。

迴遭土室晝冥冥，南北窗開緑滿庭。記得課詩殘雪夜，燈光竹影舊陶缾。陶缾爲先人昔日宴息之所。夜懸墨紗竹枝燈，光摇四壁。憶丙申春雪大作，遇時七齡，侍先人側，因教杜少陵「驥子男兒」之什，命遇解述，頗稱意忘倦。曾幾何時，徒懷罔極，傷哉。

牀頭鏡檻明如月，却喜寒聲動寂寥。淅瀝中宵聽疎響，雪花幾點落芭蕉。陶缾北牖如月，以受涼颸。

軒迴澗曲水泠泠，浮翠烏山遠近青。燈火未來蛩語寂，高梧疎雨一人聽。即陶缾前軒，名見山。浮翠岡，園内小山也。

情深翻與世緣疎，晝掩柴門耐索居。偶誦停雲愁把酒，天涯恰到故人書。

點湯細剥雞頭實，壓髩斜簪雁爪花。一種暗香籠月下，小鬟新試雪峰茶。雁爪茉莉，瓣尖香韻，予家有之。

微雨初晴手縛籬，抽條迸茁碧離離。憑君看取三千个，不用鵞溪寫一枝。予向亦喜寫墨竹，近頗有襪材之厭矣。

笋尖如鏃纔穿土，老瓦盆中玉版香。但瘦不妨無使俗，多留隙地養新篁。

帶尖嫩葉白巖茶，纖手閒心揀細芽。竹隔熏箱微火煖，昨宵黄透樹蘭花。凡花皆曰開，惟樹蘭、魚子之類，土人曰熟、曰透，可以熏香染茶。

小檻寒添宿雨多，岸花紅重俯新波。閒聽撥刺摇花影，知是紋魚嘯子過。

老夫兒輩百無能，探得殘編意緒增。密樹書聲風雨裏，分明漏出兩三燈。

半壑烟霞未寂寥，轉坡側徑望中遥。客來要探梅花信，小立東風第四橋。

書鈔種樹學山家，朱橘黄柑映日斜。轉憶春深香出巷，傍牆白碎是枹花。枹花，似柚，實亦如之，香聞里許。

棃皮缸注黄梅雨，荔炭香生白瓦爐。昨日山僧寄茶至，紫毫香潑大彬壺。梨皮缸，載自外洋，受水三十餘石。漳郡瓦爐，色如雪，煑泉無風自熾。

硯開蕉葉檀爲匣，酒釀蓮鬚竹作樽。醉後蠻箋書小調，縛枝草筆印絲痕。莆中近有通身草筆，亦堪書。

攤書倦隱烏皮几，撥火香沉鴨脚灰。荔酒泥人甜似蜜，破寒小注鬬雞杯。

生男未勝淵明子，役使曾無顓士奴。且盡杯中任天運，不將懷抱掛賢愚。

玉蝶和香燈影斜，蘇紅映水入窗紗。道人看慣重樓蕚，偏喜溪南梅子花。玉蝶、燈影、蘇紅、映水，皆千瓣梅也。吾鄉有前輩出郊尋梅，村媪曰：「大冷天氣，不煖閣圍爐，顧乃冒寒度板橋賞梅子花耶？」鄉人呼野梅爲「青梅子花」。

土花鬆雨好開鋤，老圃閒來檢歷書。共摘園蔬供早飯，芥藍新甲細船魚。海上醃魚以細船爲佳，到速而味鮮也。

持螯江左誇能事，爭似圍爐炙蠣房。更把一尊梅影裏，千林晴雪撲巵香。梅盛開時，常結伴於梅林中，親炙蠣房，行酒以爲樂。

巑榼攜將海錯鮮，棕籃載得野花妍。隔鄰邀取尋芳去，不在山椒即水邊。俗有「集篡鬭花」之樂。

魂迷隴樹憐鸜鵒，跡戀山家學鷓鴣。菉笋正肥西舌嫩，季鷹空解憶蓴鱸。

緑皮脆薄護丹砂，異樣香甜冷浸牙。好與荔枝同醒酒，臺灣舶到送秋瓜。臺灣瓜，色猩紅，味極甜。

淵明塚遂生前達，孟德墳疑死後空。許子也曾題片石，月溪之墓亂花中。予喜園中梅花之勝，先立片碣於浮翠岡前，曰「月溪之墓」，花時以酒澆之。

慧業風流憶昔賢，風帆沙鳥故依然。重將林壑開生面，長傍名山古寺邊。曹石倉、徐興公諸前輩常會文酒其中。

泉開半月澄空翠，奕響閒堂振暮烟。霹靂層巖還似昨，居人莫漫笑平泉。霹靂巖，宋人石刻也，在園內。半月池、奇奕堂，石林勝地。

笋輿觀穫入山陬，山半霜深菊早開。願與山翁折租券，箬蓬艇子載秋來。

螺女江空一派秋，白沙如雪合江流。旗山更在沙痕外，一葉漁舟幾點鷗。

長説歸時未合歸，山翁終戀故山薇。白鷳亦是山中鳥，與報兒童早放飛。予家養白鷳甚馴。

蔣奕芳三首

奕芳，字居實，號孟隣，長樂人。順治庚子舉人。有金粟園集。

金陵懷古

逶迤緑水帝王州，閲盡年華幾度秋。花閉宫城虚望幸，雲埋劍戟迴生愁。晴天小棹回書浦，落日寒烟鎖石頭。誰向新亭空下淚，祇今惟有大江流。

後庭歌罷淚沾膺，回首蒼茫恨不勝。野鳥自啼梁故苑，樵人誰識晉諸陵。横塘古樹凋殘葉，曲水寒波老積冰。欲覓舊碑尋往事，空山無復六朝僧。

鐘山

靈峰合沓插青天，一望崚嶒思渺然。野寺舊來餘七十，嶺松今已過三千。移文客去蘿烟冷，洗砵僧歸竹露鮮。知是先皇龍蜕地，白雲封護自年年。

彭　鵬二首

鵬，字奮斯，號無山，莆田人，文質曾孫。順治庚子舉人。授三河知縣，擢工科給事中，陞貴州按察使，遷廣西、廣東巡撫。有古愚心言。

蘭陔詩話云：康熙甲寅耿逆變起，公不污僞命，佯狂却粒，錐齒嘔血，三年堅卧不下牀。至平復後方起，撰千日大夢圖記以述其事。歷官中外，清風亮節，天下稱之。矢詩不多，俱有關係，可以當詩史矣。

日哭三君子行福州守王之儀、建寧司馬俞三畏、侯官令劉嘉猷。

嗟呼天地黯淡白日黷，爲鴟爲鼠何反覆。三月有客過江言，月望榕城人集木。出者仰天皆屏息，入者和塵保走肉。傳聞男子得三人，伏屍流血恥臣僕。泣曰三人者爲誰，客云以耳不以目。將疑將信聽客云，遲之七日果來復。督臣不撓被幽囚，生死存亡握粟卜。屈指三山王邦伯，駡賊睢陽身爲戮。碧水丹山司馬公，含笑就刃無顰蹙。忠烈同時孰後先，剛鋒交下血噴漉。上有猛獸正負嵎，下有豺狼心久蓄。張牙開齒獰人前，眈眈視之欲逐逐。堂堂儘見七尺軀，下風稽顙惟俯伏。懸河談天舌槁然，肝膽冰寒形神觫。三公浩氣歸山河，殺身成仁彼所獨。如是我聞閉柴桑，虛空掩口吞聲哭。吁嗟乎，佌佌彼有屋，蔌蔌方有穀，哀今之人誰非食君禄。

從征行

大東小東空杼柚，征徭不辨其盈縮。自從排户應兵興，官差打門暮與夙。少婦露面嗚咽陳，妾家良人無伯叔。昨夜行役點數千，良人在内尚枵腹。計程此去十二時，隻身何能兩馳逐。婦陳官差亦咆哮，西隣老嫗聞之哭。我翁六十昨同去，兒家重派翁必複。東西兩婦聲慘惻，老者氣乏少者伏。兩婦幾幾欲斷絶，官差暫舍過北屋。中有跛者不能行，縶之維之大顰蹙。婦向跛者微欷吁，太平盍日向天祝。今茲一一重申飭，不奉羽書毋給副。廢疾似我出僱錢，誰云跛受手足福。婦向跛者微欷吁，太平盍日向天祝。今茲一一重申飭，不奉羽書毋給副。匪不念彼征夫苦，祈寒暑雨赴殺戮。奈此役夫無休息，遺黎久難支鞭扑。誰將此示懷好音，趦趄漸次尋邦族。百爾君子惟所司，努力奉行體並育。但願清宴無煩苦，職思其居車脱輻。

林堯英十五首

堯英，字蜚伯，莆田人，煇章子。順治辛丑進士。歷官兵馬司指揮，轉户部主事，遷員外，陞刑部郎中，出爲河南提學僉事。有澹亭詩略。

蘭陔詩話云：王阮亭選燕臺十子詩，澹亭與焉。其詩藻逸思深，體備文質，與兄涑亭工力悉敵。

雜詩

泛世自輕舟，汲古㔩深綆。得失判斯須，炯炯一燈影。墳索紛縱横，誰爲先幾炳。飢鷹毋遽颺，狂象畏其騁。何如濁醪杯，頹然萬慮屏。

廣巖虛玲瓏，蓊翳千章木。飛瀧不斷流，淙淙戛寒玉。晞髮者誰子，空潭暮濯足。有時檽扉間，自手韋編讀。何當一來遊，就爾烟際宿。

歲暮雜詩二首

枯楊號天風，元陰寒已沍。積雪蕤車輪，踟躕屢回顧。黯黯九疑雲，眇眇蒼梧樹。山魈啼向人，蝮蛇走衢路。俛仰傷此別，河廣安可渡。短褐聊御冬，遑辨緇與素。誰謂夜漫漫，燭龍漸東吐。

衆鳥爭拚飛，千里見黄鵠。嚴霜百卉零，英英獨叢鞠。昭王去以遠，荒臺誰更築。易水凍不流，壯士悲聞筑。所恨劍術疎，宫館虛推轂。徒令千載士，嗚咽仰遺躅。

和田綸霞移居

田郎改築懸櫟車，索綯葺茨同山家。南榮兩厢立短栅，萍可飼鶴莎飼麑。借問何以得幽曠，水曹無事休朝衙。西望香山隔牆角，千尖萬尖雲袂斜。遂摹清景寒寄竹，破眼艷艷叢節花。君才十倍頗驚衆，坐飛虎僕揮青鴉。我如江鼓久喑啞，手無蜀木寧堪撾。讀君新詩錬山骨，直窮天巧追皇媧。

讀雙江唱和集

屋背神鴉喧晴朝，石根老柏垂勁條。望子晨星久落落，忽喜税鞅塵聲消。左停鞭弭右韃屬，有若迸水迴赤蛟。竹寮炯炯好圍坐，時牧仲同阮亭、實庵、漪亭、峨嵋、蛟門、方山集余寓齋。自言清興窮遊遨。虔州一月春如海，雜花結幛篁抽苞。更躡鬱孤臺眺聽，崩雲千丈迎飛潮。砰訇雷鼓日奔吼，崆峒天竺疑動摇。城南官閣静無事，不辭佳客頻招邀。共剪谿藤恣揮灑，江風吹字成青瑶。顧我經遊已十載，螺亭入夢真湫漻。把君此卷轉自失，恨無傑句留山椒。投以小詩當杜舉，徑須痛飲訶陵醪。

送彭與是之唐州，取道長平

上黨真天險，重關四面開。桃花新水近，桐葉古城來。狐谷春雲合，龍峰晚日隤。遊山靈運興，且愛嶺紆迴。

昌平道中

鼎湖精爽地，長傍薊門秋。北極光猶拱，西山翠欲流。天陰蹲虎豹，日落亂松楸。極目勞行邁，蕭蕭起暮愁。

初夏憶木蘭舊遊四首

還望梅峰半，茅齋起寂寥。徑通巖頂石，樓瞰海門潮。蟬嘒風中竹，蝸行雨後蕉。澄心點周易，滴露在林椒。

登頓三峰上，尋幽事未遐。山深肥石蕨，寺靜落松花。鮓切龍兒笋，湯傾蟹眼茶。梅天無俗跡，橫杖曬袈裟。

石室峰頭坐，巉巖直接空。雲遮江樹白，日射海波紅。松鼠盤藤蔓，莎雞隱竹叢。長懷觀蜃市，樓閣散柔風。碣石非吾土，壺山憶故鄉。映溪盧橘熟，照水荔支香。沙市收瑶柱，潮泥掘蠣房。物情真可玩，歸興一何長。

塞上

重重霧堞鬱崢嶸，設險居庸擁帝京。萬里河源翻濁浪，千盤山勢抱邊城。平沙半入黄榆色，吹笛遥聞楊柳聲。燕趙悲歌且暫歇，并刀時向匣中鳴。

雜憶二首

白石山頭縛小亭，四山亂影入虚櫺。一年幽事何曾斷，龍目香殘橄欖青。

石淙飛瀑瀉林梢，臘至寒梅已放苞。翠羽啾啾啼不斷，江妃堤上結新巢。

程甲化二首

甲化，字季白，號碧洲，莆田人。順治辛丑進士。授諸城知縣，擢吏部文選司主事，累遷大理寺少卿。有拂秋堂詩集。

蘭陔詩話云：碧洲古體學東坡，多用其韻；近體亦清雋，不事琱刻。

黄忠裕故里

先生諫草挾霜花，追挹高風室未遐。飲淚孤臣知有國，無愁天子不思家。生舒馬革鴟夷恨，眼見僉壬斧鑕加。宣室召還公賦鵩，懷沙萬古一長嗟。

愛吾廬新築訪林浣亭

長驅鼠臘飲松腴，仙吏禪宗慧業儒。墅是輞川詩是畫，何須更寫剡藤圖。

鄭熼新一首

熼新，字伯焕，號鞠思，閩縣人。順治間辟爲通判。有汝南集。

閒居

閒居何所適，開卷有深情。水性還宜澹，花心故喜晴。曠觀雲入定，幽夢草初生。忽聽簾前鳥，聲聲解不平。

陳騄 二十一首

騄，字昌範，號仲桓，長樂人。順治間廪生。有偶菴集。

注韓居詩話：仲桓工小楷，詩格高法密，氣老語堅，可與綏安丁、朱二布衣並參一席。

冬夜飲友人齋頭見霜菊，以鮑照「霜中能作花」爲韻五首

幽牕來明月，竹下獨行行。寒姿過九秋，蕭然留冬香。我自采盈把，天地空青霜。

潭邊衆草歇，籬下吹嚴風。傲性不易枝，幽思吟無窮。千秋少知音，彭澤杯酒中。

繁枝何疎放，冬夜情自矜。違俗老幽獨，小酌呼良朋。愛此霜雪質，秉燭眠未能。

凄凄夕已殊，梅花開還落。叢枝冷露心，託根在巖壑。惟有高士風，聞者庶能作。

羲皇去我遠，歲月問山家。晚暮多閒姿，處士安無譁。松栢有高性，桃李空繁花。

即事

雞鳧飽香稻，託命在庖厨。鹿麋隱山澤，飢渴色不愉。此中禍福有定理，達者遇之慎須臾。

送紀伯紫之金陵

逢君傾蓋好，言别大江流。意氣憐杯酒，山川换驛樓。裁詩舊國夢，讀史白門秋。獨有閩南客，頻看雨後舟。

集介亭和韻

蕭然成市隱，静極俗情疎。秋氣空庭菊，詩聲高士廬。夜寒留話永，烟老入牕虚。猶是十年夢，何門可曳裾。

夜光堂獨坐和韻

暮角迎秋至，微霜上客衣。風塵人已老，出處計全非。寒月光無定，歸雲倦不飛。惟餘三徑在，良願莫依違。

寄懷高雲客讀書安蔬

欲識群峰處，烟晴共一樓。遶畦蔬供飽，入夢竹聲秋。得失渾無著，圖書當臥遊。何時破孤况，楓冷過江舟。

山居九首選六

行人尋逕入，縱望亂烟中。寒瀑白相照，孤峰青未窮。柴扉山半寺，箬笠渡頭翁。何處夕陽影，村村橘柚紅。

天涯岐路迴，百里隔烟江。遠塢斜疎竹，短橋連小窗。霜凝暮色古，石咽亂流淙。欲向南來雁，書成寄一雙。

亞枝何處竹，石竇動雲根。衆鳥喧山市，一僧開寺門。研池微雨潤，几席亂雲昏。更有新題處，梅花近小園。

怪石頻呼丈，松根傍澤邊。疎鐘寒夜徹，殘柝客心懸。逕失雲千畝，詩成月一肩。歸來杯酒熟，微醉立花前。

遠夢驚秋葉，還家想暮霞。村春新潤雨，野酌老農家。榻小書千帙，厨寒飯一麻。蒼茫烟樹外，目送鳥飛斜。

擔頭芳草遍，馬首野雲留。禪意參雙樹，書聲隱一樓。相逢新塞雁，無恙舊盟鷗。知有鄰翁在，朝朝老此邱。

别周載俅孝廉之崇安

秋到柴門靜，倦燈尋夢餘。山空雲度鳥，浦白月歸漁。抱影應同汝，勞生慨獨余。畏看河漢淺，良夜復何如。

尋　春

野外尋春三月時，偶然昨夜與僧期。山多樹老行人斷，流水柴門午磬遲。

宿白雲堂

松語鐘聲黄葉天，空堂人靜一燈懸。十年舊夢頻回首，風雨無端近枕邊。

舊寺讀壁間詩

猶餘虛壁墨痕新，古寺荒涼有暗塵。萬樹松聲千澗水，月明曾照昔時人。

早秋宿田舍

流螢一點依月光，南村桐樹夜生涼。老農牽犢眠屋下，蟲隱草根呼微霜。

陳祖虞十五首

祖虞，字燕臣，閩縣人，選子。順治間諸生。有喬雲堂詩。

注韓居詩話：喬雲性穎慧，通經史，潛心程朱之學，于古樂府尤爲擅長。家貧，嘯歌自樂，蟄菴蕭公慕其名，延爲子師。時耿藩叛，欲延誘之。遂逃之江中，宿象鼻菴，其節義屹然可想。又素喜蘇詩「蒙邊」、「惠邊」之句，屬纊時，姪及門人取以爲號，遂稱爲蒙邊先生。

病頭郎

病頭郎，官平章，布衣談兵守一方，擒殺大將翳日光。病頭郎，爲元生，爲元死，生元神，死元鬼，飲血慨以慷。得死身不悔，丈夫有力建奇功，事敗撒手儕鬼雄。何爲更作褚司空，嗚呼海門生悲風。

王家奴

王家養奴如養虎，賞何歡，烹何苦。妻爲炊薪主側視，鼎外齊聲應鉦鼓。日月並行開中土，粵州應烹奴縛主。

滇池歌

洱河河上彩雲翔，碧雞金馬祠南方。玉斧畫河歸大理，金沙江册松山梁。王禕死北寺，吴雲没沙塘。險遠沮文化，旗鼓肆飛揚。滇池赴死龍衣焚，一鼓百日平蠻鄉。設驛通古道，建衛鎮巖疆。黔寧代有英雄起，千秋萬歲奠要荒。

西涼亭

春發凌霄峰，夏次長清塞。北斗已在南，蕭條萬里外。夕歌平戎曲，朝登西涼亭。頹垣鬱蒼莽，柏葉森孤青。天山爲鐔海爲鍔，三掃穴庭功鑠鑠。秦皇築長城，漢武通邛筰。但願求神仙，那復度沙幕。龍旂縱掩榆木川，七騎渡河堪喪魄。

鈐山堂曲

今年殺國老，明年殺諫官。祖宗百餘載，憸壬開其端。青詞香葉巾，結成魚水歡。君玄修，臣弄柄。子鯫鯛，父倭僜。東樓梟，蓴山獍。一紙祈鶴文，猶來丐老病。清寂不記鈐山堂，海水能枯何究竟。

南渡雜事詩百首選十

中原王氣未全收，聖祖神宗監此邱。私喜汪黄二相國，六宫先發赴揚州。

尚書提舉洞霄宫，廢格諸司駕遂東。學録布衣拼一死，滿城烟雨盡紛紅。

壽寧寺享諸神主，壇築江都瑞氣多。鹵簿舞衣應未備，軍中金鼓助登歌。

湖山花鳥麗無餘，升作臨安壯帝居。漫説荆襄形勝好，人人愁食武昌魚。

回首湖光七日過，臨江萬馬自滁和。臥龍山上安車駕，絲管何心問苧蘿。

廬陵乘夜小舟開，捩柁翻成帶甲來。百六女娥花雨散，肩輿扶到鬱孤臺。

檜楫翻波寢殿寒，鈎簾無慮綵衣單。一從瀕海雷琴失，遏響秦箏也罷彈。

大廷制下秦丞相，張趙相推訝頗同。記得陳平封拜日，無知先受薦賢功。

后土皇天舊湼深，獄成丞相果何心。乾坤未復忠良死，萬古中原嘆陸沉。

峨冠闊袖扮登棚，牛李甘陵黨禍成。江海孤生憐僞學，北人還識問先生。

國朝全閩詩録初集卷五

侯官鄭杰昌英緝

林堯光九首

堯光，字覲伯，莆田人，煇章子。順治間拔貢生。官至行人司行人。有涑亭詩略。

葉井叔云：覲伯古製以鮑謝爲體裁，近體以李杜爲筋骨。

蘭陔詩話云：涑亭伯仲詩各臻妙境，而涑亭尤爲秀拔。上獵漢晉，下汲李唐，又錯出蘇黄范陸間，其馬氏之白眉歟？

雜詩

築室漁滄南，林棲人事罕。谿跳雨點麤，嵒掛雲幅斷。山翠澹簷帷，户外落花滿。鹿跡印苔痕，蝸涎篆石竅。抽泉洗篔竹，桄榔綆苦短。即事壓喧呶，褊性合蕭散。

秋東宋圭公山居

涼秋凋叢薄，兩壁盤空斜。重阿鬬虎兕，荒蹊跳麕麚。君子閟塵跡，幽色似黄花。盡室入巖竇，築室類枯槎。斫竹架飛泉，洗銚煎雲芽。皛茈充野膳，釀器聚石窪。願從東野居，山曲青蘿遮。

萬州江上陪李司馬中丞校水軍歌

萬州江水如玻瓈，浪渦合沓盤風漪。制府昨宵下翠軸，燒臍軍牒蒐舟師。江滑刑馬釁大纛，帳底飛隼屯偏裨。初傳探兵盪游舸，兩軍挑戰揚雲旗。樓船砰隱伐銅鼓，弩窓熛忽穿重圍。火獸騰騫半天赤，艚舟漩轉群山飛。上流叱咤動巖谷，拓弓鳴鏑紛餓鴟。須臾横吹十八曲，鐃歌節版笙竽箎。凱旋昇酒大饗士，霍刀擁盾爭刺肥。君不見武帝昔時重衛霍，石鯨風動昆明池。

郊居雜興四首

朝迎田祖去，逐水掩溪扉。合躡青絲履，偏縫白袷衣。雨輕秧馬躍，風健木鳶飛。社鼓送神後，楓林扶醉歸。

竹櫛纔新盥，閒亭蹋緑蕪。伏朝寛卯飲，炎節繫壬符。荷偃拳雲客，莎深立雪姑。戎鈐一衰息，持節又蠲租。

一徑緣花入，橋梁跨小池。荔支遮畫舫，盧橘亞書帷。筆匣山狐柱，茶囊水豹皮。客來頻軟飽，村釀足鵞兒。

籬落向寒郊，蕭晨葺屋茅。風高橙漸熟，霜重菊還苞。短頰黄魚膩，肥螯紫蟹膠。二三小臧獲，隨意運居簍。注韓云：風俗通：「笙之小者謂之和，大者謂之簍。」韻會通作「巢」。雲笈七籤：「秀琰鳴洞簫，小娥運居巢。」

過賓秋園亭

策我紅藤杖，開君白版扉。山亭椶樹暗，石磴枳花飛。小隱偏危帽，幽尋尚氊衣。此時足蝦菜，江口子魚肥。

訪爾公山齋不值

涔雲踈雨散平汀，傍水柴荆晚不扃。牆濕苔衣鳴鵠鷯，池漂荷瓣立蜻蜓。龍紋石鼎香灰白，獸耳山罍酒瀝青。看竹直須乘興至，主人才出借花經。

黄若庸七首

若庸，字仲丹，閩縣人。順治間貢生。官盱眙知縣。有溪行、岸園諸集。

宿白雲洞

十里巉岏道，探奇到此稀。芒鞋風葉響，松逕露苔肥。山月歸林小，江雲渡水微。禪關聊信宿，幽賞竟忘歸。

洪塘小金山寺

一到江心寺，詩懷忽渺然。山青全釀雨，波白半生烟。古墖依橋静，疎鐘隔浦傳。壁間題尚在，幽想已三年。

樟　溪

到此溪疑盡，船迴溪轉幽。泉從春澗落，靄向暮峰收。雨水夾田舍，衆山明驛樓。蒼茫殘照裏，蘆葦溯中洲。

春日泛舟

亦有中流興，悠然上竹船。橋低知夜漲，岸闊看春烟。燈照沙間月，山横水外天。凌波憶牛渚，繫纜緑榕邊。

過徐器之宛羽樓，與何幼秋小飲，用壁間前韻

何以清塵慮，言過高士廬。避人三畝竹，留客一籬蔬。山靜時無鳥，樓閒半是書。有朋堪永日，已覺世情疎。

吴門別郭半僧北上

同是天涯客，臨岐倍惘然。羊腸愁道路，馬首怯風烟。寄信梅花候，離心柳絮前。余南君更北，相望一相憐。

玉山道上聞鷓鴣

歷盡千山與萬灘，秋風吹入客衣單。鷓鴣莫向深林叫，多少行人淚未乾。

林鼎復二首

鼎復，字天友，長樂人。順治間辟爲常州府通判。有華鄂堂集。

曾客生云：天友有濟變之才，博通子史。書法臨晉漢。爲人慷慨尚氣節，詩亦如之。

山中早春

蓬户雲深掩，繩牀竹半遮。此身猶是客，得夢便還家。深磵猶含凍，疎林未着花。故園消息斷，空悵鴈行斜。

署中同伯玉、志殷劇談夜分分韻

遠道同羈旅，邊城况早寒。依人真計拙，秉燭對更闌。名以爲儒誤，才知入世難。他時如憶我，物色到漁竿。

崔　嵸 三首

嵸，字殿生，號五竺，寧德人。順治間歲貢生。有瑤光集。榕陰詩話云：殿生十三能詩，自號西竺村童。古詩摹形長吉。

僧樓晚同戴而玄坐雨

萬籟結僧樓，霏霏緑雪秋。埋雲思隱豹，餐雨妬啼鳩。梵葉蟲書古，箐林石語幽。一燈聊對晤，山磬雜溪飀。

雨憩圓通菴

一杖垂狷逕，青衫濕翠微。荒涼殘碣在，辛苦老僧依。石古苔衣腐，烟深兔竹肥。晚風溪上起，盡挾雨花飛。

遊大悟室

乘興携笻訪幽谷，千峰繞徑萬竿竹。隔溪何處木魚聲，知是雲深有僧屋。

傅爲霖 二首

爲霖，字世揚，號石漪，又號暘谷，南安人，夏器後。順治間官直隸通判。有緑綺堂集。

注韓居詩話：石漪以英年世胄爲雲間通守，政治之餘，留心風雅。嘗重梓先世大魁錦泉〔一〕先生遺編行於世。

過邵伯湖

將曉出維揚，高春經邵伯。秋風吹葉紅，江鳥掠波白。兩岸水浮山，千家船入宅。年來頻過此，僕僕孤征客。

潘山八詠 選一

畫舫清樽憇緑陰，横飛逸興聽龍吟。鶯花待客開三徑，風雨懷人共一琴。野色全將春色遠，鐘聲半落水聲深。偶然坐挹前溪月，涼氣侵裾白滿襟。

阮旻錫 三首

旻錫，字疇生，同安人。順治間諸生。

報國寺松歌

蛟宫老龍愁傴窄，騰身飛落梵王宅。碧爪蒼鱗不敢張，屈曲空庭低數尺。當時海内歸龍種，手挈乾坤曾再闢。宣府槐龍十丈高，江山幾處留遺跡。百年烟雨動波濤，五夜霜鐘秋月白。我傍松陰伸脚眠，不覺松風吹日夕。寺裏雛僧掃落花，笑指龍鍾老襏襫。

宿古葉縣

令尹遺封邑，蕭條荆棘生。夕陽迷舊國，松雨下殘城。古塚聞狐語，空村見虎行。山川徒滿目，孤客畏晨征。

傅石漪舟至都門

輕車又復渡盧溝，作好長安三月遊。香氣隨風花入市，酒烟如霧客登樓。來當隔歲人無約，坐到深宵話未休。祗恐翻成容易别，泖湖春水待官舟。

黄　琪 三首

琪，字基玉，號愚長，永福人，文焕子。順治間薦辟，官至廣東肇羅道。有岱心集。

林白雲云：愚長負才不羈，官粤逾年即乞歸。詩豪雄崛健，酷肖其人。著有西江日譜。

鯨鯢曲

鯨鯢來，高岸摧，罡風動天浪沉雷。鯨鯢舞，擊鼉鼓，贔屭負山鰲眼紅，十萬居民色如土。龍伯大人失垂鈎，角弓不似射潮弩。祝融扇熖燒雲根，屏翳夜泣九關拒。雲中帝子正夢夢，不記人間幾今古。人鬼號呼那可聞，髑髏沙上含泥語。潮痕半山血痕凝，至今海竈煮赤鹵。潮來潮去海水淺，夜月光沉魚腦減。暴顋赬尾腥老涎，淍轍傾覆終難轉。海水不飛黄沙簸，奪將蛟室貔虎臥。堂中破壘燕雀呼，闔外萬聲軍吏賀。爭進爵，歌復哭。誰解坤維折地軸，魚脣虎吻咀弱肉。寧履虎尾行趄踖，公無渡河入魚腹。

自宿遷至濟寧舟中紀事書懷

閘口千橈滯，相看各惘然。官裝須積水，笳鼓獨行船。板疊持符守，流添設堠傳。可知王命重，到處得從權。

久客淮陰，將渡河而北。適戍卒南來，秋雨連日，再爲遲回，賦此以留别諸子

仲夏客淮陰，涼秋尚滯淫。萬情生一雨，千點到孤心。兵甲從南下，關河向北深。未容吾泛梗，兀坐屢沉吟。

鄧光汴 一首

光汴，字宇開，晉江人。順治間官總兵。

魏惟度云：先生以總戎談風雅，年八十猶不衰。

建溪初度有感

亂石翻江斷，江流石上傾。風濤無晝夜，雷雨自陰晴。踏水心偏壯，迴舟望始驚。老人何所事，初度此中行。

余思復 十首

思復，字不遠，將樂人。順治間諸生。有吴遊集。

注韓居詩話：不遠詩脱去閩派，力效吴音。

同許九日、惲正叔諸子集錢宗岐邃緑菴

今日天氣佳，客心澹容與。主人懷勝情，招邀好儔侶。置酒城西園，園中殊楚楚。野鶴神自清，巖桂香欲吐。蕭蕭花外風，颯颯竹間雨。天容入酒琖，秋氣被豪楮。散帙觀古今，忘形到爾汝。信矣東南美，懷哉竹林伍。浩蕩江海心，行共幽人語。

同林天友龔氏園看梅

洞庭水接天，玄墓花如雪。誰能一葦航，歎想爲内熱。使君出郭門，有園頗修潔。維舟柏垂陰，入徑竹成列。蕭蕭亭畔梅，紅白參差發。清香沁肌理，秀色可攬結。使君坐愛此，與客相怡悦。悠然濠濮思，未覺身羈紲。乃知會心處，即景是空闊。主人亦好事，追歡夜未歇。更約荷花時，臨河坐明月。

過常縣訪同里張天涯、翁岸甫，有作兼贈馬生

遊子思故園，時見鄉友如弟昆。扁舟百里故相訪，夜半野宿晨扣門。斜風索索吹細雨，

主人特地開芳尊。張生聞我來，盡發玉府出璵璠。劇談大笑無不有，斯須秉燭坐黄昏。坐中馬生最多藝，酒酣自詡能禽言。間關百舌花底過，輕陰漠漠聲瀾翻。黄蜂一二相追奔，想見晴空落絮遊絲繁。忽聞寒犬叫深巷，又似月夜策杖行荒村。此時四座寂無喧，一唱三嘆何足論。明發不能寐，行携餘興躡雲根。還念馬生奇不盡，持牋乞寫雙鵾蹲。

集鐵菴用元人韻

白雲悠悠白露下，落葉蕭蕭風灑灑。里巷遥聞砧杵聲，田家大作雞豚社。黄鵠一舉遺風塵，裵裒四海無相親。憑將南北東西意，一問登山臨水人。

喜顧伊人病起

相思顧彦先，相見興依然。原憲貧非病，維摩疾是禪。葉紅期郭外，萸紫近尊前。莫謾嗟淹泊，孤懷何處邊。

集誦侯交香館賦秋聲

牀頭絡緯鳴，驀地作邊聲。似雨因風至，開窓見月横。悄然聽乍歇，突爾觸還生。楚客偏多感，哀歌志不平。

同許九日、惲正叔集錢氏邃緑菴

爲愛新秋日，重來舊雨人。草塘清有影，竹徑淨無塵。鶴去餘高樹，庭寬容雜賓。由來作賦地，慙汝句嶙峋。

寒食遊焦山

郭外參差野徑斜，亂烟芳樹帶樵家。天涯已過三寒食，江閣重來半落花。前十日曾遊。山水古今高士宅，乾坤春日麗人車。故園寂寞松楸老，極目神傷一嘆嗟。

同謝又石過吴敬五，是日七夕，因各賦詩

蕭然一雨作清秋，何處懷人獨倚樓。徑著衣冠來遠巷，頻將杯杓話新愁。高雲入座明書帙，斜月歸途掛玉鈎。見説女郎紛乞巧，老夫抱拙欲何求。

二月晦

遊子春風正憶家，菜花籬落鬧蜂衙。江南蘆筍河豚市，纔見寒梅數點花。

林鳳儀二首

鳳儀，字少威，號鄴叟，莆田人，齊聖之子。順治間諸生。有嘐嘐堂詩、槜軒集。

注韓居詩話：鄴叟性崖岸絶俗，詩亦類然。嘗輯莆中詩自洪武至崇禎，名曰木蘭風雅，可爲有功藝苑矣，惜軼不傳。

荔支行

南州六月明珠熟，一樹離離三百斛。玉女不眠妬夜光，閒擣守宫灑錦囊。江家嫩緑陳家紫，火齊失色木難死。釵頭纖細不勝簪，娉婷雙髻真驕憨。仙妃銀閣沐新歇，水晶盆盎薦香雪。羅裙輕卸桃花淺，紋綃皺縠相堆纈。金莖沁入玉環齒，天漿遥想文園渴。黄家寶劍飛撼樹，閃閃浮光泣老嫗。赤帝騎虬噴炎風，千年丹實多神護。「宋家香」見剨黄巢，以王氏嫗抱哭得全。至今荔核猶有刀痕。

燕子磯望金陵

燕子磯停過客橈，波濤洶湧石岧嶢。英雄割據分三國，王氣偏安盡六朝。蘆荻蕭蕭鴻影下，戍樓肅肅燧烟銷。廢宫瓦落多禾黍，惟有鐘聲答暮潮。

黄　轂一首

轂，字爾矩，號銕菴，莆田人。順治間諸生。

聖壽寺

蘭若遥遥倚翠微，古碑金碧已全非。天風雙髻浮滄海，佛日山名。千年對夕暉。開落桃花看世事，去來啼鳥悟禪機。空山闃寂無人過，石榻高眠晝掩扉。

林中芝一首

中芝，字伯馨，號紫岩，侯官人。順治間諸生。有飲緑詩草。

注韓居詩話：紫岩曾孫芳，嘗述紫岩讀書道山，故人薛桐溪官通州，一夕忽相思，晨即命駕，遠涉五千餘里，既見旋返。其倜儻如此。

登光岳樓懷古

高峙東昌第一樓，飛甍浮棟俯江流。舳艫萬里迴京國，廬井千家入兗州。微子城邊遺斷碣，魯連臺畔有芳洲。千年勝蹟人何在，遠樹寒烟起暮愁。

魏　憲二首

憲，字惟度，福清人，文焌孫。順治間諸生。有枕江堂集。

注韓居詩話：惟度嘗選本朝百家詩，入選多顯官，列己于末，而秀水朱竹垞檢討不與焉。檢討有詩云：「近來論詩多序爵，不及歸田七品官。直待書坊有陳起，江湖諸集庶齊刊。」蓋指此也。又嘗選詩持三集，凡平日與己倡和者，美惡悉登，頗爲蕪濫。所著枕江堂〔三〕集，不下千餘篇，兹擇其尤雅者録之，餘不多載。

早發建溪

灘聲吹短夢，帆逐曉風斜。嫩緑初歸柳，新紅淺著花。宿烟籠水國，殘火乞漁家。回首山城裏，凄凄起遠笳。

入海音洞

削壁疑無路，懸巖忽有門。倒行微徑狹，側入一天昏。漸覺晨光引，徐聽海水喧。尋聲難識面，唯有白雲痕。

林九棘 一首

九棘，字伯逸，莆田人。順治間監生。有十詠堂集。

蓬萊閣觀海市

爲覽丹崖千丈臺，壺山萬里海天開。眼中波浪無今古，閣上風雲自去來。仙島遥蒸光作市，雪濤乍落迅飛雷。茫茫徐福知何處，笑傲惟傾酒一杯。

陳元鐘 二首

元鐘，字孕采，連江人，第孫。順治間諸生。有會山樓集。

林白雲云：孕采詩元氣盤鬱，多卓犖沉塞之概。

湘潭行

湘潭少婦白如雪，手攬秋衣浣江曲。低頭照水不看人，清波足下沉雙玉。湘潭壯婦狠如虎，抱子當門露其乳。呼雛呼豕呼不休，走立江干詈聲怒。少婦逡巡無一言，暗掩衫襟咽淚苦。可憐薄命嫁姑家，飄風冷雨負春花。風前執爨雨中汲，甘旨奉姑姑莫譁。婦身卒瘏姑不諒，亦思昔有居姑上。

讀友人詩，道其世守先廬。余有故園之感，次韻

數載奔勞莽宕墟，故園寥落倦遊廬。倦遊廬，陳一齋故居。風塵有客能吹劍，霜草何人肯負鋤。海內干戈悲買駿，山中薜荔笑求魚。歸時得就林泉計，敢道樊籠事弗如。

黃元埈 一首

元埈，字辛子，順治間海澄人。

榕城西河舟中同原含兄守歲

歲深仍旅泊，客子不思年。野火生霞外，霜顔到酒邊。乘除天欲老，迎送我猶憐。幸爾連牀話，春風上夜船。

郭鳳喈 二首

鳳喈，字友日，莆田人，應聘孫。順治間諸生。有郭子詩選。

林石來云：友日爲襄靖公嫡孫，席豐履厚。一旦罹嗣母之變，困厄摧折。匪獨田産華腴不得霑濡，並禴祠烝嘗，一拜之外，弗預饗燕飲食之禮。以故倜儻感憤，一於詩發焉。

蘭陔詩話云：友日有潔癖，愛苦吟。其古體沉鬱頓挫，似元道州；近體情景清切，似岑嘉州。晚年無子，友人張翼汝梓其遺集以傳。

買穀行

風吹郭門草肅肅，鄉中老翁來買穀。白頭赤脚走中途，手携女兒淚蔌蔌。軍帖要備三年糈，縣官限期追積貯。官差入門怒如虎，此曹寧知百姓苦。去歲流離遭干戈，今歲無雨乾殺禾。十家九家火不舉，老翁子亡遺一女。鬻女買穀輸官倉，輸入官倉供雀鼠。

鴟上屋謠

夫應徭，子戍軍，軍書插羽催紛紛。田間禾黍歇，婦女在家啼。昨夜通和使者來，官軍取給牛羊雞。雞喔喔，狗觫觫，樹底老鴟飛上屋。

余天茂一首

天茂，字雯巖，順治間福寧人。

登潼關城樓

歇馬維芳樹，登樓雨正晴。河流當晉曲，山勢出秦平。浪打關門險，沙浮驛路明。西京今已定，不用棄繻生。

吴　牧一首

牧，字子晉，莆田人。順治間布衣。

蘭陔詩話云：子晉書法遒逸，與三山高雲客友善，年四十七卒，無子。

過錢塘

一望江門白淼茫，輕舟無恙出錢塘。天低遠水横孤雁，帆掛西風帶夕陽。知己難逢輕去國，好山有約待還鄉。獨憐今夜秋深月，冷伴寒潮入夢長。

曾　沂一首

沂，字子浴，侯官人。順治間布衣。有潛園草。

秋　夜

過雨迷青靄，纖雲洗碧流。蛩聲寒入夜，桐影瘦經秋。砧杵窓前月，洞簫竹外樓。曲肱涼較好，身世兩悠悠。

柯　誠一首

誠，字聖謨，號求甫，莆田人。順治間布衣。

倪永清云：求甫諳練政要，雖未筮仕，所到處蒼生陰被其澤，杜竹西之流也。

韓陽懷古

此地閩中欲盡頭，萬山環抱一溪流。木棉縣尉清風墅，苜蓿先生明月洲。無限遠懷憑弔古，偶然乘興亦登樓。只今百辟巖前水，猶帶南州帝子愁。

曾文甲 二首

文甲，字逸生，侯官人，士甲弟。順治間布衣。

白龍江晚眺

極目寒江暮，潮平不肯流。鳥歸烟際樹，雲抱水邊樓。風露生涼夜，山川入素秋。陶然天地外，嘯傲老滄洲。

村　居

板橋流水兩三家，踈竹迎風一徑斜。睡起山寒天又暮，自鋤明月種梅花。

陳秉樞二首

秉樞，字叔霞，號天垣，莆田人。順治間布衣。有借雲詩草、篋中剩草。

注韓居詩話：叔霞遊遍江湖，喜談兵，屢佐戎幕，于功業無所成就，亦異人也。

歲暮入穀城訪余全人、及人看殘梅

屢失梅花約，故人一水遥。情深頻獨往，歲暮復相招。十里香仍在，千山雪未消。更憐明月下，踈影亂溪橋。

九日登春臺寄懷林鳳洲

絶頂城中獨此臺，昔年曾共爾徘徊。千山落木風初起，萬里懷人菊正開。籬畔尊空無客到，天邊雁過有書來。可憐北地寒常蚤，擣盡秋砧思轉哀。

朱笏一首

笏，字書思，莆田人。順治間拔貢生，官海豐知縣。

鄧孝威云：書思詩能獨創，不屑猶人。

度嶺

離城三十里，峻嶺獨岧嶤。海日摇雙眼，山雲濕半腰。猿啼藏碧澗，鹿駭出紅蕉。箕踞松陰下，清風好掛瓢。

【校勘記】

〔一〕「泉」，原作「重」，爲霖族祖夏器字錦泉，明嘉靖庚戌會元，有錦泉集六卷，據改。

〔二〕「堂」，原作「樓」，據前文「枕江堂集」改。

國朝全閩詩録初集卷六

侯官鄭杰昌英緝

洪　斌二十二首

斌，字簡民，號方崖，閩縣人。康熙間官參將，有鹿溪草。

注韓居詩話：簡民，閩中佳士，胸有書卷氣結而不得舒。甲寅耿變，投筆仗劍，東泛海、北之邊，取功名如反掌，亦云傑矣。詩極雄壯。誰謂上馬橫槊，下馬賦詩，古今只吉利一人乎？

硯　洲

竹樹環阡陌，人烟分淺流。我問此何地，篙師曰硯洲。宋有龍圖老，昔日治端州。惟飲端溪水，一硯伴歸舟。風雷阻江上，波濤蕩不休。老子深自揣，取硯向江投。輕舟去無恙，沉硯成此邱。片石玷清操，鬼神恣誅求。如何今民牧，暮金白日收。涉險如平地，來往皆無憂。豈是風雷怯，難與衆爲仇。

謝李東江爲余種竹於江東圃中

吾友李寅伯，居僅一江隔。興至渡江來，不論風雨夕。一日移琅玕，栽我江上宅。其種雖數株，其勢若千尺。遠接海雲青，近映江月白。試爲問此君，何日坐狂客。

古詩十首選二

萬山環一村，路從白雲下。阡陌間清溪，時聞石瀨瀉。晴日散牛羊，桑麻意瀟洒。茅屋依林巒，高下盡幽雅。淳朴太古風，但見耕樵者。寒暑自成年，鄰里情無假。春酒最爲歡，家家作春社。

名利害吾真，所以遠朝市。去買一葉舟，來往烟波裏。垂釣吾無心，去就在魚耳。失魚何足悲，得魚何足喜。持魚換酒來，獨酌江之沚。風月不余欺，相對如是已。

潮音洞

有石嶙峋露牙齒，口吸滄洲萬頃水。天風横吹潮觸石，晴日轟雷震百里。雲生碧海走蛟鼉，月出空山吼犀兕。石中剖出竹成林，琅玕萬葉色皆紫。我向天窓隨衆窺，窅然空洞無可指。漫道慈光未降臨，此是西來玄要旨。

金　山

樓臺居絶頂，極目盡江天。北郡黄河落，南都碧海連。波揺千頃月，樹帶六朝烟。渺渺空今古，何須更學仙。

壬申秋答公漪二首

舊事思戎馬，封侯豈足論。青山曾有約，知己近無言。塞雁隨雲小，秋聲入夜繁。高樓時俯仰，心緒滿川原。

鑑湖高卧久，不肯度蛟門。秋老黄花徑，人居白水村。相思勞歎息，握手阻晨昏。畫舫何時到，江干看月痕。

游補陀

候潮占月上，發棹報風西。吾閩渡海者有風東、風西之説。地險春濤壯，天陰海色低。逍遥空野馬，蹁躚笑醯雞。此意同人共，風流續虎溪。

南　豐

城郭依山僻，人烟傍水窩。隔溪鐘磬冷，入市笋蔬多。渺渺浮圖出，飄飄略彴過。苦吟誰可語，相答有漁歌。

戰彭湖

黄龍十萬捲長風，蜃結氤氳滄海東。雷發火車連幟赤，雨飄戰血入江紅。雄威破膽横天表，新鬼驚魂泣夜中。自是扶桑觀曉日，捷書馳上未央宫。

出居庸關

危峰峭壁阻邊方，第一雄關九塞長。古堞空遺秦代址，寒泉猶結漢時霜。王庭烈士肝腸闊，酒肆羌姬笑語香。我已棄繻甘北去，古今幾輩老沙場。

登上都鎮朔樓

高樓直欲接雲霄，縱目方知地軸遥。一縷長城横北塞，百重逝水赴東潮。李陵臺上霜初落，班固碑前木盡凋。作客經年家萬里，懷人撫景意蕭條。

登張家口

柳營晝靜羽書休，攬轡登臨騁壯遊。河水千灣來朔漠，雲山萬疊界中州。巖關猶掛秦時月，邊笛長吹漢代秋。去病不須遥出塞，諸君何事説封侯。

宿土木，有野老談正統北狩事者

山如萬馬勢紛紜，下有孤城對夕曛。入夜青霜飛紫塞，連天白草亂黄雲。春田犂觸金戈出，别殿龍歸玉璽分。野老無端談舊事，沙場俠客不堪聞。

晚入居庸關

日暮揚鞭向古城，荒郊四顧絶人行。鴉翻夕照黄雲落，馬踏寒沙白草平。寂寞疎林村舍隱，崎嶇小徑野橋横。關門欲閉悲笳動，遥見河邊戍火明。

白華庵

剪鑑池分小白華，明窓曲檻樹横斜。道頭潮健將吞石，林外風香不見花。新竹爲牆初折徑，小童喜客走烹茶。山行數日多欣賞，此是蓬萊第一家。

訪鄭蘭皋先輩

一入深山幾十春，安知世上有囂塵。衣冠載籍留虞夏，雞犬桑麻是漢秦。座近竹深風啓户，舟浮江闊雨通津。相携指點田間路，何日投簪此結鄰。

虎　石

曾聞射虎氣猶生，策馬乘秋過北平。括地狂風吹斷草，插天疊嶂掛孤城。龍門只爲封侯恨，牧豎能傳飛將名。俯仰乾坤俱寂寞，解鞍呼酒濯吾纓。

上都送别

涿鹿山多雪，桑乾水不流。與君此地别，無限古今愁。

飲酒詩和藍公漪韻

故人多去綰金魚，獨向滄江嘆索居。最念長安舊日事，香塵滿路一停車。

泊舟

水漫江津去路迷，棹穿樹底過園畦。篷窓獨酌新晴候，夕照炊烟在竹西。

藍漣 四十一首

漣，字公漪，侯官人，鎦子。康熙間布衣。有采飲集。

注韓居詩話：公漪遨遊江湖，詩磊落有奇氣。字帶隸體，畫效雲林。集中有臨倪迂畫五古云：「倪迂妙意匠，空靈抗多師。踈秀點林木，紆折藏山陂。心與孤亭遠，秋空迥無涯。古人重持論，刻畫爭毫氂。所以顧陸輩，纖悉入鬚眉。如何返踈略，天機謝人爲。書畫及文章，關捩同一逵。猶明七子後，雅有鍾譚詩。此理惟意會，難與常人知。」竊謂畫之淡遠者或勝於纖穠，故顧陸之後，不可無元鎮；詩之空踈者必流於鄙俗，則高李之後，不必有竟陵。公漪相持並論，未免比儗失倫。全藁中古體間有俚率之句，似染鍾譚餘習；近體則純乎唐音。百餘年來閩中言詩者，必推及采飲，良有以也。

出南海舟次蓮華洋

大海作一束，乃有蓮華洋。洪波鼓天地，無風亦簸揚。海實衆壑藪，四望莽以蒼。洋乃海之涘，何况浮中央。小倚柂樓立，舳艫忽騰驤。但見海水裂，白龍生兩傍。千里只一瞬，無異飛鳥翔。置身宛天界，五濁無此鄉。遠矚小白華，山界玉尺長。紅輪上可捫，瑶草拾可粻。仲尼嘆乘桴，博望欣鳴榔。因之懷徐福，長逝遲歸航。

俞都督至

遥望城南門，迢迨河橋路。前日送君行，秣馬天欲曙。峩峩萬松關，去府治三十里。莽莽猶古戍。月上城南樓，風吹烏柏樹。烏啼夜將半，天明君又去。

題畫

巖居春日長，小樓對寒瀑。雨後百泉香，噴我黄茆屋。野人時讀書，夜傍瀑泉宿。白雲巖下棲，夜氣若可掬。歸休結精廬，擬向巖下築。

廣州雜詩

我家在山谷，日在山中行。所見惟灌木，所聞惟禽聲。偶然植杖立，山雲來相迎。微風吹松華，散落山澗平。采之以爲糧，日餐代躬耕。歷久體敷腴，行步漸覺輕。朝出無所求，夕歸但長謦。一日復一日，曷由知令名。

窮　居

窮居罕人事，時時弄柔翰。吮墨一一作「常」。寫心，往往至日旰。飲食雖遺忘，頗覺意蕭散。豈無履高足，梯長縛恐斷。前賢與後生，何故荆棘竄。長存惟青山，永永臨書案。朝爲雲氣蒸，夕映水光粲。所以靜者樂，終古無一换。吾寧從事中，不厭動手腕。一作「娱樂且汗奐」。曖曖日盈庭，微微風捲幔。餘生戀夕暉，衰疾踐愈憚。

題蕉牕讀書圖酬周子固

畫師畫山不識山，墨傾一斗無非頑。要使胸中有書卷，意寓筆蘸成烟鬟。我畫無師喜下筆，林木雜出甎荆關。有時或摹董北苑，山勢折斷無迴環。有時就橅黄大癡，水口涸少流潺湲。范寬李唐錯雜出，邨莊人馬相往還。雲林踈秀巨然澹，有意願學身未閒。今日何日天氣清，秋樹霜變紅斕斑。當牕氣爽行可探，遠山一抹開晴嵐。東巖洗滌几案淨，一筆作就秋先含。有山有水可築室，中作小樓藏書龕。綠蕉葉垂野竹直，古牆細罥垂蘿菴。幽人抱書日卓午，有客榔櫪從橋南。寫出遺世遠相訪，不比徵書來駸驔。我無絲竹娛清晝，又乏佳饌資用餤。讀書老讀苦無益，惟對絹素情尤堪。老顛與我傾蓋友，性情酷肖真無三。常與廣筵得會飲，萬斛不願天回參。有時叫歗忽開口，四坐寂然聽我談。絕無經世之要論，自是有口緘難甘。從頭至尾作戲謔，世務究竟何曾諳。青山東邊紅日西，尊有醪醴盤有柑。擘柑酌酒與君語，杯中萬古惟容酣。一杯兩杯五六杯，青山踢倒肩欲擔。明月在我頭上過，清風在我衣中穿。彼時真性始發露，左顧右顧惟天圓。君詩首首散霞綺，贈我字字如珠聯。我詩我畫不足重，佳士寫與心泠然。此幅蕉牕讀書圖，中有綠樹流紅泉。神人窟宅奚喻此，君宜結束携歸田。開圖飲酒憶我處，雖隔萬里猶目前。我自一載客嶺外，豪氣不減瘤垂肩。蘿軒居士謂翁學使嵩年。數念我，一日不見心縣縣。贈我鞍韉飲我酒，勸我歸結夷山椽。我今長嘯入山去，青松白石還舊緣。握君之手重一言，玉可在璞珠在淵。黃金萬鎰散易盡，勿輕人用稱高賢。美人如花照華屋，色退亦自遭棄捐。朋友之道乃至性，爲別往往情殊牽。他日携圖遠相訪，霍童藤杖幔亭船。

題唐伯虎山水

桃花菴裏春風顛，六如居士人中僊。自言寫幅青山賣，取酒醉倚桃花眠。此幅無乃醒時寫，巇嶂淡掃飛秋烟。長松倒影落寒水，古木兩兩根株縣。前山後山路欹側，淺瀨水作流濺濺。上有木橋立隱者，方袍叉手雙聳肩。得非上古沮溺侶，却少耦耕山上田。山中草木異世有，如噏木實身輕猨。前溪雲鏁山半折，露出樹色村墟連。四顧山靜水源遠，誠乃一幅佳山川。六如苦遭時世棄，以筆遯世心獨專。寫一絶壑斷人跡，置一遺老酣林泉。雲氣散漫濕絹素，能令見者生垂涎。我自愛我寫我意，亦嘗醉倒桃花前。六如與我先後轍，青山寫換青銅錢。人馬不學趙仲穆，田犬不必劉松年。但愛千峰萬峰供取與，得錢沽酒桃花天。大招六如九泉起，痛飲與結萬古緣。

南海神祠銅鼓歌

石鼓出仗桐木鳴，銅鼓釵叩錚錚聲。俚獠鑄以取燕樂，南蠻部領行專征。大小丈尺式不一，約略中洞肩彭亨。伏波南征收駱越，銷作金馬飛天庭。餘者散置南海郡，移佐赤帝朝群靈。此鼓面闊徑四尺，兩傍四鈕垂鼻形。雷文突起漬翡翠，土花凹蝕堆朱櫻。有時日照瑪瑙碧，天陰雨滴葡萄青。大是世久銅質變，顔色故爾隨陰姓。南唐郡人有獻者，款識斑駁餘勒銘。不如此鼓説有異，雌雄飛一沉滄溟。龍拏雹掣匿不起，月黑雨急聲相膺。我來數次拭塵土，兒童瓦礫敲交爭。始知世間一切物，吏不趨奉人敢輕。漢家銅仙泣辭漢，周廟寶鼎傳遭傾。爾鼓奚能備一用，水除蜩蝻山夭精。利物遠不敵楛矢，大響烏得齊鐘鍠。爾鼓賦性實魯鈍，但能歷世工逢迎。盜賊海上出白晝，沿邊坼堠勞戍兵。爾鼓曷不顯靈異，屹立天地幸盛明。

題樊君航海歸颿圖

昔登磐陀觀滄溟，蓬萊左股雞一鳴。曜靈不浴動角宿，海色悉變瓜皮青。振衣一歗天地曉，四無鄰人斷飛鳥。嵐烟不生島嶼靜，但見幾點青山小。樊君家世居揚州，客歸喜泛瓊南舟。南風汎發歷大壑，孟諸碣石平如疇。飛濤濺沫敵强弩，萬斛寒生六月雨。自言身浮欲奮飛，有若兩臂長毛羽。一高一低如步空，目不暇視黿鼉宫。陽精晝射螺黛緑，陰火夜出波心紅。神仙固有不可遇，寇舶公然駕烟霧。來如烏集去隨風，誰設罝㩴論取兔。樊君磊落性躭奇，蕪城十日成歸期。胸中浩瀚貯廟略，談吐嘗有驚人辭。行當獻策至雙闕，情形備陳盜出没。臣能飛刀屠長鯨，要使萬里靖溟渤。丈夫赫赫須一回，樓船破浪乘風開。莫以有司繪圖進，沿海今設新砲臺。

過分水嶺

兩行樹木齊，不辨路東西。雲氣晴封嶺，墟烟午帶雞。家鄉山漸遠，書信雁應稀。好訪前途宿，林禽已暮棲。

登磐陀石

衆山到此盡，玆石獨稱尊。足底蛟龍徙，衣間日月奔。四圍皆巨浸，一綫望中原。吾欲天河北，乘槎問水源。

贈丁開建

丁公爲邑宰，能使滿城春。以靜寧雞犬，無飢到子民。花開邀勝友，酒熟報鄰人。我辱交遊末，相過語率真。

將至雷峰作

小港乘潮入，清晨露氣濃。地開無半里，寺倚一孤峰。門設斜臨水，山空徧種松。且休林下飯，雲際響來鐘。

送客之常州

昔居陽羨載輕舟，放櫂毘陵訪舊遊。踈雨晚鐘山外寺，清風橫笛月中樓。別來湖海渾無計，亂後琴書不自由。斜日送君歸思切，故人何處問滄洲。

瑞巖寺即事

寺在福清縣龍江鎮三里許。其山有巖洞泉池之勝，有峰曰覆釜。鹿角烽火，龍臥拱辰，宋團欒居士居此，寺其宅址也。丙戌夏，余有事於鎮東，同陳青庭來遊，觴輟而返。越二旬日，獨裹糧以往，寄榻寺中。按志以遊，至于巖岫秀拔，樹木蓊蘙，難以槩舉。回思浪跡三十年來，日無停晷，慨此蓋可以終老耳。

山閣清晨曉霧封，東升晴旭漸銷鎔。一方送目田兼海，三面爲鄰石與松。除却鳥來無好客，最堪師拜是諸峰。後巖陰洞藤蘿滿，乘興還須理短笻。

晤吴竹亭，感懷其先尊人大司馬留邨公

横海何人繼武功，九溪兼服仗而翁。軍前心血提師盡，帳下偏裨出鎮雄。紫塞有書期射雁，白頭無淚泣藏弓。至今一片崧臺月，會爲孤臣照苦衷。

羚羊峽口溅風湍，兩岸青山相對寒。盡説萬金能養士，更無一鶴伴休官。酒尋黄壤澆何地，淚灑蒼旻滴不乾。惆悵蘭臺華省客，幾人還念舊衣冠。

汴州雜感十二首選七

汴京丹陛舊朝班，城闕俄爲虎豹關。遂使翠旗臨朔漠，頓開金殿對湖山。春鐙徐作樊樓下，豐樂樓舊名樊樓。秋苑先尋艮嶽還。終古繁華收拾去，蔓烟零露動愁顔。

萬里西風一夕來，老生懷抱幾時開。徒聞寶玦遺衢路，終遺昆明有刼灰。辟地既窮張儉竄，携家幾聽管寧回。不料鶩蹇搜求盡，龍種安能没草萊。

水國蒹葭陸可漁，飄摇猶未定安居。吏憂財賦輸公室，地湧黿鼇視孟諸。萬頃夏苗滋燕麥，九天春仗罷龍車。虎山行殿葳蕤合，明月時來照玉除。

中庭溥露淨高秋，永夜簷端數舉頭。耿耿玉繩懸北户，娟娟弓月掛西頭。思難解網從魚躍，恨滿張羅與鳥投。近喜天心開貫索，不令犴狴有殷憂。

授鉞南來控百城，牙旗風卷亞連營。兩河夜氣星辰動，八郡秋聲鼓角鳴。鞭扑恕歸唐節度，經書談謝魯諸生。五門傳騎推先入，小吏雲團饋紫莖。

衰颯形慙喜鏡昏，可憐前事只聲吞。千金屢媿馳爲壽，四海寧無一報恩。落日野烟朱亥里，短衣孤劍孟嘗門。丈夫豈是忘情者，寸斷長如嶺外猿。

昔年彈鋏屬山民，今日華裾曳要津。紅版署銜韓吏部，白綾書字衛夫人。青童擁護爲前導，墨綬趨蹌作後塵。翹首高門多此客，布衣長揖謝朱輪。

燕市作

裋褐寒風動透衣，朱門終不怯霜威。天荒地老群雞叫，水遠山遙一雁飛。市上筑聲聽不再，臺高駿骨買應稀。荆卿已往田光去，慷慨難尋酒伴歸。

雁

好隨野鶴啄莓苔，此去弓弦怒正開。匹耦早傷悲飲宿，稻粱多處費疑猜。月高仙掌慵飛過，秋半金河悔獨來。堪笑鵁鶄舒錦翼，銀塘春水不須媒。

郴州雜感

郴州有東坡山，産金鉛，去州治八十里，在萬山之中，時大開采。

萬嶺高懸俯嶽低，衆峰爭並只腰齊。金砂未煉歸鑪冶，白骨先鉏出礦泥。向時挖壠山陷，死者不計其數。秋爽烟同山霧散，鉛烟中者必死。日長聲斷野禽啼。黄昏茅店青帘酒，幾處開懷醉眼迷。

上客如雲控轡遊，從朋皆衣白狐裘。貂璫貴有金張俠，贊畫參如衛霍謀。既進紫駝充朔漠，旋聞銀甕見南州。郴陽子弟饒滋念，寧作官商不願侯。

題　畫

結廬山之顛，放艇釣秋浦。淡然生遠心，落日一漁父。

乙丑春，瑞州大司馬府中吕守齊以詩見贈，時未裁答。迄今庚午，漢江風雨問渡，顧予于舒亦蕃寓樓，賦酬

制府春盤杯落時，紅鐙影裏誦新詩。杜伶檀板謂杜直之。杜有詩二卷，宋荔裳觀察爲之序。吴郎曲，謂山陰吴雪舫。三絶人間總不知。

潮陽道中

潮水初平緑半灣，人家門口舉罾還。烟墪東去潮陽路，三面滄波一面山。

南臺橋

去府城七里，俗名大橋。丙申海寇攻城不克，怒以棉花浸油鋪石橋上，焚三晝夜石斷，後以大木接之而行。壬午夏，總督閩浙郭公世隆委城守李公涵重修。

四十年前白石橋，大旗風緊馬蕭蕭。行人不管雙溪水，浦城來水謂之東溪，邵武來水謂之西溪，至福州合而爲一。流出橋東作海潮。

春水

春水平湖春日閒，緑波寒浸一簾山。柴門半啓無人到，野筍成林尚未關。

鷺鷥

萬里寒光動碧虚，秋風吹柳半蕭踈。灘頭獨立江天晚，水淺沙明不過魚。

題畫

何人寫樹傍溪亭，遠水空濛露葉零。絶似江南十月景，碧天雲淨一峰青。

夢至虎邱

後山宫院鏁寒烟，歲久苔花大似錢。龍輦不過春寂寂，櫻桃如豆雨如綿。

往在金陵，同吴梅村、黄俞邰、周雪客、蔡龍、文璣先尋十四樓故址，歸飲酒雨花臺，大醉酒家杏花樹下

苦憶青谿曲曲遊，秦淮渡口木蘭舟。杏花紅雨江南路，腸斷春風十四樓。

題　畫

數株古樹冷含烟，小竹亭亭覆石泉。大似元人寫秋色，碧雲澂盡蓼花天。

秋樹蕭踈不著花，梢紅幹緑出叉枒。吴中風景全相似，只少霜林一帶霞。

老榦迎風石竹斜，水邊小草漾晴沙。先生愛寫霜林樹，秋葉黄時不在家。

栽花過日老相宜，種竹成林偶一時。莫笑青山歸計晚，白雲紅樹已先知。

國朝全閩詩録初集卷七

侯官鄭杰昌英緝

廖騰煃三首

騰煃，字占五，號蓮山，將樂人。康熙己酉舉人。歷官奉天府尹、左副都御史、户部右侍郎。有慎修堂詩集。

林白雲云：蓮山居官勤恪盡職，冰蘗自守，鞫獄尤明。典試所得，皆知名士。以老乞歸，卒年七十七。

山居

康熙甲寅，閩中耿逆之變，民靡定宇，士類尤患以微名齒及。煃同挈家遠避潭上，心跡寂寞，時與二三同人盤桓山水間。興言時事，感慨係之。漫詠五言，聊以見志。

原非林下客，暫借遠山居。躡屐尋幽徑，呼童溉野蔬。迷離多失路，清淨即吾廬。徙倚前村月，看雲過太虚。

遊少宗伯王瑁湖先生園

晨昏翻紫翠，入望似蒸霞。晝盡聽啼鳥，春深見落花。只疑前路斷，不記小橋斜。隨意探幽去，還愁歸棹賒。

八月三日渡江

八月風清蕩遠空，澄波如練仗魚龍。片帆高掛秋江闊，短棹横穿曉霧濃。隔岸烟嵐爭隱現，中流笑語自從容。六朝佳麗蓬窗外，早見三山積翠重。

陳學夔 三首

學夔，字解人，侯官人。康熙己酉舉人。官户部郎中。有甲午以後集。

注韓居詩話：解人性至孝，廬墓龍岐山下，長齋事佛。值耿逆變作，匿跡不受僞命。逆平，詔徵博學宏詞，少司寇任公首薦解人。適服未闋，赴京籲終喪，得請歸。乙丑授寧陽知縣，歷户部郎中。著有杜詩注解、榕城景物略等書。

同友遊鱔潭

共坐一溪色，孤巖響古松。鳥爲司堠卒，蜂作刈花農。刻竹檄山鬼，開琴譜寺鐘。細尋烟斷處，高臥夢僧踪。

投　宿

一天寒影共蕭蕭，指畫鄉關路漸遙。古樹深烟藏過雁，亂山荒草失歸樵。溪聲帶雨上茅店，暝色隨人渡板橋。極目干戈投宿處，愁心空向五更潮。

送友遊廣陵

名卑海内結交踈，載酒陽關送客初。文字繇來傳選體，山川大半入隋書。中原大勢三吴盡，直北長江萬里餘。爲問蕪城興廢跡，參軍詞賦更何如。

陳夢雷三十八首

夢雷，字則震，號省齋，侯官人。康熙庚戌進士。官翰林編修。有松鶴山房、閑止書堂二集。

王婁江掞松鶴堂集序云：自古勞人志士遭時坎壈，其抑塞磊落之氣無所表見，往往發而爲文。太史公稱虞卿非窮愁不能著書，而昌黎亦言柳子厚斥不久、窮不極，其文學詞章必不能自力，以致必傳於後。設以彼易此，則孰得孰失，必有能辨之者。同年陳省齋先生，間關塞外十有餘年，蒙恩賜環，召入禁近，侍誠親王殿下，輔導先後，以文章爲職業。先生于是研精覃思，撰集類書三千餘卷，牢籠三才，囊括萬有。此書成，于以藏之名山，傳之其人，洵不朽之盛業矣。兹松鶴堂集若干卷，則先生平居宴游、寫懷述事，與夫揚搉古今、衡論人物之作俱在。其辭宏博奧衍，疎暢旁達，而于君臣朋友之際三致意焉。憤激而不怒，怨誹而不傷。其愛君忠國之思，惓惓乎若有不能一日舍然者。蓋余循環久之，不覺慨然而歎也。夫同一事親也，徐庶之奔母，君子不以爲不忠；同一事君也，趙苞之破賊，君子直謂之不孝。勢有緩急，情有重輕，未可執一而論也。當耿逆叛，先生之父母俱被幽縶，與其慷慨潔身，不若委曲以報國。於是招説客、結死士，離其腹心，潰其黨羽。屢間道遣使，密陳方略，阻于兵，不得達。賊平論定，豈曰無功？而乃吏議見侵，謗書莫辨，投荒萬里，飲血十年。久之，公論大白于中朝，孤忠上迴于天聽。玉門有生還之詔，梁苑邀特達之知。晝接便蕃，寵錫優渥。雖宣室之疇咨，平臺之轉對，苦心調護，裨益宏多。而先生則已息影杜機，不交人事，惟日事鉛槧，以文章報知遇而已矣。古之君子，或建功於當時，或立名于後世，一也。先生負間出之才，鬱鬱無所試。自經憂患，學益老、識益深，洞視萬古，立言垂範。設使先生都顯榮、享高位，或且驅走權勢，何暇以餘力從事著述？即或自附作者，其所著述，亦必不能卓如先生之所成也。然則先生之不遇何足患？嗚呼，此韓公所以致慨于彼此得失之間，有以也。余與先生交最久，知最深，既幸其志節之晚得大白，而尤喜其文之必傳于後世也。世有桓譚，必以我爲知言矣。

擬古十九首〔一〕

蓋聞陳思才夸繡虎，規七發以咀華；江郎筆艷奇葩，綜百家而擬製。鮑明遠代新詞於樂府，班孟堅演舊體於連珠。皆想逸風雲，情閑翰墨。故能移宫變羽，廣陵復睹遺音；異曲同工，白雪不爲孤響者也。若夫舒幽寄惋，促節煩聲；復宗其詞，乖迂其旨。義雖始於三百篇，調實新於十九首。彼其古柏白楊，痛甚於湘蘭沅芷；黄姑織女，望深於北斗南箕。遊仙異郭氏之虚真，飲酒豈阮生之晦跡。泣鬼神於長夜，飛霜雪於毫端。所以冠冕五言，權輿百代。寄遠懷人，資其香草；閨情古意，掉彼波瀾。他若陸平原倒海雄思，韋應物焚香清興，間或模範，未睹超群。豈顰工絶世，苧蘿獨標窮巷之姿；抑情戚由中，雍門難作無心之泣歟？嗚呼，姓名隱矣，懸隔日星；陵谷遷歟，鏤貞金石。遂使寡鵠羈雌，聞聲愴類；孤臣怨客，觸緒銷魂。飛將軍冠髮指天，數奇何恨；李少卿刀環委地，一當難言。子形凝碧，何辭碎樂器以捐軀；備隊後軍，自可呼敗師而脱足。所痛者王陵身非漢地，郝普責異專城。哀趙苞之八口，事難遂於冀生；病摩詰之三年，恨不殊於崔掾。覆巢寧惜，方寸奚堪。填海徒勞，虞淵無路。望蘼蕪而不見，指河水以爲盟。西江汲遠，神傷涸轍之魚；北極雲深，夢斷上林之雁。蠟書既阻，恨賦徒然。未暇庾信之哀江南，且共屈原之悲往日。膏沐誰容，何暇鏤金錯采；朽苴恨晚，寧云扢雅揚風。既愴河山之殊，不禁邯鄲之步。但惜迴文錦就，誰迎蘇蕙之車；縱使遊學踪還，難甦紫玉之魄。歌以當哭，留碧血於他年；古直作今，續騷魂於往代云爾。

行行重行行

高樹動悲風，行子怨離別。握手訂歸期，與君未永訣。浮雲蔽白日，光景倏明滅。關河阻重深，寒威多雨雪。欲濟無津梁，吞聲自哽咽。歲月已悠悠，懼君不我屑。飛雁逐風翔，行轅有還轍。努力强加餐，相期奚忍絕。

青青河畔草

離離萬丈松，青青兔絲草。兔絲附長松，托根自美好。結髮與君知，相要以終老。何堪一分手，棄置在遠道。遠道自相違，非君不我寶。中夜常涕零，憂思不可掃。相見應有期，安得辭枯槁。

青青陵上柏

嶙嶙澗底石，欝欝振喬柯。枝幹上干雲，結蓋自婆娑。巍巍新宮闕，百雉聳嵯峨。甲第亘長虹，擁節復鳴珂。金張連羽蓋，許史互經過。繡轂錯朱輪，夾道擁笙歌。來日常苦短，去日常苦多。得志在一朝，不樂復如何。

今日良宴會

佳會再難遇，置酒在高堂。翩翩貴遊子，列坐飛瓊觴。夭夭桃李姿，顧盻生容光。清歌發皓齒，妙節協笙簧。同心諧所願，慷慨殊未央。人生貴適志，戚戚何所妨。行樂當及時，此意未可忘。

西北有高樓

青樓當大道，高入浮雲端。繡户間朱扉，翠幙玉闌干。樓上有佳人，長嘯氣若蘭。援琴發清商，苦調寡所歡。飛鳥不忍鳴，行道爲辛酸。曲終悲未竟，對案不能餐。胡爲自局促，矢志各有難。知音良未易，中夜獨永歎。

涉江採芙蓉

叢桂南山岡，隨風香自遠。採之遺所思，白日忽已晚。道路阻且長，常恐芳馨損。桂樹多苦心，素交恃真悃。江湖行路難，驅車仍復返。

明月皎夜光

涼風掃庭柯，玉露紛已盈。秋月自揚輝，河漢亘空明。洞房枕席冷，寒蛩向我鳴。念我同心友，憂思常苦并。金石豈不固，寒暑移爾情。憶昔握手歡，恩愛若同生。願君貞初志，努力全令名。

冉冉孤生竹

幽蘭在空谷，馥馥吐奇芳。宜爲君子佩，奈何棄路傍。良人遠行役，各在天一方。道遠不可致，採取將何望。秋風動地起，百草委嚴霜。馨香難久恃，引領情内傷。

庭中有奇樹

嚴冬陰氣肅，寒風鳴樹枝。庭前有丹橘，朱實何離離。傲然霜雪中，獨秀見奇姿。偏疑地氣暖，造化不無私。珍重襲藏之，聊以慰所思。

迢迢牽牛星

秋至夜何長，憂來孰與語。攬衣步空庭，搔首徒延佇。牽牛處河東，河西閑織女。雲漢爛清光，佳期渺何許。永夜遥相望，誰云應共處。引領東方明，心煩無復緒。

迴車駕言邁

步出東門外，古塚荒草驕。殘碣臥青苔，松風自蕭蕭。幽室闇無光，遊魂不可招。疇昔强盛時，結駟復聯鑣。流光如電摧，潛寐不復朝。壯志無有極，形化終寂寥。哀彼勞勞人，長使我心恸。

去者日以疎

死骨日已朽，壯顔日以醜。造化爲洪爐，萬物爲芻狗。百年同一瞬，豈復論先後。自非金石堅，安得言悠久。達士貴長生，形神自相守。冥心歸太虚，天地與同壽。遺世如浮烟，得失復何有。

生年不滿百

神仙不可學，羽化無留形。乘風遊太虛，此事終杳冥。藏精營丹鼎，蒼髩忽已星。吾聞飲美酒，可以制頽齡。永日恣揮觴，沉醉勿復醒。

凜凜歲云暮

驚風起四郊，陽光將西匿。雨雪紛霏霏，思君何惻惻。德音已相違，夢想見容色。潔膳進盤餐，願君强飲食。陳説苦别難，君爲我太息。雞聲入我夢，一寤何由得。涕泗下滂沱，憂思不可極。啼烏中夜飛，恨我無羽翼。

孟冬寒氣至

嚴冬變氣候，寒威何凜冽。嘆息念征夫，無事久離别。惜别君有贈，素絲皎如雪。絲棼猶可治，素質不可涅。幸無塵垢汙，斑斑淚如血。起坐擁重衾，挽作同心結。願言藏懷袖，藉此鳴高節。

客自遠方來

客自遠方來，遺我連城璧。願我以直堅，勗我以清白。疇昔與君知，抗言談在昔。陰陽有代謝，情性弗可易。山川終險艱，與君成阻隔。此言猶在耳，此志寧有斁。爲我謝故人，我心終匪石。

明月何皎皎

明月何皎皎，虚室延清光。長嘆至雞鳴，獨起心徬徨。天狼耀其精，弧矢不敢張。河漢已西逝，北斗忽低昂。愁思不可極，涕泗沾衣裳。引領天已曙，佇立望穹蒼。

西郊雜咏二十首選六

歲乙卯季冬，爲先曾祖營葬於西郊。歲云暮矣，苦雨凄風，荒墳蔓草。觸事興懷，遂多感慨。漫筆成章，無復倫次。昔阮籍咏懷，淵明飲酒，寄情遐遠，詞旨超邁，何敢追踪昔賢，亦各抒情愫已爾。

薄暮山氣佳，夕陽含清暉。緩步尋幽勝，悮入荆棘圍。餘光闇將夕，零露沾我衣。夜深月影黑，道遠不得歸。安得凌風翼，奮翅起高飛。

珠玉

展轉不能寐，靜坐憶所歷。珠玉在塵埃，何必非瓦礫。俯仰念物化，萬慮此俱寂。

嚴冬多陰雲，微雨時蕩滌。愁人當永夜，但聞聲滴瀝。

勞倦

勞倦更苦飢，酒肉多厭飫。一飯甫終畢，束裝仍復去。子行未寸步，親心千萬慮。回首意遲遲，欲行未忍遽。

郭外多風霜，念爾獨恒處。村舍雞再鳴，農人知天曙。驅車返室廬，老親多問語。

陷身

北溟有鯤魚，揚鬐三千里。隨風逐洪波，一朝東南徙。震蕩撼九天，地軸爲崩圮。陷身入污泥，不若鰱與鯉。何如養神威，潛伏淵潭底。

弋人

鴻鵠群南飛，千里共盤桓。望林俱投棲，各自適所安。其一爲雌伏，憂患不可干。弋人方見逐，聳翮入雲端。一羂羅網中，臨風思振翰。樊籠不可騁，且復自摧殘。悠悠行路人，掩涕以相看。

抱琴

大樂不可復，遺器在古琴。吴叟得其真，授我清虚吟。調高識更寡，城市孰賞音。抱琴山之阿，撫絃感我心。一彈再三奏，悲風動遠林。巖巖青山高，蕩蕩江水深。曲終歸至靜，元化渺難尋。

黄叔威以古詩八首見贈，擬古妾薄命以答之

邊城多悲風，夏首寒猶積。急管雜繁聲，哀歌動羈客。借問歌者誰，無乃蕩子妻。窮巷有佳人，前訴欲含啼。自言良家子，十三工織素。十五善裁衣，慧心兼欵步。燕婉及良辰，幸得事郎君。靜好諧所願，白首訂慇懃。悠悠歲月晚，漫漫關河遠。握别事歸寧，臨岐多繾綣。回首暗風塵，霜雪阻河津。已分身從夫，奈何戀所親。巖高不可越，川遠不可涉。妾淚如崩泉，妾心如明月。蛾眉起愛憎，白璧玷青蠅。君子聽非偏，契闊信無徵。上天無私覆，日月無私照。心傷分棄捐，心痛不可療。匪痛髮無沐，匪痛容無澤。巾櫛誰代司，君子情無懌。竊聞東隣姊，盛顔世所稀。含吐氣如蘭，綽約嬌羅衣。少小工織錦，天章麗雲漢。裁爲黼黻裳，火龍同爛熳。如何守幽貞，不字十年嫭。安得彼美姿，一慰君子情。阿姊識我意，粲然啓玉齒。阿妹意良苦，古義何所似。昔有秋胡妻，心乖寧自戕。安能忍垢辱，他計行與藏。亦有谷風詩，梁笱靳所遺。奈何躬弗閲，欲慰所後爲。妾心如夢中，恍惚縈心魂。一聞阿姊言，涕泗如河奔。君子非我捐，妾行自多咎。速隕亦明心，懼傷君子厚。妾義無可贖，妾心安忍訣。流蘇翠羽帳，差奉後人悦。阿姊善事之，百歲以爲期。勿訝妾薄命，嘉會故遲遲。賣珠聊止飢，牽蘿聊補屋。甘心償昔愆，安

得辭煢獨。孤獸走索群，寡鵠號及晨。我命實不猶，我意良苦辛。訴畢縱悲歌，永夜泣幽咽。邊風動地來，長夏爲飛雪。

泉郡夜半聞警

細柳軍威肅，金墉百雉牢。未聞烽火警，忽聽角聲高。嫠婦悲寒緯，征夫拭寶刀。天威應有赫，螻蟻已潛逃。

建溪舟行二首

布帆三月暮，旅興續春遊。新漲平江樹，閑花護客舟。自多辛苦志，敢作稻粱謀。入眼溪山好，徘徊興更悠。

天開閩越險，移棹向山行。衆水爭流疾，危灘奪地横。轉帆看鳥影，側耳聽雷聲。閲盡風波後，漁歌一曲清。

雨夜泊桐廬

烟雨合冥濛，輕舟入畫中。星光連水白，漁火照江紅。古寺踈林繞，前村小渡通。投竿堪寄興，何事嘆飄蓬。

夜坐聞笛

何方遊俠子，急管奏新聲。最是高秋夜，偏傷遠客情。他鄉雲一色，萬里月同明。安得雙飛翼，凌風入太清。

秋興六首選四

風高氣肅火西流，極目河山一望收。四野旌旗戎壘靜，千家砧杵海天秋。降王繫組新投款，大將櫜弓好運籌。共唱鐃歌歸北闕，凌烟次第論勲酬。

海國烽烟數震驚，王師南下掃長鯨。營連列嶠龍蛇陣，氣壯空山草木兵。伏莽賣刀依樂土，遺民扶杖慶更生。西風滿野歌鴻雁，安得循良翊太平。

七閩財賦甲南天，萬井桑麻異昔年。驛路秋殘飛羽騎，荒城日落起寒烟。閨人漫唱悲笳曲，征帥休歌采芑篇。欲使海濱銷戰氣，伏波何日駕樓船。

神京宮闕燦晴霞，南苑清秋泛御艖。槐葉乍飄開桂子，蓮房初老醉蓉花。虹[二]垂玉蝀三千尺，烟鎖金城十萬家。遙隔海天徒悵望，寒江露冷泣蒹葭。

擬遊五臺山不果

五峰天半鎖烟霞，寶藏珠幢釋子家。勢控太行蟠巨鎮，派分靈鷲落曇花。寒深六月常飛雪，塞近三秋早聽笳。策馬長安看未得，西風回首暮雲遮。

題寧海將軍鳳城歸款圖四首

楊僕樓船下瀨雄，尉佗黄屋早櫜弓。百蠻威震看傳檄，五嶺風清好奏功。

桄榔深處詔書頒，翡翠明珠款漢關。錦石峰頭花萬樹，從今重種鳳凰山。

刺史當年惡鱷平，將軍龍劍掃長鯨。雲屯桑浦時驅馬，雨滿程江正洗兵。

伏波銅柱舊銘勳，鳳水今看息寇氛。甘露巖前横玉簡，好教重勒峴山文。

李光地 四首

光地，字晉卿，號厚菴，安溪人。康熙庚戌進士。歷官兵、工二部侍郎，任順天學政，擢吏部尚書，拜文淵閣大學士。謚「文貞」。有榕村全集。

榕陰詩話云：相國詩不多作，得晉魏之遺。

送四弟用京江相國原韻

此夕亦何夕，鴈聲驚客座。長連雲外直，遠點天邊破。兹物知天序，飛止相鳴和。如何一孤翻，云有簡書荷。成業賴不仕，文中子：「吾不仕，故成業。」子無悲坎坷。誰爲脱羇羈，使子寬然臥。徂徠已千株，淇澳餘萬个。昔人猶躊躇，遲回非我懦。臨岐興遂初，末路思補過。共言且分飛，無令雪羽涴。

韓文公

吾觀近代士，於古務相逾。誦讀兼草草，指摘又已疎。有如唐韓公，鄙爲詞章儒。傲若齊晉大，卑視滕與邾。昔人亦有言，湖海非雙鳧。適此儒先後，孰不摭其餘。況乃嚌咀淺，未能去皮膚。奈何坐自貴，動擬昆侖渠。韓公生是時，胡不一攷諸。玄元國之祖，西方代所趨。奮然並斥逐，怵心人鬼無。揚雄似孔子，宋世猶陳鋪。截取自孟氏，無見乃云乎。六朝淫靡甚，樸學不能驅。公與極其藝，然後識典謨。謂公流溺者，亦匪公之瘉。尊周如其仁，距墨聖者徒。法施於吾人，索垢曷區區。親見貌位者，不怪舊唐書。張籍但知文，漫以大賢呼。李翺庶高第，開首論楊朱。

題離騷

離騷言求女，非用比明王。女有事人義，賢臣乃所當。當軸盡邪佞，高邱已絶望。庶位亦無人，下女日淫荒。豈無遺佚者，媒不遇鳳皇。恐爲他姓得，相率去高陽。惓惓貴戚卿，未灰心少康。庶幾屏夏肄，配天業復昌。公子雖未家，二姚誰送將。終知賢路斷，割意思游翔。遠遊何所適，山東一槩量。徒有西風壯，渢渢捲八方。幾回指西海，麾旌裹行粻。所恨仇讐國，我馬摧悲傷。風人比興思，隱約遂微茫。幽昬情侈肆，天外事荒唐。郢書不可説，無乃燕人盲。曰求女，爲君求之，非原自求也。

讀書有感

西土有虎賁，於越聚君子。不逾三六千，國甲豈盡此。此其腹心者，熊羆不二士。然後億萬多，無難臂指使。我論讀書方，要道亦云爾。汎濫同飄風，精熟乃根柢。漢人重專經，宋人務窮理。

林麟焻 十四首

麟焻，字石來，莆田人。康熙庚戌進士。授中書舍人，歷官禮部郎中、貴州提學僉事。有玉巖詩集。漁洋詩話云：石來詩溫潤縝密，孚尹旁達，扶踈直上。譬之徑尺之璧、豫章之材。使琉球歸，有竹枝一卷。予爲録數篇，用誌文物之盛。

北平城

落日北平地，蕭蕭白草秋。緬懷漢太守，才氣世無儔。力戰彀强弩，猿臂奮長韝。擊敵雁關北，射虎南山頭。漢高既不遇，醉尉寧免羞。男兒非後人，數奇安所尤。不見下中者，纍纍皆列侯。

蔡公宅

走馬城南郊，蔡公故居地。昔人不可見，風流復誰繼。尚想慶曆初，忠諫負直氣。論事多排蕩，致君有根柢。力辨唐介忠，聲折元昊勢。四賢一不肖，臧否美清製。就養乞近州，溥爲生民惠。至今愛松堂，猶比甘棠憩。書法傳人口，灑落乃餘藝。我來希清塵，徘徊望軒砌。涸井梧桐生，甓道蕺篁翳。惟餘古牆色，垂垂滿丹荔。

飲酒長句和王阮亭先生

易州花露如蜜甜，淶釀縹碧清而嚴。旅況蕭條亦不惡，爲有二物相膠黏。牆頭已呼過百甕，黄公罏復飄青帘。我聞汝陽醉自署，釀王麴部階銜兼。又聞李泌任虛誕，侍郎取榼誑不嫌。古人貴快意，大言殊炎炎。范陽二月緹蒻發，如鞓桃萼低榼檐。杖頭百錢豈了事，陶公十萬仍須添。上尊下尊誰所别，玉巵瓦巵到便拈。莫愁尚少下酒物，擁書萬卷紅牙籤。吾徒祇解文字飲，奚必舞襪鵶頭纖。一官偃蹇堪自笑，二毛改髩還郎潛。唐舉不須問，太卜不用占。眼前但得酒中趣，絶勝閉置垂車襜。鸕鷀杓滿蠟炬燄，良夜鯨飲何厭厭。起看北斗西南轉，長庚煜煜陪銀蟾。

送叔穆之遊雲中

聞道雲中郡，秋深萬馬肥。白登勞漢主，青塚泣明妃。嶽樹參天出，邊沙帶雁飛。覽今兼撫昔，臨眺共依依。

宋宮人斜

在月峰右，舊爲雨塌。有樵豎入其穴，竊蟾蜍釵鏡以歸。宮人憑巫自述爲宋嬪，隨官家航海歿此。樵懼，反寶器而掩之。

噪樹寒鴉日易昏，内家斜對石龕門。雲鬟宮樣埋莎草，薜荔山阿酹酒痕。厓海不填精衛恨，春心長托杜鵑魂。金絲銅鬲傷零落，紅粉猶傳秘器存。

寄王公重

商邱漭瀁大河奔，漢世梁王舊有園。東苑旌旗遊獵罷，平臺風雅古今存。清池寂歷還依草，修竹檀欒尚映門。知爾登臨弔陳跡，歌飛白雪祼青樽。

初夏集鄭方旦園亭

名園接水常陰陰，谷口幽棲横素琴。平頭沽酒待同醉，客子入門時一吟。渚蒲水荇密無數，乳燕鳴鸝交好音。今日不樂欲何適，當風搔髮還披襟。

春夜聞雁

獨坐高臺夜氣清，東風吹雁忽聲聲。經年別去春歸塞，萬里飛來月滿城。瑶瑟欲彈知有怨，帛書不繫信無情。長安多少離群者，爲爾愁思却盡生。

琉球竹枝詞一百首 選六

手持龍節渡滄溟，璀璨宸章護百靈。清比胡威臣所切，覿風先到却金亭。

徐福當年采藥餘，傳聞島上子孫居。每逢卉服蘭闍問，欲乞嬴秦未火書。

日斜沙市趂虚多，村婦青筐藉緑莎。莫惜籌花無酒盞，人歸買得小紅螺。

三十六峰瀛海環，怒潮日夜響潺湲。樓西一抹青林裏，露出烟蘿馬齒山。

射獵山頭望海雲，割鮮捫酒醉斜曛。紙錢掛道松楸老，知是歡斯部落墳。

譯章曾記莋都夷，槃木白狼歸漢時。何似島王懷聖德，工歌三拜鹿鳴詩。

方　鴻 五首

鴻，字翊霄，莆田人，鏘子。康熙庚午舉人。有瓊光集。

蘭陔詩話云：翊霄以選拔入都，雍試賦石鼓，爲大司成曹峨嵋所賞，名動京師。公卿大人求識面不得，從邸舍索賦石鼓方生者履相錯。一時鉅公如徐立齋、健庵，仇滄柱、彭羨門、湯潛庵、許時庵皆與定交。尤西堂稱其詩上窺沈宋，次亦不减高岑。

閩中懷古

吹角揚舲指海門，雕弓何日罷櫜鞬。峰巒久厭金雞氣，島嶼還驚水豹屯。避地桐城哀帝子，卜居江滸識王孫。登臨無限遷流感，目極烟波爲黯魂。

星紀光臨控島蠻，殊方職貢總多艱。中流未見驅青雀，上國何緣愛黑鷴。鳳爪香凝勞驛使，龍團製就惆僊山。民間翠羽原堪惜，誰信循良竟莫攀。

横海將軍出漢朝，炎州王氣一時銷。百年封域歸荒土，萬里戈船振怒潮。射鱔谿空秋草没，釣龍臺迥夕陽遥。攬衣獨上無諸墓，回首平山恨未消。

極望平原感廢興，雲山舊跡幾回登。波漂醮月傷孤樹，雨洗燕脂泣二陵。古瓦有紋看落雁，樂宫無路問調鷹。百年覆轍須臾事，擬採風謡恨未能。

文采當時推八郡，詞流著作恍英咸。名山幾見藏青簡，廢井頻聞檢鐵函。落葉數聲講學地，翠雲一片讀書巖。側身望古懷芳躅，夾漈紅泉自不凡。

【校勘記】

〔一〕擬古十九首，原書僅選十七首。檢松鶴山房詩集卷一，未選東城高且長、驅車上東門二首。

〔二〕「虹」，原作「紅」，據康熙間活字本松鶴山房詩集卷四改。

國朝全閩詩録初集卷八

侯官鄭杰昌英緝

林豫吉二十八首

豫吉，字不飛，長樂人。康熙甲戌進士。有松址集。

注韓居詩話：松址挾智任術，明律令。登第後，未謁選。家居閭里，與不協者舞文中傷之，反爲所持，被褫。詩學杜，甚有骨力。

寄盱江范廷舒明府

心憂望高城，浮雲迷遠矚。曾憶城中人，送我盱江曲。祝我食加餐，憐我行負俗。執手指桑榆，古人以爲勗。桑榆收有期，崦嵫勢恐促。風波忽失所，前路分榮辱。逝將從此辭，槃薖矢弗告。瞻彼隰中桑，其葉何沃沃。與子本一枝，葉落根自屬。寸心如亂絲，横抽不可束。山川漸已遙，此會何時續。惠然長相思，德音毋金玉。

野人送梅樹

野人山中來，貽我梅花樹。上枝既拳曲，下枝復朽蠹。何以歷霜雪，所恃蟠根固。植之小亭東，傾仄如欲仆。巧者笑其拙，華者取其素。獨有一心人，脉脉此中趣。花開復花謝，百年如朝暮。人命非松喬，容顏不如故。香風難久居，榮枯有定數。抱璞以全真，英華物所妬。

四月初一日送黄孺子回楚

陂麥青以黄，客心感時序。言念倚閭人，不如早歸處。首路聽雞鳴，袷衣當初暑。寸心千萬端，分手反無語。送子大江濱，涕泣空延佇。山川渺無極，蒼然望平楚。

樓　夜

野曠星偏大，江冥水自聲。人烟休遠市，漏鼓起荒城。鐙下一杯酒，樓頭萬里情。風塵空老去，吾亦感生成。

漢上逢白于西

結髮便爲客，飄零到白頭。那堪揚子路，况近仲宣樓。杯酒嗟同調，天涯得舊遊。神襟動衮衮，差豁片時愁。

山村早起

客心眠不穩，村漏五更聞。虚壁孤歸月，連山亂出雲。世猶須我輩，吾豈絶人群。休道雞聲惡，披衣拭劍文。

春　晴

湖海真吾事，乾坤賦此生。花光亂日色，帆影走風聲。雙髩天涯遠，三春水國晴。采蘭歌彼美，笙管爲誰清。

洪　橋

長虹天外落，横跨大江行。舟觸魚龍影，潮來風雨聲。荒村迴北岸，斜日掛西城。送往迎來地，銷魂灞上名。

劍　津

神物終當合，千年自淬磨。塵埃竟若此，波浪欲如何。潭撼星辰動，龍吟風雨過。珍寧護舟楫，藉爾鎮蛟鼉。

霞　嶺

雙嶺疊如髻，殘碑吴越分。天高雲氣墮，山寂鳥聲聞。落日倒人影，重關散馬群。由來稱險地，今古幾屯軍。

清　湖

舍舟方四日，今日又舟行。山色多朝緑，湖光半晚晴。風塵驅越客，歌板起吴聲。一望沙灘淺，斜飛鷺影明。

三月三十日溪上

鶯老花殘春忽歸，晴溪獨立淚頻揮。山吞古堞村烟渺，天插雄關鳥道微。對客畏題鸚鵡賦，避人須覓芰荷衣。扁舟梅雨憑晨發，還憶僧園笋蕨肥。

秦人峰

麻姑岌嶪隱仙蹤，西望秦人尚有峰。瀑布掛天晴亦雨，雲門積雪夏如冬。關埋函谷千軍骨，炬化阿房一點烽。此地却忘何代歷，陰崖斷澗見蒼松。

寄懷王仲山

銀箏一曲唱涼州，獨夜思君感百憂。山斷崑崙羌右臂，河來積石地西頭。黄沙風起白狼嘯，紫塞秋深畫角愁。三受降城知不遠，農耕女織是邊籌。

寄河州王仲山使君

萬里題書寄隴西，塞雲邊月望悽悽。秦關此日盤蛇徑，漢使何年候馬蹄。滿地寒沙應自惜，一樽蘆酒共誰携。山中鳥鼠猶同穴，南國飛鳥苦未棲。

秋返章江

城高風急旅魂哀，古閣崚嶒白牓開。洲長新莎江漸落，人歸故國雁同來。素林影帶平雲沒，粉堞形欹半月回。浩刼造成悲帝子，西山南浦自樓臺。

中　秋

悲絃清管唱吴音，爛熳持杯老不禁。四海中秋三作客，萬家涼月半鳴砧。露團薄引山螢度，霜信寒憐塞雁侵。晃朗明船休秉燭，鈎簾愁對白河沉。

夾溪桃花盛開，得野老邀酌

溪上桃花春自開，漁郎烟櫂幾時來。天留湖海吾爲客，日靜桑麻此泛杯。社鼓忽傳江燕至，鄉書猶阻塞鴻回。鷃冠野老行藏異，雞黍殷勤去後猜。

逢中州陶士莘同泊順昌城下，得訊亡友邵纘堯家中消息，傾蓋欵洽，恨舟中闕展待，樽酒率別作詩云爾

金巵酹別此城頭，爲結新知感舊遊。白社可無躭酒客，青門今少種瓜侯。天開霞石山濃峙，春盡江花水淡流。握手斯須心寸折，風烟明發各孤舟。

前王府長史劉子毅園中五柳亭陪李參戎、郭都閫春日宴集，得「洲」字

雨燕風鶯春莫愁，林亭事事足清幽。船迎瀲灩桃花水，路轉葳蕤杜若洲。況有將軍今李郭，可無賓客昔應劉。酒酣苦恨如綿柳，輕薄逢人易上頭。

鄭岳生自國學回，買舟赴家候秋試，余正陸行出關，遇於硤口

春老山深花漫開，硤頭延睇越王臺。江氛翕匌將成雨，天氣清和已放雷。南浦傷弓孤雁遠，北溟破浪一鯤回。同舟並馬何由得，舊國他鄉異去來。

癸巳九日登越山寄鄭陟庭

烟空沙白望茫茫，烏桕紅梨盡肅霜。海闊東南諸嶼小，城欹西北片雲長。一樽獨對秋山暮，兩鬢相憐晚菊香。尚有劉安雞犬在，年年風雨怨重陽。

丙申用少陵韻秋興六首

沙白霜黄照遠林，烟嵐滿目景森森。盤空鸛鶴山風急，候夜魚龍海日陰。鬼火窺人喧野哭，胡笳收馬碎邊心。閉門莫遣秋聲入，何處高樓少婦砧。

山亭磴繞藥欄斜，白帽藜床鬢已華。十載徵書無漢詔，一年消息有堯槎。斷腸月夜山中笛，刺骨秋風塞外笳。倚杖縱觀星斗闊，不堪霜露上黄花。

身世搖搖歎累棋，登高臨水轉生悲。草衰鐵嶺屯師地，瓜熟銀州返戍時。萬壑雲眠山影迴，五更霜曉角聲遲。秋來自有傷心事，不爲高唐賦夢思。

西轉崑崙走雪山，旗亭烽壘紫垣間。銀河下洗三千甲，寒月高懸百二關。何處窮荒非禹貢，幾時庭實慰天顔。封侯年少人歸晚，剩得秋霜鬢兩斑。

茅苴開國越王功，鐵馬金戈百戰中。南海樓船餘霸氣，西湖宮殿起悲風。水蒙曉霧連天白，葉染晴霜匝地紅。攀鳳從龍俱泯滅，春秋荒廟走村翁。極目辰居常北拱，驚心斗柄復西移。江楓岸葦年年事，見慣榮枯兩淚垂。秋色横空水瀰迤，蕭條蟹舍古城陂。寒蛩抱土吟深壁，野鵲爭巢鬬上枝。

何梅二首

梅，字雪芳，建寧人。康熙丙子舉人。官建陽教諭。有江邨詩鈔。

望接筍峰不得上

入洞疑無路，虛無接筍梢。鈎梯仙鬼半，鐵索死生交。人影猱升木，僧寮鶴架巢。那能乘羽化，絶頂共誅茅。沈歸愚云：「險語破鬼膽。」

三山歸舟

閩溪不可上，上若上青天。纜向峰頭繫，舟從石罅穿。晴空排虎刺，急瀨吐蛟涎。賦命真窮薄，頻年往復旋。

張遠 三十二首

遠，字超然，閩縣人。康熙己卯解元。官祿豐知縣。有無悶堂集。

詩鈔小傳云：先生少孤，從母氏受章句，輒了了。稍長，遂貫串經書大義，下筆有奇氣。時海氛未靖，軍需旁午，諸長吏率以箕斂爲事，户有逋亡則瓜蔓及親黨。先生以孱弱孤童，猝罹此阨。乃急裝作亡命計，吴、楚、百粤，萍踪無定處，中遭逆籓煽亂，道路梗塞，蓋音書不達者數年。比事平返里，母夫人已棄世。先生亦遂含酸茹痛，窮人無歸，琴劍飄然，不復作枌榆想矣。既慕琴川、虞山之勝，從卜宅焉。居久之，乃以上舍生領己卯科鄉薦第一。晚得滇之祿豐令，卒於官。方先生之跳身出關也，身不名一錢，顧獨挈數書簏以去。雞聲茆店，雪浪風颿，千里間關，未嘗輟鉛槧弗事。偶道出西江，題詩滕王閣上，適曹秋岳侍郎持節過此，大加激賞，亟招入芙蓉幕所，至爲延譽，一日而詩名滿長安。漁洋、綿津二公尤深器重，皆引之爲入室弟子。「揚雄更有河東賦，惟待吹噓送上天」，巖穴之士，所由願附青雲而聲施後世也。

沈歸愚云：超然旅寓常熟，久困舉場。發解時其年老，以老名士終，賢於方干身後成名矣。詩格大段踈朗，異於局束如轅下駒者。

下建溪諸灘

無諸拓閩疆，山川賈餘霸。亂石鬬雷霆，終古不可罷。輕航一鳥疾，砰湃千轉下。前舟歘然没，初見各驚詫。須臾出白浪，迴旋去如射。性命寄柁師，與石爭一罅。在險魂屢飛，過後舌頻咋。造物産湖海，至此窮變化。若匪衆盤渦，閩溪高可瀉。仙霞插霄漢，天險此其亞。所以縱横徒，一丸每頻借。吾聞天下雄，以德不以詐。閩中如井底，未足供叱咤。安得常治平，絃歌出桑柘。

白頭塞卒

生長邯鄲里，結髮趨軍幕。拓弓餓鴟叫，飲羽雙雕落。飢食麏麚肉，渴飲牛羊酪。超距不知疲，拍張有餘樂。七月風叫歗，八月雪溟漠。可汗整鐵衣，主將嚴金柝。客主大合圍，人馬爭魂魄。將軍百戰死，壯士中夜作。少小渡交河，白首歸京洛。容顔與意氣，灰頽復蕭索。出門遇里正，欲行步還却。明知不相識，中心自慚怍。道逢蔥肆兒，擔簦躡芒屩。每自矜勇健，時來欺老弱。平生金錯刀，易錢充醫藥。惟有魂夢中，時時猶踴躍。

閏七夕後二日，小集沈客子京都寓齋，用蘇韻，時錢、許、吕諸君將南還

委巷引脩徑，窈窕紆而灣。登堂見穠緑，豁然開心顔。野性躭林於，快若倦鳥還。柴扉斷車騎，風來自開關。坐召素心儔，吟嘯如空山。一洗塵土溷，幾忘人海間。當尊有行

客，掉臂歌刀環。西峰逼秋霽，明發開烟鬟。

平陽

平陽洵平衍，族齒繁且多。乙亥四月六，地震如湧波。闔郡無孑遺，一夕成邱阿。所存但虐吏，或疑天則那。是日大賽會，合樂方傞傞。郊坰聚男女，競至如投羅。竟然入鮓甕，惟有山嵯峨。我聞中丞公，其日開汾河。得無動地脈，富媪劇怒呵。又聞天狗墜，有聲如黿鼉。碧翁本仁愛，此舉將無苛。

題天虞山人神龍圖

我聞古昔豢龍氏，盤旋夭矯皆能御。自從夏后食其雌，遂使飛騰向雲去。人間不見真神龍，僧繇搦管描虛空。妙筆能分造化力，點睛破屋生長風。我家亦在深山澤，白雲鄉裏騎龍客。不逢其見逢其潛，黄蒿目斷蛟黿宅。虞山馬子今黄荃，畫龍能作身騰騫。閶闔一躍九萬里，拏雲簸雨撑蒼天。顧我平生葉公好，欲向神龍託懷抱。見此猖狂忽大叫，草屋生風欲欹倒。吁嗟乎，吴中旱魃秋連夏，梁齊一帶傷禾稼。安得雷霆吼臥龍，一爲蒼生雨天下。

幕琴歌爲嘿上人

坐我滿架之緗帙，飲我小葉之銀絲。主人流目送行雲，自言辜負鍾子期。在昔孤高趙清獻，一琴一鶴長繾綣。又有詩窮賈浪仙，寒絃凍斷風蕭然。我今勅斷妻與肉，志在乎絲不在竹。誰能貽我緑綺琴，我當報之廣陵曲。我謂上人且瀟灑，人間自有知音者。但能一落千丈强，豈少良材出爨下。吁嗟乎，虎邱之山横翠屏，劍池虎跑清泠泠。長松牽風鶴叫月，人籟天籟搜滄溟。此即天地自然之雅操，取之自足怡吾神。君不見淵明無絃之琴亦常撫，悠悠此意傳千古。

開籠行

秦景天自連江籠鷓鴣寄曹秋岳先生，先生作開籠行，予嗣響焉。

鰲江之山削蒼玉，鰲江之水浮深緑。石榴花發春茫茫，鷓鴣無數啼山麓。一聲兩聲紛如泣，落日銜山聲漸急。其中有客思江南，怪爾曾云行不得。羅入籠中寄遠人，不傷其羽傷其神。深林叢草那可問，却看燕雀心酸辛。聰明文采古所戒，生人生物同至仁。開籠放入青霄去，還爾悠悠天地身。沈歸愚云：「『聰明文采古所戒』句，一篇主意。漢季之禰生、唐初之四傑，皆以文采累也。鴻飛冥冥，安得不令人羡慕？」

游七星山前洞桂林府。

神山開後青泥乾，玉膏鐘乳凝巑岏。極南地軸本離火，虛中炎上如雕刓。傴僂蹣跚躡昏晦，白晝秉燭猶瀰漫。蜿蜒蛙步欻開霽，空亭劈穴憑澄瀾。隱約長虹帶百雉，諸峰峭削鋒銛攢。栖霞空翠露木杪，踈鐘自答聲清圓。綽約石膚粲冰雪，頗厭疥癬多磨刊。更歷風門下餘磴，虛荒誕幻尤奇觀。刻劃蓬壺豁巒獠，變易冬夏移炎寒。其中光怪難具陳，已見赤鯉騰雲端。側身遥望杳無際，彷彿黑霧沉深灘。道人列炬導我行，爲言靈境真登仙。象形比類無不有，依稀海市浮鶩湍。我聞欲往還却立，夕陽一線懸重巒。况復洞天風景别，人間烏兔如跳丸。僕夫朋侶促歸去，夷猶自笑無羽翰。伊昔仙姬日月華，冠卿于此相邀歡。出逢二樵向之笑，俄頃不見隨風摶。我今萬里探奇秘，玉書入手非偶然。他日杖藜來得得，追攀羽客求真詮。

端硯歌

中巖居中硯上下，厥色微紫品微亞。西巖居西硯上中，厥色漸白雲濛濛。東巖居東硯上上，厥色如藻青蕩漾。宋人重紫不重白，青花蕉葉誰能擇。明人貴潤不貴眼，七重鸜鵒空晛晥。强作解事何紛綸，幾人入手知僞真。朝天巖踞端溪口，火捺黄龍無不有。梅花坑石燥且剛，眼多暈少咸無光。宣德巖中頗脂膩，紋理縱横間蒼翠。灰磨蠟沃相爭妍，石工硯賈紛紛然。瓦釜雷鳴恣奇詭，良材自隱寒潭水。獨不見探奇逸客夸瓊瑰，只載屏風背石回。

游石鐘山

章江漢水趨宫亭，奔騰浩浩如雷霆。大孤中流那可砥，石鐘江畔開雲屏。玲瓏峭削拂青漢，噌吰鏜答驚山靈。子瞻遊後五百載，今我一日三揚舲。上陟高岡瞰吴楚，下窮洞壑窺杳冥。遊人持斧爭搏擊，猶遵李渤遺水經。仰天一笑衆山響，夕陽倒影摇空青。地籟不發人籟發，鐘鳴古寺風泠泠。烟江暝色促歸去，五峰離立如人形。

題黄山山人墨竹

結體欲密勢欲舒，節圓葉老如草書。吴興已往不可作，此君顧影空扶踈。黄山山人澹於菊，胸有千竿萬竿竹。箘簬之孫會嵇箭，由衙虚中簹實腹。儵然落筆雹與雷，縱横幻誕何奇哉。墨汁三升酒一斗，颯颯晴空風雨來。蟄蛇出蠖劍出匣，夭矯鐘龍卸龍甲。共道一日不可無，頗恨古人無我法。禨材揮盡世莫知，撑腸柱肚徒爾爲。伯時畫馬入馬腹，但恐山人變竹枝。沈歸愚云：「筆下有兔起鶻落之勢，神肖東坡。」

寒夜畫梅，與朱竹垞太史

故人近在斜街窪，朱寓西斜街。三旬不見如天涯。騎驢正坐苦不慣，更防路窄逢煤車。昨日前日風叫嘯，黑塵吹盡吹黃沙。硯池生骨墨生蘂，秃毫水筆開呀呀。糊窗剩紙恰一幅，呵手數點紛横斜。瘦勁泠泠有真意，寒香落落非凡葩。北人拍掌笑相問，桃李叢中無此花。

夏熱，湯西崖太史枉過寓齋，賦此

簾前沙燕罷呢喃，鳳仙葉卷如遭芟。北居政苦無北牖，況乃紙格加封函。鎮日驅蠅捲書臥，猶恐面目恒黧黯。正陽門外秖數里，深愁褦襶詒譏讒。碧山學士才摽孤，閉門力學今畢諴。肩輿觸熱忽見過，白汗如雨翻春衫。高冠業已切霄漢，短檠猶欲窮巉巖。披襟少坐聽餘論，豁然撥霧開寒嵓。令我半日散炎燠，清風颯颯吹松杉。我以無才困泥淖，况乃與俗殊酸鹹。鉛刀那復事一割，金銘從未欽三緘。窮途居然坐兀兀，尚口徒自紛諵諵。回思於世百無用，委身只合依長鑱。木奴便足了活計，龍孫尚可供清饞。香於簷蔔尤冽冽，尖如女手何摻摻。捲波未應擯小户，持螯何必愁州監。譬如劣騎久閒散，但飽芻粟難羈銜。微吟漫興聊爾爾，百物豈怨遭鐫劖。君今大鏞列東序，賡歌雅頌和韶咸。尚復殷勤念疇昔，不以濩落殊玞瑊。還期屬和出奇險，使我狂叫驚巉巉。

宿還曉發途中述所見

明星甫出猶未高，寒雞戢翼方三號。倌人篝燈叩客户，怪客遲應聲嘈嘈。僕人縱横尚惡臥，疲騎嚵嚼還戀槽。人皆晨興互結束，我亦强起披征袍。出門昏黑無所見，但聞鈴鐸聲蕭騷。惟時閏年過重九，漸覺風峭如霜刀。須臾紅輪吐芒角，方識沙路沿江皋。顧視徒侶閲來客，仰天大笑開鬱陶。或以橐囊疊襆被，騾背臃腫如黿鼉。或以竹輿駕兩騎，震蕩跛倚同風濤。或乘蹇驢百叫嘯，形勢么麽疑猿猱。時或假寐或歌唱，或相徵逐或分曹。茅柴縛屋笆籬牀，膏粱作酒黏棗糕。停鞭少憩即大嚼，瓦盆木案皆腥臊。蹎跲委頓無不有，問君遠適毋乃勞。公孫布被閉東閣，侏儒便腹矜老饕。鍾山空自笑松桂，昭臺久矣生蓬蒿。名場利藪有爭競，羈愁鄉思交煎熬。我亦棲棲不黔突，泉明乞食非遊遨。

會當息機釣東海，緑簑青箬眠青波。回憶驅馳溯遊歷，世途於我同鴻毛。青泉白石聞此語，湖光瀲灎開蒲萄。

以漳州茶爐贈葉星期明府

廈門白泥霏玉屑，清漳巧匠真奇絶。煉泥作爐如雪花，輕比貿簹堅勝鐵。斸雲敲石吸擶乳，瓦鐺時就松風煮。絶勝石鼎空彭亨，殊笑雞蘇劇莽鹵。輕雷殷殷魚眼生，初從有聲至無聲。密雲龍入兔毫琖，搜攪愁壘詩腸清。松陵詩老花底活，楊枝新綰雙條脱。班班雅自稱纖纖，贈君一解臨邛渴。

宿甘露菴聞松聲作

往來如野衲，蕭寺寄行踪。秋氣涼侵席，江濤夜入松。月明何處雨，風斷一聲鐘。不爲盤根大，飛騰已化龍。

滕王閣

高閣東南此大觀，西山對面臥龍蟠。豈無詞賦驚閻帥，已把文章讓子安。人世百年風浩浩，長天終古水漫漫。南州高士今誰是，有客斜陽獨倚欄。

閩中雜感

奕葉承恩異姓王，寵樅宫殿擬汾陽。三年鼙鼓驚天地，當日清簫引鳳皇。藍水一丸爭鼠穴，仙霞千騎失羊腸。蓮花峰下荒墳月，慚愧他家白馬郎。沈歸愚云：「『清簫引鳳』，指聯婚天室言。」

登吴江城樓

高城縹緲越吴間，澤國烟霞最上關。天影空時多在水，夕陽西處一痕山。征帆夜色江皋外，艫艙秋風草屋間。正值閩南烽火急，戈船戍卒幾時閒。

還至延平，遥望先墓有作

登樓遥望墓門秋，辛苦經年尚劍州。豈有弟兄依隴畝，祇憑風雨護松楸。來從豺虎行邊路，去逐鯨鯢腹裏舟。四十無成還浪跡，雲山何處可回頭。

歲暮寄懷故園親友

一年一萬一千里，馬足車輪舴艋舟。自笑此身渾似葉，不知於世復何求。磨牛處處循陳跡，籠鳥依依憶故邱。正是羊城梅發日，瘴雲霾雨獨登樓。沈歸愚云：「何等起法。開寶以後，罕見此筆墨。」

過方山

嶙峋峰勢自亭亭，泰岱遥將作翠屏。南去雲爲何處雨，北來天入此中青。荒莊送客雞三唱，古廟停鞭月一庭。漫道寒林無好景，明朝沙路轉冥冥。

夏日都門旅次遣懷

兔葵艾虎共相羊，雞犬聲中午夢長。牛馬人誰憐太史，龍蛇吾亦學東方。六窗自鎮獮猴靜，五技從渠首鼠忙。十二時中半趺坐，豬肝不用故人將。

登泖湖潮音閣

四面狂瀾一柱撑，巋然金碧著空明。鏡中日月東西泖，畫裏雲山大小横。有大小横山。鱸膾遥憐蘇子賦，蓴羹彌想季鷹情。蒼茫别有滄洲趣，何必金山較重輕。董玄宰顔曰「小金山」。

器先過訪草堂，因憶武昌同遊舊事

共撼銀濤破楚天，仙人樓畔幾迴旋。過江艇子雙飛燕，武昌渡漢口小艇名雙飛燕。入饌魚兒縮項鯿。惜别何當黄菊後，重來猶是杏花先。纍然苜蓿先生飯，深愧扶風有管絃。

題南京待詔陳鴻文小像

寒泉古木兩蕭蕭，竹杖芒鞵對泬寥。待詔先生編貝齒，白頭和淚説南朝。

席中作

新月横江柳夾堤，徐娘門巷板橋西。主人漫有留髡意，一曲琵琶掩面啼。

答玉丈山長

澄海烽烟近已銷，桑麻茅屋尚蕭蕭。淵明漫作歸來賦，且爲蒼生一折腰。

文章誰復障狂瀾，鐘鼎山林總可歎。祇合臨風呼斗酒，海門東望弔蘇韓。

燕子磯夜泊

圓月銜山似上弦，蒲帆十幅卸秋烟。西風黄葉南朝寺，四面江聲霜滿天。

柬松江使君二首

翠屏九疊鏡中開，幾度分題展緑苔。聞道湖山今有主，不辭風浪剪江來。

王謝風規近寂寥，秣陵人物亦蕭條。從君一拄西山笏，金粉文章洗六朝。

林　源二首

源，字奕逢，號學川，莆田人，儀子。康熙己卯舉人。授慶都知縣，擢工部主事，陞江南道監察御史，轉刑科給事中，累遷太僕寺卿致仕。有宛舫居詩集。

海物

海物多奇異，遐方信者稀。蚌含蠏子活，一種似蛤蜊，中含小蠏子，蠏存則兩活，蠏失則兩斃。魚逐燕群飛。飛魚低飛水面，常與海燕爲群。老蘚連枝樹，海石上有樹，高一二尺，色如鐵，無葉而多枝。羅紋相連，是古蘚所化。浮漚怪石磯。邊海有石，玲瓏可玩，久年水泡所化。蜈蚣稱脆美，色微緑，無毒。蚯蚓號甘肥。俗名土串，嗜之者多。蛇拙蝦爲目，蛇，一名水母，亦水泡所化，無目，常浮水面，蝦處其上，以蝦之去留爲浮沉。螺虚蛣作衣。蛣，一名寄生。螺殻虚者，小蠏入其中，後半化螺尾。化生誠不測，誰與解幽微。

和廖愧荆山莊韻

青嶂連霄雲影低，門前潮水接清溪。蕭蕭古寺鐘鳴近，翼翼平疇稻熟齊。松子隨風供作爨，花茵帶雨踏成泥。山林樂事君兼擅，應憶爐香袖裏携。

國朝全閩詩録初集卷九

侯官鄭杰昌英緝

黄　任九十九首

任，字于莘，號莘田，永福人，文煥曾孫。康熙壬午舉人。官廣東四會知縣。有秋江集。

詩鈔小傳云：莘田，永福人，居會城之光禄坊。弱冠舉於鄉，屢上春官不第。匆匆捧檄，得粤之四會令。莘田故名士，無齷齪俗吏態。坐是爲上官所不喜，劾其縱情詩酒，不治民事。拂衣歸里，宦橐蕭然，惟端坑石數枚，詩束兩牛腰而已。所居矮屋三楹，花竹秀野，圖史縱横，飲饌裙屐間，真有雅人深致。最工詩，菁葱韶蒨，務去陳言。慧業文人，吾于莘田首屈一指矣。

注韓居詩話：先生豐髯秀目，好賓客，善劇談，素有硯癖。出宰高要，適領端溪三洞，得坐卧其間，稱「端溪長吏」。罷歸後，選尤佳者十枚，藏之東軒，朝夕摩抄不勸，自號十研老人。一時余京兆、謝閣學、林涪雲兄弟多出所蓄，互爲銘詞以相質。文士賡和如林，由是十硯名傳海内矣。詩逼真玉溪生，膾炙四方人口，不獨傾倒吾閩已也。

夜坐

坐久月未出，微風吹我襟。星摇夜窗動，露下秋堂深。衆響倏以寂，遠生天外音。泠然不可寫，傳與朱絲琴。

冬日雜詩

天寒日易夕，夜房響刀尺。鄰機貿餘布，斗粟不可易。開篋理舊衣，斷縫百罅隙。大女如母長，紉針床倚席。小女不解事，嬌啼索金碧。嘈嘈環我傍，誰能即呵斥。索我征衣裳，寬樣改襞積。緇塵不堪著，教人作洴澼。猶有春風淚，斑斑見舊磧。

灼灼籬東菊，婉孌芳自保。嚴霜委其英，棄置牆下道。豈不稱晚香，遲暮亦凋槁。東隣征戍婦，對此痛懷抱。結髪登君堂，二十不爲早。三十長别離，四十顔已老。晚色奉君歡，雖憐不言好。寄聲桃李姿，春輝以爲寶。

滹沱河

王郎竊邯鄲，光武困薊城。倉皇趣大駕，百萬奔命兵。臨流不得濟，六軍皆震驚。桓桓王功曹，恫喝呼先聲。波臣竟効順，頃刻堅冰行。假令背水戰，死地當能生。要知天所授，不假人力爭。我來冰已泮，流澌何盈盈。草店大河濱，一飯空復情。山川不戰伐，野渡舟自橫。

感興六首選二

嶢嶢者易缺，皎皎者易汙。方枘納圓鑿，其勢必齟齬。高明坐一室，鬼瞰生揶揄。君子矯自好，豈能貶意趨。盛氣招重尤，寒情畏厚誣。埋照匿光彩，被褐懷瑾瑜。先民亦有言，深藏貴若虚。

夭桃無修幹，芳桂無直枝。世人悦心目，翻以屈曲奇。緬彼百尺桐，高聳凌雲姿。攀折無傍依，菁華空爾爲。聲色兩俱淡，况復摇落時。不惜焦作琴，爲君理朱絲。牙曠不可作，千秋誰與期。

爲趙中丞題山水畫册二首

雨霽陽景升，層巒淨新沐。無雲氣自蒸，未葉山已緑。匼匝千萬峰，潑染八九屋。何來幽谷聲，丁丁響伐木。

灌木碧逾靜，新柳緑可數。春風江上村，殘日水西路。樵人負且趨，宛宛危橋度。極浦一帆飛，知投何處霧。

題阿羅漢圖

雲門設像教，丈六雕旃檀。始作畫圖供，摩騰竺法蘭。後來吴道子，擅絶能濡翰。莊嚴問妙麗，瓔珞垂華鬘。龍眠工白描，不施青與丹。一百八尊者，變幻窮毫端。能事競祖述，不惜願力殫。各現光明性，狡獪人天寬。六根與四大，如以沙聚摶。或縮短布袋，或抽長竹竿。或枯如古木，或寂如涅槃。或如老苦病，悲憫顔不懽。龐眉一尺長，火死而灰寒。五峰起頭角，稜稜如遭刓。又如鈍鐵椎，四面無孔鑽。腰膿者長老，皤腹殊廣胖。無垢亦無淨，頭面皆疵瘢。打包行脚漢，肩袒壞色單。忽吐白毫光，光中翔鶴鸞。蓮花一葉渡，銀海千尋瀾。咒鉢起雲霧，卓錫飛巑岏。是皆大智慧，菩提枝滿壇。由來千手眼，都無手眼看。齊參不二門，萬象無殊般。恒河與化城，同歸一蒲團。相傳僧貫休，十五尊寫完。却于第十六，自寫添懶殘。欲以自在身，位置七寶闌。可知無有是，只作如是觀。不如空即色，無鏡無臺安。非非與如如，吾亦何讚歎。

陳橋

夾馬營中火光起，香孩兒生雀兒死。倉卒黄袍何處來，殿前檢點作天子。比肩北面環千軍，家人晚食傳紛紛。英雄平昔蓄大志，負罪慚德皆虚文。潘家幼子勿驚哭，他年匡山一塊肉。

夷門懷古

大梁道上遊俠客，咄咤風雲鬬奇策。委身事主不盡年，性命長遭肝膽迫。嬴也托跡微賤儔，黄金白璧何所求。關門睨立枉車駕，公子愈恭市人駡。邯鄲瓦震長平焚，三千賓客徒紛紛。單車從死去不顧，老臣不語迴三軍。臠肉幾曾投餒虎，半資女子半屠户。功成一劍刎秋風，擊柝揮椎俱黄土。修身潔行誰過存，何苦垂老煩深恩。敝衣破履一上座，可憐授首魏王孫。魏家宫闕寒雲昏，冷烟衰草成荒原。惟有烏啼古時月，高高還照城東門。

林大蒼巖以瑯琊王碑刻見貽。因同周二瑞峰、謝二古梅瑯琊王廟觀碑，歸賦長句酬蒼巖，並示瑞峰、古梅

海濱淳風侔結繩，書契乃肇三唐興。要荒金石考不到，蒐羅一二文獻徵。有唐末造艱難際，雄藩强鎮爭驕矜。瑯琊乃心事尊奬，包茅職貢來頻仍。其民凋瘵易見德，萑苻不警秋穀登。誕敷聲教訖閩土，蚶田蜑户生黔蒸。遂揚丕績無愧詞，銘文伐石高邱陵。天祐三年六月立，詞章焕采聲含宏。大書深刻九百載，至今鸞翥蛟龍騰。蒹葭草堂見紙本，心摹手追空目瞪。乞歸十幅掛屋壁，環繞百匝趨蹌承。琅琅雒誦手畫肚，家人怪訝呼不譍。九月涼秋好天氣，結伴訪古巡郊塍。城隅廢廟破四壁，香火闕祀無供僧。巍然大牌露節角，出牆突兀青半層。負以贔屭盤以螭，膚理細膩無瘢癥。五陵三輔足碑碣，往往蝌蚪磨丰稜。惟兹荒遠少物色，棄置翻以完好稱。慶城寺東跡罕到，健兒調馬奴臂鷹。千遭蹂躪不隕越，馨香呵護神實憑。使我弔古二三子，臭味潛與通降升。徬徨睨立不得去，癡若瑟縮凝寒蠅。歸來展紙重賞玩，秋堂風露挑檠燈。解衣盤礴酌大斗，始此古懽殊不恒。人代蒼茫那可問，一本吾寶琳琅增。

端硯

羚羊峽暗秋月高，紫雲一片沉江皋。欲散不散能堅牢，風紋水紋相周遭。窮淵藴結而甄陶，石工下縋斤斧操。誅求窟穴驅鯨鰲，羊肝鮮割微腥臊。拊不留手濡其膏，白葉芭蕉青葡萄。中有浮動千溪毛，紗帷晝靜松風飈。琉璃匣底鳴嘈嘈，夜郎之波牂牁濤。百川砥柱歸宣毫，賡金石聲寧非豪。

棄婦詞

結髮爲君婦，采葑復采菲。鳴雞事戒旦，德音期無違。貧家操作無停時，豈能膏沐描修眉。荒厨無米炊不得，群小尤愠姑嫜疑。高堂漸漸有煩言，謂妾不堪主蘋蘩。妾身菅蒯輕遭棄，妾心日月光無異。三年紡織坐春機，去時還著嫁時衣。翠羽明璫妾不取，出門椎髻單車歸。歸時環抱諸兒女，痛我劬勞和淚語。寄聲兒女不須啼，汝别有母如我齊。

放言

勞者不可無歌謠，悲者不可爲纍欷。亭毒芸芸各妍醜，誰敢擬議生褒譏。大地發育遍百縠，何必長養西山薇。夜光顧兔照八極，何必熠燿光暉暉。豈謂子面如吾面，沈約瘦損張蒼肥。豈謂卿法即我法，侏儒飽死東方飢。桂堂絲竹夜燈燦，茆屋蛩螿秋月輝。誰人偃仰發叫嘯，若個憂畏長脂韋。或言冰炭各喜懼，其實木雁無是非。乃知天工要變化，苟不參錯將息機。一夫不獲乞位置，天最權度於寒微。畀以虚靈益以餓，文采絢爛寒無衣。是中豐嗇有至理，乃所願者從之歸。公等長才不貧賤，亦本賦予非我希。人生志業各有向，仰天大笑浮雲飛。

初秋同許雪邨遊濤園

所立最閒曠，能將遠意收。高風獨鳥下，古木斷雲流。衆壑清難暑，空山響易秋。翛然來暮景，添得桂松幽。

郭書禪至，再用前韻

故人有冰雪，殘暑忽然收。結夏曾幾日，又當大火流。一菴松下暝，孤磬水邊秋。共此石牀坐，無言心轉幽。

送　菊

欲採不盈袖，因之傷遠懷。白衣人不到，杯酒又天涯。冷圃霜千本，空籬月一堦。掛巾閒處士，蕭瑟臥秋齋。

春夜宿北阡草廬，爲林渭雲、洙雲賦得「尖」字

春露三間屋，風燈出樹尖。松楸來里社，拜掃列圖籤。野水鳴琴匣，山花亞帽簷。他年丙舍帖，留我一行添。

橄　欖

此果亦佳境，微甘漸漸添。韻同吟句峭，味比諫書嚴。棄去猶堅骨，生來便出尖。可憐醇酒後，顛倒手中拈。

暑雨後坐月

雨洗月逾潔，氣寒光轉幽。露螢不自夜，風樹欲先秋。烹茗籟遙起，拂琴泉暗流。清宵

不成夢，心跡兩虚舟。

宿竹崎官舍贈朱豹南

莫稱簿尉宅，只似短長亭。岸葉紅雙櫓，江峰緑一廳。急帆窓下落，别酒水邊醒。最記銷魂夜，遮門老樹青。

宿天寧寺

黄葉南朝地，松風不可尋。寺爲李忠定松風堂故址。雙江興廢眼，一榻古今心。山磬和潮落，船燈入竹深。影堂禪寂夜，誰與話銷沉。謂芥衲師。

露筋祠

紅顔何代女，廟祀在江湄。野月穿珠帳，湖風卷桂旗。成雷當日畏，行露至今疑。精絶牆匡石，南宫幼婦碑。旁有米元章題記。

邯鄲

長平四十萬輿尸，趙鼎千鈞繫一絲。危急誰憐公子姊，英雄合讓魏王姬。才人每嫁窮廝卒，仲父能生好市兒。貨得嬴家兩夫婦，叢臺臺下合居奇。

過樂毅墓二首

蓋世雄才樂望諸，一生事業恨權輿。自從隗始來傳質，肯向王前去曳裾。出處最高諸將上，功名竟墜二城餘。暮年不市千金骨，伏櫪悲鳴作報書。

反間能令嗣主驚，英雄心事最分明。負恩果有留齊志，報怨何難入郢兵。再世鐘鏞歸播棄，兩邦冠劍枉將迎。行人一掬金臺淚，又上荒墳再拜傾。

無題

捷徑何曾嘆路窮，壯夫原不事雕蟲。三酬拜賜終良將，再復前驅總賤工。織錦已非坊樣杼，穿楊別有楚人弓。禿尖成塚還成陣，未抵靈犀一點通。

雙忠祠

裹創飲血獨登陴，寶馬名姬並命時。溝壘孤軍當保障，江淮諸鎮擁旌旗。七旬絶粒知無援，百戰空城遂不支。將欲有爲何遽死，可憐南八好男兒。

鴛湖舟次晤鄭二瑞山判官率贈

使君從政多風雅，不肯低眉事折腰。領郡唯裝太湖石，分司來煮浙江潮。最宜菡萏圍行署，難得魚鹽亦美謠。今日相逢更相賞，高樓烟雨木蘭橈。

都下柬張六雪樵、游三心水、許三雪邨、謝二古梅

春明門外柳毵毵，二十年來對影慚。少不及人今漸老，樹猶如此我何堪。雲泥屢隔新傾蓋，車笠重逢舊盍簪。怕説牽絲稱制錦，此身已似再眠蠶。

木棉菴

片石長懸萬古羞，旁有石碣，書「鄭虎臣斃賈似道處」。當年來路賈循州。樓臺無地營三窟，蓬

顆何心問首邱。落日狐狸官道晚，空山蟋蟀野田秋。會稽小尉真强意，爲復中原萬姓讐。

歲暮奉檄至開建、廣寧二邑録囚，歸舟無事，成詩四首

策馬鳴雞困曉征，今宵喜聽榜人聲。仍圍案牘身非暇，乍對溪山眼暫明。遠燒殘旗光破驛，暗潮寒鼓打荒城。十年紙帳梅花夢，清福今應折半生。

蒼梧一抹滿蓬烟，雲氣時侵衣袂邊。歸洞客澆荒廟酒，趂墟人市别朝錢。肇都各邑皆用古錢。誅茅椎髻圍編栅，抱甕蕉裙坐汲泉。群笑長官異鄉縣，此中辛苦度殘年。

建瓴高瀨夜郎西，奔入羚羊勢漸低。斜日側帆波浪響，亂山苦竹鷓鴣啼。近坑不雨巖常潤，入峽無雲岫自迷。漸負小軒顏十硯，滿船簿領下端溪。十硯軒，余家中齋名。

歷盡山岡與水村，羊腸折坂叱王尊。清時廊廟頻開網，卒歲黔黎忍戴盆。情有可原唯勿喜，生求不得本無冤。我來敢學踈狂掾，舉版看山出寺門。元微之録囚詩有「舉版支頤看山色，無暇精心滿縣囚」之句。

題廳壁二首

訟庭東折兩柴扉，疊石臨流作釣磯。燒筍野妻供退食，揀香蠻女學熏衣。牘清小几堆書滿，草長閒廊候吏稀。爲報在公多野興，海鷗相見莫高飛。

要知升斗亦懷慚，釜甑萊蕪我所甘。健僕散如秋樹葉，冷廳枯比定僧龕。寒天里媼呼收蜜，廢圃場師教種柑。不爲淳龐牽率住，野夫何戀未抽簪。

珠江夜泊

五羊城下十洲通，樓閣宵涵蜃氣空。百越女牛星拱北，三門笳鼓水歸東。戈船潮暗琵琶月，珠寺沙香茉莉風。回首可憐偏霸地，漁燈幾點浸鮫宮。

喜晤傅玉筍翰編賦贈

記共南荒醉叵羅，黄雞白日易銷磨。幾聲檀板催花出，一曲玲瓏奈老何。青幕每朝圍履舄，絳紗終日響笙歌。河汾散去西州別，説着羊城涕淚多。謂王樓山中丞。時樓山公藩伯嶺南，玉筍主講席，予適至粤，西園讌會，日在酒籌歌板中。今樓山公已逝十年矣。

長守林泉亦未能，他邦誰不拜陳登。到來滿眼惟蕉鹿，老去迴腸有炭冰。舊雨巴山今日話，晨星魯殿幾人稱。與君臭味兼踪跡，白首重逢感倍增。

題　畫

雲外飄然獨往還，層茆絶壑不開關。秋風卷盡千林葉，臥看床頭一尺山。

彭城道中二首

戲馬臺邊日又殘，名騅欲返故鄉難。江東父老空惆悵，不得君王晝錦看。

將軍射雉錦連錢，幕府能歌帶箭篇。今日符離睢水道，毬場春草緑如烟。

閒居雜興四首

辛卯冬，余自汴中抱痾歸里，今春不得計偕北行。掩關寥落，觸緒興懷，輙成詩若干首，聊志起居安適云爾。

巷口腥風海市張，江瑶馬甲玉膚香。乍歸亦似初來客，鄉味時新取次嘗。

白板雙扉竹院深，藥爐香杵擣花陰。靈方經月無錢合，又典春奩半臂金。

寒宵香鼎爇提壺，宿火殘鐘沸酪奴。傳得五更行氣訣，錦衾斜月學跏趺。
今年百計少相關，終笑投閒未是閒。十載姬巖抛不上，借人亭館看烏山。余别墅在姬巖山中，去郡城二百餘里，别十年矣。

獨遊上帶溪

翠壁千層磵道低，樵人歸塢日初西。山花數片吹落石，野鳥一聲飛過溪。

買菊花

一間紙屋能斗大，野夫半間花半間。重簾落日雀聲暝，人與黄花相對閒。

西湖雜詩十二首

珍重遊人入畫圖，亭臺綉錯與茵鋪。宋家萬里中原土，博得錢塘十頃湖。
聖母湖山孝養多，旃車信誓竟如何。可憐太乙宫王祝，早已無他望九哥。
魚羹宋嫂六橋無，原是樊樓舊酒壚。宣索可憐停玉食，官家帶淚話東都。
風松一闋覲天顔，殘酒重携已半酣。莫笑酸寒于上舍，酒旗歌板有終南。

荷花十里桂三秋，南渡衣冠足臥遊。爭唱柳屯田好句，汴州原不及杭州。

明月香風十二層，半閒〔一〕亭子晚來登。内家五夜凭高望，指點湖山正上燈。

珠襦玉匣出昭陵，杜宇斜陽不可聽。千樹桃花萬條柳，六橋無地種冬青。

畫羅紈扇總如雲，細草新泥簇蝶裙。孤憤何關兒女事，踏青爭上岳王墳。

梨花無主草空青，金縷歌殘翠黛凝。魂斷蕭蕭松柏路，滿天梅雨下西陵。

金籠玉版賈秋壑，藥鼎砂床葛稚川。一片初陽臺上月，照他富貴與神仙。

不獨徽欽事可憐，艱難英廟仗公賢。他時不怨藏弓禍，曾見天朝復辟年。

刺史笙歌學士禪，倪迂楊鐵竹枝篇。只今耆舊無新語，風月銷沉四百年。

七里瀧

終日嵐光濕畫幢，有時松露滴篷窗。一聲櫓竅千巖響，知在諸峰未出瀧。

富春江

螺峰如髻水如油，七里灘連九里洲。落盡辛夷飛盡絮，數聲鴉舅送行舟。

泰安道中山行四首

逶迤百折上層坡，嶽色嵐光瘦馬馱。當晝炎威驕不得，奇峰更比夏雲多。

巖巖典則魯千峰，玉檢金泥拜秩宗。七十二君消歇盡，夕陽驢背話東封。

倡條冶葉拂青驄，帽影鞭絲困午風。十里棗花香不斷，行人五月出東蒙。

驕陽赫赤困殘黎，汗雨如珠滴夏畦。願與嶽雲乞膚寸，不辭泥濘没輪蹄。

勸農二首

今年轉餉逼徵輸，播種方新要緩紓。願汝上農吾下考，催科斷不擾耕鋤。

看汝耘田我舍田，舊山魂斷插秧天。行官亦是扶犂侶，蕪廢春耕又一年。

舟過金利墟

鷓鴣飛上古祠啼，蕉葉牆高竹路低。惆悵相思不相見，木棉花發日初西。

昭陵石磧

際會風雲未足難，始終恩禮羨貞觀。漢家多少韓彭將，不得銘旌一字看。

歸舟雜詩十四首

餱糧囊橐供三宿，妻子琴書共一船。便作浮家老漁父，的應拔宅小遊仙。

峽山漸近古宣溪，峭壁高高苦竹低。爲報先生正傾耳，歸途不畏鷓鴣啼。

落帆去陟飛來寺，半日聽泉亦夙因。不爲歸舟寧有此，溪山何負退休人。

巖扉曉對峽流開，數片溪雲入竹來。羨殺禺山雙帝子，海棠花落讀書臺。寺有軒轅二子祠。

金戈錦繖好蛾眉，百戰靈風響桂旗。擬作武溪深一曲，踏歌椎鼓惠妃祠。香爐峽有虞惠妃祠。英德人，與黄巢戰，没於陣，宋嘉定勅曰：「夫人生能摧黄巢之鋒，没能制岡蠻之寇，封爲正順夫人，樹碑於廟。」

似劈如懸欲動摇，兒孫林立丈人招。南宫不識千行拜，如此峰峰合折腰。

至今山水不知名，半向舟人口授聽。莫怪當年韓吏部，殷勤入境借圖經。

重華昔日南巡狩，斑竹蠻江種得無。三峽愁如九疑恨，應從此路去蒼梧。韶州有虞帝廟。

千秋金鑑委塵埃，不信漁陽是禍胎。直至雨淋鈴道上，萬山一騎捧香來。張文獻公祠堂。

香風酒氣吹荷葉，冷露棋聲落桂花。誰繼風流許丁卯，驛樓觴咏月初斜。許渾宴韶州驛樓，有詩云：「露墜桂花棋局濕，風吹荷葉酒瓶香。」

秋河遥掛亂峰西，巖桂斜飛片月低。不用針樓憶惆悵，全家都在飲牛溪。是日逢七夕。

仙侣同舟入翠微，琴尊安穩片帆飛。也應笑向張公子，謂張東木表弟。七歲思歸此日歸。

穿窮詰曲聽鈎輈，不厭蓬窓足滯留。破驛紅梅問消息，計程明日到雄州。梅嶺有紅梅驛。

便掛蒲帆半月餘，故人秋夢近何如。南風黎辟灘頭夜，與報平安一紙書。舟泊南雄，燈下作書，寄綏江諸子。李義山詩云：「黎辟灘聲五月寒，南風無處報平安。」按黎辟灘在南雄保昌縣。

初秋過陳德泉編修學圃，閲元明人墨跡。忽風雨交作，几席翛然，清歡竟日。歸賦四首奉柬

秋來苦熱相過少，今日高齋見早涼。心跡雙清無一事，對床開卷看瀟湘。

清虚事業調誰同，冷淡生涯筆最工。一卷墨王一杯酒，與君消受玉樓風。

君踏京塵我瘴江，十年心爲故人降。今朝舊雨清風裡，珍重西窓與北窓。

灑竹鳴蕉打井梧，鬭喧能辨半聲無。與君便是雲林畫，一幅秋堂聽雨圖。

題林涪雲陶舫硯銘册後六首

巖分上下洞西東，丁卯詞人鑒最工。苦記清秋池館靜，銀鈎鐵畫對雕蟲。雪村硯銘，皆予與同寓吴門三山會館時所刻。

古梅健筆寫銘文，硯搨人稱比練裙。從此謝家團扇上，流傳不畫敬亭雲。

右軍風字青氊物，個個官奴有品題。我亦長林香一瓣，豈徒公輩愛家雞。謂林氏諸昆。

唯君雅製最新標，奇字佳銘自琢琱。一寸能兼書撰刻，要誇三絶上芭蕉。涪雲硯銘，皆手自篆刻。

後礫巖連北壁開，丁丁採遍結鄰才。愛鐫小印端溪吏，管領東西兩洞來。

古欵遺凹積墨香，纖纖女手切干將。誰傾幾滴梨花雨，一灑泉臺顧二娘。

題秋林放鶴圖

我在林泉汝在陰，空山流水結知音。一聲清唳一長嘯，各有丹霄萬里心。

月　硯

巖穴何緣到玉除，十年曾此伴窮居。但將膚寸供霖雨，不上昌黎宰相書。

題唐玄宗訓儲圖

老聽張徽一曲歌，凄涼還勝靖康多。可憐粉本留殿鑒，庭訓何曾到九哥。

【校勘記】

〔一〕「閒」，原作「間」，道光癸卯東山家塾翻刻本秋江集註引古杭雜記：「似道賜第於西湖上，扁亭曰半閒以停。雲水道人每治事罷則入亭中習打坐。」據改。

國朝全閩詩録初集卷十

侯官鄭杰昌英緝

鄭亮光七首

亮光，字寅士，號同溪，莆田人。康熙戊子舉人。官壽光知縣。有醉墨堂詩藁。

徐達夫云：寅士才情爛熳，每醉後作詩，擊缽而成，未嘗停筆凝思，亦不自以爲能，脱藁輙棄去。要皆自胸臆中流出，苦吟者反無以過也。

符幼魯云：同溪詩清婉和粹，出於自然。

咏古四首

負郭陳孺子，皎皎美丰姿。飢餒食糠覈，鄉鄰多見嗤。雲龍歘然合，胸中吐六奇。世豈無斯人，惜無魏無知。

季子夜發篋，翁子朝負薪。丈夫未得志，轗軻纏其身。一朝揣摩成，遽登要路津。金印大如斗，歸來驕婦人。何如老萊子，投畚隱江濱。烏喙豈可餐，惡木豈可息。君子固有窮，毋以利自賊。鄙哉主父偃，志在五鼎食。不見雕陵鵲，難免弋人弋。鳸竊脂而飽，鳳食竹而飢。我思古聖哲，感慨一歔欷。東魯既飲水，西山亦采薇。顏回樂簞食，原憲披鶉衣。殖貨豈無術，我心知其非。富苟不知度，千駟亦足悲。

小築

荒郵開別墅，寂寞稱幽居。穿竹紆開徑，因泉曲鑿渠。黄垂千樹橘，緑長一園蔬。差勝杜陵叟，瀼西賃草廬。

暮春作

欲雨不雨日垂脚，欲晴不晴雲當頭。楊花滿地白如雪，何處一聲黄栗留。

高郵道中

一枝柔艣破輕烟，垂柳毵毵緑可憐。鴨子帍雛鳴不住，秦郵亭外水粘天。

黎志遠二首

志遠，字寧先，長汀人，士宏子。康熙己丑進士。官至順天府尹。

禮執客鄂城，用和巨來韻見貽，事牽未報。漢陽舟次，次韻寄答

離群劇調飢，晤言暫濡沫。方快鄂城遊，倏有瀟湘別。論文期摘瑕，求友惟攻闕。古風不可回，時頗笑迂闊。長江撼坤浮，舲窗敞天豁。晚月升虛無，夕霞爛披列。低昂漁子舟，參差波人筏。顧我自夷猶，嘯歌爲誰發。征夫出王城，九玩團團月。人事俄是非，宦途遽得失。夙懷經世心，誰可違前轍。飛鴻向長沙，沙渚何當歇。吾愛武昌山，遲君理布襪。載收玉與珉，慧珠照澄澈。沈歸愚云：「運旋轉于無痕之中，善學選體。」

泊陳家灣，覩山石奇秀。遲客舟同登不至，日暝獨遊，未窮其勝

殷殷紅樹村，漫漫白沙堰。深叢切秋禽，修竹翳長阪。奇境在幽遐，神工啓關楗。泛灩鯨波揺，跳躍龍遊宛。玲瓏變繩墨，疊皺若違反。蘭舟不即來，臨淵奚繾綣。薄暮遲客心，蓬窗歸息偃。侵宵杖策行，焉得窮其閫。雲寒月色深，漁靜江光遠。嗟予事行役，徒爾登眺晚。

沈歸愚云：玲瓏就一處言，合衆玲瓏言之，則變繩墨矣。粗心遊山者不知其妙。

郭 雍十二首

雍，字仲穆，號約園，福清人。康熙癸巳舉人。有約園詩集。

注韓居詩話：書禪僑居會城，少即能詩能書。嘗對其友曰：「吾前後作詩不下千篇，今存其略成章法者，得律詩、絶句若干首，古風、歌行僅留一二，樂府絶無所解，俟十年後别有窺尋，乃敢議及。」信乎，飲水者冷暖自知也。五律頗有澹遠之致，餘作精力俱覺頹唐。荔鄉詩小傳云：「上步趨王孟，次不失賈長江、姚武功家法。」似不免乎過譽矣。

雨後對月懷故人

獨坐攬江月，雨餘林館清。平池虛送影，涼葉澹無聲。寂寞起愁思，關河多友生。無因照携手，空復露華明。

九日于山有感

聊復登高去，仙臺一放歌。夕烟天外澹，踈雨鳥邊多。秋色老如此，流年傷若何。蓬山不可接，江月落松蘿。

送舅氏之乍浦

蕭蕭風葉聲，惻惻渭陽情。求食海天遠，孤舟霜露清。崎嶇看世路，辛苦是平生。去矣復何道，江頭潮正平。

讀秋夜吟

蟋蟀吟不斷，空庭秋寂寥。天隅有孤客，鄉淚盡寒宵。烟草西江路，風花南浦橋。誰憐不得見，日暮髩蕭蕭。

送季潛芳先輩

郢客迴孤棹，秋亭悵别筵。江涵殘雨氣，風起夕陽天。白髮寒蟬外，青袍旅雁邊。莫言不稱意，夢澤有微田。

落花

底事春歸去，相將花盡飛。殘林能幾點，芳草竟斜暉。掩徑苔空濕，登樓客已稀。傷心非一事，風雨重沾衣。

遥和諸子宿北阡草廬

不緣兹地迴，春屐肯爲停。細草香侵露，高林遠帶星。鳥鳴千嶂白，簾定一燈青。更愛松風咏，唯餘猿鶴聽。

暑雨後坐月

雨餘江月上，更覺竹林幽。庭翠花猶濕，窓虛氣已秋。無聲天宇寂，微照水螢流。誰識閒居意，真同不繫舟。

瀨溪夜渡

月明行十里，寂靜瀨溪船。遠火時過樹，幽禽早宿烟。村斜穿徑入，石碎斷橋懸。對此羈懷滿，臨風獨扣舷。

題　雁

烟水暗瀟湘，微茫野雁鄉。影低江雨重，聲斷嶺雲長。幽夢迷葭菼，高秋足稻粱。家山莫回首，沙塞月蒼蒼。

立秋後一日送客

南客三年傷髩絲，西風昨夜動江蘺。於今得買扁舟去，還及南湖紫蟹時。

草堂即事有寄

修逕荒寒風滿林，竹交槐搾草堂深。閉門只學東陽瘦，滿眼飛花獨撫琴。

陳治滋一首

治滋，字德泉，閩縣人。康熙癸巳進士。官奉天府丞。有學圃詩藁。

天柱山望楓葉

秋來詩思最無端，又是霜林染葉丹。馬上閒吟思杜牧，白雲石徑遠山寒。

郭人麟五首

人麟，字嘉瑞，福清人，美父。康熙庚午副貢生。有藥村詩草。

七夕

旱天無雲萬里碧，長河界天如練白。經年相望仍相隔，一水盈盈情脉脉。綵樓乞巧東家女，蜜菓瓜花雜筐筥。蟢子盤絲蠟浮水，向月穿針懽笑語。西家有女巧長貧，二十如花不字人。夜深織作雙星下，月落房空淚盈把。明珠十斛聘娉婷，獨避茅齋無見者。年華荏苒朝復暮，常恐容光容易度。不惜委身托知己，冒禮而行還所恥。

總制少司馬郎公崇祀名宦祠

秉鉞推元老，經邦倚壯猷。帝圖無外日，小蠢負嵎秋。四郡烽爭發，三山壘自稠。雲霓萬井望，鎖鑰九重籌。德潤兄材並，昌言御札優。總戎臨遠嶠，制勝出奇謀。赫赫嚴刁斗，桓桓裕帶裘。田橫海上到，張角帳前收。火箭捎飛虎，雲梯搒沐猴。城因一矢下，甲以片言投。給輓舒秦戍，分金釋楚囚。海邦妖霧淨，隴畔德膏流。俎豆銷殳戟，衣冠革鎧鍪。鐸司遴士摯，泮宬作人周。俞戚勳堪比，嚴常澤可侔。麒麟畫閣迴，棠棣口碑留。公道須論定，當途爲闡幽。宮牆隆祀享，典禮肅蘩羞。滁石歌韓伯，眉文像益州。欣承不朽烈，竊附小童謳。

咏寒宵次溫飛卿韻

寒宵良宴會，銀燭儼仙姿。暖霧冥濛處，嬌歌宛轉時。酒光浮瑇瑁，花氣濕罘罳。錦柱龍香撥，紋楸藥玉碁。舞偏鬟髻髻，笑綻蕙蘭頤。凝盼應知恨，含羞獨有思。冠纓綺案絶，漏水寶缾遲。寂寞秦川女，還裁寄遠詩。

平遠臺雨中小集

萬斛頑雲濕更飛，一簾新雨冷催衣。關心南雁秋懷遠，被面西風酒力微。蟒蝀橘房丹欲墮，經霜菘甲玉初肥。年年節物看如此，贏得蕭蕭兩鬢稀。

臘日留表兄共飲齋中

外家才器似君稀，記別前年雪浣衣。四海風霜雙鬢改，三山松菊一帆歸。催租到處村春急，會獵平原野燒微。白日催年人易老，莫辭酩酊對斜暉。

王九徵二十二首

九徵，字明侯，號臥山，侯官人。康熙間諸生。有竹邨詩集。

郡志文苑傳云：明侯博極群書，工詩古文詞，遊歷名山勝概，多所題咏。老謝舉子業，杜門課子，以詩史自娱。著有北征日記、墨禪、水雲、遊楚、泉南諸草。

張超然云：晉安風雅一派過於平穩，其不異唐人者在此，而不出範圍者亦在此。臥山出入唐宋，伐毛剔髓，一洗吾鄉習氣。

晦前立春登九日山

半載滯豐州，聊亦養吾拙。有癖獨看山，春新恣登躡。異境到始知，山骨如積鐵。賈勇百級梯，石佛巖前有百級石，「東南佛國」四字，爲郡守王十朋[一]手書。耳目迥然別。繚繞衣帶江，遠近能百折。一眺攬衆奇，此境實天設。登一眺石，而江帆皆聚目。晉松久不存，山有晉時古松，今已風拔。兩臺森然列。唐德宗朝，姜公輔以宰相謫此，遂葬東臺。秦系，德宗時校書郎，隱西臺，稱高士。石影與波光，遙遙竟相接。東以溪中橋，憶泛溪中月。朱夫子以紹興丙子泛舟浩歌於此。時自同安主簿秩滿，時年二十七。此樂五百年，來者復誰説。延佇戴雲人，昔有道人曰，吾自戴雲山來此，九日乃到，故名。嵐氣互明滅。海風欲撼山，片片冷然烈。

完縣金穉鶴御史甲申三月二十四日保定守城殉節

先朝撫寇如養疾，末路催戰復沸急。固關既潰賊入室，受鉞閣臣同豕蝨。李建泰逗留保定三日不行。壯哉侍御與阮姪，姪孝廉，名肖孫。曾共即山吟抱膝。西秦惠文賊股栗，侍御先曾守潼得關，流賊憚其威名。丸泥封關不敢逸。監軍再行時已失，退保孤城誓借一。説降不就詞得實，向日潼驄爭愓怵。引避胡爲聚復密，都城宫車悲晏出。以死報國志蚤必，後陷爲君爭六日。建泰遣人迎賊，故城從所守處陷。殞身廟前井水溢，犒軍夫人命同畢。從子城頭更咤叱，一門殉者六與七。存孤孝廉義爲質，肖孫以二弟懋孫、憲孫匿。容城孫君昭董筆。孫鍾元徵君爲忠烈作傳。吁嗟乎睢陽子弟愧善述，天篤蒲陰獨雲露。凝碧餘生終槁木，井亭千載高崒嵂。直指褒忠，于殉節井上築臺、樹亭，以爲憑弔之地。

水晶宫懷古

九州之大莽無際，閩泥一丸誰敢閉。高臺峻宇古色荒，阿房結綺旋凋替。如何龍啓王延鈞僭號。及永隆，王延羲僭號。水晶複道亦驕砌。接山螭角跨虹低，拂檻珠光如月麗。桃花小墜玉鞭斜，柳葉修眉金管脆。銀燈萬點照毬場，蘭檝夜遊歌轉細。窺天在井廿四年，蛙宫直欲千秋計。嗟嗟鈞翰曁鵬羲，磔血禁門皆子弟。燕泥春老污雕梁，遂使昇元南唐徐知誥僭號。窺帶礪。轉瞬後人哀秦人，臥榻江南僅兩世。李景與後主。峰萬疊兮湖一泓，漠漠浮雲凌睥睨。幾多香怨梵音中，宫廢爲開化寺。岸草汀花虚點綴。堨來連袂踏西原，俯仰古今感慨係。願言南服戢不焚，力濬蛟潭障川逝。

長沙曉發，由趙口分道入沅江

夜來風信緊，曉色望猶迷。别港遙分北，連峰盡向西。雲隨沙雁斷，天入楚江低。爲近三閭廟，群鴉特地啼。張超然云：「結語精到。」

初三日舟遊善德山

已作將歸客，看山又此行。乍消三日雪，新放一江晴。地瘠松多瘦，雲移竹始明。却疑古時隱，肯近五溪城。張超然云：「筆致清雋。」

湧泉寺

絶壁三千丈，危梯百二盤。雲中飛鳥没，眼底大江寬。鳳尾松筠古，龍頭日夜寒。秋光何限思，徙倚獨長看。

偶書

秋色滿天地，危樓草木踈。何堪葉落處，正是雨來初。萬物幻無盡，一身閒有餘。悠然誰載酒，敢擬子雲居。

宿能仁寺同無相、實燦二上人夜話，限賦

客夢匡床穩，鐘聲半壑收。方池虛得月，野菊淡宜秋。雁語和雲冷，茶香帶雪浮。蒲團知有約，爲爾竟淹留。

遊平山堂，登真賞樓分賦

踏遍紅橋路，來尋第五泉。松間猶臘雪，江際已春烟。刼憶隋樓盡，花傳水驛先。祇餘真賞地，山色似當年。

密雲縣作

百雉嚴城壯，軍容振朔方。山連秦嶂紫，古長城基在山脊。沙擁塞雲黄。邊柝秋心折，寒溪馬足僵。勞勞千里月，獨照戍衣霜。

德州至恩縣作

野月村村白，朝寒欵欵行。每于飲馬處，猶有斷冰聲。徑以曾來熟，衣從減後輕。京塵雖未滌，已過德安城。

因雨再宿藏六菴，開朗禪兄限拈四韻，與諸君子同賦

三橋成信宿，春雨聚孤亭。乍趂斜風疾，偏饒側耳聽。山光虚室白，夜氣一燈青。户外垂簾動，雲過或未扃。

花朝前六日登妙峰

古寺閒僧老，風和二月天。厨香新菜長，雲重竹雞眠。曲塢迴寒水，空山起暮烟。最宜清靜裏，相對自安然。

客　况

春申宅畔朗陵西，繚繞雲山近五谿。大抵寸腸非鐵鑄，那堪盡日有猿啼。史遷發憤尊游

俠，曼倩逢時本滑稽。删盡古方留驗譜，折肱終愧説刀圭。張超然云：「沉着豪爽。」

武昌

雄都原是虎兒居，赤壁烟銷業未虚。試問石頭城下水，如何能勝武昌魚。

題張丹山豆花秋蟲圖贈岱翁

趯趯秋蟲露滴鬚，豆棚花醉影相扶。使君廉介如寒士，種得園蔬上畫圖。

樵仙同挺生行後有憶漫寄

千里晴沙曙色新，馬蹄何處接車塵。兩年南北傷心路，俱向殘春别故人。
剪燭西窓漏欲沉，芭蕉猶卷雨中心。寒宵絮語情如許，付與湘江較淺深。
人在衡陽第幾重，林花愁減一分濃。尋思縱有南來雁，無那君過雁外峰。
水國雲深驛路長，宜城春釀碧如霜。但能醉後常看月，月色休猜是兩鄉。
路入黄陵尚有村，應看芳草憶王孫。題函不待拈湘管，認得春衫舊日痕。

題曹山俱爲禪人畫松泉圖

別澗通泉下竹厨，青苔白石任跏趺。問年記取親栽樹，笑指門前第幾株。

竹邨詩集跋云：先君子生而穎異，博極群書，著述幾等身。工古文詞，尤精詩律，老而弗倦。自乙巳以迄甲午，五十年間得詩二千餘首。其成于名山大川所閲歷者，什居四五。奚囊所貯，卷帙錯綜，恐久而漫漶剥蝕，因依年次鈔録，彙爲一集。其已付梨棗，如北征日記、竹邨近集、梅花詩、武彝游草、楚遊草、南遊草及征途雜詠、上谷秋園、客牕褉懷諸版，家存者不録。至舊刻已燬，亦補載焉。小子壯而失怙，抵今三十餘載。抱兹遺編，手澤猶新，不勝泫然涕下云。旹乾隆戊辰仲冬朔日，勅謹書。

謝道承 七首

道承，字又紹，號古梅，侯官人。康熙庚子解元，辛丑進士。官至内閣學士兼禮部侍郎。有小蘭陔集。

注韓居詩話：古梅自翰林移疾歸里，溫凊之餘，肆力于古名帖、金石，研摩不倦。工書法，乾隆初應召入都，知制誥，年餘而卒。子璥扶櫬歸里。生平學有根柢，詩皆靈氣往來。

夜　來

蟋蟀何太急，秋堂黯將夕。棲鳥起竹間，獨立念今昔。入靜悟無生，夜牕松月白。

雜述答吴劍虹同年二首

美人在雲端，投我湘蘭紉。中有相思字，蓄意殊未申。春秋畏遲暮，蕭瑟含酸辛。我欲從之去，大海無梁津。把袂願須臾，含睇時見嗔。揮手謝霄漢，明信期難泯。千乘行見讓，豆簞有德色。山崩目不瞬，怒蠅氣横臆。忍乃德之符，毅實才所軾。委曲濟艱難，斯言幸見繹。

愍忠寺一首爲昆明趙鎮所先生賦

先生諱譔，雲南昆明人。崇禎中進士，官御史。甲申之變，闖賊入燕京，公率衆於蓮灣禦賊，死之。

蓮花灣，京西路，愍忠寺後忠愍墓。禾黍秋風土一抔，日月烟雲猶擁護。己未秋日，予偕張月查、陳德泉二前輩謁拜公墓於愍忠寺。甲申之變移天闔，鐵衣御史死不僵。拔柵裹創來巷戰，一腔頸血飛丹霜。丹霜夜凝旋化碧，歲歲鄉人弔寒食。滇人宦京者，每歲春月醵金以祭。誰遣孤忠徹九閽，芳名美謚鐫金石。乾隆四年侍御傅嘉言奏請褒旌，賜謚「忠愍」。君不見文忠烈、謝文節，易名異代旌高潔。文山、疊山二先生，明景泰中始予謚。柴市木主雲中掣，崇真院裏飢腸裂。

叠山先生絶粒於憫忠寺崇真院。憫忠寺後忠愍碣，大都死義成三絶。吁嗟乎，成三絶，峙千載，冲霄氣作祥雲靄，相送騎龍返滇海。

蔬畦

薄有一畦青，長鑱復短鉼。乞將新菜甲，自號老園丁。剪韭餐晨露，澆花立晚星。吾師聊學圃，鋤罷又横經。

送鄭丹麓比部得告歸鼂江

百日郎官早拂衣，秋田稻熟蟹螯肥。爲憑好語傳鄉國，雲霧江天看少微。

舟中夜起

四圍雲樹波聲小，江霧沉沉山悄悄。野渡舟横空月明，村雞啼破湖天曉。

施世綸十首

世綸，字文白，晉江人，靖海侯琅之子。康熙間官漕督。有潯江詩草、南堂集。

徐健菴云：君之尊人有大功。君以貴公子而能戴星長民，起家州縣，其去流俗也遠矣。君晉水人而治于泰。泰州枕江臂淮，有天目、羅浮之山，太子港、七星井諸蹟，有曾肇、趙抃以文章政事顯。君之宰也，循覽山川，考古賢哲，詩之不墜和平忠厚之意，益可知也已。

蓮坡詩話云：南堂先生歷官漕督，清名聞天下。南堂詩鈔二十卷，如璞玉輝春，蠙珠浴月，琅然可誦。尤工五言，詩中有「愛山移舫對，隔水問花多」、「岸火潛魚躍，沙更宿鳥飛」、「看雲生澗户，聽雨過經樓」、「孤城侵海角，銅柱出天涯」、「飛花懸隙網，行雀上空階」、「風塵雖近市，心跡喜多閑」、「海氣連吴越，秋聲入鼓鼙」、「水氣涼疑雨，松聲瀉似濤」等警句，擬之姚少監、鄭都官，當不愧也。子廷龍，官禮部郎中。

青湖舟中

舟行日已暮，坐愛青湖湍。湍長舟暫泊，酌酒青湖間。湖光初得月，照見湖上山。不寐復垂釣，清風引一竿。

早集内廷御試恭賦

玉漏聲初歇，金鐘動馬嘶。明星當闕大，天漢去人低。九陌連朝騎，斗衢唱曉雞。君門猶未啓，鴛羽集東西。

郡齋夜坐

寂坐郡齋裏，悠然天宇清。河山當户靜，星漢近簾明。塞雁傳霜信，秋蟲入夜聲。滿庭花月好，時見影縱横。

送三弟文昂二首

馬首經秋色，白雲千里飛。關山辭北去，鴻雁向南歸。曉月臨岐路，寒風吹短衣。此時一爲别，何日復相依。

十里天微曙，行行落月低。山橋迎驛馬，野店唱荒雞。海氣連吴越，秋聲入鼓鼙。回看花萼遠，惟見草萋萋。

别友人之邊城

歲暮憐君發，梅花對寂寥。行行邊地近，去去故鄉遥。朔月遊人夢，霜風獵馬驕。長城幾戰伐，爲問霍嫖姚。

西齋閒居

院閉遲遲日，簾開細細香。雨餘欣草木，春遠夢池塘。蜂蓝登書案，燕泥歸畫堂。悠然閒散步，高咏落花旁。

月夜

紙牕初上月，清寐已三更。照徹洞房曙，高懸旅幌明。林烏疑客過，風葉似人行。出户嘆凄絶，寒光更有情。

春日贈乾長姪

盡日春風遊子悲，東牕昨夜發新枝。雨中春色可憐盡，三月河堤飛燕時。我已悠悠爲客久，子來更憶家山否。燕市狂歌十二春，相逢且酌杯中酒。

克澎湖

獨承恩遇出征東，仰藉天威遠建功。帶甲横波摧窟宅，懸兵渡海列艨艟。烟消烽火千帆月，浪捲旌旗萬里風。生奪湖山三十六，將軍仍是舊英雄。

【校勘記】

〔一〕「王十朋」，原作「毛十朋」。王十朋，樂清人。宋乾道四年知泉州，見宋史。據改。

國朝全閩詩録初集卷十一

侯官鄭杰昌英緝

張崙十二首

崙，字子捷，號文園，侯官人。康熙間監生。官河南通判。有晚香堂集。

注韓居詩話：文園七律，音節高爽，却是宋調之佳者。

過洞庭

岸遠催鳴槳，峰遙列畫屏。岳雲隨鳥白，湖草背人青。暝色追林舶，斜陽迫驛亭。蒼蒼天一水，無處弔湘靈。

秋日寄武昌同事

楚塞寒偏早，荆門水亂流。月添蒼竹露，風送白蘋秋。戎馬生多難，衣冠笑薄遊。期君一尊酒，更上仲宣樓。

懷林榕友

消夏灣頭一釣徒，窓前楊柳夜啼烏。鹿門妻子山中老，安道琴樽酒裏孤。滿徑秋花淹歲月，諸峰霜雁落江湖。蒼茫何處芋原道，螺女烟波隔畫圖。

秦州雜咏八首

咸陽西出賀蘭東，百二關河在眼中。碧水有心分渭汭，青山無恙老崆峒。營前銕馬秦城渺，棘裏銅駝漢苑空。昔日扳髯龍已去，春陰寂寂鼎湖宫。

甘泉太乙削芙蓉，西望層巒隔萬重。碧柳長門迷輦路，黄榆古戍渡盧龍。春深不見祁連草，雪積長寒太白峰。羽檄頻傳青海箭，三城高處是秦封。

飛燕輕風太液寒，未央花柳倚欄干。天迴朔雪深三月，地湧秦關度六盤。豈有豳岐今俎豆，莫言韋杜昔衣冠。行年八十磻溪叟，依舊春秋一釣竿。

昔年大將度胡盧，左右賢王宴玉壺。帳下紫騮移苜蓿，樓前火樹貢珊瑚。風過榆塞千軍肅，雪滿天山片月孤。會見七城皆屬國，黄花古戍出伊吾。

漢家驃騎擁霓旌，符節登壇在遠征。天子雄威過九塞，將軍降敵築三城。秋風吹斷環河水，夜月高懸細柳營。極目平原堪弔古，玉關西望不勝情。

琱戈寶劍舊登壇，獨上龍堆立馬看。水入黄河流不返，草連青塚夢猶寒。樓前砧杵鴻聲斷，笛裏關山月色殘。昔日嫖姚征戰地，長旌萬里捲皋蘭。

十年鼙鼓擁前旌，迢遞青山堠火明。仗劍經秋回北斗，揮戈落日戀西征。築宫未就無秦帝，出塞爲家老漢兵。縱使蒙恬身不死，猶能飲馬過長城。

金風玉帳斗牛間，沙磧無人兩髩還。破敵先過張掖郡，歌鐃初徙賀蘭山。孤臣白雪堪持節，戍婦青燈照卜環。幾處秋聲吹夜角，月明飛渡穆陵關。

淮陰春暮送陳皋羽還咸寧、黄魯參還襄垣

東風駐馬百花前，酌酒臨岐欲暮天。積雨湖增雙澗水，平原日落幾家烟。二陵客去崤函遠，三晉雲歸潞澤連。折柳西行啼鳥外，淮南春思故人憐。

丁　煻四首

煻，一名焯，字韜汝，煒從弟，晉江人。康熙丁卯副貢生。官理藩院知事。有滄霞詩集。

晚出東便門，返潞河作

匹馬東郊外，暮寒生客衣。僧衝殘雪去，鴉帶夕陽歸。野店懸燈早，山鐘出樹微。正愁前路黑，人跡漸依稀。

津城晚眺

野色空津外，憑高旅望開。人家連水驛，海氣入樓臺。獨雁衝雲去，千山返照來。鄉關不可見，清嘯有餘哀。

蘇臺懷古

欲訪當年舊霸圖，館娃宫殿盡虚無。不堪廢苑過麋鹿，尚有遊人唱鷓鴣。婁水東來江月渺，洞庭西去楚山孤。停橈獨自空惆悵，歲晚寒風起荻蘆。

西　湖

平湖渺渺泛晴天，勝友招携蕩畫船。數里橋通雲際寺，三春人醉柳中烟。停杯鶴起孤山外，移棹鷗歸夕照邊。幽賞不須愁向晚，蒼茫城闕月初懸。

林　衡 十五首

衡，一名璣，字義孺，侯官人，從直父。康熙中廪生。有草廬詩。

注韓居詩話：草廬詩長於古體，樂府饒有古意，追踪漢魏，非徒形似已也。令嗣白雲云：「草廬博極群書，工詩歌、古文詞及二王書法。生平崖岸正直，以氣節自持。里有不善者，惟恐使聞。餼于庠二十年，將貢矣。歲庚辰，閩縣令某擅撻諸生，領庠士慟哭孔子廟廷，觸大吏怒，題革。後復受知于苕溪沈心齋先生，改名衡。」康熙癸未、甲申間，嘗與福州郡守顧焯、都督李涵，太原王奕駒，太倉穆坤，長洲陸鴻典，襄平蘇世禧，延安白長庚，山陰鍾芝豫，雲間張恒，邵武楊應翰，閩中陳祖虞、林皦、鄭燸新，林豫吉、林紹勳、林偉、林儀、郭人麟、朱任宏、鄭維忠、鄭郯、藍漣、陳祈廣、方京、李馥等四十餘人結詩社于平遠臺，刊有平遠集，一時稱盛事焉。年六十三。著有全宋詩註、鳴書小品、竹窓筆紀、博古録等種。

禽　言

泥滑滑，行路難。車車馬馬赴長安。泥中嘆，不肯還。

行不得哥哥，山有猛虎河有波。不漁不獵，哥行奈何。

姑惡姑惡，新婦畏婆，不如小姑。小姑呢呢激婆嗔。朝作苦，夜莫停。婦怨不出口，看姑他日爲人婦。
瘦兒瘦兒兒苦飢，懼觸後母不敢啼。父夢前母泣且呼，自我腹出不如奴。
得過且過，長夜酣歌白日臥。

捉婿歌

三五爲女二八婦，憐婿不憐母。願婿白髮同到頭，不願黄金輕繫肘。

關東兵

南征北征關東兵，高蹄戰馬戍州城。自從兵戍人不行，十里百里商賈驚。城門早見戍兵出，薄暮横塘報刼賊。

平陵東

平陵東，松栢起秋風，行人徬徨悲義公。義公奮臂擊巨君，事雖不成大義伸。孔光之徒顔安存，四十萬人何足論。憶得真人興白水，漸臺斗横巨君死，雲臺將相功巍巍。吁嗟乎，義公白骨灰。

牧牛詞

草枯牧牛瘦，草腓牧牛肥。山頭青青牛不歸，牧童抛牛臥隔浦。不畏南山有猛虎，虎來鬬牛雙角舞。明日軍書下鄉落，一群肥牛多截角。牛驚心，臥不着。

北邙行

彭祖顔回同一死，縱横白骨無彼此。王侯贏得邱墳高，鑽穴深黑黄狐嘷。朱堂幾時歇歌舞，陰森松栢風酸楚。路旁空樹石峩峩，兒童騎背斫羊虎。慘淡蓬蒿落日照，北邙行客幾回弔。弔者同是北邙人，後鬼躊躇前鬼笑。

孟門行

驅馬如游龍，奔車如流水。朝飲趙平原，暮客魏公子。趙魏交遊意氣存，欲傾人命他何論。誰信波濤生舌底，方寸之腹有孟門。孟門高高亦太險，望而即走險猶淺。不如東臨滄海深且黑，下有萬丈蛟龍窟，誰能探之測其極。勸君切勿結客多，舊時意氣今如何。

任安已去灌夫死，翟公門外張雀羅。孟門行，爲君歌。

夜逢白髮翁

夜逢白髮翁，揖我坐山月。貌古息甚深，微吟亦踈越。問名笑不言，携瓢汲石骨。

昭君怨

皇祚既衰炎精微，□人閼氏本漢妃。元封公主嫁烏孫，又見昭君出玉門。玉門一去千萬里，苦月嚴霜風四起。入宫自昔妬娉婷，寧辭鳳輦歸龍庭。豈知殊俗難與伍，間關又識别離苦。思君回腸如轉轂，銀甲朱絃聲轉促。推手前爲琵，引手後爲琶。父母生女不炙面，可憐顔色嬌如花。如花粉黛黄沙掩，健兒驅馬不顧返。祁連山過又燕支，環珮魂歸漢闕遠。漢家天子不明察，區區畫師何足殺。從此嬌姿金屋空，昭君一死名不薄。君不見昌平城外李陵臺，殘陽廢地無人哀。行行西去昭君墓，芊綿冬日草封路。

古意

陌頭憶昔心私許，紅樓初結鴛鴦侶。雲屏繡障香霧沉，銀甲彈絲夜如語。高歌豔徹瑶臺冷，一水西流掛河影。湠湠殘漏嬌紅燭，氍氍粉墜胭脂宿。巫岫春消夢裡身，曉風吹起離魂速。折柳河邊泣送君，吴魚楚雁空三春。思君不見妾顔變，玳梁妬殺雙棲燕。

長生殿

澄波吹落銀河影，帝子橋邊駕初整。涎涎烏鵲飛來遲，長生私誓誰能省。亦知年年情不老，嗚咽空聞説天寶。驪宫高處離秋烟，太真梳罷憑香肩。風吹露立心悄悄，無人細語情綿綿。此時夜靜琵琶歇，紅玉枝寒映新月。側見梭從水上抛，旋驚星向雲間滅。范陽千里吹紅塵，六年西幸車轔轔。羅衣淚掩玉環碧，梨花烟冷飛青燐。昔日華清宫，今朝劍門道。荔枝香變雨霖鈴，鳥啼花落春風悼。回鑾宛轉歸南内，宜春舊舞曾誰在。凌波曲斷阿蠻歌，無復霓裳羽衣態。可憐長恨埋空春，馬嵬坡下孤墳堙。香骷已朽不堪拾，芳草無邊怨殺人。

林　侗七首

侗，字同人，侯官人，佶兄。康熙間歲貢生。有荔水莊詩草。

和葉相國文忠公過閩王墳詩

天啓丁卯仲夏，福唐相國葉文忠公過閩王墓，有詩八首，雄麗嚴肅，居然元老氣度。未滿百日，而公亦以仲秋末旬薨逝矣。其時和之者有徐、陳、周諸公，皆琅琅可誦，殆今九十餘年矣。余先塋環寵北郊馬墘山麓，與蓮峰對峙。日望瑯琊纍纍數塚，斜陽蔓草，不勝慨然。得文忠諸詩，漫和數篇，未免狗尾之愧云耳。八十一老人來齋侗記於蒹葭草堂，時丁酉初秋朔日也。

瑯琊高塚擬皇邱，千載棠陰上相遊。門内熊羆推玉馬，軍中闞虎懾全牛。琱戈寶册分封日，班劍鳴笳賜堇秋。天半蓮峰橫翠黛，西風夕起片雲愁。

天南氣煖草綿芊，臣妾皇唐正朔年。南國驛騷逢寇亂，中原板蕩苦兵連。龍蛇白羽千屯月，犀兕玄宫萬壑烟。閩嶠襟山帶滄海，莫教版土博釵鈿。

南來旺氣自嵩邱，隊裏旌麾載母遊。百戰霸基干氣象，累朝靈廟祭春牛。風雷棠港魚龍夜，部曲薤歌蟋蟀秋。蕞爾興亡勞記載，建州載下一溪愁。

兔走烏眠草漫芊，山花山鳥自年年。凄涼月色秋雲斷，嗚咽泉聲夜雨連。宿草晚風驚野燒，白楊斜日黯溪烟。北邙無復陳芻狗，不見飛鳶啄翠鈿。

盛時作鎮控閩邱，建節東南小隊遊。死去千年魂化鶴，生來三日氣吞牛。旌旗影暗蒼山暮，弓劍光寒故壠秋。繼世何爲失胙土，寶皇龍帳自生愁。

衰草斜陽空復芊，玉衣寶馬去何年。封疆七郡江流合，崖谷千重隴樹連。猶有國人懷舊德，更從春雨薦新烟。胭脂十里山前月，長照宫妃髻上鈿。

金佛峽即古彈箏峽，唐段秀實拒吐蕃守此。

峭壁寒烟暗碧蘿，積旬秋雨長涇波。征途天晚疑無路，策馬衝流峽底過。

孫起宗五首

起宗，字蔚若，侯官人。康熙間布衣。

榕城雜咏

形勝東南疊嶂中，河流如帶海門通。星連珠斗宵沖劍，日出扶桑曉掛弓。八郡已殘符讖妄，三山無恙霸圖空。城頭忽聽悲笳發，榕樹秋陰冷暮風。

茅封異姓拜恩頻，兩郡貔貅鎮海濱。秦氏樓中鳴鳳侶，漢家臺上釣龍人。全收廛野丁男便，半據閭閻甲第新。見説梁園衆賓客，欲圖勳業繪麒麟。

年來傳出海鳧毛，烽火連天着戰袍。魂夢日懷狼顧重，威名浪費虎爭勞。金科陶物矜三尺，玉帳分符暗六韜。鐘簴飛廉充鑄盡，苦將郿塢積封高。仙霞關上枉嵯峨，南浦橋邊送逝波。大澤風霜愁雁鶩，空天雷雨竄黿鼉。但聞羽檄催銜璧，豈有鐃歌唱渡河。終使南來諸將帥，請纓爭繫越王佗。朱門深鎖草萋萋，燕入雕梁日易低。無地能藏紅靺鞨，有人曾唱白銅鞮。粧樓鏡破盤龍去，花院魂歸謝豹啼。更向鼇峰城上望，光芒猶射月輪西。

許　潤三首

潤，字儉農，閩縣人。康熙間以子松佶官贈江蘇布政使司。

注韓居詩話：儉農詩格調純乎唐音。但全稿未見，不能多載爲憾。

閩溪舟行即事

天設南閩多險阻，古今勞役幾時休。下灘疑泛銀河棹，上瀨如牽陸地舟。響應風湍歌欸乃，身藏雲木叫鉤輈。筆床茶竈延緣好，準擬浮生寄白鷗。

戊子春自嶺南奉老母挈家旋閩

行囊帶得嶺頭春，荔浦珠江過眼頻。半世總爲天外客，一家今是故鄉人。迴看東粤閩山遠，好補南陔樂事真。莫問田廬在何處，洛陽季子本清貧。沈歸愚云：「遠客旋歸，人生樂事。況一家全歸，尤天倫至樂也。此種真詩，讀者亦爲色喜。」

舟泊劍津懷亡友劉復菴

分手齊安隔數春，何緣龍劍合延津。可堪風雨孤舟夜，白髮盈頭哭故人。沈歸愚云：「哭故人一層，白髮盈頭一層，孤舟一層，夜一層，風雨一層，合并寫來，如聽猿鳴三峽。」

鄭　磊七首

磊，字三石，閩縣人。康熙己巳歲貢生。有南湖集。注韓居詩話：三石才敏，善草書，豪宕不羈。詩踈爽無塵韻。

薄暮雨甚，于柴門觀漲有作

六月五日雨不息，咄咄晚來聲更疾。千村皆失萬山浮，但見柴門一通白。天風吹地聲渾渾，海浪簸風來打門。僮子操舟奴縛筏，滿田穫稻浮黃昏。往年魚鱉人家側，今年魚鱉知潛匿。舉網自朝直至晡，未見巨鱗決波出。只聞崩屋與頹牆，兒啼老哭心內傷。我哀滿地流亡雨中泣，與女有田就穫終無糧。

旅山雜咏四首

乙丑歲，僕偕輯文詩，躭幽樂靜，假借外嶼黃生草屋半間，左右倚荒山大江，頗無人境。有感於見聞，成詩若干首。

荏苒春將暮，行吟興不孤。高天驚斷雁，遠水送遊鳧。懶作山禽戲，顛惟石丈呼。少年時復至，試爲覓童烏。

聚籜供燒茗，無資可合丹。井泉山澗得，鑪火夜深殘。僧過一鳴磬，朋來止不冠。山中無箇事，溪上有魚竿。

盡日征帆過，花間與竹間。漁人頻曬網，燕子亦巢山。世重千金產，身輕一葉閒。客中應謝客，偃臥竹園關。

寒食明朝節，荒齋細雨天。苦吟花樹下，躑躅野江邊。借榻煨榆火，開門候酒船。是日寒甚，將船向門人載酒。介山甘抱樹，千載爲潸然。是日小寒食而作。

春日送曾生孫沛之鏞州

君去訪鏞州，年芳屬勝遊。柳遮寒食路，花滿上溪樓。遲日牽杯酒，輕風送客舟。郄公愛佳壻，已淨館西頭。

寄方六昇

僕擬于戊午春發舟訪廣文泰樞侄孫於延津，喜同學方子昇自歸化移鐸西鏞，寄以詩，訂其重爲玉華之遊，毋悉賓故人也。

即看春水滿溪頭，南劍風光入眼幽。二月桃花緣浦岸，九峰山色倒行舟。摳衣一問延平里，乘興重經玉華遊。報道君來爲外史，萍踪期與故人留。

陳箴二首

箴，字于竇，龍溪人。康熙間歲貢生。官連城教諭。卒年九十二。有晚簾詩文集。

自摩崖宿藍莊，爲韓計史舊宅

歸雲棲鳥共悠悠，夜叩藍莊坐竹樓。烟舍半村雙杵迴，石床一葉萬山秋。帳焚鼠尾迴天地，席展龍鬚負壑邱。細數群峰三十六，醒來猶作夢中遊。

金山晚泊

金陵島寺晚蕭蕭，兩岸村烟散柳條。暝色獨催初夜磬，秋聲半落隔江潮。城觀鐵甕山形壯，水滿金鰲海舶遥。回首蒼茫天混一，耻將南北問前朝。

余　佺 四首

佺，字全人，莆田人，颺子。康熙間歲貢生。有小蘆集。

蘭陔詩話云：小蘆詩出家學，丱角有聲詞壇，六朝三唐，罔不包舉。

夜泊距水口十里

水落頹梁高，寒湍凍不發。石鋒鬭客舟，十里無斷絶。凌晨發前灘，夕就山下歇。嚴霜歷短篷，旅衾冷如鐵。愁知夜漏長，寒覺爐烟滅。輾轉不成眠，空潭墜新月。

恭誦大人突室吟賦

十尺茅廬七尺席，半簾風細漏烟入。南山夜雨爛白石，扣角哀歌竟何益。君不見，琳宫瓊苑迷荆棘。

隴頭水

隴頭流水流不歇，漢山雲照天山雪。蕭關十月牙旗摧，北流盡染西師血。飢烏啄肉下空城，四壁羌歌斜月明。白骨如山人如草，不辨水聲聞哭聲。

别陳伯璣

西風同作客，疋騎爾先歸。岸樹重回首，江雲共濕衣。天寒芳草暮，秋老故人稀。惆悵真難别，因君惜晚暉。

林　曒二首

曒，號竹筠，侯官人，文英父。康熙間諸生。有榕庵詩集。

建灘行

灘底石粼粼，石水兩相持。水滿石潛形，水淺石露奇。君子有戒心，臨深萬古譏。舟行水石間，方寸有定時。使船如使馬，磬控無不宜。冒險何太巧，裹足何太癡。紙船鐵梢子，里言固有之。

渡黄河

一到淮陽感慨生，轟轟波浪耳邊鳴。河沙壅作千層岸，春漲高於百雉城。魚鳥縱横真懊惱，水天合沓不分明。處堂都作安居計，十萬生靈燕雀情。

林時昺四首

時昺，字子卿，號亞之，莆田人。康熙間諸生。有山枝亭集。

黄聘遙云：亞之布詞遣調雖極巧儁，而要歸之於雅。

山居雜詩四首

輕寒時節換輕衣，臥聽谿聲出户稀。强起看山偏自好，背叉雙手對斜暉。
隔谿深樹有人家，犬吠籬頭豆着花。不識荒村春過盡，松烟風起是燒畬。
竹雞滑滑恰雙啼，木屐還粘山路泥。似解客行無賴意，向人飛過水田西。
浮萍點水似殘星，石罅泉流次第聽。怪道山童驚起立，隔林虎過野風腥。

陳　霨三十首

霨，字雲子，康熙間莆田人。仕蹟未考。有小松軒詩。

臺灣竹枝詞

鳳山片石萬人居，圖讖傳來總不虚。五百年前龍渡海，炎荒此日入皇輿。

鳳山相傳昔年有石自開，内有讖云：「鳳山一片石，堪容萬人居。」宋朱文公登福州鼓山，占地脈曰：「龍渡滄海五百年後，海外當有百萬人之郡。」今臺灣入版圖，年數適符。

淼淼橫洋十二更，鳥飛知近荷蘭城。舵師捩舵防沙線，鹿耳門前認﨤纓。

自廈門至鹿耳門，水程十二更，號曰橫洋，放洋不見飛鳥。將近島嶼，則先見白鳥飛翔。紅毛城亦名赤嵌城，荷蘭所築，在一鯤身頂。鹿耳門港路迂迴，舟觸鐵板，沙線立碎，潮退必懸起後舵乃可進。土人插竹立標，以便出入，名曰﨤纓。

草自青青花自妍，四時皆夏不寒天。絳桃昨夜纔零落，今日池頭開白蓮。

臺灣氣候多燠少寒，花卉不時常開。

瀛壖卉木異中華，色相移來佛子家。小本優曇開似雪，濃香幾樹貝多花。

曇花即優缽羅花，有紫白二種。一莖十八朵，花六出，葉叢生如帶，闊五寸許，云是西方小種。貝多羅花，木本，葉似枇杷，梵僧用以寫經，枝皆三叉，花瓣六出，香似梔子。

菩提香氣壓蘋婆，羨子纍纍結實多。更有螺紋金粟髻，天波羅與地波羅。

菩提果，一名香果，其實中空，狀如蠟丸，氣味似蘋婆。羨子，一作様實，大如猪腰子，皮綠，肉黃，味酸甘。波羅蜜，實大如斗，皮似如來螺髻，味甘如蜜。黃梨，一名鳳梨，葉似蒲而短，皮似波羅蜜，味酸甘。粵人以波羅蜜爲天波羅，黃梨爲地波羅。相傳諸果皆自佛國移來者。

檳榔初熟蜜灰調，香脆蔞藤嚼易消。飽啖不嫌三百顆，錯疑中酒上紅潮。

檳榔初熟時，狀如棗子，調以柑子蜜、蠣灰，合蔞藤根嚼之，氣味清香，令人微醉。蔞藤，即扶留藤。柑子蜜，形似柿。

艚船牽罟急徵輸，多少罛寮傍水隅。斜日輕風潮欲上，插旗齊捕正頭烏。

漁船俗稱龍艚船，漁家俗稱罛寮。臺産烏魚甚盛，冬至前所採捕名正頭烏，肥而味美；至後所採捕名倒頭烏，瘦而味劣。官徵税給旗，方准採捕。烏魚，即神仙傳所載海中緇魚也。

匡床偃仰小齋西，夢覺窓前月色低。不用銅龍傳夜漏，報更新得五更雞。

五更雞形似鵪鶉，按更而鳴。

香烟縹緲九衢馨，焚虎迎神一歲寧。更到新秋乞巧夜，家家殺狗祭魁星。

臺俗除夕門設紙虎，祭以黑鴨，焚之，謂可壓煞。七夕士子屠狗，取其頭，以祭魁星。

無冬無夏帛纏頭，道上行人盡貴游。紗袴紡花雲錦襪，鳳頭龍尾鬬風流。

臺人衣服不衷，無分貴賤，盡曳綺羅。冬夏率以青紗巾裹頭，袴露衣衫外，謂之龍擺尾；襪不繫帶，脱落足面，謂之鳳點頭。

花枝偷折意躊躇，暗把衷懷祝太虚。嫁得檀郎才貌好，白羊居裏玉人如。

元夜女子偷折人家花枝，謂可得佳婿。

郎去天涯望欲迷，妾身寂寞鎖香閨。願郎莫學東流水，十二年來始轉西。

臺南爲萬水朝東之處，海船遭風順流而東，謂之落溜。溜者，水趨下而不回也。昔有落溜者，閲十二年水轉西流，船始得回。

婆娑洋外闢乾坤，聞説當年此避元。刺竹繞村茅蓋屋，依俙身世是桃源。

臺灣，番島，名山藏所謂「乾坤東港，華嚴婆娑洋世界」。宋時零丁洋之敗，遁亡至此，聚衆以居。一云元人滅金，金人有浮海避元者，爲颶風飄至，各擇所居，耕鑿自給。其語多作都盧嘓轆聲。刺竹長四五丈，枝横生而多刺，土人種以衛宅。

斷髮文身碧海間，無知無識樂堯天。問年不憶今多少，麻達近來已是僫。

土番皆不知年歲，番語未娶者稱麻達，已娶者稱老僫。

頭梳對對任逍遥，番曲侏旼韻亦調。曉向竹叢深處坐，嘴琴彈罷鼻吹簫。

麻達，頭梳兩髻，謂之對對。嘴琴以竹爲弓，長可四寸，虚其中，二寸許，釘以銅片。另繫一小柄，以手爲往復，以脣鼓動之。鼻簫長二尺，截竹竅四孔，通小孔於竹節之首，横吹之。皆麻達遊戲之具。

背約銅環項繫珠，刺桐花發最歡娱。鳴金伐鼓賽神罷，團坐齊傾打剌蘇。

番男婦手足腕俱帶銅釧。番婦項掛瑪瑙珠，或用螺錢。刺桐，枝幹有刺，花極鮮紅。土番以刺桐花開爲一年，聚會歡飲。番語酒曰打剌蘇。

背刺鳶形走似飛，生初束就細腰圍。丁當薩豉聲來近，却是山中捕鹿歸。

土番文身作花鳥之形，編五色篾束腰，以便奔走。麻達手帶薩豉，宜以鐵爲之，狀如捲荷，長三寸許，疾走則薩豉宜與手釧相擊，丁當遠聞。

齊腰衫子達戈紋，生小無褌着桶裙。惟有春來誇麗服，緲綿架上女如雲。

番婦所織布名達戈紋。每春日，番婦靚妝麗服，爲緲綿氏之戲。番語以緲爲飛，以綿氏爲天，蓋鞦韆也。

不敲捺瑟不調笙，舞袖夭斜逸態呈。好似天魔供奉曲，喃喃盡作那摩聲。

番婦連臂蹋地，齊聲度曲。其曲喃喃不可曉，聲微韻遠，頗有古意。

妾似三春花正開，郎似三春蜨正來。不用冰人與月老，清歌一曲是良媒。

土番男女未婚者於山中唱歌相和，意投則野合，各以佩物相贈，歸告父母娶焉，名曰牽手。

豬毛雞距似獼猴，伏莽張弓最可憂。酌酒齊來賀雄長，家中新供幾人頭。

山猪毛生番，人貌類猪。雞距番，足趾查杈似雞距，穿林飛菁，捷于獼猴。性嗜殺，每伏莽中射人，割頭顱而去，以金飾之，供於家中。以頭多者爲雄長。

結繩猶似葛天初，男子鋤田婦挽車。近喜番童能免俗，琅琅音韻誦經書。

土番不知文字，猶用結繩。近日各番社立塾師，教以經書。番童多能琅琅雒誦，作字頗有楷法。

長鯨擊浪海天陰，跋扈人猶説鄭森。自比虬鬚成底事，故宫别館總銷沉。

鄭成功，小字森舍，刼掠海濱。人有問善知識云：「此何孽，肆毒若是。」答曰：「乃東海大鯨也。」先是臺灣爲紅毛所踞，鄭成功率兵攻之。紅毛望見一人，冠帶騎鯨，從鹿耳門入，成功舟隨至。鄭成功踞臺凡六十年，桂王僞册爲延平郡王。其報招撫書自比張仲堅。後傳其孫克塽，施琅討平之。

玉骨香魂葬海濱，孤墳三尺草長春。田横島上多奇士，更有捐軀五美人。

臺灣平，前明寧靖王朱桂術自盡，其妃妾袁氏、王氏、秀姑、梅姐、荷姐殉之。墓在仁和里，人稱五妃墓。

昔日中宮投藥去，至今蠻地解醫方。樵夫野叟岡山上，無意拾來三保薑。

明太監三保曾泊舟臺灣，投藥水中，令土番有病者浴之，即愈。又植薑岡山上，至今尚有産者，名三保薑，獲之可療百疾。然有意求覓，終不可得。

火山山土火騰光，燄起溪中幾丈長。昨夜麒麟風颶發，一林桐竹盡焦黄。

鳳山有火山，山下石罅，泉湧火出。泉中有熖無烟，熖高四五尺，置草木其上，則烟生熖烈，皆化爲燼。海風有名麒麟颶者，風中有火，數年一作，桐竹皆焦。

巍巍積素直干霄，百尺晶瑩望裏遙。怪底此山名奇冷，冰霜三月未曾消。

奇冷山，在諸羅北五十里，高百丈。臺地甚暖，此山獨積雪，至春杪不化。

桄榔夾徑野亭幽，小艇無人水上浮。一片敗荷漂冷雨，北香湖裏不勝秋。

桄榔樹似栟櫚。北香湖在諸羅縣北里許，廣三四畝，荷花甚盛。

玉山遙在萬山中，白色如銀映碧空。每到雨晴天霽後，鳳凰對舞月朦朧。

玉山在諸羅縣北萬山中，巉巖峭削，白色如銀，可望而不可即。月朗之夕，有鳳凰飛舞其上。

銀濤雪浪接虚無，汎汎舟同水上鳧。一點青山渾似黛，亞班遥指是澎湖。

舟中登桅末望向者名亞班。澎湖在海中，離臺灣水程十數里。

李鼐 一首

鼐，字梅子，德化人。康熙間監生。有燕吴草、塵松編。

燕市行

朝出城南暮城北，青驄驕躍黄金勒。幽并意氣厭五陵，相逢結交人不識。銀花珠箔垂千門，芳塵十里如雲屯。昨日迎春到花市，水仙香繞海棠魂。樓頭月，城上烏，指與蒼蒼萬歲株，西山嵐烟下寒蕪。

張天麟 一首

天麟，字玉斯，侯官人。康熙間諸生。

林白雲云：玉斯能詩，工王、柳、懷素書法。晚年右臂得軟病，以左手書，尤精工。

游華山南峰

灝氣高寒嶽色秋，登臨八月已披裘。崖陰白雪千年積，檻外黄河一線流。絶巘真回日月馭，點烟誰辨帝王州。謫仙搔首青天後，遊興何人最上頭。

孫元恒一首

元恒，字子常，永春人。康熙間官漢州知州。

瞿塘

白帝荒城帶雨昏，瞿塘高浪挾雷奔。雙崖積鐵封三峽，衆水排山爭一門。魚腹浦懸魚鳥陣，虎鬚灘變虎狼邨。臥龍躍馬空回首，壯士當關幾併吞。

國朝全閩詩録初集卷十二

侯官鄭杰昌英緝

蘇　嵋二首

嵋，號依岩，康熙間莆田人。仕蹟未考。有圯上吟。

鄧孝威云：圯上爲子房遇老人進履之地。李太白詩云：「但見碧水流，曾無黄石公。」風流槩可想見。余曾驅馬過其處，行路忽忽，未獲瀏覽其勝。依岩蘇使君以行河駐此，山川在眼，古事填胸，輒爲揮毫。動見名卓，如與秦漢古名人將相悲歌慷慨于風沙灌莽間，可謂河嶽情高，星斗氣壯者矣。

戲馬臺

黄河南下如强弩，淮北諸山怯齊魯。只有彭城氣不降，盤踞山河峙西楚。重瞳真是奇男子，暗啞叱咤江東起。横行中原助沛公，祖龍變爲白蛇死。鴻門不肯魚肉人，轉眼刀俎已及身。假使當年成王業，豁達大度寧非仁。英雄無命終難濟，寄奴等閒亦稱帝。莫言豎子不足爲，天亡我非戰之罪。日暮停鞭感廢興，青燐白骨幾層層。誰將垓下虞姬淚，戲馬臺前哭范增。

秋望

關山迢遞夕陽斜，衰草離離客路賒。野水連天惟度鳥，孤城隱霧半藏花。南來旅雁雲邊笛，北去歸鞍塞上笳。獨怪湖濱一老叟，經年寂寞滯天涯。

林偉三首

偉，字草臣，號陟盧，侯官人。康熙間諸生。有湖上焚草。

立春日同陳伯驧過山陰訪周還梅

王正春日春景悠，晨起促買山陰舟。千巖積雪望皜皜，一江鳴雨來啾啾。故人高臥梅邨上，往從寧憚途阻修。鼓枻未已更按轡，馳驅乍歇仍泝游。入門小童爭問客，倒屣賢主還凝眸。迅速已將廿載隔，見時黑髮今白頭。以茲悲喜兩交集，欣新叙故勤諮諏。有肴盈簋羅群饈，有酒如澠遞勸酬。風光况乃逢今日，能不踟躕秉燭遊。天明解維亟欲別，倏聚倏散誰能謀。床上圖史瑶函富，階前蘭桂佳氣浮。山色當牕翠楚楚，波光遶屋清瀏瀏。始知跼蹐居廊廟，何如偃仰歸林邱。欲行不行重遲留，誰云興盡同子猷。

題羅浮看花圖爲臧喟亭舍人

菰城才人鳳樓客，看山直至南中域。緩策時從五嶺間，置身已在萬峰側。羅山浮山何巃嵸，華首臺高翠且重。老僧穩臥日慵起，四十年來絶過踪。我聞炎方花信早，南枝向暖先春好。今歲胡爲故爾遲，開春花發白于縞。朝來戾止美一人，此花遲早疑有神。繽紛頓改山川色，馥郁真留宇宙春。舍人興高古未有，花下百杯復千首。歸來思作看花圖，點染難逢高妙手。吾郡何生無與儔，傳神寫照傾王侯。舍人縱非邱壑士，逡巡東閣殊風流。紺殿珠林自佳勝，瑶葩玉蘂兩輝映。花待人開信足奇，人與花期更堪咏。君不見漢室陸生昔入粤，尉佗禮致千金槖。以視兹圖寧足云，臧公之遊殊卓越，吁嗟臧公之遊殊卓越。

秋夢客

萬里音書隔歲暌，天涯楓落尚棲棲。迢遙鄉國歸惟夜，繚繞山川去欲迷。一柝寒侵畫檻月，孤燈愁斷短垣雞。明朝又向邯鄲道，回首秋原獨騎嘶。

張其杰一首

其杰，字自徵，永福人。康熙間布衣。

結茅山中

飛流高掛碧雲隈，日日溪頭看瀑回。纔落半巖成噴雪，偶添一雨便轟雷。沙禽風暖隨波下，春水魚肥上釣來。覓得漁磯聊寄傲，空山猿鶴漫相猜。

藍鼎元十首

鼎元，字玉霖，一字任菴，號鹿洲，漳浦人。雍正癸卯優貢生。官至廣州知府。有鹿洲集。

注韓居詩話：鹿洲明韜鈐，習吏治。童時即自廈泛海，泝全閩島嶼，歷浙洋舟山而歸。南至南澳、澄海、海門，往返波濤，熟悉形勢。及長，佐族兄南澳總兵廷珍幕。康熙六年，臺灣朱一貴倡亂，全郡俱陷。廷珍提萬人往勦，七日平之。旋授臺鎮，安民弭盜，朝廷無南顧之憂，皆鹿洲經畫也。雍正六年冬，以相國朱高安薦，授普寧令，兼攝潮陽。擊斷如神，吏民畏服。以窮治官運船户盜賣事，忤觀察某，誣揭削職。後制府鄂西林知其冤，延入幕中。年餘，具摺昭雪，引見，授廣州守。抵任踰月而

殁。所著鹿洲初集二十卷、女學六卷、東征集六卷、平臺紀略一卷、綿陽學準五卷、鹿洲公案一卷、修
史試筆六卷，俱付梓行世。凡講學談經，均未免拘墟之見，惟指陳時務，動合機宜。其經濟誠有大過
人者，如論海洋捕盗之法，謂商船患在不能禦賊，宜給砲械，使之有恃。哨船患在不能遇賊，出哨官兵
宜密坐商船，勿張聲勢。賊船在近不在遠，沿邊澳口可停泊之區，忽往搜捕，百不失一。賊船嚮邇，可
追即追，否則佯爲退避，以堅其來。挽舵爭據上風，賊已在我掌握，既獲賊船，即以所得盡賞士卒，首
功兵丁拔補把總，將弁以次陞遷。如此則將士之功名財利俱在賊船，將不遑寢食以思出哨矣。又謂
洋匪接濟，多由哨船。火藥軍器，犯禁之物，惟哨船可以携之，轉貨賊船，利愈十倍，故兵士謂坐港之
利，甚于通番。民船作弊，官兵可緝；官船作弊，孰敢攖鋒。是在提鎮留心稽察，皆今日吾閩之急務
也。

臺灣近咏十首

東寧大海荒，從古無人至。明末群盜竄，島夷互竊踞。鄭氏奄而有，蔓延爲邊忌。我皇
撻伐張，天威及魑魅。遂使瘴癘鄉，文物漸昌熾。川原靈秀開，欝勃不可閉。式廓惟日
增，蹙縮非長計。時有議棄近山田廬，禁入番界樵採。所當順自然，疆理以時議。勿因去歲亂，畏
噎却飯饐。
去歲群醜張，揭竿三十萬。我旅一東征，倒戈雲見晛〔一〕。七日復全臺，壺簞匝地獻。可

知帝德深，望雲爭革面。餘孽雖時有，死灰謀欲煽。旋起即撲除，夫誰與爲叛。當茲振遒鐸，教化不容緩。民心原猶水，東西流乍變。棄之鋌而走，理之忠以勸。

臺俗敝豪奢，亂後風猶昨。宴會中人產，衣裘貴戚愕。農惰士弗勤，逐末趨驕惡。囂陵多健訟，空際見樓閣。無賤復無貴，相將事欂博。所當禁制嚴，威信同鋒鍔。勿謂我言迂，中心細忖度。爲火莫爲水，救時之良藥。

閩學追鄒魯，東寧昧如障。當爲延名儒，來茲開絳帳。俾知道在邇，尊君與親上。子孝及父慈，友恭更廉讓。從茲果力行，誘掖端趨向。其次論文章，經史爲醞釀。古作秦漢前，八家當醯醬。制義本儒先，理明氣欲王。洗伐去皮毛，大雅是宗匠。此地文風靡，起衰亦所望。

臺地一年耕，可餘七年食。寇亂繼風災，民間更蕭索。今歲大有秋，倉儲補云急。穀貴慮民飢，穀賤農亦惻。厲禁久不弛，乃利於奸墨。徒有遏糴名，其實竟何益。估客既空歸，裹足此寥寂。何如撙節之，一艘一百石。窮年移不盡，農商惠我德。幸與諸當途，從長一籌畫。

纍纍何爲者，西來偷渡人。鋃鐺雜貫索，一隊一酸辛。嗟汝爲飢驅，謂茲原隰畇。舟子任無咎，拮据買要津。寧知是偷渡，登岸禍及身。可恨在舟子，殛死不足云。汝道經鷺島，稽察司馬門。司馬有印照，一紙爲良民。汝愚乃至斯，我欲淚沾巾。哀哉此厲禁，犯者仍頻頻。奸徒畏盤詰，持照竟莫嗔。茲法果息奸，雖冤亦宜勤。如其或未必，寧施法外仁。

臺邑最褊小，徵糧視鳳諸。土狹賦獨重，民困曷以紓。臺灣田一甲，內地十畝餘。甲租八九石，畝銀一錢輸。將銀來比粟，相去竟何如。納粟弊多端，斗斛交相瘉。折色比時價，加倍復何居。鳳諸雖厚斂，什百臺版圖。墾多或報少，以羨補不敷。臺土瘠無曠，衝壓且偏枯。安得相均勻，丈輕三邑俱。征收同內地，含哺樂只且。

郡東萬山裏，形勝羅漢門。其內開平曠，可容數十村。雄踞通南北，奸宄往來頻。近以逋逃藪，議棄爲荆榛。此地田土饒，山木刊斧斤。移民遷産宅，兵之亦斷斷。何如設屯戍，守備爲遊巡。左拊岡山背，右塞大武臀。既清逸賊窟，亦靖野番氛。府治得屏障，相需若齒脣。

諸羅千里縣，內地一省同。萬山倚天險，諸港大海通。廣野渾無際，民番合喁喁。上呼下即應，往返彌月終。不爲分縣理，其患將無窮。南劃虎尾溪，北踞大雞籠。設令居半線，更添遊守戎。健卒足一千，分汛扼要衝。臺北不空虛，全郡勢自雄。晏海北上策，猶豫誤乃公。

臺灣雖絶島，半壁爲藩籬。沿海六七省，口岸密相依。臺安一方樂，臺動天下疑。未雨不綢繆，侮予適噬臍。或云海外地，無令人民滋。有土此有人，氣運不可羈。民弱盜將據，盜起番亦悲。荷蘭與日本，眈眈共朶頤。王者大無外，何畏此繁蚩。政教消頗僻，千年拱京師。

游紹安二十四首

紹安，字鶴洲，號心水，福清人。雍正癸卯進士。官刑部郎中，知南安府。有若素齋遊草。

許梅崖云：心水諸作，情景俱真而骨氣崚嶒，絶無一切媕婀囁嚅之習。

注韓居詩話：心水居官二十餘年，以清節自勵。歸日，行篋無多贏餘。詩古體少作，近體寓和婉于悲壯，譬之秦箏，都無西習。

伍員祠

蘆漪麥飯月黄昏，渡楚旋開破楚門。窮刼有琴酬太傅，墓材無櫝蔭王孫。胥託孤齊鮑氏，改姓王孫。茸茸春草豸麋苑，獵獵秋風荆棘原。却怪南陽文種曰南陽之宰。中羡閉，前潮水湧後重痕。文種葬一年，子胥穿山脅持之入海。故前潮水番候者子胥，後重水者大夫種。

亞父塚皇覽曰：居鄛有亞父井，墓亦在下焉。

七十居鄛一老翁，好將奇計逞英雄。既能望氣知天子，何不從雲佐沛公。大宴鴻門唯白璧，高封馬鬣但青銅。莫輕孺子中無有，長起西風落井桐。

淮陰

五勝相推火又新，發蹤指狗逐彊秦。輕身追將原疑詐，躡足封王錯認真。鹿野無虞須國士，龍樓有客李頻四皓廟詩：「龍樓曾作客。」澹功臣。綸竿冷落良弓掛，生死王孫兩婦人。

白公堤

風流人與地相宜，不獨文章替左司。秋草春風騎馬路，黄雞白日故衫詩。蟾通窅窱丁闌處，麝透氍毹午月時。記得三生狂杜牧，更殘魂夢尚迷離。

賈島墓

詞客精魂土一坳，牧樵千載禁芻茭。空諸色相皈韓愈，閒却風雲謝孟郊。銅像瓣香應比瘦，墓門寒月有誰敲。可憐孤塚埋詩骨，猶託青蓮死後交。鄭谷弔島詩：「幽魂應自慰，李白墓相連。」

百尺樓

舞衣天水碧爭妍，百尺樓高六尺蓮。羅韈似鈎新月好，唐鎬詩：「蓮中花更好，雲裏月常新。」即其事也。寶燈無焰夜珠懸。詞填急拍聲聲破，檻隔飛橋靄靄烟。樊若水：「已駕浮橋渡宋師，後主猶填詞未歇。」回首驚濤獅子國，一場春夢雨潺潺。

乙巳初夏將由武昌入都，僊遊馬明府拆柬相招，遂取道東粵。吏滇州者，余友黄莘田也。閱五旬出嶺，沿江逾漢，下金陵、駐吴閶，計舟車百餘日，離家則一載有奇矣。謁選期屆，不能久停。客途旅邸，占所見聞，録示兒輩，爲報平安。丙午秋日志於胥江三山會館

逕江西望海門吞，欝欝岡阡遡本源。祖澤廑存華表蹟，逢人羞説是曾孫。余籍福清上徑，曾王父中憲公廣置義莊田，及春秋享祀之所。值海寇煽氛，子姓播遷，無一存者，僅留祠碣，倒臥荒郊，歷今百餘年，里人尚識爲游氏物也。夜宿漁溪，相望五里許，不能一至，爲可慨耳。

石蠔章舉俱海物，産興化爲多。薦椒鹽，盃斝屏當異味兼。南食南人非鬭怪，莫將海錯混

烏蚺。
海氣昏昏間暮烟，刺桐葉暗鷓鴣天。洛陽橋北端明院，兩度鐘聲客未眠。
湖山一片食春蠶，賣盡江南望嶺南。蟋蟀無聲金盒冷，秋風不鬬木棉菴。木棉菴，賈似道斃處。
雲夢歸來羽翼多，中宫專制漢山河。韓彭已盡無它顧，只揀牛羊與尉佗。
武皇事業遠開邊，新息功成欲引年。好把兵車裝薏苡，丹砂留與葛神仙。
一水瀠洄溯夜郎，肇慶水自夜郎發源。萬山嶛刺束羚羊。篙師遥指青峰下，冪歷炊烟起夕陽。
章貢滙流十八灘，善操猶戒下舟難。過此灘必另僱舵工。僕僮解道過皇恐，皇恐，灘名。急報前頭是萬安。萬安，縣名。
東坡詞賦絶風流，弔古爭從赤鼻遊。遮莫漁人酣夜月，數聲鐵板萬山秋。
異地相過笑口開，餉將魚蟹日啣杯。漢陽不是曾江口，昌黎有曾江口示姪孫湘詩。常願好風吹汝來。姪孫欽周僑居漢口，時餉魚蟹過余寓處。
耿耿東山露半規，江風輕颭酒家旗。心酸楚些黄州曲，無限羈人怨别離。夜聞黄州歌，嘹亮淒楚，令人愁悒不能寐。

漢儒箋疏宋儒經，飽飫群言調作羹。爛煮琉璃王武子，不貪生和五侯鯖。四阿姪能涉群書，頗善詞賦。余欲其由博反約也，每作書勗之。

一杯清供細松蘿，竹月緣階瑣碎過。是處好香風撲鼻，白松華比楝華多。

華峰松逕隱精藍，水曲山腰又一龕。恰好垂楊灑西土，如雲天女禮瞿曇。大士誕日，吴門士女爲一勝會。

漫持飲榼勸迂辛，晼晚徒悲遠客身。刻意司勳招不得，鶯花畢竟爲誰春。

水光山色月平分，軟媚吴鹽處處聞。近説六門新令甲，當關不放醉將軍。時臺巡使者夜禁甚嚴。

猩色屏風亞字簾，水香膩注鎖金蟾。蓬山遠隔無消息，嘶斷斑騅側帽檐。戲效無題體二首。

掩抑聲聲相府蓮，杪槽銀甲暗相憐。檀奴偷解牆東曲，不及鵾觔自作絃。

鄭方坤二十二首

方坤，字則厚，號荔鄉，閩縣人，建安籍。雍正癸卯進士。官兖州知府。有蔗尾集。

林白雲云：先生詩如藐姑神女，天然風韻。又如空山蘭蕙，香氣襲人。

注韓居詩話：先生性嗜書，搜羅宏富。居官三十年，涖事之餘，即沉酣典籍。著有詩鈔小傳、全閩詩話、補五代詩話、嶺海叢編、望古集、詩文集。與兄方城俱以詩名。杭大宗纂榕城詩話，訪閩近今詩家，張惕菴先生歷舉諸先正，而殷以先生，嘆其千彙萬狀，出入韓蘇，蓋衍今日之閩派者也。

親串回閩，作詩一章備述官況，呈家慈大人

趙都介京洛，官柳齊如削。南轅殷其靁，遊子神躍躍。微官苦縛人，進退難綽綽。如彼箔上蠶，如彼籠中鶴。如彼汗血駒，强飾黄金絡。臂指任詘支，襟懷長落拓。嚼蠟味詎殊，有夢都成噩。慈幃日迴腸，官況勞忖度。跪陳一紙書，驛使殷勤託。覼縷未可終，曰此其大略。分土太行麓，漳滏互縈郭。歌舞罷叢臺，莫問爽鳩樂。逋賦歷年多，恒雨暘風若。石壕吏怒呼，毋乃枯魚索。河北悍少年，若鷙蟲攫搏。獄上頻呼囚，焦爛吁可愕。太倉粟陳陳，分肥及鼠雀。身仍臣朔飢，失笑屠門嚼。冠蓋鬧如雲，六轡駰騏駱。供帳盛郵亭，磨刀聲霍霍。短簿髯參軍，金張與褒鄂。盛氣而揖之，心非口曰諾。小吏雁鶩行，官事相酬酢。若者捧文書，若者操筦鑰。只答兼手披，紙尾動盈橐。本自鈍根人，利器謝干鏌。小草輕出山，念之憯愧怍。汩没喪其真，靈府誰疏瀹。具有光明眼，金鎞莫刮膜。宦海浩無邊，疇其施略彴。捧檄本爲親，奈彼風吹蘀。將鐵聚六州，無能鑄此錯。憶昔適莽蒼，暫違猶作惡。於今可奈何，三見桃破萼。亦思迓潘輿，冷署供藜藿。阿兄小摇手，意謂莫莫莫。四百八長亭，筋力匪矍鑠。行路實大難，未免然疑作。每於放衙

餘，空際擬樓閣。敝廬北苑旁，晨曦射櫨欂。夜月逗紙櫺，午風襲簾幙。母也捲幔談，超超自玄著。援据在文史，督課或花藥。環侍紛孫枝，亦有婢赤脚。情景宛宛然，曷計蹻芒屩。有詩只陔華，此子宜邱壑。遠志與當歸，毋煩更斟酌。己酉紀花朝，荒城鳴夜柝。先報竹平安，還稟刀環約。懸知未達函，會噪檐前鵲。

京口夜泊

鼓棹瓜洲渡，泓坳半幅蒲。月如犀乍照，客與鷺同孤。濁浪排揚子，殘山弔寄奴。一杯京口酒，得遣旅愁無。

隋　宫

珠簾十里木蘭橈，指點隋堤舊板橋。一曲消磨湖上酒，千年來去廣陵潮。遂無錦纜牽明月，空剩柔條學舞腰。太息雷塘田數畝，精靈相語夜蕭蕭。

韓侯釣臺

一竿曾此對斜曛，往跡千年散似雲。莫怨斷碑礪牛角，漢家宫闕亂秋墳。

姑蘇雜詩四首

獵獵蒲帆寶帶橋，姑蘇城外暫停橈。風雲霸氣銷兒女，十里朱欄出翠翹。
吴江有女擅縑緗，丁字欄干亞字牆。一自化雲奔月去，人間腸斷返生香。
吴宫花草付啼鶯，越絶書成代又更。銀海茫茫吾不恨，春風緑黛可憐生。
伍相荒祠浩刼塵，生公片石泣青燐。寒山裙屐紛如織，解弔興亡有幾人。

晚霽二首

愁雨愁風路幾彎，夕陽遥掛碧雲間。誰將小李將軍筆，染出泥金一幅山。
碧花紅穗似苕榮，一縷殘霞映水明。恰似詩人毛十九，晚晴署罷又秋晴。毛西河自號晚晴，又號秋晴。是日正立秋，故云。

茉莉詞十二首

少日爲諸生，西甌邑侯蔡甘泉先生以茉莉詞命予賦十絶句。忽忽三十餘年，原稿久不知散佚何處，追維舊作，絶無一字之存胸矣。今歲兖州署中此花盛開，對月微吟，爲補前詩之闕，爰於紙尾更贅二篇。時辛未白露前一夕。

水亭席蔭小廊東，沉李浮瓜酒正中。怪底濃香參鼻觀，藤蘿棚角過來風。

湘簾如水帳如烟，濟水移來價十千。爭似珠娘啓妝閣，星榆歷歷不論錢。

花田旖旎露光涵，別有强名占小南。周世宗遣使入南漢，館接者遺以茉莉，文其名曰小南强。好是坡公記風土，偏宜暗麝着人簪。東坡在嶺南有句云：「暗麝着人簪茉莉，紅潮登頰醉檳榔。」

清涼無汗掩窗紗，一串銀絲壓髩斜。夜半髮香勾夢醒，故應喚作女郎花。

磊砢青松竹共梅，歲寒三友倚雲栽。渠儂亦有同心者，蘭是珍珠香夜來。

不從清水供軍持，不向丹青託畫師。獨與玉人結蘭臭，宛簪傅珥鎮相隨。

風清月白淨塵襟，荀令衣香近可尋。俗子摘將連把齅，真成煮鶴與焚琴。

冰肌玉骨類凝酥，施粉將疑太白無。盤髻更添珠百琲，令人那不望如荼。

南中花草競芳菲，冰麝如斯見亦稀。偏與陸郎寡緣分，不曾伴得橐裝歸。陸賈南中行紀有素馨無茉莉。

桃花人面細端詳，楊柳櫻桃各比方。茲豈王孫女新寡，凝脂膩粉縞衣裳。

纍纍珠貫不停書，哲匠軒眉謂起予。許我聰明淨冰雪，衹今有淚滴方諸。甘泉先生集杜見贈有「驊騮開道路，冰雪淨聰明。」之句。

少日詞華玉水流，補亡今作刻舟求。枯腸恰便枯槎似，羞對清香雪滚毬。方諸承水之器。

【校勘記】

〔一〕「晛」，原作「晛」，據乾隆重修臺灣府志改。

國朝全閩詩録初集卷十三

侯官鄭杰昌英緝

許　鼎三首

鼎，字伯調，號梅崖，侯官人，遇子、均兄。雍正癸卯舉人。官遂昌知縣。有少少集、刺桐城紀遊。

注韓居詩話：梅崖詩佳句頗多，率處亦有。集原無多，然紀遊之作較勝於少少集。

濤園坐雨喜晴

多病躭幽癖，茅齋誰往還。詩心連夜雨，春色四圍山。愛客琴尊好，窺人松竹閒。悠然清磬落，繞舍有禪關。地僻塵能遠，林深鳥獨還。雨聲猶在樹，月影漸垂山。花彈懸崖靜，泉流小圃間。更攀高處望，空翠滿江關。

曉　行

策蹇歷山巔，疎林淡曉烟。孤根抱危石，曲澗響寒泉。野店香秔熟，漁家小蝌鮮。微醺書一卷，片刻筍兆眠。

郭　美一首

美，字名周，閩縣人，人麟子。雍正癸卯進士。官直隸邢臺知縣。有郭謙居詩藁。

浙江懷古

天目山前王氣衰，六橋烟柳晚鴉悲。曾無兵力支南渡，但仗潮聲覆北師。花落故宫春寂寂，月明平野水瀰瀰。長城自壞嗟何及，來往人空拜岳祠。

周紹龍二首

紹龍，字允乾，號瑞峰，侯官人。雍正癸卯進士。官通政司右參議，晉順天府丞。

注韓居詩話：瑞峰工書法，有硯癖，與許梅崖、林蒼巖同時交好。生平亦有才略，以勞疾卒於官。

詩清爽。

早起書懷

敢將青髩負乾坤，濁酒朝朝灑旅魂。繡被有香堆越鄂，金雞無夢舞劉琨。十年作客空懷刺，七尺從人媿掃門。欲上征鞍更凝佇，龍泉如雪手重捫。

贈友人之江南

津頭舉枻欲何之，聞向江南聽竹枝。虎阜花香逢月午，錢塘潮白及秋時。君應到處稱湖海，我已逢人食蛤蜊。可笑河梁分手日，樽前唯有送行詩。

陳芳楷 一首

芳楷，字易生，號直園，閩縣人。雍正癸卯進士。官清平知縣。有莖竹齋集。

注韓居詩話：莖竹齋詩有兩册，多一時酬應之作，存豹一斑。

和石鐘見貽原韻

清苦全吾守，衰年意泊如。風塵供冷眼，山水足窮廬。懶聽殘編蠹，惟忘涸轍魚。淡交梅自好，開照雪霜餘。

俞　荔二首

荔，字碩卿，號果亭，晚更號峚山，莆田人。雍正甲辰解元，進士。官長寧知縣。有拾餘草。沈歸愚云：碩卿居官清正，以失上官意落職。到家後杜門自守，築堂曰迂溪，猶柳子厚自愚而並愚其溪也。

注韓居詩話：果亭晚年結茅山中，究心釋典，翛然絶俗，詩亦如之，沖澹無烟火氣。

楓溪人家

高軒倚層岑，門徑亦幽折。維舟一登眺，知是幽人宅。修竹鬱青葱，雞犬致閒適。主人出未歸，稚子前肅客。啜我以春茗，動履頗修飭。倚欄俯清溪，淪漪生虛壁。舉頭仰太清，自謂去天尺。遲君雲外踪，山深窅無跡。安得再問津，相逢知舊識。

題　畫

空山春雨後，潏潏暢泉脉。交流長松下，黛色映寒碧。但聞風濤聲，窅不見人跡。留此清曠境，遲彼采芝客。

吴履泰五首

履泰，字茹原，侯官人。雍正庚戌進士。官翰林侍讀學士。有少箬詩藁。

沈歸愚云：我師立言致行，一歸誠實。初謁見時，問以持己立朝之道，曰：「端本原，無私心而已。」即讀訓言，終身行之不盡者也。

讀書一章示諸童子

讀書無原委，有如斷港流。濡潤涔蹄間，不能溉田疇。驕陽涸原澤，能有點滴不。苟能探其要，河漢當清秋。倒注屈千里，中有萬斛舟。六籍開其源，群史決其溝。精華吸百氏，下逮騷人儔。元元復本本，千載窮冥搜。以此負文雄，氣盛言畢浮。奈何末學徒，顛倒不自尤。童丱髮未燥，猥以詞賦投。謌音復舛韻，觳觳聲啾啾。小年資弄舌，學語成伊嚘。問以經史事，茫然張兩眸。俗學吁可嗟，舉世多謬悠。古人誦亡書，三篋探諸喉。吾歌爲此詩，非敢相嘲咻。持告爾小子，庶以鑒前修。

沈歸愚云：詞賦惟獵浮華，元元本本，總歸經史也。近人只守干禄時文，并置詞賦不問。恐叩以騷選，亦茫然只張兩眸矣。前輩爲後生言，語語樸實，可以揭之座右。

蠶

八繭稱佳種，三眠貴早成。豈因能補衮，不自愛餘生。縈裹真何益，纏綿適見烹。繅絲悲老婦，索索紡車鳴。

沈歸愚云：事君致身，于纖小題傳出杜陵之道矣。

游困關白雲寺

翠竹蒼梧高百尋，虎溪徑轉六橋深。穿雲石磴晴猶濕，礙日松梢午亦陰。坐對飛泉濺落葉，聽殘夕梵徹寒林。津頭誰是忘機者，柔艣輕舠曉夜心。

送友人北上

向曉霜花拂馬蹄，衝寒人過板橋西。中原到處春風轉，苑柳征袍一色齊。

江亭惜别日西斜，臨發相將立淺沙。閒上蘆溝見新月，莫辭沉醉聽梅花。

郭起元二十八首

起元，號復齋，福州人。雍正間廩生，乾隆初薦舉，官宿虹同知。有介石堂詩集。

儲六雅云：復齋建溪紀行詩胎息少陵，發秦州、入同谷諸作，而不襲其形貌，筆力驅駕，自在杜韓之間。至江浙諸篇，錦屏細剔，玉鎖玲瓏，又何妍以麗也。

潘思光云：力堂師視學閩中，獨標復齋第一。今視其詩集，清而和，麗而有則，何其神似梅都官也。宜於吾師有歐陽之契焉。

注韓居詩話：介石堂詩篇篇烹鍊，句句磨琢，庶幾無懈可擊，然於天然神韻處不無稍減。

見鷦鷯哺雛

鷦鷯唧蚍蜉，飛來將飼雛。顧影驚有人，喈喈枝頭呼。體物驗其情，隱立窺所如。躑躅下復上，迴視停斯須。歛翅欻入巢，猶懷掩取虞。小雛張味迎，屈足受煦哺。此蟲號巧婦，乃復同慈烏。梁燕粉營巢，養子翼尾枯。子成各飛去，煢然老燕孤。微禽昧反本，父母終勞劬。對此懷感傷，人理寧有殊。

村居病起

病起愛徐步，倚杖沿庭軒。目力不任遠，依稀見前村。雨歇野花寂，日殘高樹昏。涼風從西來，颯颯吹柴門。俯仰俱蕭瑟，躑躅揺心魂。慨此塵界中，大藥將安存。脩短固有數，浮沉非所論。但願盡杯酒，陶然歌弗諼。

發福州抵延平書所見

舟師理篷纜，横木架兩頭。中間划雙槳，汎汎如浮鷗。建谿天下險，乍立爭百憂。連峰青巑岏，衆瀑噴雪流。灘石分異狀，虎豹獅象牛。顛波自高下，與石相蚴蟉。濈漩碾作渦，千尺成龍湫。潛虬喜饞嚼，劣足不可求。石芒攢矛戟，一罅通行艘。瞻前路疑盡，忽折勢轉悠。灌木紛陰森，野禽叫輈輈。四山衝飈下，客衣蚤驚秋。有時倏開豁，橘柚林塘幽。坻石頗奇秀，嘉卉被四周。鈷潭小石城，往往快迎眸。轀雷忽轟湧，前險又逗遛。余惟卧篷底，誰與更唱酬。夜聞豺虎號，曉見草木稠。今朝冷風便，飄趍如射鏃。樓臺矗崖巘，松栢森高坵。榜人聲讙譟，云已到鐔州。

擊唾壺歌贈陳三周文

江月孤明啼夜烏，薔薇泣露凝細珠。三郎酒狂劍出匣，屬我長歌擊唾壺。唾壺晶瑩疑斲雪，天外鬼工嘆殊絶。可憐如意節悲歌，引聲入破藍田裂。由來意氣盛如雲，黄鵠高騫自不群。落筆常驚鸚鵡賦，談兵肯數鸛鵝軍。雄豪回首驚風雨，爝火光陰安得住。枝頭百舌弄柔聲，日日惜花如人語。燈前幾度看鏌鋣，激昂未已重咨嗟。誰人解把桐江釣，有客曾乘海上槎。乘槎把釣俱茫渺，畫帳沉香昏復曉。引領南山烟霧清，暮天木落如飛鳥。難覓丹砂奈老何，三郎莫忘擊壺歌。丈夫努力須年少，忍付功名與逝波。

送張伯岐明經之臺灣

張生張生吾酒徒，春風爛醉橋頭壚。倚天拔地賦三都，啾啾唧唧良非夫。少年負氣空荆吴，侯門不肯濫吹竽。雲夢沅湘連粤區，江妃鼓瑟群靈趍。歸來十載田萊蕪，朱顔凋落還髭鬚。歲云暮矣雪壓廬，敝裘堅臥神于于。丈夫壯志無時無，海天萬里今乘桴。鼉宫鮫室片月孤，蜃樓吐艷珊瑚珠。張生張生吾酒徒，長鯨吸浪南溟枯。仰天一笑驚蓬壺。

彌陀灘

彌陀灘甚奇，建溪南下之門扉。五丁搥碎大佛峽，百怪屯擠羅刹磯。矛頭鏦尾矗相向，中有銀瀧十道蟠空飛。我生瓢笠類行脚，野鶴心情無住着。愛河慾海未平填，蓮航葦筏空遼廓。云胡人鲊甕頭來，未至十里聞風雷。回旋詘曲石笱罅，傾仄觸抵顔如灰。舵師忽若一丈佛，學得獅子出窟法。撇捩掀騰信有神，電掣鳥逝驚飄忽。禹功疏鑿遺天南，冥佑定力歸瞿曇。波旬魔威正作劇，同舟合掌聲喃喃。多生誓願大神力，盡擔黎陽土填塞。重鑿龍門鏟吕梁，安穩輕帆遊樂國。六通八達何所憂，凹凸不須回萬牛。心空會證真如旨，千佛名經最上頭。

虎坵送春

餘春過雨烟霏霏，鶺鳩坐濕啼春泥。緑陰漸深花漸稀，篷艙日永難支持。津柳摇漾平橋絲，擬欲持醪送春歸。蘭塘緑水何渺瀰，作群三五浴鳧鷖。青帘白舫行相隨，茜裙翠袖爲水嬉。堤上貴遊三花騅，珠鈿嵌鞍金勒羈。籠鞭控韁馬不嘶，西山廟側古招提。山光樹色相因依，坡陀犖確行攀躋。紅亭碧樹隨高低，千人片石絶險巇。劍池淥淨無塵淄，墖影倒浸明玻璃。短簿於今尚有祠，令公喜怒存餘威。空翠滴瀝浸客衣，行歌坐嘯渾忘疲。東風蕭蕭作急吹，白雲如綿暮檐飛。變徵欲歌易水辭，座客起立咸歔欷，青山笑人一何癡。送春何事爲春悲，一語語君君自思。我悲向春春豈知，有酒休負殘芳時。水邊髩影慎勿窺，酩酊爲春更一卮。

春申山有感

江干山色青崔嵬，山下古碑封莓苔。行人登山重歎息，公子廢塚今蒿萊。金凫散盡魚燈滅，泉下茫茫那堪説。章華臺殿幾坵墟，楚相魂歸夜啼血。棘門失策竟何追，流恨空江去不回。青楓月落林影合，彷彿珠履紛趍陪。山巔卜築坡公宅，紺宇琳宫棟楹闢。瓊儋萬里賦歸來，笑指滄江詠空碧。山有東坡梅花書院、浮遠堂。清狂郝令企前賢，把酒長歌欲問天。明邑令楚人郝仲輿敬詩碑在山下。由來楚客悲秋況，黄歇山前倍黯然。此地當年被兵火，戰壘蕭蕭控江左。楊僕樓船擁節來，虎牙諸將專城坐。樵蘇不禁山木戹，獨有老松斫不得。盤盤拏攫青冥間，松風滿耳豁胸臆。我欲乘風生羽翰，振衣閶闔排天關。回看海水黄塵裏，人間白日凋朱顔。螻蛄朝菌興亡變，惟有來遊事歡讌。江頭嵐氣晚來明，萬頃澄波淨如練。

渡京口江

岷江一道從西來，奔騰萬里何雄哉。巴陵巫峽勢湍悍，駴浪轟突瞿塘堆。包湘帶澧度沔漢，潯陽九派爭瀠洄。三山上下接京口，中流一拳青崔嵬。江分燕尾東入海，鮫宮蜃市空中開。嵯峩大艑閘口檥，欲發不發簫管哀。小船拍拍類鳧鴨，盪槳入漩無驚猜。緬憶江東全盛日，割據天塹真雄才。紫髯去後典午渡，佛貍來時卯年催。紛紛五代競鼉紫，雲烟過眼如飛灰。今當一統太平世，江海内外無氛埃。此地咽喉控南北，公私捆載何喧豗。滔滔江水逝不返，少壯幾時能復回。瓜洲明月古人愛，好呼昔酒浮深杯。

簡李定山

嗟君還偃蹇，書劍十年回。未上長楊賦，誰知短李才。春風青玉案，涼月碧筒杯。更欲開襟話，隣霄有古臺。

金山江天寺

一柱中流砥，塵氛絶世間。檻前惟有水，寺外更無山。帆影侵堦過，潮聲落枕還。老僧常兀坐，似比白鷗閒。

宿旅店

雪止寒彌甚，飢烏噪暮庭。月添今夜白，山失向時青。火淺香猶剩，愁深夢易醒。繩床徒輾轉，雞唱坐來聽。

過雲峰有感

行行玩流水，忽已到雲林。卷石有幽意，孤松生遠心。未能祛世妄，漫擬入山深。歸去空惆悵，常懷鐘磬音。

蕈

山松落金粉，過雨獨亭亭。榆肉敢同味，槐雞原異形。淨堪供佛饌，鮮不羨侯鯖。爲倩林君子，揮毫註食經。

夜坐語友人

戚戚欲何求，吾齋趣亦幽。烟空蕉檻夜，月破豆棚秋。習懶緣多遣，無營夢不留。尚嫌微興在，時近醉鄉遊。

雪　晴

雪晴寒日澹，杖策出柴門。凍合三叉路，烟消獨樹村。山明雲失態，江淨月留痕。好友在天末，緘情誰與論。

重遊雲峰

古寺藏深壁，群巒拱化城。昔年曾此憩，幽夢到今清。暖日通花氣，晴風緩竹聲。暫來應復去，辛苦薄浮生。

瀨溪夜渡

月明行十里，寂靜瀨溪船。遠火時過樹，幽禽已宿烟。郀斜穿徑入，石碎斷橋懸。對此羈懷滿，臨風獨叩舷。

二十四橋

十里珠簾水漾空，長虹靈鵲亘西東。誰家檀板歌明月，是處銀箏怨曉風。荳蔻有香飄别院，芙蓉無語艷離宫。劇憐杜牧尋芳晚，不及花時悵落紅。

梅花嶺謁明史閣部墓

蟲沙四鎮捲邊疆，只手難支百戰場。滄海横流天柱折，虞淵日薄陣雲黄。魂歸祇哭冬青樹，骨冷猶纏寢廟香。可似文山漂泊苦，南枝歲晚傲寒霜。

蘇學士

葑田席捲見滄溟，重濬西湖比洞庭。僧似惠休來北嶺，妓如蘇小下西泠。文章報國心常赤，花月宜人眼自青。爲問仙魂今在否，笛聲鶴唳起烟汀。

江館懷林五常泰

遶樹江聲遶郭烟，危樓高檻俯平川。碧雲散漫秋無際，征雁横斜月滿天。兩載舊遊燕市酒，幾迴春水越溪船。閒居潘岳多愁思，紅葉村莊又一年。

金陵晚眺

四山嵐翠撲空來，曉色曈曨萬象開。地轉東南懸日月，天横江海淨風埃。三秋鼓角悲殘壘，六代人文黯古苔。曠望不勝綏戢意，澤中鴻雁實堪哀。

幕府山有感

典午南來此駐師，雲端星斗拂牙旗。江横匹練開天塹，山作屏風拱帝畿。淮水莫延王氏澤，西州空説謝公思。六朝佳麗渾如夢，惟有巖前老樹知。

登燕子磯

杳靄山光拂檻楹，嵈岈洞穴俯澄泓。丹梯紺宇層巒見，玉竈銀牀上界明。帆槳鏡中開霽色，蒹葭畫裏作秋聲。吾將從此尋仙境，黄鵠天風萬里程。

石城早發

幾回車騎走神州，今夕輕裝出石頭。十里風鳴兩岸荻，五更帆破一江秋。北山烟鎖周顒宅，西浦霞横孫楚樓。見説六朝佳麗在，不堪臨别重含愁。

京江旅次

旅館蕭條慘客情，不禁心事更縱横。津頭晚樹孤雲卷，雨後春風百草生。帶月帆開揚子渡，隔林山出潤州城。波濤兩岸驚孤夢，又雜江邊擊柝聲。

寄陳一山

蘿薜垂垂晝掩門，偶携春屐破苔痕。千花點石紅成谷，一水平疇緑抱邨。魚雁不疎知己在，江湖無恙布衣尊。何時訪我東籬下，細雨新詩對榻論。

陳　純十首

純，字驥仲，侯官人，繩兄。雍正間副貢生。有雲思館詩鈔。

注韓居詩話：德園少警敏，能詩，與陳省齋聯譜。以太學隨官入都，入北闈副車，交張匠門、顧俠君、郭元釪、禹之鼎、吾鄉鄭魚門，聯文酒會，詩名籍甚。繼乃赴湖湘，又赴粤，卒於惠州，年三十一。有遺詩四卷，張超然評云：「天分既高，取材亦别，加以年歲，古人不難到也。」

同王玉衡看曉月

五更秋夢重，一枕秋魂冷。良朋欵我門，不覺發清省。披衣起掀簾，月照無人境。共看遠雲生，立盡疎林影。天地愈高寒，心目一時靜。安得清光中，朝朝與君並。

遊東西二林寺

三日山行三日雨，小徑犖确泥尺許。大風打笠石摧輪，獨看廬山意容與。廬山夙昔夢見之，白雲待我如有期。曉隨鐘聲問古寺，到及粥鼓初停時。花木深幽鳥聲好，石泉淙淙灑芳草。爐峰對面起朝烟，舉手雲中招五老。破蘚捫藤尋舊跡，人去空留好山色。我道人間無此山，僧笑塵中無此客。此客此山曾有緣，東坡亦作永師。房琯知生前。陶潛座上昔無酒，遠公池上今無蓮。身是浮雲客人世，空憶前生後生事。山重水複夢還來，記取東西二林寺。

山中

閒來林影外，獨臥鳥聲中。斜日隔江南，一山黄葉風。天邊秋色遠，烟外暮鐘空。棲宿丹崖裏，無人解與同。

早起

平旦一山静，開門山氣涼。露濃清竹病，風定聚花香。鳥悦晨光動，雲連樹色蒼。新泉漱寒玉，卯酒且傾嘗。

晚眺

向晚山容淡，經霜菜甲肥。烟黏林木暗，雁帶夕陽飛。石室坐雲影，松風吹客衣。下山逢遠燒，清磬出林微。

以詩代書答許康揆

一片閒雲淡似人，晨星相望是交親。獨斟白墮不成醉，飽看黄花尚未貧。失學見書如畏友，避愁從夢結比隣。思君空對雙溪水，日暮西風起白蘋。

歲暮書懷

關山迢遞夢無憑，豈不懷歸自不能。歲晚山中花似雪，夜寒杯底酒成冰。五更鐘後雙行淚，萬卷書邊一點燈。南望白雲長在眼，鄉心直擬下韝鷹。

九日五華山登高二首

九日風高吹酒醒，家山失却夢中青。不知何處登高好，腸斷江南木末亭。
天垂四野遠雲歸，一望平原盡落暉。却嘆羈人不如雁，此時都解向南飛。

浴佛日出城看芍藥和玉衡

白袷新更薄似烟，清和又是賣花天。軟塵瘦馬城南路，還結紅纓緑豆緣。是日都人爭以櫻豆結緣。

李時憲 三首

時憲，字爲觀，號敬亭，閩縣人。雍正庚戌進士。官吏部主事，歷平鄉、河間、安陽知縣。有崇雅堂集。

注韓居詩話：敬亭詩如聆于蔿于曲，雖無理趣，饒具清機。

句容道中始見山

江行漾輕舟，朝夕作水客。偃臥蓬牕底，翻覺天地窄。杖策秣陵道，結束事行役。群山落眼前，光景欣創獲。霽旭明危巒，晴嵐點削壁。斜徑楓林丹，遙村暮烟碧。北望寶華峰，崔嵬蒼翠積。三茅南面立，氣槩俯千百。行邁顧盼雄，畫圖指歷歷。群仙抗手迎，恍如話疇昔。似笑道途人，僕僕奚所適。願言證山靈，欲往日已夕。

竹嶼泛舟

水國宜秋晚，寒流一艇斜。清霜醉紅樹，淡月隱蘆花。漲落高低路，州平遠近沙。炊烟青不斷，山崦有人家。

平江晚發

斜日清江上，憑虚一放船。眼空秋水外，心淡白鷗前。返照依平野，餘霞媚遠天。停橈看漁父，沽酒夕陽邊。

鄭方城五首

方城，字則望，號石幢，建安人，方坤兄。雍正癸丑進士。官新繁知縣。有行炙集。

注韓居詩話：石幢宦蜀，蜀民悦服。後以闈中磨勘事廢官，而上官不令俶裝，延主錦江書院，蜀士景附而來者踵相接也。未幾而卒。平日常與弟荔鄉倡和成帙，人多艷美。徐靜谷云：「石幢詩有根柢，有興會，而又天骨森張，才鋒側出。」甚爲稱服。

寄三弟

暮雨落閒庭，晨風振枯木。攬衣聽遠鴻，開篋理瑶牘。閩山澹欲無，芝水寒生縠。悠然寄所思，邈矣同空谷。投什托雙鯉，傾罍對叢菊。

送陳寶臣入都

秋圃澹如此，行人正遠行。一肩吴楚國，萬里短長亭。江月隨潮上，檣風吹酒醒。文通黯然意，去櫂一爲停。

七　夕

最是可憐夜，流螢欲坐衣。樹間聞激楚，天上看支機。秋雨蟾方没，春巢燕尚歸，新凉拂枕簟，清思滿荆扉。

秋日感懷

三十年來指一彈，此身大半雜悲歡。斷雲含雨過前院，斜日穿林上短欄。蟲響忽停枯葉墜，鐘聲欲送晚風殘。罏山山色朝朝好，鶴翅難成意共酸。

和吴劍虹太史苦雨韻

枕上濤聲挾雨驕，荒城春色太寥寥。水添溪曲圍三面，霧宿山窩出半腰。種秫難期來歲酒，栽花好護去年苗。問君矮屋低頭坐，何以衝泥上早朝。

國朝全閩詩録初集卷十四

侯官鄭杰昌英緝

雷　鋐七首

鋐，字貫一，號翠庭，寧化人。雍正癸丑進士。官通政使司、浙江提督學政。有翠庭詩草。

注韓居詩話：翠庭官終左副都御史，受學蔡文勤公，篤行程朱，躬行實踐。著有經笥堂文集，詩不多作。

懷五布衣并及石東村

五布衣，鷹青山人李鐵君名鍇，陳石閭名景元，朱抱光名墩，陳嘉謨名廷策，皆北人；陳俯躬名梓，浙之嘉興人。東村名永寧，今少司馬觀補亭之父也。

我獲布衣交，邂逅五君子。久知鷹青山，幽芳殊凡卉。願言采其英，潛見不殊旨。因之訪石閭，矮屋擁書史。落落談古今，貧哉病以死。更有抱光君，被褐遠金紫。一室抱微尚，古琴自悦耳。三子臭如蘭，何幸不我鄙。且得兩陳君，考槃各永矢。一在北之廛，一在南之涘。北學宗洛閩，屢空道可企。南學共源流，貧亦正同軌。老矣均無兒，弟子供滫瀡。我造北陳廬，床竈雜杖几。南陳會鴛湖，答拜人扶起。合之以石間，三陳堪並峙。三君未盍簪，我乃得躡履。抱光云近朱，鷹青曰御李。鷹青與南陳，神交頻託鯉。試問與北陳，握手當何似。爰有石東村，鷹青忘彼己。石間與抱光，東村輒倒屣。東村以子貴，不獲布衣比。我懷五布衣，並作東村誄。亡者杳莫追，存者勞予跂。潔身各有歸，相期唯一是。以此誌知心，石交亦足喜。天下豈無人，渺然思彼美。

遊雁蕩

此行未到天台遊，道經雁蕩豁雙眸。隔宿黯黯陰雨至，月影半出雲偏稠。凌晨衝嵐撞霧入，石梁古洞氣烰烰。南閣北閣渺無際，老僧拜石類雪雱。鼓勇直登謝公嶺，東海旭日昇紅毬。四山濛氣頃刻散，陰闔陽開神力周。同人躋勝齊把臂，遇雨忽晴喜且謳。曲盤躡跡靈峰洞，石泉冷沁夏疑秋。峭骨森羅千萬狀，奇奇怪怪造物裒。或如搢笏端拱立，或如委珮參稽謀。或如比肩標競爽，或如從類相追求。或如美人擁高髻，或如壯士着兜鍪。或如虎變如豹隱，或如介馬如喘牛。或如靈芝與玉笋，或如筆卓與旂斿。十里五里易一境，石屏鐵障稱雄遒。山僧指點龍鼻水，一嘘一吸滴無休。攀崖陟磴脚力困，馬鞍峰峻與天侔。自上下下險且枕，喘息莫定心悵惆。牽連如猿到平地，輿從疲憊問歸不。忽來指南有妙相，近仁寺僧名指南。蜿蟺導引大龍湫。彳亍不計路險易，策杖渡澗肯遲留。懸崖絶壑不知數，叫絶千古此爲尤。瀑布瀉下五千尺，變化無端莫訊由。空中聚散疎或密，横斜曲直戛琳球。聚者滚滚如匹帛，散者絲絲如垂旒。疎如湘簾密如織，直如釣絲曲如鈎。横者隨風分左右，斜者紛披任所投。近之霏霏如小雨，遠望滃滃如烟浮。呼吸感應更奇處，群聲一噏輒湧流。或云突過匡廬水，豈特名勝壓東甌。東西各分内外谷，馬鞍一峽爲中岫。奇峰古蹟難歷遍，大槩且付奚囊收。昔者同安陳將軍，翩翩緩帶而輕裘。力搜雁蕩覓靈異，靈峰巖「雁蕩」二大字古蹟，陳公剔蘚出之，建有靈異亭。芒鞵直上雁峰頭。日色澄霽天尺五，下有雷雨鬥蛟虬。南顧閩粤在几席，北參泰岱撫埡邱。東控滄海西川陝，俯視一氣凌方州。際此劃然一長嘯，天穹爲廬地爲舟。遥遥我向山靈約，端的此願何時酬。

遊百丈巖

桃源洞口問津來，石磴盤旋異境開。峰入半天摩日月，泉飛絶壑轉風雷。欲招白鶴空中下，乍瞰紅雲嶺上堆。傍晚未遑他勝處，桂花香裏掉舟回。

西湖早泛

輕移小艇日初紅，好趂微凉西復東。錦帶堤邊蟬寂寂，湖心亭畔水融融。六橋柳暈朝烟裏，三竺鐘涵宿霧中。最愛荷香新出瓣，凌波先領釣魚翁。

婺州道中野望

校士扃門草滿衙，出郊極目意無涯。楓林浥露煊紅葉，蕎麥衝寒吐白花。時到三秋應望雨，月當初上正思家。行行山路忘歌險，賴有同心手共叉。

遊臨江閣

臨江一閣影空浮，山自青青水自流。説向老僧參未了，木樨香裏又三秋。

思　家

遠別庭幃客路催，孤舟夢醒獨徘徊。逢人亟問家園信，不道都從別處來。

張　軾二十首

軾，字未瞻，寧化人。雍正間歲貢生。有潄亭詩集。

注韓居詩話：未瞻少有逸才，工時古文詞，尤肆力於詩。於寒支道人後，特張一軍。邑翠庭雷副憲曾叙之，集甚富，未刻。

雜擬

西陵松如蓋，舊結同心帶。南山艾如羅，出門即風波。君心非金石，妾命亦蹉跎。陌上有夭桃，園中有苦橘。取舍貴分明，胡爲不吐實。朝看野鳥飛，暮看野鳥宿。妾似燕啣泥，凄涼守君屋。本是合歡花，翻成斷根草。愁到天地翻，一夜紅顔老。篇篇口中詞，點點心頭血。心血君不飲，將以悲行路。

花間曲

徐妃已嫁秦宫老，十二雕欄簇青草。一團白玉出寒宫，王子吹笙長夜曉。美人當盆種紅粟，嘘氣成蘭香馥馥。莫説當年擊鼓人，殘魂背立啾䴉哭。擲盃起舞轉悲歌，花下長留將奈何。

懷仙引

風飄一葉雲波泠，十二玉樓光炯炯。朝過紫海暮虞泉，下視塵寰一片影。仙娥角髻夜光冠，蓬萊山外又青山。指示訣氣通神關，五帝六甲就靈班。密笈既腐青鸞杳，欲斧利刀割昏曉。朱桃丹栗未開花，人間頃刻仙人老。

估客樂

江湖風月好，估客檣帆疾如鳥。自從世俗重錐刀，逐末人多務本少。人言估客樂，此語良非錯。珠貝溢畫航，金錢朽貫索。牙儈嚴憚比上官，庭上一呼聲諾諾。煖玉屏，檀香火，絶代蛾眉團膝坐。洛陽女兒顔如花，年十六七未有家。聞道書生求，攢眉不下樓。傳聞估客娶，鏡裏修容整蓮步。吁嗟乎脱略儒林詳貨殖，史遷臨文多感激。

落葉哀蟬曲

欄干十二鈴聲少，陰噎簾櫳天欲曉。雲踪一片夢難成，白骨蛾眉埋野草。繡襦褶褶羅帶長，鸞釵翠羽雙鴛鴦。爲君掩涕開虚房，蛛絲投壁燕辭梁。長空如水霜墮地，誰云月没星能替。

白紵詞

皎皎白紵白且長，三丈不足二丈强。美人徘徊裁爲裳，堦前細細啼寒蛩。秋風一夜芙蓉老，月落迴塘天悄悄。誰家絃管徹清宵，油壁香車嫁蘇小。

桃川石鼓歌贈王受之前輩

永春桃川有石鼓，天將雨必先鳴，土人常以卜陰晴。王進士受之居此地，爲余見之如此。作長歌以贈。

溪烟鬱勃懸崖古，激宕迴流石魯魯。一卷誰置嵯岈間，巧象靈鼉神鬼斧。成歟宣歟語皆幻，天水河東傳亦贋。桃川進士淵博人，爲我細談洞識鑒。此鼓天造不知時，下有神物相護持。天陰往往發聲響，甘膏頃刻及公私。吁嗟乎，丈夫七尺輕墮地，須於人物有所濟。十載燈窓一片心，解衣磅礴生奇氣。人生各自有前途，于君期許當何如。他年布澤看石鼓，若歲天旱作霖雨。

黄田驛

早起黄田驛，家鄉路尚遥。客船穿石眼，秋露濕山腰。灘險波平岸，村深柳隔橋。不知高閣上，清管爲誰調。

自萬田發雩都馬上口占

百里雩陽路，清晨促别離。秋陰雲似墨，風急雨如絲。落葉千山老，臨流匹馬嘶。不知書劍客，飄泊欲何爲。

月夜有懷

渺渺扁舟客，中宵看月明。天連江草色，風送寺鐘聲。章水三秋别，王孫一片情。西窗長夜話，回首似前生。

晚　行

日晚河干路，行人未息肩。鐘聲雲外寺，燈火雨中船。去國慚蘇李，還山羡魯連。將來身世事，自料總茫然。

無　題

蘭香深處畫堂東，冉冉陽春午夜風。豈似蒹葭依玉樹，只教鸚鵡戀金籠。絲窗靜掩榆光白，重幄高懸蠟照紅。散序霓裳誰復念，分明月殿與珠宫。

豈意人間蕚緑華，襜褕只合望天涯。空聞素柬傳香字，未見青雲降寶車。宿海有源風正急，星河無路月長斜。黄姑慣作經年別，猶自清狂待晚霞。

書　事

漸覺年來世味疎，菊花香處趂閒居。相傳掩月雲全散，姑信當門棘盡除。解網心還添護惜，繫鈴人衹費躊躇。多生煅煉憑憂患，未敢詼諧付子虚。

郊行呈某丈

雉城環繞帶春迴，積霧重陰一向開。野外茅檐喧日雀，江邊小屋愛風梅。農人驅犢尋田去，里老扶兒賽社來。行到舊時棲息處，不妨小立更徘徊。

某氏園林憶舊

清溪仍舊抱亭臺，大塊文章費剪裁。幾尺斷虹含雨去，一群新雁帶秋來。橫池蕩漾連虛幌，曲徑荒涼滿緑苔。曾共山翁閒把酒，霜天白菊使人哀。

至虔聞徐雨峰夫子已離任中州，悵然有作

經年夢寐切依劉，策蹇行將赴豫州。金殿詔聞宣岳牧，絳紗人嘆隔仙舟。烟雲海嶠千峰雨，楊柳江城一片秋。最是王郎詞賦客，蕭蕭短髮獨登樓。

偶　興

天外瓊枝咏不成，櫻桃樂府舊聞名。赤鱗遼海金波熌，綵鳳高樓玉管清。風雨總添今夕夢，關河又動往年情。從知日暮援琴處，只作幽蘭白雪聲。

淡蕩春風上海棠，柳絲無力太悠揚。曾看舞袖三更薄，却憶熏籠半夜香。芝室可能留宋玉，蘅皋終是待陳王。人生解道他鄉遠，未覺他鄉勝故鄉。

偶作呈蕭易齋鹿傳

過眼韶華日正中，扁舟不繫尚飄蓬。苔花古劍經年繡，篝火重幃一向空。未必世間多好女，最憐海外有孤鴻。可堪回首當時事，楊柳梅花滿笛風。

黄　慎十四首

慎，字恭壽，一字躬懋，號癭瓢，寧化人。雍正間布衣。有蛟湖詩鈔。

雷翠庭云：余同里有癭瓢山人，好山水，躭吟咏，善畫工書。少孤，資畫以養母。游廣陵，迎母奉晨昏。母思鄉井，則侍以歸。余素不知畫，獨愛誦其詩，如巉巖絶巘，烟凝靄積，總非凡境。其字亦如踈影横斜，蒼藤盤結。然則謂山人詩中有畫也可，字中有畫也亦可。山人性脱落無城府，人多喜從之遊。或謂山人畫與字可數百年物，詩且傳之不朽。

僑寓平山麓下李氏園

崑岡麓下棠梨雨，花落花開笑今古。假館蕭然晏僕夫，誰識阮生岐路苦。保障湖頭滯不歸，曉烟處處啼杜宇。甘泉城外景淒清，不逐繁華弔黄土。白骨如坵塚若鱗，那得幽魂都有主。蒼狐亂竄東又西，青燐夜冷散還聚。我持麥飯拜荒蓁，壟頭錯謬惟牧豎。一杯酹地緑羅春，目送行雲過淮浦。

喜李子和、子美伯仲自楚歸里

同是天涯客，相思隔楚天。梨花寒食雨，秋水木蘭船。廊廟今新策，江湖異去年。到家春釀熟，一見一留連。

豫章百花州

百花亭子上，宛在水中央。湖淨一天碧，竹深六月涼。到窓山面面，夾路石蒼蒼。春過小橋畔，風來不辨香。

懷巫振綱

誰憐增白髮，寂寞臥蒿林。一夜淮南雨，孤舟楚客心。錦鱗江尾緑，翡翠岸花沉。目斷秋來雁，空懷百衲琴。

送瑞金楊季重之五羊城

送君此去五羊城，看到梅花歲又更。芳草趙陀臺上色，鷓鴣韓愈廟前聲。味知馬甲無多美，瘴避檳榔憶遠征。執手東南岐路處，海天風雨獨關情。

憶蛟湖草堂

夜雨寒潮憶敝廬，人生只合老樵漁。五湖收拾看花眼，歸去青山好著書。

江南四首

澤國鯿鰣俱擅美，十年舒嘯謝公墩。只今老眼空蕭瑟，雨雨風風過白門。

秦淮日夜大江流，何處魂銷燕子樓。砧搗一聲霜露下，可憐都作石城秋。

一臥滄波老釣徒，故人夜雨憶三吴。大江東去成天塹，處處春山叫鷓鴣。

雨餘燕子喜新晴，旅館淒悽感舊情。又見江南春色好，十年前記賣花聲。

雜咏四首

投竿空羡任公魚，鬢點秋霜過五湖。今日歸來深竹塢，春燈補讀未完書。

巴溪流水接湘潭，舊友飄零只二三。書到故園春已盡，梅花開日在江南。

谷口春風掠水涯，藤纏矮柳未全遮。泉添昨夜三更〔一〕雨，手挈軍持自浸花。

春來柳暖讀耕堂，坐拂花茵愛石床。門外秧針新綠遍，犢歸村巷背斜陽。

謝　崧三首

崧，字毓南，寧化人。雍正間諸生。有西園詩集。

注韓居詩話：毓南輕財愛客，創西園別業，日與李山儂、丁南溟明府吟咏其中。其友有愛某子而匿之者，某訴於宰，宰窘之。生傾産餽宰，脱其罪。文本先民，試皆高等。偶爲沈公歲試所抑，郡伯方公月課首拔之。後刊課藝，改生學。永定劉繼倫少孤貧，生見於塾，許字以女，後果成進士。年八十餘，猶能作蠅頭小楷。署其齋額曰「讀來世書」，邑雷翠庭副憲偶録記之。集未刻。吴清夫述。

過友人書齋

不盡山陰興，悠然暮靄時。梅花千里夢，明月一庭詩。世事疎偏好，交情淡最宜。歡娱應共惜，寒夜最遲遲。

遊鼓山

松嶺接霄漢，深林徑可通。爲尋真隱處，直上最高峰。夜淨一天月，潮生萬里風。山僧渾不俗，相對話鴻濛。

同雷淡文、劉文長遊梅林

聊復相將樂歲時，尋梅話舊兩相宜。十年到此人俱老，是處逢君意尚癡。飽盡風霜春有主，賦成冰雪和應遲。再來收拾殘花片，丞相祠中搨古碑。

林爲翰一首

爲翰，字瀛洲，號釣雪，古田人。雍正乙卯舉人。有種菜山房稿。

同陳茂谷、丁昭先莫遊藍洞

慘淡千峰莫，紆迴一徑幽。人隨雲到洞，天與水皆秋。急杵孤村外，殘陽古渡頭。蟬聲來遠樹，凄絶使人愁。

張問明 一首

問明，字仲遠，將樂人。雍正中諸生。有梅花樓詩。

白雁

並是天涯飄蕩身，若因縞素別爲倫。昭關鬢髩愁中夜，易水衣冠送遠人。雪月精神寒更健，瓊瑤昆季老尤親。試看歲歲同來去，不獨眉端白似銀。

陳繩 十六首

繩，字騮季，侯官人。乾隆初廪生，舉孝廉方正。官貴州清鎮知縣。有禮園詩鈔。

注韓居詩話：禮園篤學有雅才，工四六。遊庠食餼後應浙撫聘，爲主章奏者殆十年，久曠舉場。乾隆丙辰舉博學鴻詞，御試詩落一韻，卷未進呈。繼舉孝廉方正，以教職用，轉州佐，再遷縣令。見重于馮枯堂中丞，考績時有「悃愊無華，月計有餘」之目，當時以枯堂爲知人。生平著述有禮園詩文集十卷、恥過録一卷、學修約規四卷，又雜纂録經史傳記，下及諸子百家、稗官地志、佛老之説，顔曰晐奇集，七十卷，俱未梓。居恒素性恬淡，學以真我，無物不有，一物不有，及尋孔顔樂處爲歸，頗涉禪宗。

詩入手元白、飛卿，後乃肆力杜、韓、中唐諸家，戛戛獨造。間有艱澀之語，要之根柢槃深，吐屬自無凡近，非藉口別才、僅襲三唐之面目者所可同日語也。

感遇

盛飾入昭陽，顔彩艷春芳。靚好結同心，吹氣洽蘭房。桃李倏改色，涼風轉殿廊。盛衰互得失，人事固有常。緬昔承綢繆，結熱猶在腸。賤妾雖已矣，君恩其可忘。

荆國産良璆，鼂采耀名都。三獻來闕庭，近灾致剥膚。既已輸璠璵，還蹈欺碔砆。君看葵衛足，愛君以保軀。菤葹心且拔，猶念雨露濡。戛然便捨去，懷寶罪當誅。願言再泣獻，皇天鑒區區。

冬同王先夏叔兄郊行，分得「芳」字韻

雲去雲來碧影芳，林巒環繞到山莊。曉烟渺漠連楓冷，冬蔦綿延護樹長。水映鷺飛沉影白，鳥傳梅信聽風香。初寒天氣方新霽，緩步郊原足徜徉。

和白樂天琴茶

招客空園開一逕，向陽茅屋結三間。愛山不出同雲懶，倚樹爲家似鳥閒。琴韻悠揚傳緑水，茶香嚴冽想深山。懵騰一枕渾無事，却似羲皇上往還。

無題

嘗聞山榛隰苓，懷美人也；沅芷澧蘭，思公子也。夫何以列之于經，著之于騷，而千百世後，咸指其拳拳忠懒也？古之賢士君子，每自晦其情於君父而託言伉儷，興寄遙深，因而期之殷望之切，迨至于無可奈何，莫之收拾。斯極乎妄也而返乎真，馳于濃也而歸于淡，所由逃空門而託羽化也。然則其誇美艷侈，粉飾奈何，曰是猶華嚴經之述須密女紺髮金瞳，一切香雲、鬘雲、妬羅雲也；列仙傳之記蕚緑華未遇楊義，冠簪披髿，杜蘭香喜逢張碩，巾帔飄揚也。惟是苦輪未了，一塵尚隔，而花叢狂言，天女月夜，虛指姮娥，証素心于牟尼，託青鳥于王母。遊談無根，口業未除，他日當瓣香兜率宮、蓬萊闕，禮金粟如來、漆園蒙叟而懺悔也。」

嫣然倚竹杳難親，相望寧徒隔一塵。有術帳中還見帝，多情牆上屢窺臣。韓憑妻化爲蝴蝶，甄后身歸作洛神。到底虛空同泡影，愛河沼遞悔知津。

歛涕凝眸傍隱囊，風摇樓影月過牆。蛩惟倚駏真堪笑，蛇自憐蚿亦可傷。更似螳螂虛捕影，不應鬼魅竟爭光。孤眠膽怯空房暗，蝙蝠飛梁鼠上床。離魂惝怳飄鶯斷，嬌喘低迷細欲沉。空聽崎嶇泥滑滑，休施網罟水深深。石言徒表思夫意，蘭謝猶懸待女心。日月環絙誰繫得，一彈指頃去來今。

送人

三載羈棲古皖城，感君意氣最縱横。秋風把劍驚遲暮，樺燭停杯眷友生。此地倏驚黄鵠舉，他年莫忘白鷗盟。送君此去愁何極，枯木寒鴉獨客情。

梅花

片片輕綃葉葉衣，數株瀟洒漫相依。城頭吹角鴉初集，驛路聞笳霜正飛。紙帳孤燈人夢醒，屋梁落月客愁微。清癯原是天仙骨，雪壓雲纏那得肥。

金山寺

一簇江心金碧稠，中泠海眼湛洪流。戰爭幾濺英雄淚，梵唄長留壒院幽。世路嶮巇同駭浪，浮生漂泊信虚舟。十年六渡揚江水，爭得行人不白頭。

小午

日射紗窗向午明，葱蘢樹色入簷平。乍迴曲院絮團亂，斜入疎簾風片輕。花暖閑生攤飯夢，松清細作煮茶聲。高齋客散庭如水，寂靜偏宜一鳥鳴。

黄昏

剥啄無聲静掩門，輕陰晻靄欲黄昏。斜飛孤鳥銜林去，驚破空庭烟一痕。

題坐石垂釣圖二首

磁泉東去有茆蘆，嘯咏行吟樂有餘。五十六年垂釣坐，直鈎不餌豈求魚。

一笠飄然世外仙，此中得意已忘筌。興來徑涉蓬萊去，巨海投綸五百年。

二月諸羅道中

襆被沿城出水涯，遭回白道繞山家。閒閒風景遲遲日，細草輕沙薄笨車。

波羅蜜

透頂金光瀉玉盤，馨聞蜜味似旃檀。多心佛經有波羅蜜多心經。詎是無名種，粒粒牟尼百八丸。

曾從義七首

從義，字則周，號竹胞，侯官人。乾隆丙辰舉人。有步適堂詩藁。

注韓居詩話：竹胞詩不纖佻，不空薄。宋人中佳調。

仲夏同諸社子郊遊，集東金寺留宿

尋侣出郊坰，乘涼遠城郭。路折數餘里，一水渡浮彴。野花閒若仙，古樹屈如蠖。茅茨蔭小亭，結屋在山脚。老僧立松門，肅肅儀容恪。縱横無數武，地逸心自廓。偕來諸同輩，快意得所托。荔陰正當户，亭午坐笑噱。見此道心閒，覺我世情縛。古佛留幻相，舍身懸木鐸。寺有羅四佛肉身現存。不壞亦何爲，世人但疑愕。童子解師指，待客采葵藿。山間無俗味，村醞亦不惡。了了數人具，儘足供酬酢。乃知靜者妙，所需良易索。展步移西林，曠眼豁心魄。披襟久延佇，松風吹日落。霞彩散巑岫，雲光布林壑。歸鳥明可數，遊魚清自躍。殘鐘猶在樹，初月生寂寞。人影迴空廊，揮麈聽鳴鶴。幽極不成眠，起視曙星薄。負陰蟲吟砌，流光螢照幕。磵響與鐘聲，歷歷互鳴搏。禪性暫中躭，一宿頓足樂。山僧愛詞客，歸步數盤攫。逶迤出深塢，因爲後來約。歸塗露欲晞，不覺濕草屩。

春　雨

春浪急如駛，潮聲走夕陽。層峰嵐氣重，平地海風涼。琴潤沉餘響，爐紅續斷香。薜衣隨徑長，古道滑牛羊。

感咏三首

天地寧云隘，感時人自秋。屯亨祇傳舍，修短總蜉蝣。耳目爲心鬼，功名與命仇。浮生誰了此，愁思日悠悠。

塵網如膠漆，幾人得問津。冠成空適越，裘敝枉投秦。天地皆藏富，溪山不厭貧。負心二十載，此志竟難伸。

碎琴安足惜，賣賦總無成。世盡爲犧用，吾寧學雉鳴。酒兵平苦海，筆陣下愁城。詎效窮途哭，石田仍自畊。

留別林子十三

多年把臂起離情，極目關山望帝京。刻燭昨猶頻問字，唱驪今已不成聲。江楓得句誰同賞，朔雪凝樽思轉盈。君自絃歌予挾瑟，相思回首隔長亭。

初夏即事

催歸催罷趂春歸，風物撩人趣亦微。柳徑吹花迷蝶舞，麥場喧雀鬧人飛。纔披白苧寒初減，未到黄梅雨尚稀。莫道此時春興渺，村村青翠映行衣。

【校勘記】

〔一〕「更」，原作「間」，據蛟湖詩鈔改。

國朝全閩詩録初集卷十五

侯官鄭杰昌英緝

林枝春十三首

枝春，字繼仁，號青圃，閩縣人。乾隆己未榜眼。官通政司副使，江西學政。有詩集，未刻。

黄叶菴云：先生躭吟咏，淡于宦情。書法尤稱神妙，詩風流雋雅。

過驛有觸，馬上重吟

群卉競芳辰，貞心託寒沍。香色妙未呈，意態先春具。譬彼淡蕩人，獨藴靈臺趣。目擊而道存，悠然得吾素。梅驛問梅心，春光在何處。徒看杳靄中，三兩籬間樹。美人雲水鄉，入夢隨風去。振策南山阿，孤標倘一遇。

食蜆

蜆乃蚌之族，賦材殊碌碌。多哆箕口張，蒼黄指紋蹙。雖有扁螺名，寧稱食單録。爬羅江浦間，百顆不盈握。薑葱發其滋，沸湯先一沃。鮮者亦可羹，風味頗不濁。海國富南烹，下箸恣貪黷。雙鈐負穴蚌，半殼枯崖鰒。太真乳如酥，見周櫟園閩小紀。江瑶柱勝玉。文蛤與珠蚶，登盤光歷琭。未計何曾錢，恐負將軍腹。豈知吾儕人，近市得所欲。瓶盎不須携，升合聊已足。昔聞粤俗饒，相值論斗斛。近者出津門，含辛味不渥。物産殊貴賤，地氣異今昨。人生各嗜好，無異鶩與鶴。我口厭虀鹽，何暇謀旨畜。試開一畝埕，爲種半筐粟。土人名種蜆處爲「蜆埕」，其種之小者曰「蜆粟」。時侑案頭供，足罄瓶中渌。膾炙洵美哉，羊棗是所獨。

讀史

五鳳樓前三日酺，龐眉皓首紛携扶。鏗金撞石酌大斗，鈞天樂奏群靈趨。歌管連雲聲沸海，魚龍變幻隨山車。牧令新詩譜法曲，三百里内會東都。河内連朝轉華轂，紅粧執樂千名姝。樓前拜舞聞山呼，樓上侍讌盛歡娛。豈知一撒金雞障，便有延秋啼夜烏。驪山金碧掩塵土，華清宮闕來樵蘇。腥風四起銅陀陌，邙山北望青模糊。父老凋亡丁壯盡，寡妻一二寒無襦。六龍捲旆西南驅，驛門分帛臨歸途。亦知奢惑終不醒，可憐上訴徒區區。東都牧令爾何愚，剥民爭寵豈良圖。不見魯山元大夫，連袂只歌于蔿于。

睢陽行

高牙大纛六虬趨，中興元帥收東都。桓桓侍郎建旌節，掃除豺虎驅貒狐。嵩洛先聲下梁宋，義旗四鎮揮昆吾。哀哉孤城化爲燼，三朝不及王前驅。名馬愛妃肉不足，羸軀弱質同烹屠。萬古雙忠張與許，赤心隻手天綱扶。遮蔽江淮遏奔突，脱角挫脰城之隅。前後艱辛四百載，風雲奇變成須斯。揮戈蹀血萬人呼，磔裂目眥張髯鬚。氣呑逆賊恨不盡，中宵策馬蹴亡逋。秦庭泣血血欲枯，矢聲崒嵂看浮圖。城頭六箭氣不渝，將軍鐵面賊驚吁。風塵干戈久反覆，人倫天道理模糊。進明叔冀不容誅，李巨何堪驅作奴。六萬軍糧分餉賊，糜爛兆姓誠何辜。城空民盡臣力瘏，抉齦噴血爭欷歔。南八男兒死勿怖，二十五將同捐軀。照耀青史今古無，當時巾幗亦丈夫。君不見，軍中縫紉死節陸家姑。

題龍爲霖見海圖

吾聞裨海之外有大海，滄溟無極東復東。浩浩洪流赴大壑，乾坤一氣青濛濛。觀海者誰匪海翁，倏然高寄炯雙瞳。吾想其心殆將濯足千層之巨浪，披襟以當萬里之雄風。眼中海水一杯耳，豈直吞若雲夢者，八九曾不蔕芥於胸中。

初晴訪友過孫公園後坡，積潦未消，愛其清曠，停車流盼良久而去

荒園通徑術，雨後此停驂。暖翠侵璃廠，晴雲落鏡潭。衝烟沙鳥疾，欹樹老藤酣。隱約高樓外，遥峰疊翠嵐。

讀鄭少谷先生集二首

落日滿楓林，南湖深復深。平生少谷老，慷慨杜陵心。鸞鶴雞群失，風雲劍氣沉。草堂帶流水，松竹亦蕭森。

遅清來卜築，身世入呻吟。釣艇經綸志，柴門魏闕心。湘潭芳芷潔，滄海紫雲深。袖裡南巡草，千秋怨不任。

過陳宜中祠感賦二首

百戰淮兵到海疆，清波淼淼駕帆檣。魚龍窟底爭殘劫，豺虎關前鬬夕陽。幾處勤王空築舍，兩番投欵又嚴裝。西風不見占城使，舟移七里洋，宜中請往占城諭意，遂不返。潮去潮來總斷腸。

當年披讀想英姿，攻丁大全救董槐。肉食翻忘燕幕危。柴市有人歌正氣，厓山無地葬孤兒。帷前像貌猶冠劍，堦下雞豚自歲時。越國高祠在江滸，平山之麓有越國公張世業祠。松風杉雨滿靈旗。

讀劍南集

新亭流淚悵夷吾，南渡謀身計本疎。六合已平人代遠，不知還記酹翁無。公截句示兒云：「王師北定中原日，家祭無忘告乃翁。」可以知其素志矣。

余曾題亡婿陳允張像贊，邇厄於火，裝軸請重書舊句，則其容不可摹矣。書畢感係

阿堵傳神屬子虛，烟煤殘幅又焚如。丹青孰與開生面，邱壑重安謝幼輿。

登虔州八境臺和東坡先生韻

濤頭滚滚翠成堆，蘇詩：「山爲翠浪湧，水作玉虬流。」虹影雙雙抱玉開。潮落灘門千騎驟，日斜關口萬帆來。

朱敏求十一首

敏求，字用巽，邵武人。乾隆辛酉舉人。官湖南知縣。有南岡詩集。

注韓居詩話：南岡詩六卷，約三百餘篇，篇篇皆有體格。

同陳給諫繩菴擬古

華嶽古仙人，緑髮生毛羽。不知幾千年，云是秦宫女。手折青蓮花，亭亭欲飛舉。我來華山陰，遇之暫延竚。叩以至道宗，不應亦不拒。去去冥紫烟，空山涕如雨。

秋夜叙懷

露下百芳零，天高群物肅。秋氣何蕭森，郊坰黯無緑。而我惜流光，睠此勞幽獨。人生天地中，榮枯詎草木。在昔鶩修名，宛悲年運促。如何擲寸陰，幽蘭不我蓄。深知昨者非，敢越先民躅。省旃惟日新，没齒當自勗。

送人適金陵

風起大江寒，輕舟疾如鶩。望君君已遥，片席金陵去。月落景陽鐘，烟平石頭樹。天末能相思，應憐分手處。

廣陵送客

暝色起江關，離舟去不歇。豈意他鄉人，復作他鄉别。雲歸楚樹青，鳥入吴天白。何處寄相思，寒江共明月。

平遠臺

瓊樓窺碧海，緑嶂倚蒼穹。獨上高臺俯萬里，天海一氣何空濛。怪石拏空横嵂崒，浮雲處處堪攬結。丹宫自古猿鶴悲，玉洞幾年瑶草歇。徘徊却值九仙人，袖中授我飛騰訣。聳身已度白雲間，彷彿方壺窺幻滅。仙山二月花冥冥，樓臺縹緲聚仙靈。步虚聲裡鳳笙發，一曲金鼇萬古青。

長相思

長相思，相思隴水流，良人萬里役邊州。蟾蜍三足豈知愁，胡爲墮我思婦西北之高樓。妾在高樓久頻顣，爲君織錦絲斷續。明月皎皎愁人心，錦字當中絲一束。東隣少婦罷鳴機，西隣戍客卷征衣。君獨何爲處沙磧，夜夜明月使人悲。君不還，長相思。

釣龍臺

越王城外臺千尺，影落寒江秋水碧。何歲持竿釣白龍，龍去臺空只陳跡。憶昔組練助高皇，胙土遂封閩越王。白龍蜿蜒非可釣，此事毋乃尤荒唐。理之所無事或有，稗史紀載紛難詳。沛公斬蛇亦如此，其實傅會由恢張。我來酹酒荒臺夕，山花江鳥如疇昔。日落空山不見人，但餘月湧寒江赤。

南臺江上

城頭月没天欲曙，啼烏啞啞不知處。津亭打鼓天色明，掛帆直向三山去。三山縹緲白雲平，江上潮來緑水生。離家此日近千里，厭聽西風猿狖鳴。

送人遊襄陽

聞道襄陽去，樽前想大風。天門經楚塞，巴樹入秦中。羊傅碑猶在，習家池已空。舊時多隱逸，爲我弔龐公。

秋日京師感舊

客遊無日不思歸，況直涼風感授衣。故國幾人還北望，遥天一雁早南飛。霜前舊圃黄花發，露下空林赤柿稀。最好皇華橋畔路，當年官柳欲成圍。

送林禹拜

溜陵何處木蘭西，一路飛花逐馬蹄。曉樹仍逢黄鳥下，晴川每向白雲低。文章夾漈身將老，得喪邯鄲理易齊。爲語壺公山畔鶴，他年應與結幽棲。

朱仕玠 三首

仕玠，字碧峰，號筠園，建寧縣人。乾隆辛酉拔貢生。官鳳山教諭。有谿音、音別等集。

孤鸞行

康熙末，邑北鄙鄧某婦李氏，未婚而某死。李父兄欲其改適，不能奪。卒歸鄧，以節老焉。姒娣皆化其行，鄉人稱之。爲作歌以序其事。

孤鸞對明鏡，宛轉不能已。一顧肝欲摧，再顧魄已褫。妾身年二八，未嫁夫遽死。詭言謂父兄，容妾一回視。乘車入家門，長慟感閭里。除我金玉釵，換我羅裳襦。爲我頭上髢，服我斬麻裾。再拜謁尊嫜，珍重衰耄軀。妾屬翁子婦，代子相持扶。私覿姒與娣，式好兩無虞。回家未三日，父兄已來迎。迎妾意何爲，憐妾饒苦辛。豈惟良人徂，況復家窶貧。門樞腐欹側，牆毁施蒸薪。鼠雀飢鳴唤，甑中揚埃塵。不如依父母，爲爾締好婣。東隣富巨萬，獸炭燒麒麟。西舍貴無匹，霞帔光耀春。妾謂父兄言，胡爲入我耳。釜中炊飧熟，飧熟難成米。既爲鄧氏婦，寧復李家女。女能任操作，無遺父母累。入居破室中，瑟瑟風撼帷。皓月照妾嘆，秋蟲伴妾悲。期年復三年，大小祥已逾。爲更頭上絰，爲换麻衣裾。永拔金玉釵，長疊紅羅襦。妾身未面夫，屬纊猶見之。妾夫固無子，兄子可爲兒。犖确南山田，可以扶犁治。環舍桑百株，穠葉青猗猗。夏繅蠶千簇，秋漚麻滿池。朝織常至晏，暮織不知疲。都忘歲月疾，鬖髿拖髫絲。何意姒與妯，相繼成孤嫠。念婦未共牢，磐石猶不移。矧我洽言笑，何忍遽離乖。大節不獨完，兼以教人爲。室家日漸給，産祥無休期。撲朔白兔脚，趨走來皆墀。里正相奔告，搢紳咸吁咨。有子願爲母，有父願爲兒。丈夫願得婦，閨婦願得師。越鷄能伏鵠，魯鷄何所需。靈芝耀林中，安用根與株。不見鄧氏婦，生女合哺脯。生女合哺脯，彼哉兹丈夫。注韓云：「末數句欠安。」

蔣家堡行

耿藩之叛，海盜蜂起，破民土堡。蔣孝子時仁，匿空棺中，聞父被執，躍出抱父，願代死。賊殺孝子父，孝子駡賊，賊并殺孝子，時年十五。作蔣家堡行。

耿藩作賊鬭哮虎，一夕烟塵揚海浦。中男老弱盡逋逃，恇怯黄巾一丈斧。孝子有父父拘囚，空棺躍出抱父頭。輸身貸死不可得，頸血濺天天爲愁。行人來往洋川道，荒地猶傳蔣家堡。精靈不逐燼灰飛，至今血地無春草。

彭　蠡

彭蠡渾無地，茫茫天共青。秋風欲下雁，落日正揚舲。北會分吴楚，東流接洞庭。漁歌乘夕起，愁絶若爲聽。

朱仕琇七首

仕琇，字斐瞻，建寧人。乾隆甲子解元，戊辰進士。授翰林庶吉士，改山東夏津知縣。有梅崖詩偶存。

注韓居詩話：梅崖生平以古文辭自力，不喜作詩。顧每一篇出，輒淵古清深，艸然有合于六經之旨，與所爲文相埒焉。觀其示子書云：「古文之道，正大重厚，非學士大夫立心端慤者莫能習。詩歌之靡，則儇人佻士，率往趨之。以故詩人之無行者不可勝數，而古文之傳皆正人君子也。」又云：「詩之道雖易于古文，然非可一蹴至也。必沉酣詩騷，精熟文選，屢思于有無之際，着筆于近遠之間，發興蒼茫，開倪寥廓，無意而合，自然而成。如此等境，豈爾初學所能至哉？」先生此言，特有爲而發。平心論之，儇佻之士能爲文，而不能爲正大篤實之文；能爲詩，而不能爲溫柔敦厚之詩。至于績學爲經，精思爲緯，始難終易，由淺入深，詩誠有之，文亦宜然。舉一廢一，尚未免一偏之見也。然由前之論，足懲綺靡之非；由後之言，足正别才之謬。然則先生不喜作詩，正先生之深于詩歟？

長樂劉君則宗，弱冠喪父，哀思不已。乃學爲丹青，追圖父像，凝神默思，渾忘寢食。一旦父像成，家人驚爲神似，作詩紀之汪韓云：「詩中『孺』字讀平音，誤。」

鐘應肅霜零，鶴警清露迸。氣類固相感，矧同毛裏性。有子嘆愺愺，重泉路杳冥。哀思不可見，圖像師丹青。丹青何幻眇，精魄陰傳詔。一朝靨輔成，親賓訝惟肖。嘗讀史氏書，將軍逢仲孺。壽昌寫血經，獲母鼉叢都。生逢已倉卒，何況欲枯骨。誰知筆墨靈，鶴髮傳超忽。先王制禮經，脯醢遣將行。豈能饗飲食，弗倍重典型。畫圖抑末矣，用著弗倍旨。底須引虎賁，外貌空相似。薄俗浪驚怪，我爲肅然拜。楮間何淋漓，孝子血淚在。

雜　詩五首

天地運元化，斯人託其中。大哉聖人德，四表被純風。糠粃鑄天下，六藝方春容。如何室起戈，秦楚相爲雄。南家亨㪷帚，西鄰與盜通。遺言竟副裂，孰爲取其衷。

洛陽有年少，楚國名兩龔。謀國視伊管，異代懷清風。如何隱君子，哀笑交其胸。華根既殊絕，桂香藹何濃。沉溟蜀莊子，垂簾閱春冬。出處竟難識，萬古其猶龍。

叔孫在患難，庚宗婦獻雉。相如謝病歸，琴心挑卓子。詩人刺傾城，賢者溺床第。紅紫搖春風，香襟墮簪珥。一曲虞兮歌，千秋恨江水。

孔子西南遊，遇荷蓧丈人。頗言勸之仕，取禾三百囷。褚小不懷大，聖心竟虛陳。莘原有縣耜，渭澤緡空綸。一夕從風雲，事業彌青旻。霧豹無隱姿，冰鱗有潛春。甕卵出條支，駭雞來大秦。萬族爭瑰異，用世乃爲珍。翻悲山中桂，偃蹇淹王孫。

採藥採參苓，種花種桃李。參苓令人壽，桃李夏陰美。監門能解圍，餓夫堪救死。古來慷慨人，往往出下士。厚貌仰姬公，絶交廣劉子。二端孰爲正，偏辭竟難恃。卓哉趙孟言，勸君鋤棘枳。

宿瑞洪湖

渚水隨天盡，扁舟入草迷。往來爭此宿，余前歲給假歸，亦宿于此。鷗鷺似相知。故國辨江樹，前遊惜暮曦。昔人嗟老至，澤畔易成悲。

葉觀國 八十二首

觀國，字嘉光，號毅庵，閩縣人。乾隆辛未進士。官侍讀學士，視江西、廣西、安徽學政。有緑筠書屋詩鈔。

注韓居詩話：昔劉知幾有云：「史有三長，才、學、識是也。」竊謂詩亦宜然，而識尤不可少。苟無卓識，雖裒成巨帙，不過嘲風弄月之詞。譬之過眼烟雲，旋滅旋生，亦旋生旋滅，非不朽之盛事也。毅庵先生學力深邃，本其生平所得發爲詩歌，故持論迥超流俗。夫自前明懸房書爲標準，而天下不知有文章；頒大全于學官，而天下不知有經術。至于言詩，非惑于嚴滄浪「詩有别才非關學」一語，即泥于高廷禮「初、盛、中、晚」之分。溺于所聞，毁所不見，數百年于兹矣，可勝歎哉？先生秋齋雜詩有云：「奈何末俗偏，本末少取裁。忝嘗享祖禰，高曾斥不陪。鄭箋及賈疏，高閣生塵埃。」又有云：「上乘貴妙悟，科律嚴且詳。使事犯指戒，太盡來謗傷。偶然涉議論，嫌與性情妨。」又有云：「詩家建旗鼓，惑衆爲大言。中晚不足學，何況宋與元。虎賁雖貌似，不返中郎魂。」云云，皆非俗學所能窺見。吁，以此提唱後進，學術其庶有豸乎，豈特風雅不墜云爾哉？

秋齋雜詩 六首

祖龍燔竹帛，六籍颺去聲。爲灰。漢氏求遺書，寶重逾瓊瑰。矻矻西京儒，傳注大義該。論功準開國，櫛沐披草萊。五星聚降婁，宋賢起後來。微言闡性命，窔奧彌宏恢。奈何俗學偏，本末少取裁。忝嘗享祖禰，高曾斥不陪。鄭箋及賈疏，高閣生塵埃。

孝廉昨謁客，呼者來江濱。至今爲美談，所見兒童隣。龍門雖云峻，踧踖羞呈身。林宗本佳士，何必借片鱗。同舟如可詩，熱竈亦可因。丈夫要自重，抱關甘食貧。胡爲苦攀援，賤己而貴人。國風微而婉，二雅喬以皇。體裁固自殊，難可尺寸量。聖人均手録，圭臬存篇章。奈何談詩家，所見拘隅方。上乘貴妙悟，科律嚴且詳。使事犯指戒，太盡來謗傷。偶然涉議論，嫌與性情妨。嚶咿敲細響，窅默搜枯腸。於風或有取，雅材嗟已亡。詩家建旗鼓，惑衆爲大言。中晚不足學，何況宋與元。虎賁雖貌似，不返中郎魂。豈知九派江，同出岷山源。燕環各有態，岱華均言尊。多師是汝師，杜陵詩句存。但當擇珉玉，勿事區籬藩。讀書期致用，修綆成經綸。勳名垂汗竹，膏澤被蒸民。應嗤佔畢生，老敝舌與唇。人事難可齊，聖賢有屈伸。用之爲國幹，不用爲席珍。萬卷擬百城，亦足娛其身。宋人貨章甫，所齎非所收。毛嬙絶世姿，魚鳥避如讐。君看海畔夫，逐臭不轉頭。瘡痂或見嗜，土炭堪爲饈。好惡各有族，難可物理求。

出塞圖爲李明府翼之賦其尊人坐事戍塞外

君不見安西西去玉門關，秦時明月猶團團。河邊萬古雪痕在，塞上八月霜草乾。行人到此魂欲斷，渭城一曲餘悽酸。何況出關更萬里，黄雲覆路天漫漫。今君尋親涉此地，千山隻影行蹣跚。我聞大漠乃在居延北，平沙浩浩黏天寬。有時風捲沙作雨，隔面不見襟與冠。其間小處號甌脱，人稀誰與謀壺餐。况復不周風氣勁，望秋已作窮冬寒。攔頭雪花大如掌，落地化作山巑岏。豈無復陶與倒頓，排籤十指如刀剜。鳥飛不到馬亦病，君心耿耿殊未闌。但望孤雲俱雲往，不辭長道歌道難。拂廬一見骨肉聚，喜極翻落雙汍瀾。買羊取酪供春酒，椎牛行炙登朝盤。回頭却望來時路，得非兩腋生飛翰。嗟君篤孝似者少，壽昌路隋差同看。至誠感天天爲動，移孝作忠忠必殫。會見賜環來日下，春回草緑扶歸鞍。

登齊山

名山不在遠，立馬入烟霞。翠影落秋浦，嵐光延九華。洞幽生石乳，亭古脱檐牙。未作携壺計，雲堂且喫茶。

送别蔣編修心畬士銓引疾歸里

跡遠情親二十年，聞君解紱意瞿然。元卿本自躭三徑，白傅何由度四禪。文擬漢京答賓戲，曲傳樂府想夫憐。若爲一櫂洪江畔，共醉滕王閣上筵。

讀史記漫成

長河爲塹華去聲。爲城，六國平來帝業成。封岱雄心還祀海，焚書餘燄更銷兵。射魚未致蓬瀛藥，逐鹿旋看漢楚爭。若悟子孫終二世，也應生愧祖龍名。

叱咤喑噁蓋世姿，陰陵一蹶局全移。成名鉅鹿沉船日，失計彭城衣繡時。烈炬尚驚秦父老，鴻溝難限漢旌旗。長憐撞斗居鄛客，獨遣張陳布策奇。

桂觀漸臺切太虛，祇因仙子好樓居。大農正議鹿皮幣，方士徒留牛腹書。始有蠻夷通貢使，非無文學待公車。空傳靈爽茂陵道，甲馬聲聞風雨餘。

清源書院即事

水檻風廊次第開，未荒澂圃舊池臺。書院本靖海施將軍澂圃別業。雨抛鎖甲將軍去，日照朝盤弟子來。鹿洞規存勤拂拭，講堂有洗馬官石溪先生手書白鹿洞規條版子。兔園册在自嘲詼。丹黄點罷無餘事，且聽邊韶夢一回。

維揚舟次襍吟

歸雁臨江皆隋宮名。近若何，垂楊螢火總無多。于今祇有邗溝路，仍借當時板渚波。

平山欄檻接琳宮，過客猶能說醉翁。欲問堂前舊楊柳，春來幾樹綠搖風。

逐客淮南竟不還，草堂遺構傍江灣。一從白璧爲瑕後，四海何人救對山。

南朝舊事笑沙蟲，景倩無慚宋室忠。謂史閣部。見說梅花春嶺上，年年寒食鳥呼風。

題臺海見聞録

雲濤萬里七鯤身，絶島番黎古不賓。一自鳳山呈片石，雞籠南北盡王臣。

魁斗峰西竹滬濱，纍纍青塚草仍春。五妃墓比五人墓，愧死同時解甲人。

上淡水通下淡水，大岡山轉小岡山。貝花刺竹連村塢，綠樣黃梨遍市闤。

番外通番百國隣，天生屏障護甌閩。承平八表無芽蘖，綏靖還資捍牧人。

漳水畸人藍鹿洲，褒衣借箸運軍籌。清詩數首春陵並，莫共皇莠草草收。

榕城雜咏一百首 選三十六首

泉山側畔漢時都，舊蹟依微指緑蕪。一自歐基遷插後，如鸞重看景純圖。冶山一名泉山，見前漢書。「遷插歐基」、「如鸞似鳳」，皆郭璞遷城銘中語。

一旅曾傳汗馬勞，千年遺廟在江皋。入關豪杰知多少，逐鹿群中識漢高。閩越王無諸廟，在釣龍臺西。

碧光亭枕大江隈，新市隄曾綺宴開。夜半潮生明月上，濤聲先到越王臺。碧光亭，宋時建。新市堤，閩王審知錢翁承贊處。皆在釣龍臺側。

畫橋低亞筶篷輕，酒市歌樓夾岸迎。見説瑯琊繁盛日，三山城似闔閭城。蔣垣榕城景物考：「唐時羅城南關，人烟繡錯，舟楫雲排，兩岸酒市歌樓，簫管從柳陰榕葉中出。今安泰橋是其處也。」

裂土封侯爵已高，倔强海上弄弓刀。虞公近在終難致，枉負閩中四姓豪。謂陳寶應。行春門外有虞公菴，梁虞寄所居。

乾符重嘯赤眉群，暴骨如麻到海濆。保障鄉閭功不小，雄驍獨數九龍軍。謂陳觀察巖。

巖頭矢口謠終驗，劍影甄文事竟神。辛苦卅年賢節度，閉門應恨後來人。王潮未至時，閩人謠曰：「潮水來，巖頭没。潮水去，矢口出。」劍影，指拜劍躍地事。王氏甃城日，令陶磚者印錢文其上，後地入錢氏，人以爲先兆云。

八族衣冠集勝流，冬郎垂老落閩州。紅巾鳳蠟承平物，秋館無人拭淚收。韓偓卒後，溫陵帥聞其家藏箱笥頗多，而緘鐍甚固。啓視，則皆其爲學士時所得燒殘龍鳳燭及金縷紅巾百餘條。見鄭文寶南唐近事。

三清臺陛玉重重，篤耨香燒曉露濃。欲問寶皇舊宮殿，天明聽取九仙鐘。三清臺、寶皇宮，皆王氏建。今九仙觀即寶皇宮舊址。中有玉皇閣，鐘聲極亮。

宣政長街萬樹榕，年來無復緑陰濃。炎天一舍麻溪路，到此應思夾道松。宋時通衢植榕爲樾，緑陰滿城，行者暑不張蓋。蔡君謨爲郡守，令諸邑於道旁植松，自大義渡直達泉、漳，人呼爲「夾道松」。

鸞鵲蒲桃入漢宮，海郛杼軸易愁空。清歌採後園繃散，好把新絲繡范公。宋時福州有文繡局，織繡供御，男女雜作無別。元閩海道知事范梈作閩州歌述其弊，廉訪使奏罷之。

小艇平流刺短蒲，東湖行過又南湖。如今剩有浮倉色，不見熊兵跳雪珠。浮倉山，在東湖心。熊兵橋，在南湖北岸。

粉盝珠奩褪曉粧，他時香塚枕前岡。臙脂山似胭脂井，留與行人弔夕陽。臙脂山，在城北，相傳忠懿王郡主梳粧樓在焉。陳金鳳、李春鷰死皆葬此。

登盤生菜緑絲柔，又見銀幡曉上頭。欲問今年年歲好，行春門外看春牛。三山志：「立春前一日，迎土牛。傾城出觀，以占農耕之早晚與歲之豐瘠。」

瓜蓮勝會夏晴初，封豕烹羊走里閭。野老愛談釣龍事，錯將餘善認無諸。每歲六月中，舉瓜蓮會，祀閩越王無諸。按舊記，釣龍乃越王餘善事。

潮田兩熟早抽尖，六月金洲落短鐮。待到橙黄霜降後，占城炊作十分粘。稻早熟者曰「金洲」，晚熟者曰「占城」。

紛綸海錯疏難稽，飽送香秔勝露雞。待得子魚通印上，銀羹玉鱠一時低。明林敏撰閩中海錯疏六卷。唐李柔入閩，謂鮻魚爲銀羹，水母爲玉鱠。

蔡譜何如徐譜詳，紅雲社上列筠筐。佳人休怨沙叱利，配與將軍十八娘。徐興公撰有荔枝通譜三十卷，又嘗作飡荔會，名紅雲社。將軍、十八娘，皆荔名。

春塘處處吠官蛙，荔圃梅園翠影加。數里忽疑行薝蔔，不知香樹是枹花。閩中呼柚爲枹。五雜組：「枹花白色似玉蘭，其香酷烈，諸花無與敵者。」

山川秀發從西晉，科第聯翩自李唐。鄉里至今誇巷陌，鳳池坊對桂枝坊。鳳池坊，在城東，爲宋狀元許將立。桂枝坊，在城西，爲唐進士陳去疾立。

深閨解説韓憑事，下里能傳黄鵠歌。西出迎仙北遺愛，兩行烏楔路旁多。省城貞節坊，西北兩門外最多。

一灣流水隔紅塵，榴洞桃源等避秦。却惜藍超大輕率，周旋不及武陵人。榴花洞，在東山，相傳藍超遇隱者處，事見閩中實録。

群峰銜尾盡南馳，聚作屏山一阜奇。不信龍腰須護惜，請君立馬讀殘碑。龍腰，即越王山之半蟠城外者。舊有護脈巨碑，見閩都記。

滿天風雪半江潮，金鎖磯邊繫短橈。海鶴不爭雞鶩食，王伾辛苦遠相招。唐黄子野幼隨父貫杭州，嘗于羅刹江拯王伾之溺。後變姓名隱居方山。伾既貴，遣人入閩物色，於陽岐江上得之。子野謬與爲約，詰旦遁去。事載晉安逸志。「滿天風雪」，用子野歌中句。

龍潤數椽精舍好，鼇峰幾架草堂新。書能飽讀身能暇，此事還應讓古人。龍首澗，在東山，宋許文定將讀書處。鼇頂峰，在九仙山，宋陳狀元誠之讀書處。

五虎門南震戰鼙，柏衙樓上絳烟迷。村巫不道忠魂重，廟鼓鼕鼕醮白雞。柏姬廟，在柏衙前，祀元忠臣柏帖木耳女。里俗傳會麻喇國王女事，指爲白雞小姐。

臥雲醮月剩空名，海眼依然水一泓。石卵爆來今盡否，布金何處覓文卿。雪峰有臥雲臺、醮月池諸勝。謝在杭游雪峰記稱：「義存示寂時，留讖謂『石卵爆盡，吾道復興』。今爆十之九矣。」藍文卿長者舍田宅建寺，今爲寺中伽藍。

忘歸石上酌深巵，興發思裁幼婦辭。忽記白雲滄海句，幾回擱筆罷題詩。「眼中滄海小，衣上白雲多」，明林秀才世壁游鼓山句，一時稱爲絶唱。忘歸石，在喝水巖。

茶園嫩葉揀春前，官焙場開北苑先。蟹眼試湯誰第一，欲招水遞致苔泉。茶園，在東郭外，宋以前造茶處。蔡君謨守福州，每日於龍腰取水烹茗，手書「苔泉」二字。

堆盤朱橘摘霜條，細擘香柑坐淺宵。莫爲杯多愁酒渴，有人燈下削輕消。輕消，梨名。見三山志。

𩞄暑深宜虎掌瓜，勝煎銀鹿半巖茶。怪來碧藕條冰似，新浸蘇公井水華。半巖茶，產鼓山。宋提刑蘇舜元於城中鑿井十二，人稱蘇公井。

細雨深林百里溪，杜鵑啼罷竹雞啼。年來我已成歸去，不怕前途滑滑泥。竹雞聲云「泥滑滑」。

地稱高情多勝槩，生存華屋憶風流。月明好上天心閣，日午宜登塔影樓。天心閣，在文儒坊，明林兵部光春宅，董侍郎應舉書額。塔影樓，在南營，見陸游老學菴筆記。

紅雨樓通宛羽樓，牙籤緗帙積山邱。可憐萬卷隨風散，一一興公小印留。紅雨、宛羽二樓，皆徐興公𤊹藏書處。興公聚書極富，後皆散落，人家往往購得之，丹黃滿紙，卷端鈐有「興公」小印。

紅蓮紫竹橘籬秋，盡道尚書別墅幽。四照四佳頽落後，不知何處是鍾邱。鍾邱園，在鍾山旁，明馬恭敏森別業，中有四照軒、四佳亭，見恭敏自爲記。又恭敏有「斑竹紫竹長成籬，紅蓮白蓮香滿池」之句。

見説詩工能已瘧，不聞妙畫可醫人。平生三絶霞居子，合與台州作後身。明高瀔，字宗吕，自號霞居子。詩書畫皆有名。嘗爲人作畫，其人方患瘧，見畫霍然而愈。事詳何喬遠名山藏。

題文信國琴

百衲奇紋蓄異聲，曾隨丞相歷危傾。鞠通倘覓當時伴，尚有人間玉帶生。

輪囷血赤一生心，最是冰絃領識深。可惜西臺竹如意，不曾留得配瑶琴。

秋齋暇日抄輯漢魏以來詩，作絶句二十首選十四首

漢魏先河世共知，齊梁蟬噪語堪疑。君看徐庾陰何作，盡是王楊李杜師。

詩聖真堪百世師，摩天巨刃苦難追。黄河不害容沙石，未要箋家曲筆爲。

瞥漢神鷹振羽翰，粲花生頰骨珊珊。金丹不落平人手，吮筆空摹蜀道難。

疏越遺音正始親，枯絃索寞品非真。莫將優孟當王孟，却是便宜不學人。

龍紀景龍同一姓，四唐甄别漫紛拏。縱饒沈宋稱先覺，也合韓偓。韋莊。是作家。

雄詩滋賦重當時，籍甚翁承贊。黄滔。海國奇。不及探龍徐正字，金書合寫苦吟辭。詹雄、林滋、鄭誠同登會昌三年進士第，時稱雄詩、滋賦、誠文，爲閩中三絶。徐夤，莆田人，著有探龍、釣磯詩集。勃海國人皆以金書寫其斬蛇劍、御溝水、人生幾何賦於屏障。

唐後無詩語太偏，常新日日古今懸。蘇黄自有英韶曲，何必咸池叶雅絃。

才思泉源萬斛同，精深華妙老逾工。不知撼樹蚍蜉苦，偏有人間方子通。

茶山門下有宗工，蕭范猶難與角雄。卻怪遺山疏鑿手，論詩不及渭南翁。

七歲詩名動九州，鴛鴦繡出錦機留。遺山著有錦機詩文。雪香亭畔傷心地，寫就蕪城一段愁。遺山雪香亭詩云：「賦家正有蕪城筆，一段傷心畫不成」。

直接唐人恐未然，麗貞龐蔚自堪傳。清容松雪俱宗匠，何獨虞楊四子賢。徐興公云：「歐陽

元詩直接唐響。」原功云：「中統之文龐以蔚，至大、延祐之文麗而貞。」

弘治嘉靖騷雅見班班，二李稱雄七子間。早有雌黄分兩祖，譏彈寧獨在虞山。

正聲未墜數閩風，圓熟偏貽口實同。才力何嘗非伯仲，訾謷正坐學唐工。

格調區區膠柱絃，讀書萬卷是爲賢。平生不信滄浪語，六義惟參妙悟禪。

舟中望青山

露松星竹蔚烟鬟，詞客芳蹤杳靄間。欲拜遺墳愧牽迫，揚舲空過謝家山。

元暉詩句古難匹，太白光鋩刼不磨。我爲山靈慶知遇，烟巒似此世間多。

閱桂海虞衡志作

曩余視學廣右，有衡文之務，按部之限，役役竟年。每使道遇佳山水，一爲停橈下輿，流覽片時即去。若在會城，則無故未嘗一出院署也。頃閱范石湖所撰桂海虞衡志，紀述桂城山川巖洞之奇，不覺低徊者久之，悔往日之弗克違俗而攬勝也。爰就范志成斷句五首，復憶他書所載作一首，以致溯洄眷眷之意。亦猶公垂之追昔遊，放翁之夢熟路云爾。

獨秀峰晴翠染裾，石床石室瞰空虛。前賢軼事風流甚，作吏何嘗廢讀書。

劉仙巖在白龍南，細草經冬尚蔚藍。跨鶴千年人不返，一輪涼月轉空龕。

風洞泠泠六月寒，開軒最稱葛衣寬。城中何限追涼客，枉苦青童打白團。

朝陽六洞比方壺，碧浪紅蕖錦繡圖。慚愧三年官入桂，不曾安槳向西湖。

棲霞巖壑特瑰奇，鍾乳纍纍大藥資。見説黨人碑尚在，姓名應共七星垂。棲霞洞，在七星山岩畔，鐫有元祐黨籍姓名。

三愁四怨意悲辛，曹鄴有四怨、三愁、五情詩。百首遊仙語出塵。曹唐。二人皆桂産。肯爲古人傳大業，千秋好事數閩人。明季謝在杭官廣西布政，嘗刻二曹詩集，曹能始爲作序。

國朝全閩詩録初集卷十六

侯官鄭杰昌英緝

朱雝八首

雝，字和鳴，建寧人。乾隆間歲貢生。有鼎堂詩集。

注韓居詩話：和鳴詩專力於五古，體格似大謝。近體寥寥，非生平所注意，要亦以樸拙爲宗，其命意可謂高遠矣。

贈兄梅崖十首選六

耀靈傾園葵，繁霜應阜鐘。精神何所閟，影響每相從。至親緣枝葉，四海展敬恭。蹶然百世下，執鞭欣遺蹤。矧乃不遠則，輔仁遘華宗。

誕實岐嶷姿，弱齡著餘健。深造泯聖蒙，安行裕敦良。閔予違世業，勿壞嘗承勸。大川既無拒，纖葛亦已蔓。風雨雞喈喈，同術愜始願。

吾惛猶不進，高美但心嚮。散帙攻節目，披胸賴直諒。聞章耀黼繡，飲和分欝鬯。伊昔苦幽險，聿來去氛瘴。周行亦何極，庶幾得所相。動息固無兼，寵辱自不懼。豈厭承明廬，更治齊趙賦。時和由神福，政成在民譽。廣庭循白水，高樹泣朝露。感物正浩然，將得首歸路。勤役嘉旋反，山河險難辭。枌櫝成柯幹，桑梓幾葳蕤。班荆情匪異，造門豈得遲。未見心忡忡，覯止則已夷。但傷槁容換，謝彼林樹姿。黯黯日月甚，晤對一清明。天地爲加曠，卉木發其英。尊盛還寂寞，孤賤廢將迎。長巖君倚託，曲澗予沿凌。樂道以忘飢，不復涕淚傾。

仲秋不與試作

物遷爲名引，載驅苦道悠。薄植更九棄，老會無寸收。豈不義命思，况匪賢良儔。曩行迫誰令，今止良自由。適當晃朗節，幸闋塵紛糾。盪胸臨逝湍，縱目散平疇。蒼茫岫外景，繚繞風中謳。披拂一清曠，心跡兩閒幽。敢擬被褐懷，而非緣木求。永兹成野性，持此謝遠猷。

喜櫪園見貽詩集

高人竦雲表，奇唱叩虚碧。精會文府空，理勝道心積。夏侯見孝悌，興公聲金石。古人猶在眼，膚學詎能跡。結遊忘年義，親仁垂誘掖。開顔值末路，照素自疇昔。朝餐忘我飢，長生閔予瘠。念薦九州美，閔分五雲液。彷彿得興觀，宛轉思聲畫。長言靡足時，舞蹈竟日夕。

上官周九首

周，字文佐，號竹莊，長汀人。乾隆初布衣。有晚笑堂集。

楊于位云：吾瑞邑距閩之長汀僅七十里，余自束髮時則知汀有上官文佐先生，倜儻魁奇士也，以繪事名于時，人比之倪雲林、沈石田。歲庚申，先生復來粤，余方謀歸里，乃贈余珠江掛帆圖而繫以詩，丰格遒美如其畫然。因盡索其稿，已成帙，將授梓矣。因識其末云。

靈洲山道中

一棹停孤嶼，西風動曉秋。峰高雲盡斂，江闊暑全收。今古紅塵夢，乾坤白髮愁。登臨慚謝朓，詩酒負滄洲。

客中偶題

荒郊春色滿，碧草盡生烟。雲動山移樹，溪喧客放船。人叢因畫虎，巖僻早啼鵑。縱使希夷意，天涯幾醉眠。

江望有懷劉崧蟠

一望雲飛盡，江空月色溶。有天都化水，無地可成峰。好友勞虛約，佳山不易逢。上方猶未遠，燈火夜傳鐘。

吴江夜泊

日暮客心愁，江聲入夜流。水天浮兩月，人影傍孤舟。漏鼓驚新夢，胥城感昔遊。丈夫豈無淚，酸楚自悠悠。

岳王墳

清明下拜雨晴時，湖上峰峰似黛眉。天竺道場雲黯黯，岳王宫殿樹離離。乾坤不灑當年血，草木終含舊日愁。南渡冬青無處覓，一抔猶勝峴山碑。

己酉歲過雩都，吴君畿牧留寓北關外黄竹菴

北邙山對北城隅，分得幽僧半席居。作伴有雲常繞榻，穿林無水不通渠。月來花下三盃酒，風靜燈前半束書。投老但能如此樂，何須叉手問樵漁。

方塘雨過水初平，野鷺浮鷗作隊行。山畔腴田僧作供，池邊佳樹鳥爭聲。新花冉冉春三度，古塚壘壘草一坪。大夢縱然誰更覺，也隨萍跡寄浮生。

過小石樓有懷張穆之先輩

羅浮春早淡烟籠，離合由來氣自通。荒徑乍開晴樹緑，啼鶯新破曉窗紅。奇峰岁崱留名跡，臺榭深沉有晉風。惆悵素懷情未已，鐵橋人去石樓空。

舟泊東關有懷閭山觀察

落日停舟東復東，芙蓉花襯夕陽紅。海雲初泛蒹葭月，城郭新吹觱篥風。萬里故人霄漢外，一聲横笛暮烟中。當年仙境空如夢，青鳥瑶池信未通。

李　書一首

書，號鄴箋，建寧人。乾隆中諸生。有復軒詩鈔。

山　農

嶙峋骨格懶逢迎，穩坐茅簷稱野情。地僻藥生非待種，山深鳥喚不知名。欲求隴畝無荒業，時帶兒童作耦耕。不爲徵租公事迫，終年無跡到官城。

李　俊十一首

俊，字山民，建寧人，書族子。乾隆間歲貢生。有櫪園集。

注韓居詩話：櫪園詩如藐姑射仙人，不食人間烟火。

首夏依緑園作

溪堂日棲遲，徂春俄夏首。養疴澹無爲，空空累何有。竹暗禽一鳴，好風來北牖。悠悠古時人，抗懷將誰耦。

秋日即事

風葉競委黄，露草萋更緑。落日歇鳴蟬，參天餘古木。步屧踐幽逕，策杖歷平陸。孤懷誰能同，浩歌和樵牧。

過松谷别墅

孤館構松陰，蒙蘢隱深壑。開軒臥石床，時聞松子落。響泉流涓涓，天籟蕭然作。乘興一來過，始識幽居樂。

古風一首送熊立亭先生旋里

腐鼠啄長喙，竹實非所知。枳棘結卑窠，不擇孤桐枝。群飛徒擾擾，誰絜丹山姿。凡羽信非儔，下上誓相隨。相隨未云久，一去終見遺。遙天盡白雲，望望竟何之。

雨後獨步秋郊

秋原微雨歇，山色遞遙青。殘日暄沙渚，流雲帶草亭。出郊行漸遠，扶杖酒初醒。飛鳥疎林外，幽蹊舊未經。

早春錢塘使院送王隨孚旋里

東風初起捲征衣，硯北相隨願已違。官舍少時聞喚起，鳥名，見昌黎詩。家山何意寄當歸。本草云「久客寄文無」，文無即當歸。晴川遲日孤帆遠，急管繁絃落照微。客裏不堪還送客，鄉關回首白雲飛。

和筠園冬日閒居

帶醉歸來覓舊蹊，松陰匼匝月初低。舉杯差喜三人共，問道翻同七聖迷。冷露乍零催宿鳥，朔風驟起警荒雞。擁爐得句差如許，茶灶烟生小閣西。

石溪亭

結茅俯清溪，漁父日來去。空聞叩舷歌，蘆深不知處。

下窰村

山空疑無人，盤回惟古木。過午聞鳴雞，遥遥出深谷。

送巫振綱旋里

東風緑蘼蕪，記得來時路。今日送君歸，悵望江頭樹。

冬日閒居，追憶舊游，寄筠園兼示門人葦杭

沿溪相送踏汀沙，谷口頻過日屢斜。小閣雲歸風又起，石床敕蔌墮松花。

鄭王臣四首

王臣，字愼人，號蘭陔，莆田人。乾隆間拔貢生。官至蘭州知府。有蘭社詩藁。

注韓居詩話：蘭陔嘗選莆風清籟集，自唐宋至國朝，所録凡一千九百餘人，詩三千餘篇，分爲六十卷，蒐羅可謂宏富。于詩首各附詩話一則，體例與吴舉之選宋詩、朱竹垞之選明詩大略相仿，亦一隅文獻之資也。

秋山

西山多爽氣，清曉共攀登。曲磴堆黄葉，幽崖罥紫藤。林容變蕭瑟，石骨露崚嶒。欲貌極天淨，雲林恐未能。

秋雨

澤國多秋雨，湖嵐結夕陰。濕螢粘壞壁，飢鳥落疎林。淅瀝蕉聲碎，空濛樹影沉。移書防屋漏，蕭索動微吟。

過江妃村

南國佳人住水村，春潮寒碧浸蘺根。蘼蕪猶作裠腰色，一道青青直到門。

金棗銀蠶葬故鄉，梅花猶繞墓門香。馬嵬原上生秋草，紅粉成灰贉錦囊。林佳璣木蘭竹枝詞：「聞道江妃虚有墓，梅花灰盡鷺鷥飛。」自注：相傳江妃父請妃骨歸葬，以妃好梅，墓上種梅數十株，鷺鷥宿焉。今墓在田中。李商隱馬嵬詩：「自埋紅粉自成灰。」樂史太真外傳：「上幸西蜀，妃從至馬嵬，六軍不解圍。使高力士賜妃死，縊于佛堂前梨樹下，瘞西郭外一里許道北坎下。後上密命中官潛移葬，肌膚已消釋，惟胸前錦香囊在焉。」

張伯謨 二十首

伯謨，字思訓，號宏軒，侯官人。乾隆癸酉舉人。官廣西天保知縣。有筠心堂稾。

注韓居詩話：宏軒詩樸實純謹，直寫性情。不尺尺寸寸摹擬前人之跡，而吾意自能條達。

秋日雜感

深山新雨過，石骨涵空青。蒼然暝色集，涼氣入郊坰。流泉赴澗壑，奔注無時停。佳期渺何許，美人隔芳汀。道阻徒佇立，欲訊乏脩翎。

感　興

良玉韞重璞，明珠淪層淵。嵁巘因照耀，泉流爲折旋。蓄寶宜深閟，光彩終昭宣。衒售以求速，無因孰至前。志士有沉幾，達人貴天全。按劍實自取，遭刖非徒然。

詠　史

摯獸横路隅，山中多藜藿。孤鶚盤層霄，叢薄竄燕雀。長孺立漢廷，一士爲諤諤。直節讋淮南，逆謀寢不作。遠勝曲學人，易下如振落。賁育誠不如，深堅茲可託。符命子真經術人，忘身爲直諫。細剖京兆冤，直指外家謾。末大方披根，識微出卑宦。符命屬將興，翩然遠禍患。養性吴市門，鴻冥弋何篡。全節非登仙，高人托虚幻。炎靈際三七，新莽干天常。諸公獻符瑞，拜伏如群羊。烈烈翟文仲，憤起掃欃槍。義旗出東郡，討賊來山陽。西京屬未靖，妖沴薄天閶。奇謀雖不就，後起有耿光。先聲開宛洛，豪杰皆激昂。可憐兩黄鵠，千古爲悲涼。

過釣臺

富春山峩峩，嚴陵石齒齒。萬古釣臺崇，清風激烟水。赤龍騰青霄，羊裘入江涘。隱顯志各行，故人容洗耳。符讖素未諳，吏事中所鄙。漢庭多公孤，何用助爲理。故態本狂奴，加腹亦素履。未必動星辰，象緯别有以。東京高蹈多，源清從此始。七里漢家風，遺芳過千祀。

壽山石歌

城北嵁巇靈氣通，地脈團結開鴻濛。巧匠入山琢山骨，捧出美璞光昭融。搜求崛穴不遺力，含暉耀采敷五色。紫烟似起藍田中，寶氣疑來于闐國。潔如冰貯白玉壺，瑩如雪映凝脂膚。湛如雨霽澄江緑，燦如日晚落霞朱。緗縹葱黛各異態，國色俱稱傾城姝。黄中通理獨居正，其神淵穆其質殊。疑自媧皇煅煉後，尚餘英華閟靈藪。不然星隕入地中，奎壁精凝化瓊玖。南方鶉火餘淑清，由來炎德鍾文明。日華月魄相貫射，谽谺竅穴先將迎。近來韞藏亦衰竭，雕鐫無復呈光晶。孕育自不敵攻取，搜索毋乃緣聲名。豈無懷璧尚被褐，要須慘淡關經營。錮金以沙丹以礦，慎勿發露摇其精。洞天長養深歲月，還能軒豁稱連城。

過黄河

黄河萬里開鴻濛，九折界破中原中。顥氣迷蒙亘地軸，洪濤吐納摩蒼穹。千崖響應走霹靂，萬馬控勒馳風騣。天地爲爐二氣炭，大冶怒沸鎔金銅。瞿塘灩澦何足數，長江未可商雌雄。黄能無勳羽淵殛，聖子精與青旻通。手挽狂瀾送東海，下疏九派開沖瀜。幹補坤維還大造，緑字金簡歸天工。得出群魚實夏力，千秋明德如山崇。山經紀源徒恍惚，乘槎天漢欺愚蒙。至元西蕃始通道，使命目覩秋毫窮。乃知遠從星宿海，查靈鄂靈匯谽䃬。西徑崑崙山積雪，蘭州更繞潼關東。青豫徐淮從此入，安瀾終古荷神功。我從南來始擊汰，中流巨浪乘長風。萬頃驚濤拍天起，濟險不覺心憂忡。一航徑轉横北岸，須臾潋灔彌長空。天澹雲間流不息，清光隱見蛟龍宫。

舟發閶門至無錫道中

終日看雲去，臨流更浩然。鳥飛吴苑雨，帆渡太湖烟。風水摇明鏡，江波接遠天。揚舲方未已，心賞慧山泉。

富春江

一望澄明鏡，清川湛不流。寒烟江引練，初月水沉鈎。倒影凌青嶂，輕紋漾白鷗。桐君山色近，絶頂有丹邱。

茌平早行

茅店天寒夢不成，已聞鈴鐸駕車聲。疏星尚炯天河淡，殘月漸低野水明。沙路長隨堤柳辨，霜風只傍馬蹄生。前村稍覺陽熹動，已逐征塵一舍程。

讀史雜咏

分明恩怨仗蛾眉，欲得兵符聽指麾。他日平原懷魏德，買絲只合繡如姬。

玉關雲映錦車班，萬里蛾眉仗節還。可惜明妃空出塞，琵琶哀怨入天山。

雪外冥鴻更不疑，能成孺仲自閨帷。蓬頭歷齒皆清節，車服何慙子伯兒。

潮水長流孝子悲，寒江明月照風儀。犍爲亦有先雄事，不得邯鄲幼婦詞。

維揚雜咏

緑陰影裏出千舠，水國微茫野霧高。一片蜀岡山上月，夜來長照廣陵濤。

雪塘只對玉鈎斜，垂柳垂楊帶暮鴉。游屐來尋蘭麝土，春魂已化滿城花。

邵伯湖頭起晚颸，烟波千頃帶寒潮。停舟試問甘棠廟，猶有穹碑紀晉朝。

東阿道中

縹緲雲車烟水深，魚山東望隔層林。科頭傅粉人何在，更向巘阿聽梵音。量沙舊地想奇猷，誰使長城竟自休。日暮碻磝山徑裏，清歌疑唱白符鳩。

黄　惠十一首

惠，字成迪，號心庵，永福人，任從子。乾隆甲戌進士。官江西高安知縣。有餘事齋詩藁。

注韓居詩話：心庵詩恰如王謝子弟，雖未經陶鑄，文采風流無論，而裘屐巾扇，迥自有别。

上灘

閩川多奇石，水氣所嘘翕。殊特具萬狀，瑰詭無與匹。我舟十日行，建溪尤戢舂。虎豹各攖拏，虬龍競騰蟄。如屏如户戺，當舟奮怒立。或謬爲恭敬，傴僂向人揖。低亞潛水中，疊臥作層級。稍覺多不貴，况復位置密。喧豗怒馬奔，磨戛短兵急。下灘勢傾瀉，上灘流險澁。無厚入有間，轉棹爭呼吸。篙師挾舟苦，相戒力齊壹。懸纜緣高崖，升比猿猱疾。淺瀨蒲伏行，汩没過脛膝。前後相叫號，毫釐惟恐失。嘈雜不可曉，時亦自怒叱。

進不能以寸，倏忽泝波出。譬猶釋重負，揮汗掀其笠。小艇僅如拳，局促愁羈縶。危石劍戟森，那能不惴慄。咿啞聞櫓聲，溶溶見潗㵫。斜日照清瀾，一帆風瑟瑟。

客　思

客思如春草，春來日日生。可憐憑酒盞，便欲破愁城。寶劍匣中氣，焦桐絃外聲。誰能久牢落，長逐馬蹄行。

秋日草堂雜咏

野水通荒徑，茅齋接上方。山陰半邊日，林薄二分霜。沐髮餘殘醉，生衣尚宿香。新詩吟便棄，從不解鉛黃。

贈廖日堂秀才

相見各已晏，相思勞寸心。美人猶未嫁，芳樹易成陰。稽紹如翹鶴，中郎愛爨琴。琅玕佳句好，終日響元音。

泉州梅石書院

無限銷沉恨，清源舊壘空。山光孤磬月，海氣一簾風。古壁垂金薤，寒燈落玉蟲。問奇人載酒，識字愧揚雄。

浦　城

高樹斜陽噪晚蜩，倌人迎客卸征橈。南閩地勢雲邊盡，東浙山光鳥外遥。八百里人愁黯黯，十三年柳葉蕭蕭。余别此地十三年矣。明朝策馬知何處，無數銷魂舊板橋。

東山書院小集，次寶林薛學博韻

青山靄靄碧波涵，春笋盤堆緑玉簪。太史夜占星聚五，時枉過者柯覲齋廣文、王東溟孝廉、曹二公子及寶林也。高軒晨過徑開三。清言漸覺詩情老，往事都消酒力酣。有興便來來便醉，野人長物是烟嵐。

蘆溝橋

回首京華隱暮埃，車聲歷鹿客心哀。橋南一尺桑乾水，無數行人飲馬來。

春日

雲紈粟扇碧紗幮，一幅蒙莊蛺蝶圖。日午笑聲摇客夢，鄰家春圃祀花姑。

花枰密送蜂臣過，佛幔低妨乙子飛。正是梁園好時節，瞯無人處送春衣。

黄昏口占

羈客年年顧影憎，槎枒鵠立似慵僧。無人知是愁時候，已下簾鈎未上燈。

鄭際熙二首

際熙，字大純，福州人。乾隆丙子舉人。有浩波遺集。

注韓居詩話：浩波有意學杜，年三十六而卒，惜夫。

秋夜讀陶詩

高柯振夕風，涼月浣秋雨。小沼漾雲光，蒼茫窺天宇。水無月與雲，而有雲月趣。人心苟靜妙，萬象歸肺腑。朗誦陶公詩，悠然見千古。

和三弟棄宅

陸居舟處托荒村，食客紛紛若个存。他日愛烏猶有屋，只今羅雀已無門。拚飛又鎩三秋羽，對雨徒銷五夜魂。每向風前悲落葉，飄零何處問同根。

國朝全閩詩録初集卷十七

侯官鄭杰昌英緝

孟超然二十八首

超然，字朝舉，號瓶菴，閩縣人。乾隆己卯解元，庚辰聯捷進士。官由翰林院庶吉士洊歷吏部文選司郎中，典試廣西，視四川學政。有丁戊集、武部集、吏部集、假歸集、呻吟藁。

注韓居詩話：先生天性純篤，庭闈之戀未嘗一日而忘。服官以清節自勵，洵束晳補亡詩所謂「鮮侔晨葩，莫之點辱」者歟？歲壬辰，先生年甫四十有二，告歸侍養不復出。終制後主鼇峰講席八載，誘掖生徒，亹亹不倦。田產僅足自給，所入館穀大半以周族戚之貧者。族人坐食先生家凡數輩，有徑持先生衣物以去，先生不問。或以告，頷之而已，卒無慍色，皆今人所難也。先生爲吾鄉模楷，原不藉詩以傳，而讀先生之詩，覺沖和恬澹之意盎然于楮墨之外。謹録出若干，以誌人琴之感焉。受業鄭杰謹識。

三君詠

謂陽湖中丞潘公、會稽庶常魯公、宮贊傅公。

矯首望江南，天雲空高垂。九京誰與歸，涕下如綆縻。昔我河陽公，七建樹旌旗。桃李鸞馬得驅策，驂駕驥與騏。一夕道山招，偉人去騎箕。塵劍被拂拭，頓欲戮蛟螭。東府長寂寞，淚盡羊曇棋。何年河陽墓，手酹酒一巵。望遠常不及，悠悠我心悲。

盈公門，余忝公深知。時命苟不猶，賢愚同潦倒。吁嗟魚頭公，繄惟邦之寶。投簪我心悲如何，昊天自浩浩。一朝時命乖，骨肉不能保。妻子同鬼録，憂傷以終老。無何少微事著述，今古涵懷抱。魂兮儻歸來，西溪多芳草。回首人間世，烟塵去如掃。豈知身後孫，生殞，公亦返三島。我欲竟此曲，此曲不可道。悲風自西來，欝欝心如擣。

世恨不早。華髪事三朝，簪佩何雍容。拂衣乞鑑湖，清望高華嵩。八十越中有長德，自號信天翁。詞林歸模楷，後進振瞽矇。言别逾七載，每憶心沖沖。我欲度仙猶健在，松柏寒青葱。南渡佑聖觀，一畝幽人宮。再拜杖屨旁，覼縷罄離悰。奮飛嗟無翼，雲霞，直指聖湖東。

樹徒空濛。

沈學子丈自淮南寄示同黄㿝堂先生山遊詩，因題其後

遊山有性情，高曠託林邱。咄彼永嘉守，鑿險而縋幽。黄公古君子，黄公之雋號㿝堂。官中允，曾視學閩中，以事去官。學子之師也。抗志邁前修。一朝遂初衣，別墅接羊求。我友東陽沈，與公實賡酬。互奏比絲竹，和鳴匪咿嚘。九月西風下，木葉凋清秋。抱病苦蕭索，懷人寄遠愁。客從淮南來，雙函達遠郵。喜極不能寢，宿疾亦云瘳。公昔官禁近，繡衣來閩州。我生睠茲濱海國，風化媲魯鄒。雅欲懷好音，不顧鳴啁啾。中傷投簪去，雖去名益優。我生嗟已晚，不及聽鳴騶。側聞罷官日，十郡臥轍留。公乃憑軾歎，匪余能汝庥。養士自有體，道在調剛柔。君等慎自愛，慎勿貽衆咻。維時三千士，相顧涕泗流。我今吟公詩，高情薄斗牛。豐稜生紙上，恍見鬚眉浮。善歌繼其聲，無非卓犖儔。尋思瘦沈子，文苑同優遊。何異眉山蘇，得遇廬陵歐。小別江之滸，星已忽六週。跡雖江閩判，情仍膠漆投。因此想淵源，遠以寫離憂。山川有夙約，能得同志不。援筆百端集，坐聽風颼颼。

送劉箬邨比部還浦城

五月葵榴花正好，乳蒲初泛愁若掃。粉署劉郎拂衣歸，一尊祖餞長安道。長安冠蓋紛如

雲，文采風流爭羡君。夜燭治書附經術，午樓點翰摛高文。君住巷南我巷北，柳枝椿樹青葱色。予僑居地名椿樹，與君居南柳巷甚近。下直過從談麈揮，心知意氣最相得。媿我衰親久倚閭，艱難未遂小園居。季鷹漫動思蓴興，曼倩還修索米書。一唱驪駒腸欲斷，京華舊雨傷雲散。撲面楊花作意飛，鞭絲那得長條絆。夢筆山間芳草多，君家風景饒烟蘿。明年南浦春草緑，不出東山奈若何。

病中苦熱

大火久西流，炎蒸未肯休。塩鈴風不夜，軒檻月非秋。薑桂晨須飲，蚊虻晚更稠。病夫兼執熱，無計遣閒愁。

夜　坐

節物驚摇落，虚堂獨夜秋。月光窺户静，蛩響入窓幽。薄宦慚微禄，衰親念遠遊。二毛如騎省，三十早盈頭。

紅雨樓舊址

秋風蕭瑟過頹垣，憑弔詩人一斷魂。莫問高樓臨大道，更無紅雨下荒村。機雲聲譽真無媿，曹謝風流那忍論。謂石倉、在杭二先生。南望瀟湘蘭芷好，幔亭何處喚曾孫。徐存永，幔亭子，國初移家入楚。

送王東溟孝廉南歸，便道濟南官舍，並呈陳玉疇師

車驅還向濟南經，五月榴花映鶴廳。下榻論文逢舊雨，挑燈懷友嘆晨星。使君早問張憑舫，名士應登歷下亭。爲報侯巴在京國，頻年瞻望岱宗青。

黄十硯先生重宴鹿鳴，寄呈三首

霓裳開奏大羅天，回首星霜六十年。潮水字人韓吏部，揚州入夢杜樊川。三杯〔一〕瀟灑松窗晚，十研摩挲棐几妍。今日簪花上白髮，更誰不羨地行僊。

秋江浩渺思君子，香草離披憶美人。秋江集、香草箋，皆先生集名。力破箏琶歸大雅，長留笠屐伴閒身。波瀾獨擅生花筆，風貌爭傳折角巾。見説毛公明六義，薛蘿門巷有蒲輪。

巋然重望魯靈光，問字頻教到後堂。白社交遊尊祭酒，烏衣門巷拜中郎。儀刑遠別雲山外，魂夢常依几杖旁。長願尊前顏似玉，年年秋色進壺觴。

送何念脩員外扈從木蘭

扈侍欣依日月邊，征裘豫製蚤秋天。風高鴈磧盤鵰下，霜滿龍沙策馬前。屬國櫜鞬迎翠蓋，千官劍佩簇瓊筵。仙郎吟興臨關塞，好繼揚雄羽獵篇。

蕭昆田檢討招同錢王與農部、李梧陽比部、陳仲思檢討、李隨軒工部宴集寓齋

薊苑秋風落葉聲，蕭郎白袷愛將迎。交歡日下紛冠蓋，意氣尊前幾弟兄。魚是武昌知最美，時以漢陽魚鮓見惠。鴈來京洛亦多情。席中得家書。談心樺燭休辭跋，歸去天街月正明。

飲　酒

又脱生衣換熟衣，薄寒天氣揜荆扉。家書萬里鴻初到，尊酒三秋蟹正肥。近寺興隨清磬至，懷人心逐片雲飛。醉餘耳畔涼颸動，徙倚無聊望落暉。

遊法源寺即古憫忠寺。

宣武門西曲折行，琳宮高接鳳皇城。香花不斷空王宅，松栝猶存往代情。五朶祥雲扶寶氣，謂累朝賜額。一簾明月度經聲。長安無慮三千寺，選佛場推獨擅名。

滄海横流可若何，疊山當日此經過。兵戈柴市思丞相，風雨碑文哭孝娥。疊山先生北來，止于寺，見壁上曹娥碑，泣曰：「我顧不如汝一女子耶？」南渡冬青空故國，西山薇蕨續長歌。寒泉秋菊無由薦，汗簡芳名自不磨。

感舊

去秋泡影雙詞伯，今歲風燈兩使君。自有文章垂竹帛，朱梅崖每相見，必論文竟日。要知經畫爲榆枌。張惕庵數邀余籌鄉黨善舉。山川碑版猶如昨，朱竹君學使編搜碑版。烟火神仙竟不聞。徐一齋太守以余多病，貽烟火神仙方。等是泉臺歸寂寞，尊前落葉看紛紛。

六月朔日陳鈞溪丈招同倪用兩、陳無菴、高楓溪、郭藎菴、王履謙、張孝彦避暑烏石山，就所遊歷率成斷句

百丈崖前片石懸，浴鴉池上水濺濺。不須陸羽茶經記，要算人間第一泉。

百苦詩如正氣歌，忠貞大節壯山河。山中樵採無須禁，竹柏萊陽淚不磨。范忠貞公祠。

運幕書生報國恩，侍中今有嫡傳孫。范公祠宇長鄰近，賓主成仁到九原。嵇公祠。

淑上人貽書詢余入京事，作此答之

選佛歸君我選官，蹉跎今識選官難。夢中風雨過蕭寺，欲把浮生問嬾殘。

題鄭昌英世講至樂園小照

焠掌宵燈儘苦辛，群嗤無益費精神。此中誰識饒真樂，試問亡羊漂麥人。

家風原本鄭康成，插架牙籤傲百城。今日禮堂看寫定，階前書帶草重生。

舟發廣陵驛，夜至丹陽雜詩

板渚隋隄覆柳條，鏡中人上木蘭橈。歸心已逐吴江水，莫問揚州廿四橋。
北固山横鐵甕孤，晚風獵獵響菰蒲。江南芳草年年好，多事真應笑寄奴。
見説臨安王刺史，買田陽羡竟高眠。蓬萊方丈君曾住，便落人間亦散仙。謂同年丹徒王夢樓。

入秋來無日不熱，病中甚以爲苦。八月六日風雨大作，乃有涼氣，而應省闈者皆以衝泥爲憂。口占是詩

纔欣細雨斜風到，又苦藍衫席帽人。願假天公晴十日，不妨吾病更兼旬。

林天申十首

天申，字仲嘉，閩縣人。乾隆間布衣。有逋庵詩鈔。

注韓居詩話：仲嘉詩名籍甚一時，有手存藁六百餘首，淺率處頗多。兹擇其最純厚者存之。

怨女行

好山須當樓，好花須上頭。王公有美女，欝欝二十秋。薌者雜爲蕕，黑者混爲白。妍媸苦不分，幾誤傾城色。明妃托琵琶，蔡女調胡笳。徒令千載下，想見顏如花。妾貌非不及，妾才還自惜。臨粧揾淚痕，掩面羅巾濕。桐遺爨下材，爐燃將死灰。恥彼東隣女，未老傷無媒。

題沈亦莊扇頭小影

閒雲出山山空青，山中洞户長不扃。遊踪自戀故山趣，無心霖雨歸巖坰。先生書卷滿懷抱，交遊意氣爲傾倒。腰間三尺吐虹光，壯年挾策長安道。聯鑣騕褭疊連錢，彎弓驚落雲中鳶。風塵知己不可覯，徒令後進爭先鞭。胸襟瀟灑韜雄略，措施何必資人爵。山川飽覽狎波濤，歛翮侯王佐蓮幕。園廬修竹翳千竿，砌有靈芝畹有蘭。神仙出世復住世，斑斑短鬢顏如丹。圖成便面留人看，誰假誰真憑把玩。我亦濡毫不肯停，爲君題作行樂讚。見説湖州白釀春，開尊往往款嘉賓。江干鱸鱖秋方熟，好訂叨陪回道人。沈思號湖洲，善釀十八仙酒，吕仙飲其家。

客　感

紅蓼點汀洲，黄昏獨倚樓。溪雲常作雨，旅髩易爲秋。離索羸新病，飄零感舊遊。空堂面江水，問訊有沙鷗。

癸亥感事

小圃經時廢，閒庭日就荒。連陰苔上壁，積潤菌生樞。誰續賈生策，空懷鄭俠圖。蒼生攖罪罟，無乃爲飢軀。

柬白峰上人

已具僧跏癖，終憐髪未髡。刊詩披款石，種樹選頑根。鐘引雲歸寺，潮乘月到門。此中有幽趣，判與遠公論。

野　望

野潦欲平田，行歌踏遠天。雨拳孤足鷺，風墜一聲蟬。簑笠牛羊晚，村墟草樹烟。此生終寂寂，未敢羡林泉。

琴江雜咏

柝響山城吏散衙，月明江館客思家。白頭何異辭巢燕，黄口真成待哺鴉。逕竹夜深喧敗籜，棠梨秋早冒狂花。相思一水猶堪溯，不似金陵道路賒。將有江南之行。

秋雨

遠山近山雲氣凝，一日二日雨難勝。誰家劇飲中宵月，獨客起挑清夜燈。校尉厨深兼有酒，太常齋久一如僧。明朝欲餞東籬約，泥濘沿村恐未能。

送陳周士之粤

經秋嬾賦送行詩，多恐揶揄笑别離。東去故人初剖竹，南飛倦鳥未巢枝。蠻烟瘴雨君行日，紫蟹黄柑客到時。從識河陽紛雅咏，片緘莫令阻相思。

殘秋

幽居寂歷不聞喧，生事蕭條合閉門。就日犬移階地暖，汲晨童報井泉温。吟烟似葉乘秋脱，病眼如花向夕昏。慙媿壯年隣老憊，唾壺歌缺正銷魂。

黄致中十三首

致中，字景通，號東見，閩縣人。乾隆己卯舉人。有輝䔿堂詩集。

注韓居詩話：東見詩蘊藉風流。

夜宿田家

樹杪飛殘霞，斜陽下高岸。隔水行人稀，投林歸鳥亂。窮年事行役，失路彌嗟怨。荒阪立田翁，卑詞乞假館。明燈螢入幃，汲水月在澗。瓦盆斟濁醪，竹簞炊白飯。比隣數睨視，童稺一笑粲。主謙村禮疎，客習窮途慣。但免霜露侵，敢望咄嗟辦。關河路正長，僕馬魂欲斷。不寐聽戍鼓，瞑目坐待旦。

西山尋劉又蟾山人

山人不入城，結屋西山脚。四壁秀巑巒，一溪横略彴。喌喌呼雞歸，洋洋識鳥樂。對客悄無言，風吹松子落。

夜泊巵嶼

日落晚山蒼，沙平秋渚廣。蘆葦鳴蕭蕭，漁燈射鳥榜。半夜覺潮生，月斜櫓聲響。

自題畫像

我今行年五十六，瘦髮崚嶒雙鬢秃。細數新愁渾未了，重論舊事須更僕。憶我少年時，眼如點漆顔如玉。劍不厭十年磨，書何啻五車讀。盛氣欲吞牛，高材爭逐鹿。一八先登牛耳壇，三旬頻奪螯弧纛。伐材竊敢躐周秦，織錦寧堪讓潘陸。若教作賦侍明光，抑或校書坐天禄。金鐘大鏞縱未能，羽獵長楊猶可續。豈知窮骨肖虞翻，更安鬼眼如陶穀。進退艱難羊觸藩，行藏竭蹶鮎緣竹。三謁承明籍未通，再經婚娶牀仍獨。十畝都無負郭田，數間更少牽蘿屋。猥把飢寒傍路人，强將啼笑隨凡俗。去年王粲滯荆州，今歲杜陵入西蜀。漫添蛇足笑昭陽，誰把猪肝憐仲叔。吁嗟乎汝既龍不能屠，虎不能伏，便應南登孤峰特秀之匡廬山，北入萬壑爭流之王官谷。短杖曳清風，長鑱托白木。胡爲乎馬脱銜，車折軸，雞群爭一餐，鳩巢占三宿。藍縷偏從趙孟遊，凄涼空向巫咸卜。汝不見人世窮通車轉轂，浮生歲月風吹燭。倚市何如刺繡高，美游爭似惡歸足。猶自作畫圖，居然靦面目。危坐若無人，凝神如有屬。勸君莫作梁父吟，勸君來聽玲瓏曲。攻書學劍總忘勞，白日黄雞安結局。吁嗟乎疇昔朱顏今白頭，鑄成大錯誰能贖。空山寂寞對蒼天，一幅狂歌權當哭。

長溪雜興二首

長溪在何許，彌望渺層波。海黑千帆立，天青一鳥過。鬔鬆畲婦髻，嗚咽蛋童歌。客思真無那，能添白髮多。

松山一點青，東去更冥冥。菰筍秋風脆，魚蝦晚市腥。鹵田供薄植，巨艦抵浮萍。無限滄桑意，何從問蔡經。

東阿

詰曲東阿路，桑麻百萬家。井泉分濟漯，風俗近琅琊。野闊天垂盡，山高日易斜。三歸臺上望，北斗是京華。

登北固山甘露寺

北固欝岧嶤，登臨入望遥。江聲吞楚蜀，雲影辨金焦。古寺留千載，空山送六朝。東南征戰地，王氣久蕭條。

送林培卿之嶺南

十年舊雨悵分携，千里雲山送馬蹄。異物乍看蝴蝶繭，他鄉休聽鷓鴣啼。東薪小市峒人子，抛網中流蜑户妻。行自徙魚溪上過，好將濁酒拜昌黎。

换骨巖

丹硃曾説駐朱顔，白日飛昇事等閒。一樣神仙有枯骨，何如孤塚北邙山。

題泛湖圖

青山缺處水微波，湖上何人載酒過。記得湧金門外去，瓜皮船唱竹枝歌。

題施莊農天啓宫詞後

西苑龍舟罷綵繒，巧山無復看河燈。白頭遺老談天寶，青草黄蒿遍德陵。
龍髯誰向鼎湖攀，兒戲官家七載間。惆悵洛陽橋下曲，酸聲先到兔兒山。

鄭際唐 五首

際唐，字大章，號雲門，侯官人，開極曾孫。乾隆己丑進士。官内閣學士兼禮部侍郎，丁未山西學政。有傳硯齋詩藁。

注韓居詩話：雲門早歲清苦自勵，假得書籍，咸手録讀之。工書法，精篆籀八分。館選後直尚書房者十餘年，不辭勞瘁。詩清雋，五律尤擅長。

遊飛雲巖在黄平州東北二十里。

飛雲本從石上生，石爲雲根雲枝莖。有時莖飛離根去，崇朝膚寸彌八紘。此雲何年産石上，融結不散成堅貞。雲自無心石不轉，相遭淡泊忘其形。異態紛綸不可狀，垂天巨翼生晝陰。我行正值三伏旱，焦原痺斫炎歊蒸。征夫道暍仰脅息，目窮萬里無纖塵。到此迷離雲滿袖，足猶未躡身已輕。雲耶石耶庸詎辨，但見擘絮風泠泠。阿香推車來虢虢，火輪猛馭難交爭。坐雲之根攀雲葉，仰看天半銀河傾。飛流倒瀉二千尺，散作百琲珠光瑩。洞口谽谺當懸溜，仰承靈液如吞鯨。滑汰入聲。黝深勢叵測，誰能采入窮其扃。祇恐一旦雲歸去，洞門長閉愁山靈。

送林心香南歸

作客歸云樂，別人秋最難。青衫仍短劍，黃葉滿長安。薄宦淹微禄，餘情昵古歡。寄言慰石友，此諾未應寒。心香以硯史册子囑題，未及應命而心香南歸，約爲補題奉寄。君懷明月去，不共故人看。可惜連宵好，都因行路難。片帆江水遠，獨鶴海天寬。到日尋桃葉，新歡續舊歡。心香南歸後，將有納姬之舉。

送林南池前輩南還

故園松桂思依依，薄宦徒教心事違。閩水閩山俱在眼，欲將鄉夢寄君歸。

兩年冰署陪前席，八口長安累俸錢。看爾奚囊轉蕭瑟，倍難爲別在秋天。

謝士驥二十首

士驥，字汝奇，閩縣人。乾隆間布衣。有春草集。

注韓居詩話：汝奇前輩善書法，工懷素，大者尤蒼勁。篆圖章得斜蝙法，鐫蟲魚獸鈕，鬚鱗俱動，不愧周、楊二公妙手。至端溪硯石，一經摩琢，即成佳製，鑒賞家珍如珪璧。生平大概，見朱幼芝經畬集中小傳。

郊墅感懷五首選一

披拂薰風時，桃李灼中林。鬱鬱松柏姿，誰識歲寒心。出郭愜幽興，求友懷素琴。高山流水際，邂逅知我音。但覺囂塵遠，恰聽鳴春禽。碓户響巉磵，白雲窈以深。悠然太古初，此意祇自尋。

五虎門

生長海濱地，從未至海濱。聞譚海上形，無異蠡測人。機緣忽湊集，高秋策遊興。巨舶乘長風，便爾觀殊勝。張帆闖溟渤，澒洞龍雷奔。貼貼掠鼉嶼，森森臨虎門。如揸巨靈掌，如舒鷲王指。虓嘯天爲昏，威蹲弄滄水。轉舵出圈外，天水胥茫茫。真覺渺一粟，身世皆所忘。向若暢大觀，狂歌震空碧。皓月照艙樓，鮫珠恍聯璧。

移家十首選二

余卜居拱極坊中，自樓址迄河上，業三遷矣。雖所遷愈湫隘，總在比鄰對舍之間。因憶趙宋徐靈淵「故里人情樂，新居物色鮮」之句，分賦成什。

侵晨就道南，回首宅成故。乾坤等蘧廬，日月皆旅寓。恬澹本自安，輪奐非吾素。修竹培三徑，白雲分一塢。

縱横膝可容，寧復苦偪側。濯纓清水濱，采藥烏山北。月明鶴鳴皋，舟迴鷗矯翼。匡齋靜中機，水天渾一色。

山　行

鳥踏竹花垂，風翻藤葉碧。滿溪烟雨昏，路轉石梁寂。

雨後紅橋晚眺

雨歇虹勢高，水滿蛙聲壯。一路草芊芊，緑到平橋上。

輓林乾喆妻殉烈陳孺人

揮毫從不作艷語，壯心安肯評兒女。不謂丈夫爲亦難，今乃得之巾幗侶。嗚呼孺人豈偶然，整頓萬古綱常係此舉。林生蕙質翩珠璣，能讀父書紹德輝。高堂雙節鬢皤然，菽水倡隨花滿衣。如賓復如友，相期同白首。方羨山南婦，誰憐文伯母。騎鯨應賦白玉樓，稿砧休昑大刀頭。傾城一慟揮琴操，匕首連飛矢柏舟。志已决，情彌切，浩氣冲霄肝膽裂。朗月還應有缺時，良玉無瑕不磨涅。冰心何物足媲形，峨嵋積雪崐崘鐵。一腔熱血噴秋霜，六月炎天風凛烈。人言立孤守節始爲難，我謂死之一字良不易。君不見臨邛市上巧當罏，對此能無泚然汗下媿死而無地。剪髮割耳尚屬多事，慷慨赴義清風獨粹。寧爲袁粲，不作褚淵。寧爲玉碎，何能瓦全。雖死之日，猶生之年。湘江有竹皆斑然，鴛鴦塚樹枝俱連。方今聖主重節孝，貞珉屹屹定鐫賢。吁嗟夫林生應是前生曾種福，哀哉兮孺人泣把山花奠几筵。

黄蛇浮游海面，舟人僉謂颶徵，殊有戒心

鷁首駛流飛不止，謖謖南風扇秋水。五日十日捷如龍，蓬萊湧地僅尺咫。接天波浪掀青冥，五條沙線食頃經。安穩浮槎疑貫月，遠勝渡遼老管寧。不謂噓噫靡可測，同舟鼻端幾生墨。罡風未作先有期，一痕燦若黄金勒。修蛇夭矯十數尋，亘臥洪濤氣陰森。腥臊狰獰難逼視，妖祲兆倪心欽欽。江豚拜浪海馬伍，鮫人褰裳鶢鶋舞。蠢爾黄蛇亦有靈，蟆動預解警艛艬。護柁防繚矢綢繆，葆心正氣蘄安流。仰賴聖朝長有道，飈輪指日上瀛洲。

義猧行

恒性付畀均惟天，人得其全物得偏。氣拘欲誘或相遠，披毛戴角常不遷。抵詭觸邪以瑞應，啣衣展草感氣先。君不見天寶之末造，鹿啣花去玉環捐。内家驕隊不肯舞，傾盃樂作群馬泫。又不見和陵孫供奉，憤號搏擊朱溫前。不忘故主義應爾，爾猧小畜奚亦然。市俠梁生遺一犬，紫毴鬖鬆小如拳。姊氏慈仁加豢飼，頷鋂令令饜膏羶。偶召街頭補履客，中庭作務紉紝堅。猧奴瞥見嘷且狺，摇尾踴跳如求憐。客子停錐試援嗾，就地躍蹲

懷中眠。客言此狗貧家物，曩被酒人梁氏牽。前居澳門今南臺，相隔五里別三年。憔悴鶉結亦認識，重引撫摩客淚漣。須臾客去猧旋失，數朝客護猧兒還。此後去來月三四，陸機黃耳遜便儇。一日猧回徹夕號，曉詢昨日客歸泉。鳳占兆吉姊于歸，水關數數親依纏。謝女才高世壽促，訃來猧解驚盤旋。直走空閨春寂寂，感恩哭舞靈幕邊。從兹不受他人令，鎮日聲影唯一廛。世間多少反噬輩，中山狼傳奚爲傳。吾聞犬善識人意，婁星斗運精遙躔。敝蓋不棄良有以，雲中長許隨神仙。舊時北海座上客，何處春風聽管絃。

夏日夢草軒坐雨二首

偃仰芸窓下，炎風乍轉涼。護巢歸燕急，拂檻落花忙。瞬息烟林合，迷蒙震電光。未能盪懷抱，斗酒一爐香。

裊裊鑪烟淨，蕭蕭竹葉涼。網翻蛛織斷，穴漲蟻群忙。餘滴階猶滑，輕陰日漸光。殘紅教莫掃，疊砌任留香。

清明芋原即事

哭向西郊去，春陰雨乍晴。憐予年半百，葬弟日清明。荆老偏生蠹，鴒寒急自鳴。歸來嗟踽踽，四野杜鵑聲。

送端木賢贊之琉球國，時赴周册使幕

鳳詔褒東國，龍門禮上賓。八騶迎結駟，束錦佐圖麟。别意金蓮滿，歸期玉瑁新。羡君湖海概，安穩日親醇。

夏杪登迎曒樓，是日大風雨

萬疊濃雲擁小樓，護巢歸鳥倏啾啾。松針垂溜穿窓眼，柳帶拖風縋石頭。一徑殘紅無客過，半池新緑任魚游。迎曒偏值時行雨，滌净炎氛夏已秋。

哭　姊適國子生陳熙明，有甥一，曰岱。

李燮三年傍女兄，短鬢燃盡淚泉傾。臂痕獺髓股猶膩，帬帶鴛環黝更明。憶昔先母疾革，姊氏割股加糜以進。及卒，一慟昏絶。婢焚楮錠，飛煤誤着姊裳，延炷侵肌不覺。比救甦，火毒焦潰，調理經年。可奈慧心偏薄命，居然孝子不長生。靈牀撫罷悲何極，他日貽榮賴秀甥。

夏日陪高鵲橋孝廉遊石鼓次韻

蠟屐追隨岁崱峰，曇花香裏覓禪宗。通宵有路風頻掃，古洞無人草自封。幾度穿雲鎸怪石，時鎸大力小鼓二石。每同臨水聽寒松。山深六月渾忘暑，瘦骨崚嶒不道慵。

寺樓觀講武

軍容循例整南郊，壁上觀時借鶴巢。振旅治兵還飲至，中權後勁應前矛。風飄大纛飛龍奮，霜燦明光闞虎彪。酺樂太平無事日，雝雝鼓吹合歌鐃。

松風堂觀競渡二首

屈原讒死李綱亡，此地此時俱斷腸。對酒强禁懷古淚，碧欄丹荔又斜陽。

鼉鼓喧豗浪拍天，山堂高望亦忻然。餘波還疊鐙屏影，蜑户沽嬌唱採蓮。

五人墓

山塘颯颯白楊枯，寒壠高封義憤軀。猶勝田横五百士，一朝公道屬愚夫。

黄叔達五首

叔達，字芥舟，晉江人，叔純弟。乾隆間監生。有坳堂詩集。

注韓居詩話：芥舟亦窺見格律。

嘯圃步月歸劍山

林杪没餘暉，弦月散清影。緩步下東皋，紆迴山徑迥。同是日行途，所歷非塵境。踏月到柴門，松風吹酒醒。

擬陶淵明歸去來詩

翩翩辭林翮，日夕返芳樹。蕭蕭征途馬，量力返故步。回首憶蓬廬，邱壑違世路。不觀群動息，安知出門誤。高臥何所營，既醉何所慕。駕言歸去來，折腰非吾素。

秋　山

霽極峰逾瘦，悠然一望賒。微陽明鳥道，落木見人家。蟬咽疑聞磬，楓疎誤指花。天風吹薄暮，遠燒入雲斜。

晚　眺

極目送殘暉，樵歌出翠微。籬聲孤犬吠，潭影一僧歸。樹密蟬移噪，風高鳥側飛。迢迢烟水外，澹月照漁磯。

雪舟兄鷺江暮春夜坐見寄，次韻奉答

離懷遥憶鷺江湄，消息關情恨到遲。三月園林花落處，一天風雨雁歸時。憑君破夢吟春草，記我魂銷唱柳枝。戊午秋與雪舟舟中聯句，有「離别魂銷楊柳枝」之句。祇恐夜窓人不寐，客心那得月明知。

嚴永齡三首

永齡，字仲修，長樂人。乾隆間監生。

喝水巖

喝水僧已遐，谽谺餘深洞。東澗倏流西，泠泠潭影空。清氣溢素襟，不減堯露甕。寂歷道心生，悠然清午夢。

登艻蒔峰觀海

昨宵風伯驅陰霾，獻出艻蒔青崔嵬。天公喚我看溟渤，摩挲碧漢天門開。羲和推車沐貝闕，赤烏晃耀金銀臺。姮娥濯鏡出海底，照徹大地無纖埃。鯨呿鼇擲作人立，浩如山嶽排空來。萬靈百怪出復没，砰轟怒轉晴霄雷。倒流蹴蹜忽贔屭，乾柱坤軸驚傾頹。沆瀁沖瀜盡茹納，東西南北無津涯。步天章亥遥歎息，欲窮畔岸徒徘徊。我來俯視但一氣，蹄涔何足攖胸懷。此水若變作醽醁，舉瓢便擬歸樽罍。數點螺髻是何所，恍惚龍女遺鞞鞢。相傳琉球昔建國，三十六島空中排。青山隱暎列雁霧，萬頃濤浪相低回。泰華嵩衡壯中夏，培塿邱垤堪詼咍。累世貢獻奉正朔，嵌舸大艦常沿洄。方今皇靈照八裔，無雷不夜臣稱陪。天戈拓地三萬里，東縛貙虎誅狼豺。側聞鄂罕貢名馬，又見蘇禄呈瓊瑰。滄溟安瀾通象寄，恩同浩蕩波爭迴。蕞爾中山不足道，洒埽祗合供輿儓。明珠大貝光皚塏，鮫人文錦臨風裁。珊瑚琅玕暨玳瑁，龍宫無數金盤堆。海若持之奉天子，鏗鐘考鼓坐進昇平杯。

榴花洞懷古

世間怪事那有此，榴花洞與桃源似。後唐前晉四百年，咄咄漁郎共樵子。當時幻語逃强秦，游戲玩弄紅塵人。後生好事詫奇遇，神仙豈效東家顰。瀺灂聲中逐白鹿，村犬狺狺雞哵哵。谽谺石扇訇然開，誰人聞見誰同來。荒唐茫渺非實録，事載閩中實録，故云。流傳怪誕驚童孩。我今欲訪蓬壺客，洞口千行雲霧積。不見榴花照眼明，連綿芳草粘天碧。

邱振芳九首

振芳，字用蘭，號滋九，侯官人，福清籍。乾隆間諸生。有湘川餘草、删餘草。

林白雲云：滋九天分過人，才極高。但少年恃才，未免太露，故致顛躓，吾不能不爲滋九惜也。

梔子花

孰云花事盡，薝蔔淨成林。相對自無暑，妙香生遠心。中庭落空翠，斗室共清陰。一别謝娘後，含情爾許深。

十　笏

十笏懸巖表，心閒象復開。二三抱甕至，偶有負樵還。竹塢斜侵路，稻田緑到山。行吟意未已，鳥語亦相關。

漸　涼

燕子秋如客，寒蛩晚向人。漸涼搜敝篋，初月照承塵。物豈生無蒂，誰能手不龜。韓注云：「龜音均，手裂貌，見莊子。」寤思舊河側，早爲薙荊榛。

贈盧霽漁遂秀才

倦遊初返里，感舊久離群。之子偏青眼，爲余到白雲。

開化寺劈荔枝

紺園面面浸清虚，烘日冰齏萬緑餘。十里芰荷香不斷，一庭薝蔔淡相於。馬嵬妃子傷心後，儋耳仙人得意初。輸與瑯琊殘刼地，相逢一餉叩真如。

閩中詠古四首

陽岐江上方山隱，日趂江潮醉不回。早是忘情到太上，空傳客爲報恩來。

繪圖一再忤當時，一拂精誠藉主知。暇日考槃陳古義，康成合愧號經師。

心史何年出世間，早憐空谷解人難。吴興多少流傳墨，可抵先生尺幅蘭。

萬卷真堪敵百城，石倉先後主詩盟。可憐紅雨樓頭月，不度吟聲度梵聲。樓今没爲女僧寮。

方樹謨二首

樹謨，號徵巖，福清人。乾隆間拔貢生。官武州通判。有啁啾集。

建溪感别

不識離鄉苦，今知作客愁。關山雙别淚，風雨一孤舟。岸影高低見，灘聲日夜流。最宜當曉起，深樹叫鉤輈。

道中望太行山

仗劍西行度曉霜，太行山色遠蒼蒼。界連大陸迴三晉，勢走中原控兩漳。盤谷何年尋李愿，鹽車終古泣孫陽。回頭薊北秋光老，彳亍窮途暗斷腸。

【校勘記】

〔一〕「三杯」，原作「三松」，據瓶庵居士詩鈔卷一改。

國朝全閩詩録初集卷十八

侯官鄭杰昌英緝

鄭洛英五十首

洛英，字耆仲，號西瀍，侯官人。乾隆庚寅舉人。有恥虚齋詩鈔。

注韓居詩話：恥虚天懷磊落，才思敏達，學文於梅崖先生。善鼓琴，工行書，喜作水墨蘭石。詩五古規橅八代，七古出入韓蘇，近體亦有逼真唐人處。嘗對友云：「我之文不如詩，字不如畫。」信然。〇全集中多用叶韻。按叶韻之説，發於沈重、顔師古，至宋吴棫詩補音、韻補二書並踵其謬，不知古人本有一定之音，其讀字與今異者，如「謀」音「迷」、「馬」音「姥」、「母」音「米」、「下」音「虎」、「來」音「釐」、「風」孚金反之類，皆其本音，非可以隨意遷就而改讀也。明陳季立始於風雅、楚騷參驗古人之音韻，定以某字古音作某，旁推上古歌謡，以及六經、諸子有韻之詞，下逮漢魏詩賦去古未遠者，無有不合。國朝顧寧人、江慎修二家因季立之書推而加密，皆可遵信無疑者也。竊以擬古樂府者，欲得古人之韻部，當取三家之書觀之，舍是而言叶音則妄矣。

君子行

高人尚曠達，携酒就隣姬。仙人尚幻化，鉛汞求銖錙。譬如挾弓矢，不獵衆亦疑。世道易反覆，人情多是非。伺隙投謗議，求瘢生誚訾。去臣不自潔，逐子不陳詞。勝母曾不入，朝歌墨不由。叶。介貞重冥守，貴與磨涅違。珍重君子心，周防慎其儀。

居仁驛

秋日白易斜，原野渺平曠。長風來天末，一矚窮所望。山田錯嵔凹，到此一舒放。遠勢欲千里，空濶絕蔽障。遙山如低坐，圍青連一桁。秋新草未黃，濕熱氣猶瘴。顧此道途長，睠彼行役狀。褦襶者誰子，絡繹各攸往。薄暮郵亭遐，力征川原上。歡悵各異爲，去聲。往來互背向。金景嘘餘霞，晴霄起青障。桑竹生暝烟，雞犬返村巷。人生空勞勞，造物使愚惷。安居能幾時，吾何事依傍。

擬古

泰山望青靄，未了魯與齊。下觀仰神秀，疑若升天階。昔者死猛虎，三世有餘悲。四望寂無人，中宵哭寡妻。哭聲一何痛，聽者爲徘徊。其詞至今在，念彼窮民哀。民窮虎亦憫，此哭今幸稀。紇干山中雀，抉翅空天飛。

良工圖絹素，掛我之素壁。名山何纍纍，大川何歷歷。顧我不得遊，二毛將變易。願賫莽蒼糧，隨興恣所適。大鵬在海岸，三年養翛翮。鴻鵠朝翱翔，雪爪露其跡。所以伏櫪鳴，遠遂負轅軛。大才艱所施，老去終何益。

何代有遺搆，磊落當山阿。庭館罷絲竹，門徑生藤蘿。頹垣被細草，出入牛羊宜。我來不得坐，憑弔盱陀陂。秋風枯松響，落日空山遲。富貴已何往，舊蹟無光輝。春花不爛漫，亦共秋卉萎。行矣謝家室，將學向子爲。

人生縱百年，終臥首邱墓。胡爲事衣食，汲汲走道路。蟋蟀長庢秋，歸鵶夕景暮。褦襶悲孤往，邱園憶獨寤。太阿磨亦磷，何如鍔不露。白璧或破碎，豈能在璞固。春風復秋月，少好能幾度。馳逐諸紛華，今古良已誤。願言葆吾真，還歸於太素。

古人已灰土，晨夕猶我親。朝來啓書卷，溯覽及典墳。宿火已不燄，傳光投以薪。我書在宇宙，讀者當何人。遐思欲問訊，十載悲無因。

太行與孟門，嶄巖動惏慄。谷風傷友朋，蜮虺讒僚列。古道日已遙，人爲日以缺。太息徐君墳，心交來季札。寶劍掛樹頭，死生已長別。區區脱贈心，時久不可滅。死者縱無知，不求相識察。

古離別

秋風動高樹，吹入柴荆關。春風與君别，秋風君未還。君處水作冰，妾處方露團。願將妾地暖，易君邊地寒。君寒在天涯，妾寒勝别離。海水無定浪，枯桑惟舊枝。但得君來顧，妾骨死不移。

張司空華離情

涼風響衰柳，促織鳴前墀。蕭蕭復唧唧，思婦坐踈帷。君行在長安，春草如碧絲。妾居在河陽，感此秋露滋。春風君所樂，秋風將毋思。但願感秋意，尚非遐棄期。

左記室思詠史

季由仕私室，馮讙歌豪門。當其身抑塞，豈不悴神魂。博望二十載，浮槎星漢源。遭逢英雄主，立功結盛恩。坐令萬里譯，質侍朝至尊。班生封定遠，相如乘使軒。簪組在一戰，卿相由片言。富貴各有故，追逐金馬門。豈知董夫子，下帷不窺園。

張黄門協苦雨

飢雀坐簷端，濕鷺拳洲渚。簷聲何連綿，雨氣長潤礎。頃刻有昏晦，霪霖無節序。雨息風已飈，山白雲復舉。庭有連朔菌，徑少叩門侶。朝嵐重巖扉，暮烟暗平楚。子桑在衡門，無人久遙佇。

劉太尉琨傷亂

熒惑入長垣，晉書天文志。戲水起塵霧。秦趙與幽并，羊犬互割據。神器既皴㸔，遊魂倏馳騖。嗟余際陽九，忝此風雲遇。曹刃柯盟發，馮翼澠池舉。二語本琨在陽邑謝愍帝表。平陽路既遙，薊城跡亦故。進退實維谷，出琨後表。緬遠慙雅度。顧瞻中山雲，中有魏昌路。感恩忘骨肉，豈念桑梓樹。拔劍起中宵，煩憂違昔慮。恥仇苟可雪，功名輕竹素。涕泣復云何，臣罪不可數。

顔特進延之侍宴

昴宿流黄河，甲子陳絳縣。松雲達遠聰，離震肅相見。機暇御瑤軒，天高麗玉殿。茅茨動南薰，林花散飛霰。朱草被丹崖，藻衣袨緑蒨。陳韶夔戛喧，儀咸鸞彩變。三素呈榮光，九霄賜清宴。際會堯舜賓，被沾侯伯甸。冠裳五等集，珪璧萬邦見。侍子捧舟流，上公切纓弁。獻壽怡皇衷，賡歌邀恩眄。追隨華蓋前，悚仄官階賤。賫善叨南金，酬庸愧尺瑱。卷阿矢盛音，一拂緑綺薦。

謝法曹惠連贈别

浮雲去悠悠，孤舟在水汭。水汭目可盱，念子當此别。飲子手中杯，執子風前袂。讀決。居人悲朝昏，遊子涉風雪。風雪有盡時，人生長離思。隱隱青山路，迢迢重見期。江山既契闊，遠訊多然疑。遺鯉江上鱗，寄香别後滋。别後花自若，客顔易銷鑠。寸心無遠近，面交終輕薄。微生踐久要，季布重前諾。熙春各異爲，歲寒賴有託。託意雖慇懃，其如兩地人。朝辰扶桑杪，夕參濛汜濱。勞薪赴轍軌，款宴懷良辰。眷眷已成故，區區難具陳。具陳君心勞，寫憂聊以遨。我舟鼓蘭枻，君馬駐蘭皋。相别莫相望，居行共陶陶。夢中見顔色，尚似依瓊瑶。

謝光禄莊郊遊

近郊汎畫艦，澹澠緑水陰。浮光溯月遠，倒影侵壁沉。環紆玲瓏嶼，邅廻窈窕潯。面險過崖峻，紆幽森樹深。澗道墜餘瀝，層雲生遠岑。夜凉肅風色，天渺低鴈音。沉蔓見藻黑，汩波動曜金。泠然御仙想，遊哉出塵心。清歌屬雲水，不知霜露侵。

艾如張

南山種荳荳在蒿，蒿長荳短雀嗷嗷。落我荳爲箕，群雀猶來飛。張公門前客到少，鍾傅聽事居人稀。夕陽林間多爵爵，寒雨簷際棲依依。何人薙草當朝暉，百步平坦藏危機。呼群朝飛去不返，穿屋巢室日色晚。明朝群雀飛不來，易地設機寧得免。江湖鷗鷺無稻粱，自與人間機械遠。

飲馬長城窟

陣前引斬不留行，下陣健兒父子情。長城飲馬有城窟，彼此散馬聞馬聲。陰山雪色明照營，鍾酒不令婦人擎。琵琶彈作從軍行，忽傳西北有戰火，萬騎早備沽河冰。

巫山高

江淮渺渺多風波，水深浪闊蛟鼉多，舟梁不駕奈波何。向南際天緑如薺，中有桂樹生崇阿。半年附書不一至，鯉魚罷網雁傷䃂。嗟呼遠道之人歸何日，我欲上訴真宰求靈槎。巫山高，天宇賒，巫山之雲薄如羅。翳靄金闕空嵯峩，微臣淚下沾泥沙。

君子有所思行

長安高樓臨街起，丞相作怒將軍死。可憐意氣陵五侯，馬如游龍車流水。今年初過五侯家，明年又築長堤沙。君不見故時卿相巷門圮，東風吹出高牆花。

雁門太守行

雁門太守投寶刀，讀書爲吏明秋毫。雞犬不驚盜賊逃，廉潔留我民脂膏。絃嘈嘈，舞騷騷，進君明水盛以鑢。君不來兮太息前守後守無君勞，吁嗟乎前守後守無君勞。

碣石篇

碣石撑天臨大荒，海風吹山山蒼蒼。黄鵠迴飛向北去，白雲頹虚歸渺茫。眩青萬里天與水，芥粟不見飛艅艎。素蟾墜空下滌魄，燭龍半夜燒扶桑。中原到此更何往，乾坤摩盪爲虚光。怒風濁浪豈可測，南儵北忽相張皇。六鰲棄山不肯戴，捍拒百谷來朝王。瀛壺破碎互没起，群仙走訴天蹌踉。裹糧豈能訪徐市，搽縵不覺悲師襄。大觀一生及海止，碣石萬古陵海旁。

大舶驅風歸牛墟，定星盤針準斗樞。半年水程不爲遠，數日或到寅賓隅。百本犀象千斤珠，珠以斤言，出十國春秋。島夷附貢紅毹裾。國家通商不禁海，東南財賦輸上都。千艘萬艘集海口，衣服照耀輿臺軀。夜燈萬紅明海水，龍氣歛避人民居。邯鄲洛陽各大賈，海賈氣象萬尤殊。鎮船張樂召百戲，剥鼉蒙鼓龍牙竽。琉璃酒傾紅瑪瑙，匕箸斲削青珊瑚。賈人命輕財亦輕，百萬一擲猶其奴。

樓羅時復染竿唱，百舌兆離弄柔吭。衣冠不受黄虞師，翁毳之而自絲纊。西人狙巧東人傖，南島重貲北重壯。百丈銅人跨下舟，五兩雞毛趑風廷。海中有島立君臣，大長群酋亦足卬。仰同，出荀子。醯瓮蛙井各爲雄，華屋髹丹高閌閬。偶傳文字譯不通，環玦刀勾畫健伉。

東門行

丈夫生當手持丈二殳，爲君出擊清四隅，組繫名王歸上都。不然便當去循資格取功名，飽食煖衣亦慰妻孥情。安能促促縮縮抱書卷，短布何曾能至骭。致君堯舜終無術，蘇句。有道之時貧且賤。喟然太息謂妻子，我今捨汝荷戈去。高車駟馬方來歸，浣筆題名橋上柱。妻子長跪前致詞，大人見道今何癡。楂梨能讀尚可教，妾解簞豆供東菑。羊肉千觔酒百斛，樂府句。空令家室思君悲。解君劍，牽君衣，進君往日耕鋤犁。挽兒從君入南山，南山有藿堪作糜。

煌煌京洛行

願君莫佞佛，願君莫希仙，聽我煌煌京洛篇。京洛四塞山河廣，周姬皇帝居中天。乾符馭世調風雨，越裳職貢寧四邊。中周石鼓誌蒐狩，東漢寶鼎稱豆籩。梁家列侯已薰赫，竇氏諸貴復牽連。豪奴殺人將軍勢，門客售買公主田。甲第通衢連帝苑，妖妃車服支官錢。夜深蕭鼓喧富窟，早朝燈火登金門。可憐富貴終銷謝，社鼠自腐非由熏。虛美豈能久不敗，鬼闞其室魖司愆。負乘訟服咎所啓，用之如虎亦徒然。

豫章行

車蓋朝出東都門，遊人將車西入秦。帳幙道周置觴酒，下車飲此樽中醇，執手道旁慘不言。渭川潼關古天險，問君西遊何時還。李句。百年聚首亦有限，况此離别摧心肝。瑟竽刻羽君莫歎，且醉美酒今日歡。君去川梁無羽翰，我思遊子望長安。長安日邊山水遠，魂夢來往猶艱難。

結客少年場行二首

鞘口沾紅報仇血，雙劍光明如霜雪。百金且買倡樓眠，千金且贈東門别。施恩怒客問姓名，殺人晝不圖埋滅。醉歌好共故將軍，射虎西山挽弓鐵。憤聞天子備花門，國家寛大容回紇。

平康里中有姓名，丞相門前無履跡。君王尚未取邊材，豈肯隸身羽林籍。朝從侣伴出東門，走馬呼鷹上巀客。仰射已落孤鵰盤，徒手又赴奔熊扼。掎持不用資旁人，殲生已畢閑神色。野食列帳供臛胹，酒車如雷饗諸客。醉酣拔劍舞帳前，對劍高歌俠淚滴。

妾薄命篇

生不願新月彎彎如妾眉，但願妾命長如月滿時。亦不願桃花灼灼如妾肌，但願妾身莫似桃花飛。盧家玳瑇梁光輝，不令盧妃十五歸。王嬙已失畫工意，蔡琰復御琵琶悲。卓家寡女壻不慊，竇氏少婦夫歸稀。山鶼海鰈物信美，行止相依無不宜。

烏夜啼

明星的爍照城隅，城烏危棲尾畢逋。落月聲聲已獨苦，長風啞啞如相呼。秦川女兒織川錦，歲晏欲寄長安書。嫁君一月爲君婦，十年聽此城頭烏。妾頭將白烏未白，可憐中夜啼嗚嗚。

登烏石山隣霄臺

人生天下名山須遊遍，直使剷峭峻絶之奇無不見。何況名山近在咫尺間，牽蘿捫薜尚可相躋攀。探奇歷勝能着幾兩屐，願與三十六重兜率接。此皆一時意興所遄生，何知林林央央山靈驚。我聞有山曰烏石，百丈參天聳青壁。盤石當中起作峰，五丁所闢留仙踪。

十二層臺平如屺，上矗晴霄插雲裏。我來欲醉不醉登其巔，天風颯颯吹我衣裳翩。銀河走空没西去，北斗横斜如列炬。俯首一氣接混茫，已無高山大麓在其傍。海水界天當前畫，大地一痕如長帛。其餘一切之窪窿，都在茫茫烟霧中。振衣被髪忽大叫，天關爲我鳴激竅。此時胷中奇氣坌然來，直可上摩日月驅風雷。日月風雷左右於吾側，光明變動之功思不得。君不聞古來文章之有奇，多在名山大河所驅馳。

送蔡和亭之官粤西

五岳之外有山尊，盤龍獨秀蟠天根。中原到此開五嶺，安南交趾爲籓門。丈夫英年才卓犖，萬里檄書拜黄屋。驛塵緑雨行桄榔，山路蠻村問筋竹。此邦自昔勞綏柔，百粤大長驅群酋。桂林象郡秦所置，始與中國爲襟喉。伏波宣撫有嘉績，樓船横海擒黄虬。崑崙銅柱表雄武，至今戰地生涼秋。時平日久兵不試，江山往往多佳致。如君黼黻廊廟姿，暫去栽花作仙吏。獞民猺民近亦馴，昔爲左遷今善地。灕山臨江日岧嶢，灕水南下何迢遥。中有捕蛇者誰子，莫令平聲。太息陳歌謠。

松風堂懷古

宣澤門下戰火紅，景陽通津擒貔熊。熙河輕佻使公免，軍民百萬隨陳東。尺寸之地不與人，可憐賚詔金營中。師中丈人豈不武，專達諸帥難爲同。朝廷不能用防禦，宣撫亦徒需老种。建昌重臣去已遠，罷斥制置將無戎。御衣掩面淚如水，斫指寧許軍民從。攸攸狒狒昇天子，張家楚帝披山龍。廷議不堅遂至此，蒼梧慟哭孤臣衷。詔公率湖南兵入援，未至而都城陷。南朝豈能師仲父，受命未可希姚崇。兩京生靈望六駕，黃汪立築臨安宮。七十日相亦無益，放歸來種南山松。南山晚年公讀處，開堂山麓名松風。此堂至今復桑海，松風吹度天寧鐘。今爲天寧寺。海門雙龍聽已遠，雪漠二鬼聲難通。礫砢千尋手所種，令人太息書堂空。

題高歡迎蠕蠕公主圖

鮮卑天人賀六渾，九龍之母知雷雲。隔河爾朱喚不返，翠輦空厭鳳凰山。一萬失鄉人慟哭，拊膺出撫山東軍。洹水勝兵二十萬，天柱奴輩今騰騫。大呼決敵問天子，名義可褫萬人魂。秀容犢子方穿鼻，赤洪穽虎寧能奔。反覆庸奴豈足殺，坐令黑獺當雄關。夏州金墉數十戰，蹝駝歸去無安眠。蠕蠕阿那社崘種，無結山下若奚泉。邐迤敦煌北西海，朔武川鎮窺藩門。此邦部落若震動，牽制晉鄴疲東人。弼儼盛言神武美，戚施燕婉爲婚姻。楊稊將生亦不惡，胝手老革相爲言。避宫有人成國計，亦恐晉陽失守爲俘遷。工者何人圖此下館騎，旌旗甲仗先後紆山川。㸬牛犍牛引重軫，旃衣毳幙迎軿軒。秃突佳行丈人輩，貂貐大帽青籐鞭。控弦士馬若萬計，遠近出没來雲烟。妖妃武僥不御輦，怒馬騁勒金連錢。翻身向空射飛鳥，僕鎒側引琵琶肩。脩眉仰天粲玉齒，若使回顧當嫣然。孝莊故后射針手，百步亦可墜飛鳶。其時媚夫出木〔二〕井，豈憶當殿永熙年。二妃前後不並轡，失執敢擬蠕蠕尊。一生兆離不華語，或解樓羅唱染干。馬前得意仰大笑，武夫健婦相欽憐。覇府兄弟亦負矢，前驅壯勇雙櫜鞬。他日射堂疾不起，勑勒歌罷悲洟漣。手中杯酒人不飲，丈夫垂死辜嬋娟。斷龍墜牛射不死，舉女去報久閭孫。生男縱多亦何益，殘殺種類終無存。

秋野次劉二次北元韻

涼風何摵摵，紅葉萬山明。歲即從兹晚，情隨所往生。霞光銜岫紫，雲氣薄天晴。長嘯振衣去，高懷滿太清。

别孟六瓶菴先生，即用送余歸東山元韻

我本飄零客，多君惜别餘。向人聊面目，入世媿詩書。樹迴雲留薄，天寒水覺虚。孤帆一回首，何處草玄居。

寄别楊二夢麟

寄語辭君去，蕭然行脚僧。生涯還未定，踪跡總無憑。古岸啼雲犺，孤舟泊雨燈。相思有魂夢，流淚話金陵。

江　行

去去更誰適，孤舟又短篷。天長風易怒，邨晚樹尤濃。雲凍不成雨，燒明何處峰。故園歸未得，歲暮尚飄蓬。

褉　詩

草玄深巷路，小築傍河村。幾樹榕連屋，一灣水到門。隔橋籬槿緑，疎雨酒簾昏。消得

柴荆福，空階鳥雀喧。

冬嶺孤松

倚壁盤危徑，懸松俯一隅。老材天地意，寒色雪霜圖。勢拔臨厓險，風高撼樹孤。何年應化石，膚寸作雲敷。

送李六咸豐入吴省覲，即呈其尊甫敬亭先生

天涯揮手去，瘴雨入吴船。休戚關吾念，驅馳覺汝賢。門庭深北阮，珠桂窘南天。行李蕭然薄，含凄夕照前。

甲申七月十三夜

夜景侵除淨，涼聲起薄颸。千門霜杵冷，一徑晚梧幽。簾外天如水，城中夜已秋。誰家好清興，孤笛在江樓。

聞鴈

蘆荻霜花白，空霄獨鴈回。寒聲秋意早，夜氣塞雲開。涼月天千里，殘更露滿臺。莫教戍婦聽，曾自玉關來。

懷李二劍溪二首

紈袴不餓死，杜句。艱難汝向人。江山新句壯，囊橐遠行貧。天色秋歸楚，潮聲夜入閩。猶來省音信，陟屺淚痕新。

未有歸山信，飄零馬足塵。此時洞庭橘，應見楚江人。入夢平生異，離家物候新。可憐霜雪路，浩渺正無垠。

過仙霞關

格傑聲寒嶺路脩，西來天險接衢州。中原瀕海開雄嶂，二省分關據上游。萬磴矗雲天外去，夾崖聞雨竹邊幽。昇平贏得居僧暇，指引行人看佛樓。

寄王三銘

何處長裾寄穴獠，風霜留滯太迢遥。三秋離緒孤燈夜，萬里平安一信潮。衰草夕陽官道晚，片雲歸鴈澥天寥。何當重握登臨手，月窟欄前矚碧霄。

題黄癭瓢綿羊圖

沙磧風高塞草肥，天山五月雪雲飛。何如一色江南路，細雨柴門隊隊歸。

題板橋雜記後二首

天塹何曾有百年，六朝金粉散如烟。後庭花落家山破，又悮金陵燕子箋。

碧梧百尺竹千根，經卷爐香晝掩門。摹得大癡寶幢本，板橋烟雨易黄昏。

【校勘記】

〔一〕「木」，原作「水」，北史后妃傳下「神武迎蠕蠕公主還，尒朱氏迎於木井北」，據改。

國朝全閩詩録初集卷十九

侯官鄭杰昌英緝

林澍蕃八十六首

澍蕃，字于宣，號香海，侯官人。乾隆辛卯進士。官翰林院編修，丁酉浙江主考。有南陔集。

注韓居詩話：香海少孤，母鄭氏，荔鄉先生女，和熊課讀，授以經史及漢魏六朝、李、杜、韓、蘇諸集，過眼輙不忘。九歲學爲詩，出語即超凡俗，雖老于詞壇者不能過也。十七舉於鄉，廿三成進士，丁酉卒于京邸，年僅廿八。惜哉，倘天假以年，不知所造更當何如也。殁後，同館曲阜孔撝約裒其遺集删定之，存詩數百首，大抵一氣呵成而無摹擬之跡，五言勝于七言，古體勝于近體。揆其根柢，蓋得力于唐以前者爲多，故其造詣所成若此。

寒夜

日暮澄霽色，蕭蕭紅景闌。明月滿庭中，流照忽已團。露垂草光薄，葉下林影單。殘漏斷踈滴，暗蟲響餘酸。亭午樹無風，清暉悄然寒。我心亦虚白，對此胸懷寬。欲寐未成寐，閉門書自攤。青燈照顔色，古道相盤桓。會當聞雞舞，投足向雲端。

冬齋即景

冬景冒林園，茅齋亦蕭索。沉沉寒色至，冉冉吹林籜。宿霧曉尚深，棲烟晝自落。黄葉風蕭蕭，日影疎以薄。空庭無人踪，屋樑巢鳥雀。歲暮亦已盡，感懷果何托。永思張仲蔚，蓬蒿守寂寞。

遊仙

皓皓曜靈景，周流常易殘。朱槿僅日及，松柏空歲寒。人生亦如此，安能駐紅顔。我欲折若木，路遠嗟曼曼。臨風拂其華，但苦無由攀。不如飲絳雪，覓取七還丹。

閩海有巨棗，商山有紫芝。祝餘與丹木，服食堪療飢。我生本無累，瀅然松鶴姿。渺渺清風生，溶溶雲氣滋。招隱已自尚，遺世庶可期。存虚德之門，縈瀁隨所宜。回首人間世，束縛良足悲。

天上玉京子，乃是安期生。賣藥東海畔，千載長避名。夕餐露華氣，朝採日中精。連翩駕鶴蹻，放志追鵬程。相送瑤臺上，吹我叢霄笙。飛揚三兩曲，天際聞清聲。可憐空中去，仰望歸蓬瀛。

我本世外人，愛此烟霞僻。超然塵網中，一去杳無跡。石屋燦紫琳，玉田種白璧。凌波浥瓊漿，登山採琥珀。虛心對冥理，道氣含精魄。不殊巢許倫，永謝冠裳客。元妙良足多，悠悠泥土隔。

仙居貴寂寥，古洞深且廣。翠袖峭千尋，青松高百丈。下有童顏翁，雲臥披鶴氅。不知幾何年，眉目更清朗。飛泉閉石門，月色照遐想。石髓日應生，靈芝日應長。終年不見人，孤影自滌蕩。長嘯碧山空，閒雲獨來往。

深林蓋秀峰，下有薜蘿影。明月映流泉，泠然渙清景。松脂凝倍寒，乳竇流更靜。扶杖行其間，但見衣裳冷。道逢綠髮仙，長歌度遙嶺。澹澹天無雲，此情自能領。

朝日駕紫鳳，直落滄海區。廻風何茫茫，四顧清影孤。真人會靈瑣，鶴馭登金樞。我馳三清轡，共乘八景輿。逸足渺雲階，放懷凌天衢。上元啓瓊笈，玉女捧帝壺。顧此十洲勝，俛視五嶽圖。優游斯極樂，且止扶桑烏。

秋日過荔水莊二首

露凝遠烟白，雁下秋山冷。汀渚帶微波，葭蘆拂清影。蕭蕭顥氣散，漠漠游氛靜。乘輿跡屢迷，躭幽意自領。聊此任徘徊，何殊輞川景。幽人坐高館，心緬地彌曲。行逕滿蒼苔，時藏往來躅。山明識天曙，景淨知秋肅。近郭遞霏雲，遙村映古木。嵐光澹情性，泉氣通心目。對榻翻群書，移樽近修竹。我心適無事，相對共幽獨。

感懷二十一首

凜凜歲云冬，沉沉日易夕。門居幾何時，霜露忽已白。凉風披緑堦，庭樹鳴策策。巢燕辭舊林，飛鴻矯長翮。歲暮無所見，景物異疇昔。感時將誰思，愁憂動心魄。

平生重意氣，自命慨且慷。狹邪長安路，結客少年場。賓從日已盛，置酒臨清觴。朝隨博徒飲，暮宿屠狗鄉。驅馬從所至，行行至大梁。宴遊匪終極，射獵方未央。平原宋鵲走，天宇蒼鷹颺。依微曜靈夕，還復歸高堂。炮炙膳中廚，絲竹喧閒房。時竟賓客散，各已分炎凉。千金牀頭盡，回首徒歎傷。

蕭蕭曠野中，樓臺屹相望。墟烟晝棲宿，棟宇空低昂。鳥雀巢其間，蔓草生高堂。當年富麗者，游樂爭久長。千歲既已盡，居處亦已荒。昔爲絃歌館，今爲邱壠場。林木爲人鋤，玉砌成周行。遊子不敢上，鬼燐時飛光。開門見廣路，萬里何茫茫。惜哉身前樂，逝後誰悲傷。

輕鴻戾蒼穹，海上絶回顧。鵬鶚飛秋天，一去杳雲路。胡爲爾桃蟲，擾擾竟何慕。飲食空相營，生命若朝露。海中有建木，可以忘旦暮。

蟪蛄匿土壤，鳴聲何唧唧。鸞鳩翔藩籬，尺寸憶得食。豈不慕雲程，微區無長翼。滄海求神仙，靈壽未可得。浮生若隙駒，所貴在達識。人間白鶴飛，企望長歎息。

宇宙布大綱，四野相綱維。寰居紛衆禽，習習不得飛。莊生感神鵲，栗林致自疑。扁子歎爰居，樂奏情有違。二士誠曠達，所在寄遐思。何當一生死，脱略誠不羈。

振衣起徘徊，言登千仞岡。俯視流水急，仰觀浮雲忙。潛虬隱波浪，飛禽薄穹蒼。乾坤一氣中，混混歸渺茫。空虚冒太極，旋轉回陰陽。萬籟激天風，杳爾吹衣裳。一身輕且小，四海何其長。

宴居覽大化，群生念悠悠。氣數更變易，物理相周流。觀魚識惠施，夢蝶忘莊周。乃知沖虚子，入機感髑髏。安得湛存妙，千載歸浮休。

阮公識最密，至慎似埋照。登高懷永歎，曠觀托長嘯。陶令解形神，飲酒復歌妙。北窗傲羲皇，南山展游眺。共抱千古心，還韜至人曜。余懷愧虚白，彼美孰同調。

庭樹含幽姿，奇芬艷初發。秋風吹嫋嫋，生意還銷歇。絶代有蛾眉，皎潔似團月。高義帳不諧，良辰恐沉没。偃蹇華年衰，此情竟誰達。

朝出城北門，去去涉古道。凉飈振千林，寒露没百草。我行至此間，四顧但浩浩。翔鳥寂無聲，高飛入蒼昊。天爲晝陰冥，樹爲立枯槁。遺塚已荒殘，豐碑亦傾倒。生人若秋葉，孰是長少好。立名須先驅，無爲待醜老。慷慨執鞭策，努力以自保。

禮疎人所怪，辭拙衆所嗤。退藏以含默，將爲流輩欺。蘭蕙生空谷，何人見芳姿。窮居卷素抱，與俗各異宜。稟氣實寡諧，或謂吾真癡。吾癡諒可守，我志未敢移。

曖曖天上雲，翳翳山木枝。枝盛陰愈密，雲浮遮赫曦。將欲望天宇，陰氣無陽輝。木枝有疎漏，浮雲掩蓋之。宵人想回護，君子遭詆訾。豈不冀上達，所處位則卑。董公正大道，主父還傾危。賈傅抱奇才，絳灌亦已疑。寧無聖明主，讒口良可悲。

宋人寶燕石，謂若天下珍。卞氏守荆璞，見棄如埃塵。辨器良獨難，衆僞固雜真。自非知己遇，焉識玉與珉。

騏驥出冀北，日日行千里。鹽車無知識，坎坷不復起。中道覯孫陽，悲鳴動心耳。前爲羈紲拘，感激對君子。但願脱霜蹄，奔塵雲霧裏。君看燕臺上，駿骨重若此。

壯夫尚氣義，立志在四方。撫劍遠行邁，大節思自强。軍威壯虎符，勇士飛鷹揚。忠烈不顧私，氣壯垂邊場。從來致身者，報國扶大綱。魂爲山海神，魄爲日月光。人生孰不死，得所終有常。

灌夫壯烈士，少小負奇志。揮劍敵胡兵，咄嗟復讐計。使酒非所病，罵座獨豪氣。生平薄田蚡，豈識有權貴。不學鄙夫等，反覆趨勢利。

西京重功名，節操久不舒。衛霍事權富，孔匡亦迂儒。惟有蓋次公，忠國真丈夫。慷慨托酒狂，許伯誰能拘。衆賓既歡聚，仰屋長欷歔。閲人朱門内，歎息傳舍居。孔云：二首真可匹太沖詠史。

達人信知命，君子終守常。誰謂全軀美，偷生誠弗良。郭璞固明道，妙象理自彰。抗志俟命盡，安能屈豪强。嵇康豈不達，形解存其方。雖云鎩鸞翮，撫琴多激昂。生理非可恃，正命夫何傷。

冉冉孤生桐，森森在巒谷。亭亭聳翠幹，樹樹少回曲。挺秀無旁枝，鸞鳳自棲宿。結根高巖中，何必附衆木。寧與葛藟蔓，托蔭藉連續。

萬物情有託，俗尚安能齊。鳳鳥失高梧，不如巢燕棲。籬根種松柏，蕭艾何萋萋。用才誠獨難，捷足趨近蹊。屈子良可歎，潔身避塵泥。徒懷姱修意，遲暮空悽悽。

黯淡灘

侵晨發劍水，起枕趁曉日。灘聲來中流，未見心早怵。須臾驟過眼，波浪怒相汩。蕭蕭萬馬鳴，軍師失紀律。闐闐金鼓震，壯士競揑扤。兩工施鞭箠，支祈脱囚桎。龍象交蹴踏，鯨鱷互奔軼。轉瞬接飛猱，票姚殊狡獝。豈伊夏統唱，竟效王尊叱。舟行亂石中，一罅奪路出。輕篙如射潮，森森衆弩密。辛苦百丈牽，群力併合一。柁師薄于險，出坎勢轉疾。戚楫稍淹留，生死未可必。吁嗟行路艱，千仞防小跌。天道存險夷，人命爭得失。遠念垂堂戒，因思濟川術。忠信涉波濤，兹言誠足述。

秋夕旅懷

秋聲渡江來，秋風滿江水。吹我浩蕩心，一夕走千里。千里共清秋，片心和月流。今宵水上月，照到鄉園幽。鄉園在何處，引入愁中路。落葉下紛紛，浮雲拂高樹。仰視浮雲歸，滿空星斗稀。不知烏鵲意，日夕向南飛。

雨後

空齋倐已暝，靜坐寡儔侶。深竹暗無風，時聞墜殘雨。蟲聲霽後出，夜景窗間吐。不覺秋意多，披襟已忘暑。

長干行

妾家長干曲，十五顏如玉。纖靨杏花紅，春衫柳條緑。十六見郎君，手牽金縷裙。鴛鴦花底戲，鸂鶒水中紋。二月春風度，郎從大堤去。八月估船歸，郎從大堤住。江水下襄陽，烟波流建康。眼看風色起，終日送帆檣。帆檣隔千里，獨夢幽閨裏。妾似白門烏，郎似青溪水。門外即青溪，溪邊楊柳堤。郎船望不見，柳葉與人齊。昨夜瀟瀟雨，浮萍散江渚。誰唱莫愁歌，教人奈何許。旦晚卜歸期，紅粧相見時。月明齊打槳，雙拜小姑祠。

冬夜書懷五首

庭前有雙栢，生意中自含。獰飈撼空林，此樹常毿毿。豈伊歲寒質，偃蹇供我躭。咫尺籬落區，嗟爾亦何貪。我見輙太息，終朝拊之三。嵩岑欝千仞，石氣凝青嵐。上有鸞鳳柯，樛結樅與柟。生命各有植，易地渠其堪。

夜讀昌黎文，感激哦數篇。明燈燄孤檠，掩卷悲且漣。古今困衣食，豈免懷憂煎。切切三上書，意慮溝壑填。得非唐士風，一時使之然。周公逝已久，俗變如奔泉。亦有高世士，乃爲衆人憐。丈夫重耿介，闔口夫何言。

西京絀名節，士氣頗自貶。可憐陳萬年，有子惟教諂。彼且剩一息，到死不知忝。勢利熏人腸，如食常苦歉。誰知百代下，此風日淫染。不獨父子間，戚友更相漸。立身重夸毗，操行戒拘檢。君看風前燭，竟夜搖冉冉。我生拙世用，對客若含嗛。發言豈無端，避訕聊自歛。空庭有莞秸，安得户常扂。

吾悲柳子厚，志業絶倫擬。所由失其身，年少鋭自喜。趨營詎本願，感激謂知己。一爲名節拘，衆議攢刺毁。平生百千言，垂世豈不偉。安能將溟渤，洗此方寸耻。士生負才華，岌岌貴慎始。叢蘭生柳下，霜降各披靡。歲寒非松柏，此蔭何足恃。

稜稜霜折綿，耿耿月吐幔。研冰枯餘滴，琴索響新斷。倦僕觸屏呼，飢鼠緣壁竄。瓶空念溫酒，火冷愁撥炭。啾啾草間蟲，塞默藏歲晏。隣雞凍難任，噤死不一喚。誰憐九衢上，擊柝夜方半。此時望天陽，無計堪待旦。我念狐白翁，悠哉發深歎。

舟中望武彝山

武彝九曲神僊居，高峰六六清且都。洞天福地擅奇絕，朱陵華蓋名應俱。人言武彝君隱處，丹鼎藥灶留瓊厨。曾孫宴罷廣樂散，下界塵刼千年餘。至今仙去杳無跡，猶有雞犬雲中呼。上方慣阻遊客到，絕頂時見殘僧廬。而我雖云處閩嶠，他鄉異縣終莫踰。平生頗羨泉石僻，祇應有夢勞江湖。一旦扁舟落吾手，青帘畫舫穿菰蘆。眼中所歷盡佳境，雲山經用無時無。朝來爽氣迫眉宇，形勝忽與千巖殊。豈非天地毓靈秀，仙宮縹緲非凡區。平波似雪白花起，遠水如鏡青銅鋪。舉頭忽見蒼翠合，丹青一幅明雙矑。大王之峰插霄漢，冠劍岌立古丈夫。亭亭玉女最明媚，烟鬟霧髻傾城姝。其傍諸峰互環抱，譬彼袍笏丹墀趨。又如邢尹乍相望，珠圍翠繞連襟裾。屏風九疊映雲錦，龍鱗五綵鋪香爐。我來此處興遠望，自笑塵累成拘墟。奇觀入眼信足幸，咫尺不到寧非愚。擬從方士覓海島，神山滅没看糢糊。因思靈境秘聞見，直要仙骨凌空虛。雲籤寶笈上元籙，俗士那許談其麤。烟雲靈境亦有福，緣慳命薄徒嗟吁。溪山如此坐誰付，清景一失安能摹。寄語山林慎珍護，前期息壤盟弗渝。何時重赴幔亭約，異跡笑對桃源圖。此中自足濟勝具，邱壑以外吾何須。

舟行阻風

何來飄颯送飛雨，寒江茫茫自呑吐。水清白浪高於船，風挾牙檣動欲舞。大澤龍蛇起昏黑，深山虎豹盤鬱怒。驚砂横掃捲纖塵，危泉無聲暗前浦。我行胡爲苦淫滯，波浪兼天路修阻。不歸應得江神怪，險難欲共山鬼處。郤憶吾家屋打頭，秋風八月來蓬户。短檐雨漏寒聲交，僵臥不安色如土。即今行旅更匆匆，山行雨雪舟阻風。不如閒向茅窗下，臥聽涼飈吹斷蓬。

蘆溝橋

桑乾道上車輪輕，蘆溝橋下斑騅迎。春風官路芳草色，曉月渡口寒波聲。紛紛此地多行跡，南北環轅競鞭策。烟樹遥連古薊門，塵埃不見長安陌。年去年來名利奔，五侯七貴爭攀援。狹邪幾輩歌燕市，要路因兹指帝閽。余亦關門棄繻者，笑涉津梁入都下。乘槎敢擬近牽牛，題柱空憐學司馬。回首西山山色新，朝朝暮暮送行人。愁隨夾道千絲柳，日暮飛花拂素塵。

送長實之歙

東風拂地青漫漫，樽前日落生晝寒。行人杖策出門去，嘶馬一聲雙淚彈。憐君去歲長安客，懷古燕臺眼光白。短褐同聽酒市歌，布衣共射君門策。人生失意空迴遑，馬蹄穿盡氣不揚。歸來季子黑貂敝，黄金何事成空囊。故園四壁轉無術，遊踪却羡滄洲逸。晨朝告我將別離，遠道因君戀儔匹。高灘瀆漩凌冰雷，闗門千尺瘴霧堆。歸鴻群飛猿叫子，問君此去胡爲哉。君言跋涉豈得已，爲客一身飢所使。不辭慘淡輕遠行，咫尺扁舟遽萬里。黄山白嶽天下奇，登臨一散羈懷悲。帆開雲海光明夜，路入天都風雨時。迢迢異國寒江暮，回首榕城隔烟樹。庾杲初爲入幕賓，仲宣莫作登樓賦。風流大阮賢主人，開軒掃榻遙相親。錦筵宴罷燈燭影，官閣詩成梅柳春。獨嗟勝會頻參錯，舊雨晨星半寥落。汐社方愁素侶稀，他鄉轉羡居人樂。渭城三疊酒初酣，飛絮飛花兩不堪。若把愁心付流水，好隨春色過江南。

乞巧篇

星光隱隱浮夾城，絳河如烟花外明。擣衣石上綃紈薄，織錦樓前衫袖輕。此時帝女停梭泣，此時黄姑倚牛立。一夜佳期夢裏逢，三秋别淚機頭濕。佳期迢遞向雲階，别淚盈盈秋水涯。緑幄初停九章履，翠翹斜掩六英釵。繽紛釵履傳星駕，羅綺飄飄白榆下。天上遙通鳷鵲橋，人間卻笑鴛鴦社。鵲橋鴛社總關心，龍窗鳳帳覺宵沉。剪刀聲斷房櫳靜，蠟燭光搖簾幙陰。陰陰夜冷光初發，更捲羅幃步羅襪。裙帶垂垂颺北風，臉波灩灩迎新月。可憐秋月未成團，可憐秋風吹欲寒。但恨嫦娥照淒冷，莫窺寡宿影闌干。嫦娥寡宿愁相見，獨望雙星啓深院。兔魄斜暉暗度螢，魚膏爇火驚棲燕。那堪螢度燕棲時，寂寞彤闈無限思。長生殿悄人猶立，承露臺高雀自飛。高臺别殿頻頻埽，一曲清商度緐操。椒閣新匀綵女粧，桂宫巧奪針神號。珠奩照耀青錦端，羅帕粉香擎玉盤。盤心捧玉誇如意，奩面珍珠愛莫難。低徊待向更深候，爲乞天工默相就。五寶依稀認絳囊，七襄爛漫連朱繡。七襄五寶燦天衣，暗祝雲屏下綺扉。不向銀潢看照影，漫勞織室探支機。别有紅閨最深處，璧巾香屧臨花路。磔盌浮來並蒂瓜，冰絲結就同心縷。同心並蒂兩淒迷，隱念含將一點犀。願爲繡幙吴宫女，願作廻文竇氏妻。吴宫竇氏空延領，學拜靈妃弄佳景。細語羞傳密密心，回頭笑見低低影。低低密密映蘭房，多少娼樓競晚粧。幽襟欲訴嫌鸎母，膩粉頻施囑雁娘。就中姊妹閒相伴，乞罷良緣芳思滿。剪綵猶飛吉慶花，鈎簾未閉葳蕤管。誰知征婦意悠揚，對此禁當秋漏長。只見曝衣斑淚點，若爲穿線引愁腸。

愁腸斷處增遐想，石葉瓷瓶帶虛幌。燈下惟聞絡緯音，筵前怕看蛛絲網。蛛網絲絲璇户塵，盤龍九子壓花茵。惱他銀箭添成恨，何日金緘度與人。徘徊那得金針度，有客雞窗自來去。夜簟閒披司馬文，曉屏細寫牽牛句。依依牛女半斜河，香霧滿庭烟露多。此夜橋邊迴雀舫，幾人窗外拾龍梭。

百官鐸

人間百戲紛難齊，歡場作劇神都迷。樗蒱讙叫訶牧豕，金距忿爭緣鬭雞。是皆奮足趨一得，如蠅逐臭蚋聚醯。兹圖命意别有取，捷徑恍示終南蹊。初從布衣迄通籍，界以中外分東西。德才功過有差等，周官自昔明勾稽。金甌之卜俟他日，上者雁墖名先題。置身清要亦足喜，衮衮臺省連金閨。其餘僚屬待需次，登仙要復期攀躋。或憐失足歎奪鳳，或快得路同探驪。或如積薪後居上，或如枳棘愁鸞棲。紛紛巧拙視一擲，俄頃便覺差雲泥。當其攘臂心眼熱，一似握裡懷簪圭。誰知興盡賓客散，有得已自忘筌蹄。利耶名耶孰真假，牧人車蓋無端倪。吁嗟宦途類若此，健步何者誇驥奚。金貂枉羡漢家相，鮎魚致笑都官妻。十年不調誰迍邅，一麾出守誰排擠。人生太約比游戲，運命偶爾殊高低。好官無過得錢耳，對此一笑壺盧提。

過桃李村憶宗山舊遊

昔從建溪歎行役，酒酣出郭乘輕舟。親朋送別不盡意，握手復作宗山遊。斯時歲晚群壑盡，灘石犖确森戈矛。移舟距陸步深邃，微徑直傍烟中投。山村主人挈壺榼，延賓爲我開山樓。梅花寂歷破寒意，香醪馥郁聞新篘。村中無人溪水響，亦有舂碓聲清柔。空房夜臥魂夢冷，此身已在桃源幽。天明徑踏霜草去，飛霧漠漠沾巾裘。道旁深樹開蘿薜，緑陰蔽日枝相樛。珍禽翠羽看不見，但覺竹裡鳴啁啾。盤空欲盡勢忽變，俯穿石窟身傴僂。天鑿靈巖著奇異，當年鬼斧窮雕鎪。至今人力不到處，法界永峙茲峰頭。僧寮數間掩清晝，香臺百尺臨高邱。空階有時巖溜滴，細竹不斷溝泉流。此中敷坐神已遠，更聞絶壁途偏脩。晴空極望垂鸛鶴，幽洞未敢棲猿猴。欲將雙履縋幽險，所愧兩髁非輕遒。歸途卻視蒼翠合，晚色一道通松楸。臨淵獨去有遺恨，推篷佇立空凝眸。世間清景難屢得，我輩自具風塵憂。名山縱或不相負，再到已恐非前儔。況復茲行被羈紲，勞薪太息何時休。前歡轉眼夢飄忽，別路使我神勾留。消魂最是建溪水，長爲旅客增離愁。匆匆撥櫂惝然去，孤雲一片空中浮。

遊平山堂

揚州二月天始晴，蜀岡連緜春色生。山梅向暖紅欲破，千折百折隨人行。花源隔村辨花塢，翠閣朱闌不知路。冶春裝屐多少年，醉拂銀鞍柳邊去。竹西明月最佳處，中有仙人吟舊句。斷刼流風五百年，一種消沉散烟霧。醉翁逝後坡翁來，當時感慨何悠哉。龍蛇粉壁今安在，如此佳遊能幾迴。

風雨舟不得泊

秋天瑟縮多北風，寒雲四垂江水空。水聲滔滔雨濛濛，中有行客隨斷鴻。孤舟展轉送西東，將泊不泊如飄蓬。前行無村後無侶，暮氣蕭蕭壓檣艣。荒原一片動禾黍，亂荻哀蛩作人語。鬼路陰森燐出土，郤隔人叢在何許。嗟哉遠行絶艱阻，歲晏凄凉孰華予。舟畏波濤陸豺虎，性命輕于一鴻羽。窮士蘆中對漁父，夜不能眠歎羈旅。衆翮歸巢蟲入户，我今胡爲獨愁苦。

采石磯歌

君不見隋皇昔時南渡兵，殺人夜半江無聲。雄雌一決等閒事，後來復有常開平。將軍氣酣刃相截，百戰功名此奇絶。至今濁浪漲天渾，猶是樓船萬軍血。又不見隴西仙人宫錦袍，一聲長嘯孤雲高。金陵直下幾千里，醉中捉月輕波濤。五百年來無此客，酒人一去天蕭索。青山片石倚危樓，夜夜長星照光爍。我浮輕舟江上來，江聲滚滚流不回。六朝形勝一回首，龍蟠虎踞何雄哉。因歌謫仙句，欲訪前人路。長風知我浩蕩心，直送蒲帆落牛渚。龍山忽斷楚山空，遠水蒼茫何處通。孤光流入碧天去，但見天門兩道開當中。英雄才子真豪壯，快意從來不相讓。我今何事復徘徊，載酒凌雲氣先王。采石磯頭秋水深，落霞無際烟浮沉。荒祠舊壘知誰在，惟有江天無古今。

登望湖亭

九江如髮歸潯陽，彭蠡勢欲排南昌。太清元氣日相撼，東南忽坼天蒼茫。天垂地盡濤聲去，有客登高獨延顧。日出唯看蹴浪浮，雲飛不到開帆處。昨夜秋風來楚關，數聲哀雁浮雲間。望湖亭上一流目，片片飛入康郎山。眼中浩蕩迷舊國，一葉飄然作孤客。波神彷彿解我懷，三日送我吴城來。匡君五老亦相笑，問君遠遊何日回。吁嗟乎禰衡躑躅鸚鵡洲，王粲獨上荆州樓。書生命蹇不如意，風塵滿目多煩憂。徑要江湖萬斛水，洗我胸中結轖之奇愁。我今欲上滕王閣，秋水長天日寥廓。廣宴時無閻伯璵，子安詞賦空蕭索。又欲往觀豐城古劍池，拔劍卻立星離離。張華雷焕一死不復得，縱有干霄紫氣誰當知。以兹落寞還揮手，不用登臨更回首。他日重乘萬里風，騎鯨直上攀南斗。

廬山吟

昔夢登廬山，道逢白鹿翁。招手凌絶壁，牽蘿願相從。瞥然遺我丹嶂下，坐覺兩翅忽墜青冥鴻。揭來遊西江，始見香爐峰。天垂蠡湖闊，水接南康雄。屏風九疊何葱蘢，紫烟縈拂朝霞紅。回崖沓障千萬重，中有飛泉掛玉虹。晴天倒景垂不斷，日色燦爛金芙蓉。天半五老人，亭亭倚蒼穹。不知何年化身此骨立，日照鏡面鬚眉濃。沿波溯其厓，横側向背難爲容。恍疑身在瀛海裡，四萬餘丈影落烟濤中。白雲如緜出巖谷，散作萬縷光濛濛。我欲因之步巃嵸，丹梯迴與銀河通。金雞白鶴在何處，琪花瑶草無秋冬。洞天咫尺不可度，使我惆悵盡日凝雙瞳。側聞名勝區，兹地齊方蓬。上開幽冥無底之曲洞，下流終古不絶之驚潨。玉淵潭水韻深峽，石壇皤影摇高春。微霜夜白群嶺松，溪壑忽應東林鐘。驚猿蹋枝山果響，草際時有幽人踪。我雖未到神已接，夢裡有境曾相逢。古來修真士，探奇祕棲沖。金澗隱靈物，松門隔雲封。别有沙門開梵宮，重修白業談空空。栽蓮憶惠遠，植檜傳支公。宗雷淨社已千載，陸陶談笑今誰同。惟留一片虎溪月，長映水石交玲瓏。山僧樵客不省此靈異，外有到者蠟屐誰能窮。我今何爲尚樊籠，俗眼卻被塵埃蒙。禪心未淨愧康樂，好事欲往憐桓沖。安得手持緑玉杖，足躡雙青童，仙之人兮矯飛龍，送我來御泠泠風。攀雲窗兮倚巖櫳，林杳杳兮花茸茸。回頭笑拂落星石，滄波萬里澄心胸。

九日登烏石山二首

險窄城南路，攀躋驚客心。眼中空夕照，衣上帶秋陰。鳥道杉松迫，人烟橘柚深。凌霄臺最古，振策一披尋。

九點知何處，蒼茫俯六區。石崩雲勢急，山斷樹陰孤。野色高秋盡，涼風病骨蘇。興酣長嘯咏，不爲避催租。

登鎮海樓二首

佇立倚高樓，天空爽氣流。孤城三面合，滄海一盃浮。鳥道分甌越，人烟界女牛。蓬萊如可望，吾欲挹浮邱。

振衣千仞上，眼界絶塵囂。日落孤雲起，天寒一鳥高。風聲搖耳目，酒氣灑江濤。獨立蒼茫處，應思跨海鰲。

渡揚子江

積氣遠浮沉，天昏絶島臨。風流人物盡，日夜大江深。割據無南北，波濤自古今。獨將形勝感，擊楫付高吟。

東阿道中

攬轡東阿縣，搖鞭落照西。行人驅白衛，往路接青齊。地以三歸著，途將七聖迷。此身似鴻爪，有跡印沙泥。

登報恩寺塧

杖策尋初地，來攀第一層。帆檣三楚色，烟寺六朝僧。塧湧江光動，臺連雨氣蒸。紛紛閲年代，唯有佛前燈。

太白樓

李白騎鯨客，曾遊采石磯。清風懷謝眺，凉月滿仙衣。去去天水盡，寥寥雲壑輝。青山一片影，余亦憺忘歸。

彭　澤

昔日陶元亮，流風于此間。偶然爲微禄，率爾歸舊山。秋菊澹終古，浮雲時獨還。東林不盈咫，望望余心閑。

天門山

朝辭太白樓，掛席天門秋。一片孤帆影，長空萬里流。翠屏開遠色，青靄落前洲。欲向峨眉頂，天風不可留。

蛩

切切聲何處，秋蟲響倍微。紙窗人語靜，籬落荳花稀。夜雨寒將斷，王孫暮不歸。多應引愁思，和月入簾幃。

衢州懷文襄公

越疆千里舊懸軍，回首東南半壁勳。砥柱百年思將相，危關終古遏風雲。彭門島外烽烟靜，太末城西露布聞。此日湘川無怪鳥，元和應誦退之文。

京口

理棹春流泛夜舠，一盃京口醉醇醪。寄奴山色風烟盡，揚子潮聲日夜高。故國興亡關晉宋，大江南北弔孫曹。低徊獨憶雄兵地，鐵甕城昏枕暮濤。

秋懷寄長實

摇落江南秋復深，無端望遠思沉沉。河橋夢入千家雨，澤國寒生一夜砧。公子蘅蘭傷楚佩，美人刀剪送秋心。芳洲日夕孤鴻起，欲採瑶華怨不禁。

荻港靖南侯戰處

故壘蕭蕭落日黄，百年忠魄想飛揚。左家驕帥徒兵甲，淮上諸軍竟虎狼。國社已空猶血戰，君王無主獨身當。于湖不及崖山地，還有孤臣作陸張。

江干偶咏

不覺新愁減帶圍，客舲猶繫水邊磯。寒生昨夜初飄葉，秋在他鄉聽擣衣。江介有風常北轉，夢中無路却南歸。闗情曉向亭臯望，蘆荻蕭蕭雁更飛。

溪行雜咏

空江渺渺緑于油，風送蒲帆一葉浮。兩岸青山行不住，那知身在木蘭舟。

雲淡天光一水平，五更斜月棹歌聲。溪風吹漲夜來急，遊客未醒舟自行。

白沙水淺魚鱗鱗，白沙渡頭人渡津。沙禽背船却飛去，一片岸闊空無人。

露冷烟深江樹稀，孤舟夜泊櫓聲微。平沙江上寒蘆渚，一夕西風白雁飛。

姑蘇雜詩

吴江春水碧涵虚，桂棹爭停夕照餘。認取金閶門外路，紅橋四百是姑胥。

蓮舟曾共颭迴波，一棹鴟夷去若何。日暮平江兩枝艣，吴娘仍唱采蓮歌。

響屧廊空跡已陳，紅顔千載化烟塵。只今斜月西江水，不見吴宫愁殺人。

霸氣銷沉劍氣灰，鐵花巖下草成堆。玉魚金盌多零落，只有春風虎阜來。

艷舞清歌到處聞，踏青士女望如雲。真娘墓下萋萋草，緑過吴姬六幅裙。

忠介遺坵鶴市傍，要離殘塚没斜陽。遊人總擬看花月，誰薦寒泉一瓣香。

湖船雜吟

吴頭楚尾泛輕舠，楚客歸魂盡日飄。向晚風多行不得，鷓鴣塘畔雨瀟瀟。

長江濁浪向天浮，湖色青青接素秋。早晚雙姑待相見，好教湖水入江流。

小孤山頭烟景濃，大孤山翠亦横空。山光蕩入湖光去，好似雙鬟落鏡中。

南船向北北船回，爭向湖邊賽福來。好語行人莫相妒，風帆一霎兩邊開。鄱陽湖神能分風擘流。

迢迢帆影水雲間，估客乘流意自閑。行到南康須刮目，潯陽門外見廬山。

國朝全閩詩録初集卷二十

侯官鄭杰昌英緝

李光雲四首

光雲，字涵瞻，號劍溪，閩縣人。乾隆辛卯進士。官至大僕寺卿。

注韓居詩話：劍溪天性落拓，館選後沉滯二十餘年，家徒壁立，不少介意。權貴聞其名，聘主西席，雖力不能卻，强與周旋，顧相對數載，無所干謁，可謂皭然不滓者矣。己未以老病歸里，囊橐蕭然，行至延津而卒。斂葬治喪之具，皆同里薩露蕭農部任之。存詩百餘首，排律居其半，餘率酬應之作。第中有一題云龔維廣有書癖作詩嘲之，觀此足見其飲酒恢諧之外，他無嗜好，胸次灑落，洵不可及。其奉「何必讀書」一言爲圭臬，則非後生所敢議，亦非後生所敢學也。

岳墳次韻

唾手燕雲仗此臣，衹留遺塚照江濱。奇冤煅煉成三字，儒將風流只一人。對牘無言頻祖背，騎驢有客獨全身。至今宰樹悲風起，只有南枝分外春。

釣臺次韻

雲臺底用羡功臣，獨把絲竿坐水濱。嚴瀨至今留古蹟，漢家名節首斯人。一時耿鄧羞爲侶，千載巢由認後身。我向叢祠肅瞻拜，碧山如畫鳥鳴春。

送春園同年仍赴江右新任

來迎父老擁鳴騶，舊種棠陰處處稠。借寇守應還潁上，瞻韓人早識荆州。登臨仍上滕王閣，吟眺頻登庾亮樓。無限合流章貢水，風濤盡向筆端收。

大羅會上溯前因，蘭譜寥寥老更親。入世難逢青眼客，與君俱作白頭人。悔將歲月尋常擲，漸覺詩篇境界新。加飯相思憑尺素，呼兒莫漫剖雙鱗。

王家奮十四首

家奮，字子能，閩縣人。乾隆甲午舉人。

注韓居詩話：子能詩流動圓轉，尚欠凝煉。

釣臺

風雪漫漫冷烟水，長竿獨釣滄江裏。得魚沽酒醉蘆花，豈識故人作天子。桓桓二十八將軍，高臺圖像凌青雲。奈何欲以鷗鷺侶，無端廁彼鵷鸞群。士各有志毋相强，回首烟波浩滄漭。昨宵天上動寒星，明日歸來信孤往。富春山上雲蒼蒼，富春山下水泱泱。富貴功名俱已矣，高風終古水雲鄉。

武林懷古

大江日夜流滔滔，海門東去潮頭高。武林城外秋風起，白馬寒波吹怒濤。吴越戰爭已千古，英雄還數販鹽估。霜劍横行十四州，銀潮射退三千弩。桓桓衮冕朝天歸，山川草木生光輝。花開陌上迎香輦，樹號將軍賜錦衣。五代干戈誰保世，如君真足雄江澨。笑他泥馬過江來，半壁偏安非國計。南渡君臣亦可憐，北轅骨肉幾時旋。風塵且駐臨安輦，禾黍長嗟汴水烟。汴水銅駝荆棘裡，臨安金闕連雲起。湖西烟景足遨遊，桂子三秋荷十里。荷花桂子畫圖中，樂事還教君相同。多寶閣前雕玉版，半閒堂上放金籠。繁華轉瞬增嗚咽，錦繡江山塗戰血。處士梅花萬馬嘶，美人楊柳千軍折。六陵寂寞雨冥冥，水到蘭亭不可聽。有客西臺歌咮鳥，何人北面哭冬青。冬青不及南枝好，憑弔鄂王墳上道。曉日初開馬鬣松，東風猶緑裙腰草。六橋春煖日遲遲，尚想當年全盛時。羅綺春遊蘇小墓，笙歌醉過伍員祠。衹今堤柳森如束，畫舫夷猶山水緑。風松猶憶上舍祠，竹枝誰按倪迂曲。行人莫羨銷金窩，今古興亡感慨多。歌舞易殘人易散，長江日落水空波。

余有尤溪之行，與霽漁作數日别

惡溪君鼓枻，峻嶺我揮鞭。爲别無多日，臨岐亦黯然。蕭蕭紅葉岸，渺渺白雲巔。後夜相思處，離心兩地懸。

宿源湖塘

過嶺日黄昏，停驂近古屯。清平無戰伐，斥堠養雞豚。隔屋張燈好，祈年擊鼓喧。客中殊寂寞，羨爾樂田園。

晚　泊

雞犬數家村，維舟日欲昏。水兼殘雪落，灘逐怒濤奔。茅屋篝燈暝，梅林石碓喧。羨他岸旁客，閒坐話田園。

泊水北口

停舟在何處，翠竹白沙間。溪水明殘照，浮雲淡遠山。楓林有餘葉，野鳥不勝閒。舟子多相識，村人共往還。

仙霞關

關塞極天險，風生萬壑號。春光宜遠目，雲氣繞征袍。過嶺諸峰小，盤空獨鳥高。山僧清寂甚，晏坐笑塵勞。

過嚴子陵祠堂二首

風雪滿天地，飄飄一釣船。士當行己志，生不受人憐。世外存朋友，江間自歲年。故人莫相强，烟水樂無邊。

衮衮雲臺客，丹青汗馬功。我才非諫議，只合老漁翁。去矣無留戀，敻哉善始終。交情原不易，懷古仰清風。

富春驛有方獵將臺。

花石君臣棄國時，早教赤子弄潢池。江湖已動黄巾甲，孌倖爭傳媪相師。渺渺荒臺淹蔓草，亭亭孤壋照寒漪。滿天風雨烟波晚，欸乃中流去棹遲。

舟泊姑蘇

敦槃倉卒會黄池，卷斾歸來事不支。烏喙長驅來檇里，蛾眉含笑嫁鴟夷。春風故苑埋花草，夜雨荒臺走鹿麋。風俗至今猶綺麗，笙歌爭唱竹枝詞。

除夕

山風策策響窗扉，坐對寒燈酒力微。却憶故園今夜好，新醅紅重蠣房肥。

仙霞道中口占

石徑層層横復斜，山程不遠是仙霞。清平設險關無戍，古驛寒梅自着花。

四圍山色入窗櫺，掩映虚堂佛火青。晴日在天何處雨，畫檐寒溜滴泠泠。

盧　遂二十八首

遂，字易良，號霽漁，侯官人。乾隆乙未進士。官翰林編修。有四留堂詩集。

注韓居詩話：霽漁十三即能詩，一年成一集，約詩有四萬餘首，美惡俱存。集中佳句頗多而通首完好較少，茲所録者，皆法律音調併美也。

黄鶴山

宇内一幻跡，名山無已時。赭衣阮京峴，癡哉吕家兒。王氣天所授，安得人摧之。京峴縱銷滅，黄鶴還不移。積翠數邱壑，能容龍虎姿。奮跡昌明後，符讖登彤墀。大寶歸建康，更代旋增悲。回首舊隱處，寸土歸阿誰。七七聞杜鵑，榮落恒在茲。君聽鶴林寺，秋磬來江湄。

漁梁客夜

行色歸風雪，鄉心界浙閩。寂寥南去雁，問訊北來人。時有参戎自都中來閩者同宿旅邸，亦欸洽。驛吏傳更肅，飢鼱見火竣。都忘高枕夢，凛凛逼霜晨。

舟夜有懷寄諸兄

人語疎郁近，江聲獨火寒。經旬別閩嶺，隔歲望長安。易釋妻兒慮，多疎色笑歡。遥知春酒美，臘味尚登盤。

楊莊舟次

何處淡忘歸，江間清夕暉。輕烟浮水散，倦鳥貼沙飛。佳興無塵事，征途有靜機。回頭玉泉麓，客夢往來稀。

清河舟中

彌月津塗上，波光此獨寬。靈河懸縣郭，清口簇帆竿。雲鳥當空淨，星辰入曉寒。尋源行買棹，莫但畫中看。

廣　陵

奇絶迷樓勝，仙凡異所聞。寶釵原上草，剩粉竹西雲。蘭院留殘沼，雷塘疊古墳。通渠兼利弊，當日孰能分。

陽湖縣

猶是蘭陵郭，分猷半曲阿。人依九峰秀，花近五湖多。申浦波能及，吴宫暑未過。行看新治蹟，一掃舊笙歌。

西安縣

南渡衣冠古，西安風物殊。關河衝百粤，林壑秀三衢。橘市人淳樸，樵柯事有無。眼看新雨露，洒遍舊青蕪。

竹崎阻風

故里何曾遠，南風不放行。夢依雲外樹，家在雨邊城。今昔悲重宿，艱難剩一程。蕭蕭歸雁晚，又作異鄉聲。

蘇嶺懷古

已過楊姑大小嶺，更尋江氏弟兄仙。猩猩歃雨歸雲外，燕燕將春下臘前。殷浩書空留故宅，龍邱選勝隔重烟。不堪老衲荼毘久，佚事何人睹記全。

遣　興

布帆片片下湖潸，風景依稀近劍津。沙石截流歸水碓，蘆盜傍岸曬霜薪。波紋半綯啣魚鳥，客舫仍容喚渡人。最愛相公墳上路，烟杉一帶自爲隣。

孟　廟

郕城無處不停車，亞聖馨香仰止初。百歲以前惟有孔，七篇而後無可書。齊梁亭館空金翠，鳧繹仙靈護里居。合比陶鈞神禹力，鄉隣同室意何如。

秦觀墓

故鄉芳草宿雲軿，泉路飄搖托地靈。何處明珠湖水白，一聲秋磬錫山青。晉陵望族猶霜露，淮海遺篇失典型。燐火不堪回首處，揚州二十四橋星。

鳳凰山感南宋作

康王廟裏夢初醒，翹首吴山不了青。舊苑重新家不造，射圜再起國粗寧。築塘遺利開鴻業，立馬雄心入畫屏。衮衮衣冠上朝殿，傷心人在翠微亭。

邱原午泊

殘溜聲聲水竹西，荒郵日午數雞啼。舟横古渡無人處，一樹野桃開碧溪。

題吴墩山家

路轉峰迴有足音，峭寒天色立遙岑。雪痕一抹溪千尺，翠竹林中草閣深。

衢州懷古三首

龍邱萇

不勞侯吏下輕舟，相識桐江好釣鈎。萬古客星傳頌遍，誰知太末有龍邱。

趙抃

隱隱蝦池春水寒，千秋儀表趙西安。誰知琴鶴風流客，鐵面依然肅奏彈。

王質

華清洞口爛柯山，石室三童去不還。一日百年總如此，神仙歲月亦人間。

嚴州雜詩四首

風帆葉葉下城阿，水複山重夕照多。一近富春驛畔路，舟人都解唱吴歌。

野火燎原草木灰，孝先孝感亦奇哉。幾多哺子沙邊烏，曾向桐廬墓上來。

建德城西太守祠，祀朱買臣。魏馱山下李頻詩。風流原不關兒女，能使人間共口碑。
十九泉分七里灘，無風難比有風難。竹枝一曲揚舲去，臥看嚴陵舊釣竿。

真州雜詩

文樓曲巷半蒿萊，又見橫山翠色來。蕭氏宮中佳子弟，能留片土讀書臺。
巨源對策老名家，故里依稀蘆荻花。自是歐陽能薦士，天涯多少哭長沙。

姑蘇雜詠

山頭別墅渺王郎，踞虎何年草色荒。兒女都無家國恨，但將花果祭真娘。
英雄堪笑老生談，多少孤臣一死甘。豈有到今未了恨，胥山胥浦滿江南。
蘇公亭上空樽酒，皋氏橋西失晚春。吳下卜居誰是主，峭帆掛遍洞庭峰。

邱鍾靈一首

鍾靈，號芝山，上杭人。乾隆間武舉人。官鎮江衛運糧千總。

注韓居詩話：芝山精行楷書，與王夢樓文治、鮑海門皋、李小花御、殷石琴、張石帆諸名士流連詩酒無虚日。著有香嶺居士集，吴進士清夫手定，以秋海棠七絶一首壓卷，爲畫秋海棠圖，索芝山自書句其上，作香嶺居士小傳遺之。

秋海棠

殷鮮相雜淚痕深，只恐涼秋弱不禁。千古傷心無限事，夜寒明月是知音。

許作霖三首

作霖，字子雨，號霽嵐，侯官人，王臣長子。乾隆己亥舉人。有桐花書屋詩藁。

吴門懷歸

秋江雙棹下，繫纜闔閭城。碧水變寒色，丹楓多暮聲。歸心聞雁急，鄉思逐潮生。南望來時路，孤舟夢不成。

寄内

念我貧如洗，齋廚淡若秋。支持望萊婦，辛苦嫁黔婁。膝下兩黄口，堂前三白頭。膳饈兼乳哺，莫繫遠人憂。

八月十五日泊舟姑蘇，同伴訂遊虎邱，因雨不果

峰東濃雲失翠鬟，竹篷碎玉聽潺潺。樓臺半在溟濛裏，林壑全浮隱約間。一飲于人皆分定，好山如我亦緣慳。遊情懶却歸心急，楓葉橋頭買棹還。

趙　進 八首

進，字錫瓚，長汀人。乾隆庚子舉人。

注韓居詩話：錫瓚詩風格自好，譬諸寫生，無鋪眉苦眼逼逼求似之態。

書桃花扇傳奇後五首

南苑歌殘御水流，胭脂零落幾年秋。風生鄴下悲王粲，烟暗秦淮怨莫愁。半壁可能留片壤，舉朝空復擁懸瘤。最憐夜起縋城出，不及回頭看玉鈎。

梟張鴟奮據兵符，半壁東南注又孤。誰向禁門呼李牧，不曾江左見夷吾。將軍跋扈生啣血，閣部頽唐死裂膚。怪底石人常下淚，秣陵原是舊亡吴。

日落江頭過雨昏，吞聲不敢説王孫。草萋人作揚州夢，雲慘天消蔣阜魂。河朔豈真無義士，劍南空復有軍門。媚香樓破長離別，剩水殘山忍再論。

黨人碑字未曾磨，其奈清流繼起何。十萬征夫齊解甲，兩家名士但操戈。衣冠接踵聯幾社，文字無緣救汨羅。試看館娃宮畔月，凄涼終已照銅駝。

烟花委散半蒿萊，陵廟須臾化劍灰。風景已非猶戰鬬，江山如此况樓臺。白門柳色隨春去，瓜步鐘聲近月來。歌扇一時何處所，抛彈紅淚有餘哀。

七夕抵揚州

停橈獨上白蘋州，渺渺千年露氣浮。鈴柝月奔城下路，樓臺人語雁邊秋。雷塘魂魄空荒草，螢苑烟花入土邱。悵觸中宵渾未寐，枕屏西向掛簾鈎。

吴宫

蕭蕭急雨入江樓，十丈胥濤怒未休。舞鶴市邊紅葉晚，望齊門外碧梧秋。珠襦一夜歸文椁，錦帶何年珮素鈎。寶髻戎裝成底用，野花零落使人愁。

秦宫

離宫三百卧虹橋，汗雨鬟雲未易描。二世已知秦祚短，五丁長望蜀天遥。祖龍自是求仙切，山鬼何能諫帝驕。擊缶彈箏都絶響，咸陽抔土可憐焦。

徐荀一首

荀，字書思，建寧人。乾隆間諸生。有香祖詩鈔。

溪行

沿溪深復深，躡屐遊未遍。盡日不逢人，水禽時一囀。澹雲起魚鱗，影向溪中見。持此問宣城，何似澄江練。

張經邦十三首

經邦，字右賢，號燮軒，閩縣人。乾隆己酉進士。官溧陽知縣。

注韓居詩話：燮軒詩才宏富，古體尤擅，埸集未刻，卒于官，因家焉。余曾驛人往搜其稿弗獲，姑就其題册試草中録出數首。

題何上舍聽泉圖小照

我年十二遊泮泂，驅馬三過白水河。奔湍直噴太古雪，雷霆千萬晴相摩。二十始識匡廬面，玉峽亭前詫飛雹。罡風吹散銀河流，山北山南掛秋練。當時奇景探寧遍，僅以聞聞償見見。壯觀時從夢裡逢，擬繪泉聲向練絹。宵來雨止修竹間，繞堦急溜何潺潺。葛巾野服者誰子，曉隨啄木敲柴關。披衣迎客一笑粲，示我尺幅光凌亂。九疊屏風三疊泉，絶勝虹橋插霄漢。白虹橋在白水河上。一見初疑觀瀑圖，畫本有李青蓮廬山觀瀑圖。旋覺靜境人難摹。屏除喧豗諧宿好，收納群動還真吾。性根雖空耳根擾，欲掃聞塵殊未了。懸巖絶谷有無中，試聽寒泉響林杪。千峰瀉水水自流，縈林絡石趨靈湫。無心激觸發天籟，如聞衆壑吟幽幽。有時高韻落青壁，魏絳歌鐘誰戛擊。忽然空洞弄清音，馬融後堂摩長笛。細同環玦鳴鏘鏘，巨爲濤瀨爭飛揚。子華石淙跨竽瑟，東陽水樂含宫商。廣長之舌不可禦，噴壑跳珠劇風雨。擘開青玉白龍飛，奏罷鈞天翠蛟舞。幽人此際神更清，心如止水空且明。不治以目治以耳，未窮其狀窮其聲。況有千竿萬竿竹，鳳尾蕭蕭森似束。澮烟疎影共夷猶，冷翠寒光媚幽獨。九峭石，八節灘，會應淨洗鬲與肝。人生小隱計良得，莫從平地看波瀾。君不見車前八騶意未已，侍中珥貂執虎子。宦成漫賦歸來篇，故山猿鶴皆驚起。何如枕漱蒼崖裏，不染塵埃俯清泚。有聲無用也堪娱，昭文鼓琴聊爾爾。賤子年來西復東，山川過眼旋成空。安莊險僻比陽朔，五老亦墮青烟中。覩君此圖還起立，浪遊知悔嗟何及。放懷何日弄雲泉，歛神先自聞思入。觀音大士由聞思修入三摩地。渠活活兮峰娟娟，左右匯作清泠淵。吾生得此願已足，不望更置二頃田。便欲從君志流水，借得匏尊真可喜。聽酣休逐出山泉，縱有此聲無此耳。用東坡句。

越王石歌

越王城中烟蒼蒼，越王臺下海茫茫。銀濤掀山白日動，島嶼錯落遥相望。中間一石凌波峙，上際浮雲下蟠水。幾回崖脚露晴明，千載烟花凝暮紫。霧繞烟迷不記年，蒼苔生遍老藤纏。扁舟經過無從覓，祇見長空浪拍天。一旦傳呼太守來，洞天石壁忽中開。掃淨寒氛豁纖翳，玲瓏聳峙高崔嵬。太守由來本廉吏，點塵不遣縈胸次。能教海若慕清修，故放雲根出遥翠。翠色廉名照古今，巖頭打雨浪花深。孱顔又入空濛裏，杳靄從何指點尋。或隱或見奇如此，石丈應爲造物使。博望乘槎取定難，秦始爲梁鞭不起。後來飲水豈無人，若個驅車向水濱。驚起魚龍浮岝嶺，撥開雲霧見嶙峋。嗚呼越王之石高百尺，永伴虞公聲藉藉。變化應過合浦珠，靈奇不數蒼梧石。

小西湖歌

城西小湖勢幽敞，瑩明一碧春波長。遠岫浮空青此螺，迴瀾入眼平於掌。半湖以東斜遶城，雉堞參差倒影明。十里芙蓉晴帶露，夾堤桃李曉聞鶯。更愛平亭清暑候，荷花叢裏薰風透。曲檻雕欄夏似秋，疎簾皎月宵勝晝。榕陰綴碧荔支香，小擘輕紅水閣旁。開化寺前真福地，不須淡抹更濃粧。況有仙泉標謝井，分瓢好試釵頭茗。習習涼飇兩腋生，閒看漁舟掛笭箵。傳聞此地十三橋，指點虛無代已遙。且度孤山尋別島，水晶宫裏坐吹簫。水晶宫亦荒凉久，王氏遺踪剩衰柳。複道千燈空自雄，菱歌一曲今何有。西連大夢颯風濤，夜夜峰頭皓魄高。萬里雲開分百粤，一痕練起截雙鼇。我本溪山浪遊客，荆徐踏遍還吳越。西子湖邊小住時，看盡春花與秋月。絜量大小固難同，烟水蒼茫兩不窮。一壑居然具名勝，嚴公那復遜蘇公。

鼇峰八首

九仙峰上一峰高，謖謖松風答海濤。百丈寒巖誰躍馬，千秋靈跡獨分鼇。回頭渤澥蹤應杳，矯首烟霄勢儘豪。從此不憂人把釣，年年春雨臥蓬蒿。
海外三山不易逢，巨鼇幻作碧芙蓉。飛來白馬金雞地，卓此拏雲掘霧容。下瞰雄城烟縹
緲，遥臨講院氣葱蘢。試從金粟臺邊聽，夜夜書聲徹翠峰。
平遠荒臺雖寂寞，依然門可望秋濤。名山久已同靈鷲，蓬島何年失大鼇。爲愛峰巒晴疊
疊，不隨波浪日滔滔。遊人欲攬閩都勝，踏背行來此最高。
石磴縈紆幾百重，通幽曲徑引扶筇。眺將城野無窮景，占却岡巒最要衝。十里人烟千尺
壒，三清樓閣一聲鐘。黿池牛背空羅列，愜我情懷只此峰。
碧梧修竹滿亭皋，緑蔭沾衣露滴袍。此地合宜翔翠鳳，巨靈何意着金鼇。眠從旭日千山
霽，吼向清秋萬木號。雨雨風風吹石脚，錦鱗曾否覺蕭騷。
文堆贔屭繡重重，古蘚糢糊紫翠濃。丹篆遥臨仙子宅，晴嵐直接狀元峰。豈惟卓犖形無
兩，自是英靈氣所鍾。呑吐雲烟知有意，要施霖雨遍春農。
不呿不擲佳雲皋，磊落嶔崟亦足豪。二十四峰雄顧盼，百千億載據崇高。石樽人去空啼
鳥，滄海綸收孰掣鼇。一自洞天標勝境，蓬萊長免冠山勞。
越王薛老兩龍鍾，獨爾名標講學宗。湖水稱鵞寧異軌，洞門題鹿定同蹤。雲封丹竈香泉
遶，月滿琴臺瑞露濃。記得黃家詩句好，別無山可勝鼇峰。

送春小集偶成

長日裁詩擘衍波，慚將蚓曲博鸞歌。摳衣去摽登壇劍，發墨真愁入室戈。欹枕夢回燒燭短，撚髭吟苦落花多。休嗤狂喙長三尺，差勝枯禪學一何。

畫堂招得飲中仙，蕉葉難追吸百川。鏡裏烟花空色相，戲場風月舊因緣。劉郎看樹嗟前度，杜牧尋春趁少年。競賞商玲瓏一曲，病夫爲爾冷灰然。

國朝全閩詩録初集卷二十一

侯官鄭杰昌英緝

張國洺十九首

國洺，字維揚，號息盧，侯官人。乾隆間廩生。有山广亭詩鈔。

注韓居詩話：息盧字學蘇米，能得貌似，小楷略工。詩戛戛獨造，有幽秀之致。

遊福盧山諸勝四首

海客談福盧，靈異聚巖岫。偶因回舊居，夙願初邂逅。海風與海雨，山骨吹堅瘦。天門呀然開，咫尺挹雲構。一二緇錫流，瀹泉久以候。寶像拜誌公，法脉衍靈鷲。欝欝優曇花，色相現秋晝。爲問回頭石，蹲踞尚依舊。

耳聽泉水鳴，目視泉水影。口嘗泉水香，足踏泉水冷。云此果何所，澗底得奇境。幽深捫古壁，展轉出智井。澗上虎溪橋，筆勢帶嚴整。三字貽法書，屈指百年永。當年誰遠公，獨擬匡廬景。先世舊留題，後人應猛省。古洞中谽谺，色澤自深黝。一穴纔通人，俯身入甕缶。磴路千百層，地勢急下走。不見秋日光，惟有白雲守。白雲知天寒，添我衣裳厚。踏去身忽輕，幸無礙跟肘。須臾出洞門，金碧湧户牖。五步一披榛，十步一倚樹。磊砢堆滿前，微微辨徑路。爭穿玲瓏岩，大小森列布。是誰負大力，安置無一誤。最後朝天笏，聳起繕餘怒。半壁蔽日月，千尋撥烟霧。令人詫瑰奇，纍纍安可數。回首夕陽西，忽覺山色暮。

田　家

耕耘不辭瘁，收成忽已及。南畝遍黄雲，磨鐮割秋粒。空中打稻聲，齊趁西風急。婦女各歡笑，雞犬相聚集。稿秸滿中田，束束作人立。開倉積稻粱，拂壁掛衣笠。明朝訂採薪，深山躡雲入。

麥隴晴烟

麥田縱復横，隴烟斷還續。極目望長空，茫茫淡朝旭。春風何處來，浮動數行緑。南浦與西村，野意自然足。

石坪仙跡

去去尋仙跡，石坪有餘清。苔蘚步來滑，衣寒雲氣生。足音何年至，人世如蓬瀛。請從赤松子，採藥辨黃精。

松壑驚濤

種松數十本，向夕響不停。靜坐疑海濤，起視萬壑青。愛此清魂夢，枕席風泠泠。何必雜涼蟬，勞我側耳聽。

上　灘

上視巖石多，下視風浪惡。溪水迸流急，崢嶸出稜角。灘師熟路名，考據何鑿鑿。竹纜强牽留，一綫千鈞托。力爭尺寸功，神怵絲毫錯。水勢相戰攻，長蒿不可握。一日十餘里，趺坐忘笑謔。回望下灘舟，片時異苦樂。

垂釣

江色平無波，四圍落山翠。泊篷葦岸中，偪仄容位置。趺跏坐船尾，一竿情偶寄。風靜釣絲直，水深香餌墜。曠然顏以怡，遠起瀟湘思。豈但忘筌蹄，並忘得魚意。朗誦秋水篇，有懷漆園吏。

雜詩三首

陶公昔有語，吾亦愛吾廬。清風自東來，吹遍室西隅。藤床拂麈尾，靜守一何愚。睠彼世上人，紛紛趨道途。非不羨時俗，其如本性殊。短長異鳬鶴，好惡憑瑟竽。

有書可破疑，何必辨漢唐。有牕可高臥，何必愧羲皇。時代無古今，人心自抑揚。山花欝芳氣，夜月流餘光。一卷或在手，颯然微風凉。此時物與我，嗒爾成兩忘。

我有半囊琴，横文相斷續。整几坐焚香，泠泠鼓一曲。古調無人聽，風動藤蘿緑。獨抱此愁心，何以能諧俗。

至下里

客從三山來，三宿道途上。離家未及遠，風景已異狀。淺澗響黄流，頑石堆碧嶂。海樹受風多，枝葉無外向。北方稱斥鹵，鹽埸遠彌望。千畝力收成，婦子類耕餉。不用苦熬波，久晴産自旺。天地善養人，安肯留棄壤。深懷造物功，心神更怡曠。

冬日有懷都中故人

半生結納何寥落，風雨衡門感離索。況經歲晚雪漫漫，左右琴樽下簾幙。昨宵一片北風寒，吹我清夢來長安。長安故舊固無恙，輕裘駿馬桃花鞍。陶陶班尹爲儔伍，文藻風流猶近古。高名爭上燕昭臺，籀書細讀周宣鼓。緊余欲學濫吹竽，天人三策陳江都。胡爲戀此蓬蒿徑，十載雲山成腐儒。昔時餞別曾携手，雙驂亭下一杯酒。仰首宵看北斗星，驅車曉折西湖柳。人生聚會由來稀，知己還當何日歸。尺書裁罷默無語，極目天涯鴻雁飛。

舟泊白沙寄懷諸兄弟

繫纜平沙上，人家聚一村。月新微有色，溪淺不聞喧。薄被驚寒意，行衣濕淚痕。遥知故園處，樽酒話東軒。

過維周烏石山房

草痕容緩步，風景自然幽。疎雨不成滴，衆山多欲秋。書聲聞户外，茶氣出巖頭。靜話何能久，依稀暮靄稠。

溪　行

高低小徑半新鋤，臨水茅廬結構初。千樹松花一畦菜，雲山到處可移居。

湖上月

雲氣初匀雨未收，瀟湘水色漲新流。菜花兩岸黄如剪，人坐春風二月舟。

許牧 四首

牧，字殿颺，號杏村，長汀人。乾隆丁酉拔貢生。

注韓居詩話：殿颺詩暢遂條達，無塵坌溷慫之氣。

迎春詞

綵獅舞遍長安路，臘雪輕盈點宫絮。黄雀一聲天下春，依依柳色千門曙。畫樓初景上曈曨，幾聲鈴索來相風。新梢乍展眉間翠，嫩蕊微偷臉上紅。儂家院落輕寒閉，蠟燕系雞送春事。玉甌瓊液釀屠蘇，金牓香箋裁勝字。冉冉旌旗雲錦張，纓鈴小隊迎東皇。王孫叱撥嘶花入，妓女秋千逐燕忙。去歲迎春覺春早，今年春色依然好。人生能見幾回春，春自歸來人自老。

挹翠亭

江流如練繞層臺，遮檻雲山幾笏開。潮落倒聽楓葉響，日斜西望雨聲來。板橋木橘臨秋熟，漁浦金砧向夕催。客有鄉愁似歸雁，滿天蘆荻影徘徊。

即事

小門深巷客來稀，隱几蕭條靜掩扉。藥銚濃薰新熟酒，霉襟香爛舊縫衣。晴花貼水紅鬚濕，古木連陰緑耳肥。兀坐微吟斜日盡，牡丹棚下數鶯啼。

秋雁

嘹嚦長空萬里秋，故園歸思獨悠悠。幾聲叫破蘆汀月，無數征人盡倚樓。

張騰蛟 六首

騰蛟，字孟詞，寧化人。乾隆癸卯解元，癸丑進士。

注韓居詩話：孟詞乙卯赴補殿試，卒於都。著山海精良二十餘卷未成。生平不多作詩，作亦不惜，隨手棄去。卒之前月，乃自訂古近體詩二十餘首並山海精良書付其友孝廉方正進士吴清夫，爲刑部郎金蘭畦光悌持去，謀梓未克。進士無副本，從楊二樵孝廉收得數首。進士云。

和永定李某元韻

秋之爲氣也悲哉，庭樹屑瑟秋風催。碧雲日暮塊無侶，故人贈我雙魚來。新詩二百八十字，字字殷勤寫深思。五年尊酒別離心，今日病梨寂寥事。寂寥生憎鄉邑殊，相憐相坐不相於。臥龍山下桂華冷，雪竹峰頭明月孤。平生意氣霜鐘感，況復前盟瀝肝膽。君方培翮待拚飛，我已轉篷閱轗軻。師門弟子散如蘋，躍馬疊跡般紛綸。嗟予萬里走衰屨，風雨梁山懷棘人。劇知愛我心良苦，其奈歲華逝如許。願隨騏驥蹀春風，終使蚊蝱越階序。西洲一曲思如醒，古歡迢遞夢中明。當頭耿耿月可掇，隔浦澹澹河還盈。君之前身謝益壽，玉蕊先春發神秀。余才難効洗金鹽，君力已如穿石溜。當年文會敦槃齊，三條華燭青離迷。平津門館今尚邇，回首勝事如鴻泥。人生遊集每不再，終古青松色如黛。須知干鏌共心兵，貫斗雙精豈可晦。

楊二樵昆仲邀飲探梅，即席留別三首

華予歲晏杳難逢，載酒如君意氣濃。話雨西窗同剪燭，鳴霜東閣已聞鐘。鑾箋對劈樓成鳳，塞曲頻催笛作龍。莫訝梅園花信晚，暗香疎影若爲容。是時梅始蕚。

西洲相過動開懷，不爲尋芳憶早梅。廣樂鈞天憐夢幻，梁山風雨泣歸來。羇京四逾歲而奔喪歸，十年來第一痛心事也。

親栽。吴清夫云：二樵父訒齋進士，孟詞受業師也。通家喜達龍門刺，塵躅間尋松逕苔。最愛三間吟咏處，宮牆檜柏手園囿環扃靜下帷，美人林澮隔溪湄。相携翠袖天寒日，無奈清樽月落時。縑素有情勞躑躅，山川何事怨倭遲。殷勤挽駕前綏在，風雪猶期贈一枝。

二樵昆仲以素心蘭十年不花唱和詩見示，漫題數絶記二

十年靈瑣悵淹留，臭味親來谷便幽。千古蘼蕪清怨調，君家重與賦牢愁。

三間參佐似而家，一曲塤篪引興賒。莫向南陔怨遲暮，春風雙發絳跗華。

黎良行四首

良行，字六先，寧化人。乾隆間諸生。有餘杭草。

注韓居詩話：六先楷法二王而持流朴致，歷遊幕府，以詩字重于時。

隴頭水

隴頭流水夜猿吟，隴頭流水夜雲沉。馬行此路半爲鬼，草色長年不見春。有客行來殊辟易，知君自是非常人。勸君暫住惜顏色，莫使雞鳴夜渡津。霏霏一點黄雲起，百二重關便是秦。

蘇小小歌

小樓深隱橋西曲，寒雲不起棲菉竹。鶯聲未囀紫梅香，遠渚烟暝江水緑。檀郎深意與天長，綿綿軟語剪紅燭。金巵莫熱面前顔，心事難知向誰卜。明朝别却西陵去，錢塘孤夜月明屋。

客廣陵

廣陵春色晚，隔岸野烟平。明月故園意，扁舟客夜情。詩憐何水部，人憶謝宣城。懷古頻彈鋏，傷心涕欲横。

暮過山莊

尋遊過遠水，日色冷平沙。人語傳疎竹，鶯啼倚暮花。嶺雲寒欲墮，江月静初斜。信步溪深處，垂楊三兩家。

陳　琁三首

琁，字鴻章，號東郊，順昌人。乾隆癸卯舉人。官侯官、臺灣、浦城教諭。有守駿齋存稾。詩近體不多作，七古學韓蘇，兹姑就東郊所貽守駿齋小集録出。

注韓居詩話：東郊倜儻不羈，有山川癖，與余、陳秋坪、黄耦賓交最好，結文酒之社。

秋日與客遊九侯山

漲海逼南垂，立浪勢掀漢。坤維弛欲坍，天遺巉巖幹。欝怒出奇峰，每雜夏雲看。九侯最雄尊，衆山此屏翰。圖經縱提挈，筆弱不能讃。嘉我同來人，磊磊含達觀。疑水付夏蟲，蠟屐及秋旦。山靈水亦奇，曲折復璀璨。舟窮路自出，未上意先絆。石門儼神設，昏曉陰陽判。一罅天常青，六時風不散。紆行亂石間，或齧人面半。僧菴抱叢木，翠動風欹幔。鐺中糙飯香，竹外詩僧喚。僧志豪能詩善笑，晉三戲呼爲歡喜佛。詫客景廿四，指點雜笑粲。初經瀑布泉，烱若冰霜涣。寒光徹林表，虛籟停耳畔。石鯉偶有似，覆船不可攤。最奇風動石，累兹不測岸。隨風裊復牢，豈有巨鼇冠。餘景半荒唐，晃𢿙錯龜判。用韓語重押一韻。我遊多意會，不受山經斷。妙悟愛東坡，翻卻石鐘案。暝投禪榻臥，心清眠自晏。夢隨妄想空，絮被山雲換。明登香爐峰，天近手可按。即此是九垓，底處期汗漫。罡風竦毛骨，揮手別鵁鶄。歸途見虎矢，正欲觀炳煥。胡爲卻走藏，毋亦畏機算。山多虎，僧常機穽獲之。勝處已畢歷，遊興殊未衎。偉哉閩嶺間，閟此山水翫。九侯不足信，夏裔益誕謾。惟思趙宋末，正學肆抨彈。五儒彼何人，晦跡此棲竄。按詔安志以九侯者，天帝之子，九人各主一山。又以夏后封此，可知附會。惟宋禁僞學，時有五儒來結廬講學，至今石室存焉。題刻就瘢胝，精神終不爛。遂令此山名，坐與星日燦。爾後杳無繼，泉石餘悽惋。我來亦何事，欲發廢井瀾。境絕苦難收，詩窮非所難。獨愧非南山，不稱薇露盥。

和廖緱山曬腹書

書契肇興混沌鑿，百氏紛拏蠹始作。異哉郝子反咎腹，懸知所得皆糟粕。縱令積久生糢糊，方寸自有光明珠。方將照徹九幽暗，安用外鑠煩陽烏。緱山廖子醞釀熟，萬卷約來裁一掬。欲將始博勵及門，臨風故坦邊韶腹。東郊寡取似春蠶，食得柔桑不滿籃。任吐青絲能幾許，一回捫腹一回慚。秋風萬里生空白，且喜蚊蝱掃無跡。我無書曬並無衣，舉頭聽響玻璃魄。

乾隆乙卯初春北上，道出浦城，偕潘南村、朱秉銓、練友鳳重遊仙樓，次舊韻

報道疎梅作意清，喚人嬌鳥更多情。東風未放裙腰緑，新逕爭迎屐齒輕。新作橋亭數處。萬點翠螺窺佛座，半巖虚籟洗春聲。桃花舊日何曾種，慙負諸君載酒行。

劉志南 三首

志南，字衡山，號雲莊，寧化人。乾隆間諸生。

注韓居詩話：衡山，繼倫進士子。三世孝廉，先福之閩縣人，宦于寧，遂籍焉。少豪邁，九試不第，寄情詩酒，年四十餘始爲一邑宰所知，隨以渡海，而卒不得當。歸，抱病三年，窮以死。詩多本其性情。吴清夫進士述其事並録其詩，兹擇其尤雅者。

春日重遊坻園，呈同遊諸君子

未盡春游興，名園此更來。有山皆户牖，無水不樓臺。地可容吾隱，誰爲出世才。他時能載酒，懷抱向君開。

中秋夜鷺門寓邸散席作

漳江解棹駐高樓，風雨連宵重客愁。鹿耳早傳天外使，謂得游參戎回船札。馬頭猶滯海門秋。摒擋令節煩賢主，潦倒名揚憶舊遊。小步紅蕉頻悵望，團圞一月出雲頭。

硯照

一凹燈下寫烏絲，徑寸玻璃入硯池。不肯糊塗常自鑒，此心惟有吕端知。

曾奮春五首

奮春，字爲雷，侯官人。乾隆丙午舉人。官浙江孝豐知縣。有紉蘭堂詩鈔。

注韓居詩話：爲雷小樂府數首，卻見新穎。

咏史小樂府四首

蘆中人，蘆中人，顛連患難死爲隣，乞食吴市困且貧。王僚召見爲謀臣，僚何仇兮光何親。忍戕生君報死父，豈獨鞭尸稱不仁。胥乎胥乎夫差疑爾非一日，宰嚭之讒殊有因。

蘆中人。

崔司徒，殊可惜，既死之後空太息。議賢議功盛世事，俄頃留侯五族赤。飛昇不得老子術，圖録真經竟何益。或云滅佛報，仙不能救，佛豈能厄。崔司徒。

唐家支庶分大藩，禄山聞之爲膽寒。賀蘭一言傾房公，骨肉猜嫌填心胸。永王謀反出附會，王不能明白何怪。同爲上皇臣，同輔上皇子。鄴侯爲名佐，太白坎壈死。所遭幸不幸，一李天淵懸若此。噫吁嚱，王不反有公道，白從王非草草，紛紛浮議皆可掃。夜郎歎。

湯湯瓜埠水，林兒鑿舟死。真人已立金墉城，向日君臣虚稱耳。吁嗟乎，項王冤負不義名，漢高發喪非至誠。鑿舟歌。

釣龍臺

江山無恙伯圖空，一瞬滄桑感慨同。三市曉烟榕葉暗，滿城疎雨荔枝紅。松楸冷落埋荒草，石馬悲凉嘯北風。回首越王臺下路，長堤猶復説新豐。

郭金臺七首

金臺，字充九，號仙客，閩縣人。乾隆間監生。有星卧樓集。

注韓居詩話：充九近體格調實今日時賢之僅見者。

送孫大山歸吴江、鄧秋舫歸襄陽

醉下酒家樓，送君古渡頭。將心託明月，千里照歸舟。霜落吴江曉，烟深楚塞秋。南來有征雁，書札好頻修。

山　村

山村何所見，秋樹繞鴉群。半嶺客行雨，一筇僧入雲。川原多古木，秦漢有荒墳。憑弔意無限，長歌天外聞。

淵麻道中

秋色無遠近，四山蒼復蒼。林疎江浦月，葉抱寺樓霜。客路起鄉思，漁歌生晚涼。忽聞行不得，孤館夢凄惶。

漳州道中有感

丹霞山色曉蒼蒼，獨客飄零古驛傍。野廟秋風黄葉徑，板橋微雨蓼花莊。浮雲故國鴻無影，匹馬長途劍有霜。惆悵依人千里外，寒燈孤館夢高堂。

送客歸秦

閩南秋盡已經旬，送客江頭灑淚頻。旅館月明三楚夕，歸鞍花繞五陵春。柴桑魂夢思遊子，鴻雁音書慰故人。此日終南非捷徑，羡君歸隱見真情。

曉發南安驛

高峰殘月尚依依，旅客行程逐鳥飛。野店有霜闗樹曉，家山無夢雁書稀。江湖浪跡身將老，琴劍天涯事已非。偶向冬郎墳畔過，野花零露欲沾衣。

春暮山行

山畔少行人，溪邊啼野鳥。斜陽一櫂烟，載去春多少。

國朝全閩詩録初集續

國朝全閩詩録初集續卷一

侯官鄭杰昌英緝

黄肇熙 一首

肇熙，號憶溪，福州人。順治五年戊子舉人。官處州知府。有客中集、楚行草。

寒食舟次

舟裏宜寒食，春溪客路紓。龍蛇追遠事，風雨檢殘書。别思千峰外，鄉心一棹餘。微名真可愧，悔不學樵漁。

余　弼 一首

弼，字弼子，一字素思，莆田人。順治五年戊子舉人。官順德知縣。

題劉陶九山居

爲愛幽棲勝，山窩結草廬。雲横樹影没，風亂鳥音疎。砌壁依危石，烹泉汲小渠。有時還獨醉，長與古人居。

林嗣環二首

嗣環，號鐵崖，晉江人。順治六年己丑進士。官都御史。有湖舫集、燕來詩、過霞集、劍外篇、鐵盉詩羼音。

鄧孝威云：鐵崖罷瓊海觀察歸，僑居西湖，自號徹呆子，爲風流人士所宗。詩多奥異不可讀。

倭漆引

閩海腥鹹龍户胎，令嚴越販誰私開。曩歲每候風帆到，捆載遥從日本來。刀布金錢無不有，市兒恣喫東洋酒。即看倭漆亦殊倫，嵌蚼堆砂稱鬼手。塗髹暗用金銀地，歲久終無雕鏤氣。一枝花鳥尤矜新，百黲千鑲爪髮備。昔云舜作漆器諫者多，亦傳夏禹篆彫戈。周禮冬官詞闊載，莫防淫巧傷天和。又聞徐福行時具百藝，只今倭子多其裔。蔗段諸式各匠心，不但盤匜留秦製。張楊兩人復爭工，三十六次鏤剔紅。摩娑劇於十八女，耳邊無數海濤風。

泉南僧舍

千年禿盡六朝松，潭影能消芥蔕胸。崖頂老僧持鉢坐，欲因風雨叱黄龍。

趙　沂一首

沂，字閬仙，閩縣人。順治六年己亥進士。官彩城知縣。有歸來堂集、遊燕草。

薛家園留春，因憩雲門寺

林下尋香晚，無人掃落花。柳絲垂古樹，竹籜放新芽。寺隱分青靄，鐘沉集暮鴉。雲門關不住，春色滿天涯。

陳丹藎一首

丹藎，字未詳，侯官人，丹赤兄。順治八年辛卯舉人。官清遠知縣。

三韓大來公與余弟真亭交莫逆，遂聯宗好。己酉歲分巡福建漳南，而真亭亦於壬子轉臬僉轄溫處，其居官同也。迨耿逆煽亂，而公即捐軀許國，闔室就義者二十一人。未幾，賊犯東甌，該城將領率豎降旗，真亭固守，抗言不屈，遇害於大觀亭，其盡節同也。朝廷褒忠貞，議卹典，贈公少司空。余弟叨卹贈大納言。各廕子祭葬，其優卹同也。都人士感其節義，有功名教，升公崇祀名宦，真亭亦從祀鄉賢，其享配同也。嗟乎，人生惟忠孝兩字爲人心所同然耳。平居抵掌而談忠義，迨死生之際，能較然不惑者，千百中無一二焉。若公與真亭，可謂不渝素志矣

人生有五常，仁義爲宗主。仁以殺身成，義惟舍生取。孔孟言不殊，名教垂萬古。憶我大來翁，三韓稱翹楚。四世歷三公，累代膺簪組。初試滑邑時，揆文兼奮武。流寇心膽寒，散黨悉就撫。治政具賢能，内召擢烏府。謇諤立朝端，抗疏驅豺虎。帝念江南地，糧儲最旁午。非得肆應才，兵民遭荼苦。簡公攬轡澄，東南獲安堵。盡瘁請告歸，王事洵靡鹽。美玉豈終藏，復命巡閩土。閩方漳最黠，海上煽帆艕。出没島嶼間，束手莫禦侮。唯公設嚴備，鱷遊如在釜。何期彼逆藩，倉猝生跋扈。忠義公性成，聞變眦裂怒。漳郡士卒驕，乘間索餉户。公糧頃刻辦，將領俛歸伍。深思彈丸郡，孤身無成旅。外援四顧

絕，一死決肺腑。退與淑人謀，相訂覓死所。慷慨仝室穴，從容無色沮。闔門廿一口，經雉懸如縷。我公整衣冠，呼嵩三拜舞。授命西序下，異慘不忍覩。丹衷貫天日，節義動朝宁。聖主憐孤臣，卹典頻異數。祭葬愈有加，贈蔭隆錫予。死也重泰山，豈等鴻毛羽。以此列宮牆，無媿馨豆俎。屈指一行吏，誰者堪儔侶。我弟英烈同，可與並日語。忠臣卜有後，綿綿受天祜。嗟彼偷生倫，何足攻鳴鼓。

蔡司霑 一首

司霑，字霏卿，龍溪人。順治八年辛卯舉人。官宜興知縣。有來峰草堂集。

寄陳蘭涯

十載相依舊，離情此日深。宦途添白髮，交道重黃金。客夢殘更月，蛩聲半夜琴。伊人一水外，辛苦但孤吟。

俞　遜 三首

遜，字遜侯，號思園，莆田人，維屏曾孫。順治九年壬辰進士。官新安知縣。

蘭陔詩話云：思園作宰，當亂離之後，安輯流亡，人被其澤。分校文闈，所得皆知名士。詩亦清婉雅潔。

泊楊柳青

何處垂楊柳，猶傳楊柳青。人烟連北甸，海氣識東溟。落日寒原暮，春流遠棹停。數聲歌欸乃，獨客不堪聽。

丁字沽遇清明

潞河將入海，丁字向東陂。兩岸人烟迴，孤帆夕照遲。客途寒食後，鄉思落花時。忽憶故園柳，應垂金縷絲。

田　家

一逕人烟水竹莪，幾家雞犬白雲中。原田初熟鄰舂急，澗潦新添釣艇通。沙岸芹香飛燕子，汀洲蒲長没鳧翁。此間嘯傲翛然足，風景依稀似瀼東。

陳聖泰一首

聖泰，字泰中，侯官人。順治辛卯解元，九年壬辰進士。官邵武教授。

溪　行

層嵐疊翠覆晴沙，直北愁看古道斜。日日江頭四五艇，村村樹裏兩三家。葉堆野寺無寒火，霜咽危樓有暮笳。晝夜催人徒白髮，不知山月在梅花。

林正芳一首

正芳，字茂遠，莆田人。順治九年壬辰進士。授刑部主事，遷員外，轉郎中，乞終養。有東林詩草。

蘭陔詩話云：茂遠居西曹，鞫獄多平反。晚年杜門著書，不預外事，士林重之。詩非深造，亦饒幽致。

客中坐雨

二月江城冷，青烟帶雨遮。客衣催典酒，鄰火乞烹茶。濕燕愁還語，疎梨落尚花。淹留春强半，寒食倍思家。

葉先登一首

先登，號昊庵，長泰人。順治九年壬辰進士。授翰林檢討，歷官至山東布政使司。有紀遊全詩。注韓居詩話：昊庵，崇禎己卯鄉貢。所著詩有公車、燕臺、西征、東征、南歸、倦飛、島上、絫欷、生還等藁。序其集者，姚名啓聖、郭名四維、蔣名龍光、葉名矯然、蔡名嗣襄、張名瑛，多稱「媲美盛唐」。兢兢卒讀，録出一首。

宿同州漢爲左馮翊。

馮翊古京輔，關中最上游。地爭秦魏界，水合雒涇流。荒草迷沙苑，州南十里雒水，南有沙苑，漢牧馬處。寒烟鎖白樓。唐令狐楚作賦，刻白樓上。元稹詩「山入白樓沙苑暮」。[一]古今誰不朽，嶽瀆自千秋。

楊夢鯉一首

夢鯉，字南叟，莆田人。順治九年壬辰進士。授青陽知縣。有意山堂集。蘭陔詩話云：南叟工駢儷文，復有穿楊之技。宰青陽日，群盜夜刼之，南叟挾弓而出，射殺數人，盜驚駭散去。歸田後，囊橐蕭然，賣文自給。好古玩，貧不能致。每見人所有，摩抄不置，輙曰：「贈弟何如？」至今莆中有「南叟贈弟」之諺，亦韻事也。詩集散佚，僅存五言律一帙，乃石璞、澹崖二長老所輯者。

別江南門人

臨岐長惻惻，江上漸分舟。杯酒故人淚，關山謫宦秋。孤雲辭浦口，明月夢池州。久被浮名誤，行藏不自由。

方開鐸 一首

開鐸，字聲木，閩縣人。順治九年壬辰進士。官鳳陽道。

曾客生云：聲木秩滿歸里，治小圃種松，扁曰「綠野」。與文人墨士飲酒賦詩，靜穆之氣，少有能及。

遊西禪

愛此長林下，輕烟變夏雲。田將山寺繞，潮向石橋分。鳥語驚僧夢，蝸涎譜梵文。庭前指枸樹，妙義自西聞。

邵伯蔭一首

伯蔭，字子南，號蓉園，閩縣人。順治九年壬辰進士。官高陵知縣。林白雲云：公以詿誤去官。甲寅耿變，諸紳士皆應召，獨伯蔭抗節不就，佯癰獲免。家居三十年，足跡不入公庭，閩人咸重之。

不寐

殘燈微焰夢難成，跕屧迴廊遶佛行。花影上欄孤月冷，江聲入寺帶風清。魂依禪榻空終夜，鐘搗羈愁到五更。二十四橋何處是，凄然秋滿廣陵城。

蕭震一首

震，字鳴霆，號長源，侯官人。順治九年壬辰進士。官至山西道監察御史。有蟄菴集。注韓居詩話：長源歷任多異績。己亥内遷，壬子奔父喪，家居朝夕坐臥于三部書堂以著述。值耿藩變，密投簡親王軍前，約爲内接應，事洩遇難。有理刑末議、巡鹺奏議、西臺奏紀文録。

由石天上倚天坪望百字碑

遲迴臨仄徑，傳是古閩山。春草年年緑，孤雲日日還。乾坤尚未老，身世幾多閒。欲到題名處，懸崖不可攀。

莊振徽二首

振徽，字世慎，號恥五，福清人。順治十一年甲午舉人。官武緣、高郵二州。有容園塵草、泰郵集、臥花居塵草。

秋登鼓山大頂峰

兩袖欲飛去，天風作浪鳴。眼隨滄海闊，身與白雲輕。萬木葉初脱，千峰勢盡平。攀躋饒意興，漫逐少年行。

秋夜感懷

萬里一身月一亭，秋容畏看片雲停。澹偏有意花能解，静到無聲骨亦靈。長夜自憐新露白，何時相對故山青。懷人久坐尋佳句，但覺寒蛩不可聽。

何徵蘭一首

徵蘭，字畹亭，閩縣人。順治十一年甲午舉人。官南川知縣。

同許桐庵訪慧源上人感懷

蕭寺重過異昔遊，眼中陵谷轉生愁。百年僧去留清影，萬里人歸感白頭。城闕戍歌移舊俗，柳塘禪月冷深秋。迷途未了無生旨，今日談詩共惠休。

趙與梗一首

與梗，字楚材，龍溪人。順治十一年甲午舉人。官茂名知縣。有珠谷剩草。

入龍潭

清溪廻蕩漾，疊嶂列嵯峨。斷石穿雲墜，飛泉拂面過。曲蹊通浦溆，茅屋隔風波。颯沓汀沙外，舟人放榜過。

洪士銘一首

士銘，字日新，號畏軒，南安人。順治十二年乙未進士。官禮部主事。

送友顏紫巖之任無爲

金臺倏爾來高人，萬里晨昏重此身。楚水謳吟時互答，燕山劍舄日相親。張羅欲蹑雲中履，折角頻誇雨後巾。願借匡廬竿許竹，層梯百尺上星辰。

張松齡一首

松齡，字鶴生，號赤庵，莆田人。順治十二年乙未進士，改庶吉士。擢禮科給事中，出爲四川參議。

墨池

不見玄草臺，墨池尚如昨。三世執戟郎，白首甘寂寞。載酒何處亭，問奇久零落。老樹藏饑鼯，亂竹鳴虛閣。清池盡日閒，飛來雙白鶴。

王命岳一首

命岳，字伯咨，晋江人。順治十二年乙未進士。官兵科給事中。有恥躬堂集。

注韓居詩話：恥躬堂詩約有五六百首，諸體悉備，余披讀竟日，姑存一首。

過彭澤有懷靖節先生

清江涵峻石，類公孤耿性。折腰信輭美，其如松栢勁。公醒世不知，世醉公所病。我來絶壁下，能無仰止敬。

林　逸一首

逸，字德子，號心齋，閩縣人。順治十七年庚子舉人。有後樂堂詩。

初秋自漿溪之玉華舟中作

秋雨夜來鳴，秋風送曉征。水依村岸長，舟上渚蒲行。巖岫初經眼，雲烟似有情。待予遊屐到，爲定玉華名。

王國璽三首

國璽，字介玉，號海印，閩縣人。順治十四年丁酉舉人。官景州知州。有月將堂草、涉筆園稿。

冬夜與諸子坐石倉臨水亭

水滿月淘白，山寒烟吐青。通成一片影，倒入此孤亭。疑是潛鱗動，還如野馬形。與君塵世外，破鏡説空靈。

自粤回上汀州

畫堞緣山背，人家夾一溪。芳洲白塔迴，夏木綠陰齊。路入汀多柳，舟過鶯亂啼。不堪還水宿，逆旅定橋西。

取路由平和之粤

路取平和天氣清，近山烟盡遠山明。種松萬本行人少，時見溪流襍鳥聲。

湯學尹 一首

學尹，字伊人，號重庵，莆田人。順治十四年丁酉舉人。官嘉興推官。蘭陔詩話云：重庵持法平允，多所全活。有理禾讞略，王邁人序之。詩不多作。

過仙霞嶺

籃輿百折上仙霞，浙水閩山入望賒。衣袂生寒雲漸近，郵亭小憩日將斜。懸厓瀑散空山雨，繞樹籐飛滿地花。却喜老僧能愛客，竹柈甆椀供新茶。

洪理順 一首

理順，字爾章，號又季，龍溪人。順治十四年丁酉舉人。官瑞安知縣。

陵陽唱和同姚六康明府

三載長安客，棲遲兩棣中。來兹吟白露，留我坐秋風。笑臉開青黛，傾心醉碧筒。與君商出處，契闊話難窮。

佘履度一首

履度，字裴似，莆田人。順治十四年丁酉舉人。官瀘溪知縣。

過臨川

我過臨川郡，長懷介甫名。改絃紛國事，膠柱昧時情。經術前無古，清操舊有聲。書空徒自悔，聚斂累生平。

鄭　重三首

重，字山公，建安人。順治十五年戊戌進士。官至刑部左侍郎。有霞園詩草。

注韓居詩話：山公公慎自矢，不縱不阿。居官三十年，精白如一，室無侍媵。詩蒼老無俗調。

登孤山

砥柱水中央，登岸殊飄忽。何處峰飛來，地維培其骨。岷源東注之，千古猶不竭。滄桑有至理，奚事興咄咄。孤巒擁梵宮，鐘聲自清越。四面異其形，陰晴生突兀。匪第擬金焦，朝宗障此碣。捫蘿陟彼巔，烟嵐若滅没。忽有鳥迴翔，浩然天機發。遥望海門潮，驚濤出龍窟。蒼茫隱翠微，置身在雲闕。嘿嘿意何窮，舉杯邀素月。

之官靖江言志

伊余巖壑姿，性情本澹泊。自從紆半綬，致身矢葵藿。一令雖微官，億萬生靈托。疇昔讀詩書，期待固不薄。分符得靖江，黽勉試盤錯。綆短汲反深，中心竟如灼。惟兹驥沙城，其大可斗若。孤懸江海中，旱潦易爲虐。勞來云至矣，民風尚治躍。亦復健大訟，無情肆蠆螫。我衷素坦夷，不肯事鉤索。憑軾咨利弊，淚逐殘黎落。誰不畏考成，所念在民瘼。孑孑數瘡痍，詎忍蟊螟嚼。害馬洵當除，樹蘭更宜廓。尸曠凛冰淵，俯仰增顔怍。

秋夜宿南山白足軒

清夜疎林寂，高吟度遠峰。月微兼冷露，香燼又殘鐘。秋老山容淡，更寒蝶夢空。孤燈留信宿，半榻白雲封。

【校勘記】

〔一〕「稹」，原作「禎」，「山」，原作「煙」，據四部叢刊初編景明嘉靖壬子刊本元氏長慶集卷二十一改。

國朝全閩詩録初集續卷二

侯官鄭杰昌英緝

官于宣一首

于宣，字仲甫，號雪湄，閩縣人。順治十五年戊戌進士。官澤州知州。有雪湄集。

五日書懷

天涯薄宦歎淹留，踪跡飄零一梗浮。佳節異鄉還命酒，邊城五月尚披裘。沙田寒重禾苗晚，山壑春歸草木秋。苦憶閩南風景好，中流簫鼓采蓮舟。

謝銓五首

銓，字傅公，甌寧人。順治十五年戊戌進士。官江寧推官。

遊茅山十首選五

飛閣盤空接翠微，雲中雞犬亦依稀。琪花瑤草無人種，自有天香襲客衣。元符宮。

古殿蒼松歲月迷，丹邱傳是漢時基。隱居香火侵風雨，不似山中宰相祠。萬壽宮。

別有壺天到鬱岡，深秋風景轉蒼茫。欲尋柱史知何處，但見雲間護石床。乾元觀。

石肺嵌空鑿地髓，中涵一掬先天水。牧童拱手謝巢由，此處洗心不洗耳。洗心池。

雲封洞口疑無路，石鑿天門似有神。赫赫華陽三大字，高懸絶壁不生塵。華陽洞。

林雲銘一首

雲銘，字西仲，號損齋，閩縣人。順治十五年戊戌進士。官新安司理。有挹奎樓稾。

注韓居詩話：損齋頗有聲於當時，平日所纂輯數種以及集中詩文，俱不能免俗。

芳草坡

東風吹緑滿，野色入書廬。自意原如此，窗前戒莫除。

黄道晉 二首

道晉，字昭甫，號叡人，莆田人。順治十六年己亥進士。官龍安推官。

龍州明月渡二首

把酒邀明月，舟移月在身。可憐今夜月，曾照謫仙人。

水渡牛心過，雲飛馬首來。微茫烟樹裏，何處讀書臺。牛心山上有太白讀書臺。

陳　璩 一首

璩，字德璩，號小休，莆田人。順治間布衣。

登劍津明翠閣

峻嶺欹天末，林巔復架樓。佳辰頻載酒，遠浦幾歸舟。樹色低涵水，風聲老入秋。平生泉石癖，對此自淹留。

陳常夏二首

常夏，號鐵山，南靖人。順治十八年辛丑會元。有江園集。

注韓居詩話：鐵山家貧力學，嘗爲人傭書，舉進士，授米脂令，辭。卜居南澗，左經右史，脱粟不繼，怡如也。四方文士多從之遊，晚年愈嗜學。卒，學者稱鐵山先生。

園居

門無剥啄晝常關，獨自銜杯醉裏閒。更有長松寬數畝，招來好鳥亂空山。

漁家

催租人急比風烟，一綫清流負税錢。釣得魚兒能滿尺，官軍踏破半溪船。

鄭開極一首

開極，字肇修，侯官人。順治十八年辛丑進士。官翰林院編修，浙江學政。

注韓居詩話：先生己酉典試雲南，辛未督學浙江，通籍六十年，家居者四十載。嘗校刊黄石齋經解九種。甲子修福建通志，實總其事。丁酉鄉試，年八十重宴鹿鳴。子煇、焯、焕，乙酉同舉于鄉。

瓊河看蓮

宛樹晴烟一望收，柳陰凝立控驊騮。紅蕖片片流香影，不逐東風到御溝。

鄭泰樞 二首

泰樞，字子衡，一字瞻紫，莆田人，楚勳子。順治十八年辛丑進士。官延平府教授。有定齋集。

蘭陔詩話云：定齋從祖襟韻灑落，不耐吏事，求改廣文。署内建賦棋閣，日夕吟哦其中。又嘗割俸建化劍閣於劍浦上，祀張華、雷焕及焕子華。以苜蓿冷官能作此舉，亦韻事也。

登江州鎖江樓

薄暮憑高望，匡廬歷歷分。塔移千樹日，樓鎖一江雲。荒草城陰淡，落花燕語紛。輕舟欣免税，沽酒醉斜曛。

寓鐵佛寺偶題

黄鶴危樓與寺隣，風颿烟樹望來平。忘機野鳥當窓立，隨汐漁燈入榻明。緑草蒼苔眠佛影，古磚碧瓦勒官名。獨憐鸚鵡洲邊月，長照空江流水聲。

鄭　翡二首

翡，字羽人，號静庵，侯官人。順治間恩貢生。官建寧訓導。有穀遠堂詩。

注韓居詩話：穀遠詩手自删削，僅存百餘篇。及門崔嶷序其集，稱欲學夫子詩教而未能。余細閲數過，微妙處恐不能知，不敢多録。

和姚使君安昌行

東南郡縣地，半濱斥鹵澳。控制恃良圖，籌海慎全局。鯨波古所患，險設怪自伏。我聞昔防嚴，烽燧砦相續。内張五虎雄，外汛白犬曲。水軍訓練明，習戰接萬舳。巖巖鎮洲峙，劍戟森旄纛。所以寇莫窺，備水尤備陸。逮防日以疎，巨浸日以促。艋舸無半存，巖墩仆莫築。從此任跳梁，藩籬肆觝觸。多壘漸四郊，羈縻誰引辱。詎蔓丙申秋，啖執倍凌矗。不聞嚴虎牢，空傳守函谷。咽喉鎮所係，一朝軍全覆。大將等小兒，長驅執何倏。倉皇嘑點兵，籍脱百不足。喧聞但閉關，當機謀之熟。大城恣焚掠，小邑肆慘毒。我時哀安昌，詎能支一木。引領望援師，萬騎迅奔逐。謂當掃飈氛，廼守峽江隩。九邑護閩疆，安昌稱煢獨。死寇緩須臾，死兵苦旋速。初令役丁男，再令索芻粟。三令備艨艟，四令供矛鏃。前檄未出城，後檄紛相屬。芻糧竭遠村，民輸繼以輻。點行剩老弱，悉戍十五六。民泣謂吏言，飢餐樗與葍。豈不力趨役，意速足反縮。吏泣曰民勞，我亦机上肉。汝强事征徭，以爲父母勗。僕役或弟兄，吏寧甘臣僕。豺虎雖縱横，皇天有遐矚。行行未反顧，鞭扑交飛瀑。忍啼諭豪兵，誰匪親所育。水腫菜爲容，我民已鳩鵠。狼威雖可恃，人命弗可贖。不見屍載途，道心試螻蠋。念此死無辜，欲呑重躑躅。人豈不如物，爾盡盲于目。兵氣盛且驕，軍書疊愈數。晝封牛與羊，夜燃炬與燭。横槊磨盾墨，鐵衣陴亂宿。近惻單羸啼，遠聞孤嫠哭。鼓角動江城，凄音風以肅。何計出袵席，豐穰資霢霂。天殃魃行虐，蘊隆氣反熇。謂吏實不德，敢罪及巫暴。步祈風雨師，胡寧忍炎酷。民既死烽刃，草木何刑戮。痛哭陳王官，民窮奚能慉。歲凶户益亡，慈惠寬轉轂。一字淚千行，斧鑕寧身伏。我昔客圍城，心怛爲惕觳。天高縱不聞，忍視良司牧。無何集雲屯，宵遁鎮隨復。時亦動供徭，暫舒夏楚督。小户鮮完膚，大鄉僅敗屋。沉魚逝深淵，飛鳥歸林麓。起視聲悲鳴，鴻羽哀以翻。旋覽安昌篇，勞苦誰能録。昔如檻中猿，今始展踳跼。傷哉此方民，安得返舊俗。飢思何以食，寒思何以燠。道在安集後，節疎恩宜篤。次第起瘡痍，殷勤施膏沐。粲粲朱桐鄉，千秋馨户祝。我儀姚使君，鴻猷堪衆淑。棘圃無冤民，雪案寡留牘。濟濟救時賢，於皇稱令族。所惜濟川才，一隅仰傾沃。誰袖危苦詞，欷歔再三讀。天子念海邦，采風望當軸。

辛丑秋杪晤櫟園夫子武林舟次，因出龔芝麓先生都門早春送別索和次韻，聊述以紀始末

海氣蒸雲黑，城孤日易斜。暗香浮細草，幽夢落藤花。聲斷傷題雁，寒深悵賦鴉。時同事亡友宋子去損有寒鴉賦。無生今始悟，珍重學三車。

蔣　衡一首

衡，字克平，閩縣人。順治間諸生。辟建寧縣訓導。閩詩傳云：克平性敏，好經史百家之書，研窮義理，發于文章。建朱子祠，苦心衛道，誘造來學。著有詩文集。

遊靈隱次韜光禪師答白刺史韻

爲乘秋興到林泉，詩碣留人未忍眠。山屐耐尋黄葉徑，江雲初散曉鐘天。移將青眼千林竹，斷却紅塵十丈蓮。何日重來同洗盞，無生話對碧巖前。

陳文曾 一首

文曾，字昌奇，順治間長樂人。

雨花臺小飲

惆悵高臺望帝州，羈人竟日酒盃留。烟中古寺鐘將暮，雨後殘山樹已秋。緑影不隨紅葉墮，青苔如對白雲愁。當年説法僧何在，衰草斜陽一故邱。

翁白 二首

白，字未青，福清人。順治間布衣。有梅莊詩集。

曾客生云：未青博學能詩，於經史無不通，而志氣宏放有俠士風。

中秋舟次

扁舟深處繫烟霞，緑水灘前曲曲沙。沽酒遙過青竹徑，呼魚欲上白雲槎。一天明月間爲客，十載中秋不在家。昨天故人書報我，草堂歸去有生涯。

乙巳早春裝發吴門，留别南浦諸友

歸來暫共此登臨，又擁鶯花過武林。馬首春風正月路，板橋夜雨十年心。愁删白髮還爲客，悔别青山欲放吟。記得王門投筆後，五湖飄蕩到而今。

林人中 六首

人中，字中子，號滐村，莆田人，嵋子。順治間諸生。有我我集、爾爾集。

注韓居詩話：中子更著有風雅緒談二十卷、續閩川名士傳六卷、閩林世説十卷、閩中草木狀五卷、林氏交遊録二卷，俱未見。

午　行

夏日午方中，行役疲原野。涼飈欝不舒，飛塵紛如赭。鳴蟬咽層柯，桔槔聲啞啞。遙望溪頭人，對坐深林下。

苦寒吟

苦寒吟，上無重絮下無衾。入門四壁風吹地，破竈塵甑滿眼陰。嚴冬黯黯晝生寒，跼蹐徒歌行路難。空中雪片大如掌，絺綌淒其面目酸。面目悲酸何足言，人生有恨在沉冤。范睢寧爲睚眦怨，韓信終懷一飯恩。足拳手顫起沉吟，欲語不能聲且吞。前千年，後萬載，區區寸心竟何待。墮指裂膚寒到心，我今苦寒寒不改。朝淒風，暮雨雪，男兒生世尚有舌。灰死安知不復燃，壯心豈爲苦寒折。

春草篇

長安二月春可憐，大堤芳草正芊綿。新條不解留春住，葱蒨葳蕤何處邊。誰家遊冶少年郎，挾彈行春七寶裝。蘼蕪欲採芳菲節，散作飛塵馬足香。平原綉陌紛如綺，別有啼鶯聲喚起。王孫一去尚未歸，腸斷天涯空復爾。凝眸一望緑茸茸，帶雨縈烟色更濃。年來不盡傷春淚，併入銷魂別賦中。

同恭如別駕游西禪寺

西禪古刹最清幽，幸喜追陪白社遊。竹裡雞聲山寺午，雨中帆影海門秋。樹從柘浦連雲出，峽轉岊江背郭流。不是呂安長命駕，祇林那得重淹留。

寒　食

清明節近草芊芊，一望平蕪思悄然。細雨點衣南陌路，東風吹面夕陽天。棠梨暮落空江上，榆柳春寒萬竈烟。總爲山頭抔土在，相逢何處不堪憐。

送聘侯游楚

曲度陽關酒易醒，片帆此日度沙汀。相思最是蘼蕪草，一夕春風滿洞庭。

吴天民四首

天民，字非予，莆田人。順治中布衣。

林白雲云：非予讀書不遂，隱于星卜。寓會城，垂簾講命，决人富貴、貧賤、夭壽多驗。及老，能自刻死日，歸赴莆陽，卒于家。

和陶飲酒十首選四

夕陽未西没，蒼翠滿山前。此時北窗下，相對難爲言。涼颸竹外至，悠然太古年。自覺有餘樂，幽意誰與傳。

塵囂去已遠，遂此幽栖情。不識杯中趣，空留身後名。由來賢達士，巖壑尊其生。榮辱心無繫，寧知喜興驚。爲問皇皇者，終年何所成。

古之眉壽者，豈皆餐秋英。何如此醇醪，可以開我情。千杯心未厭，白日忽西傾。萬籟一時寂，抱琴松下鳴。意不在山川，聊以慰生平。

西疇農事及，正值耕稼時。筋力幸未衰，任勞安敢辭。倦向茂林息，樂詎過於兹。田父携榼至，交歡無猜疑。愛爾風俗醇，許心不我欺。願言長相保，有酒共醉之。

林向哲三首

向哲，字君十，莆田人。順治間諸生。有甌離子集。

林白雲云：十叟好爲古文詩歌，出遊燕薊歸，所作漸就平淡。

暮入楓葉塘

仄徑陰將夕，獨行看釣灣。蟬聲涼過雨，人影澹空山。犢返皆知舍，雲殘已閉關。移家如可卜，決意謝塵寰。

水　閣

水閣無人至，臨流獨倚闌。花香分岸霽，鳥影渡江寒。浦樹歸雲斷，村烟落照殘。一尊沽不得，惆悵自相寬。

入棲隱寺

九月西山尚翠微，入林山徑轉依稀。小菴竹密惟聞磬，隔嶺楓疎忽見扉。鷺倦獨拳秋水立，鴉寒爭背夕陽歸。題詩爲憶古人跡，更訪龍潭舊釣磯。

陳昌國 一首

昌國，字亦人，順治間同安人。出處未詳。

送梅溪和尚還秣陵

君不見海鶴凌雲姿，豈能鎩羽長在兹。請君縱飲酒，聽我伸一詞。如君筆墨人共識，如君道行人不知。君今欲返秣陵去，我於往日先見之。秋風古道一揮手，珍重毋忘過我期。

黄士先一首

士先，字爾器，號器也，改名鈍鳴，俊孫，莆田人。順治間諸生。

宿附鳳巖

結屋微依石，危泉處處分。四圍聲是雨，咫尺影生雲。佛火寒難定，山鐘濕不聞。老僧開闢事，指點向諸君。

郭　岵二首

岵，字子瞻，順治間福州人。出處未詳。有萱草堂集。

除夕有感

百感今年盡，芳尊强入唇。漸看兒女長，終少弟昆親。緑鬢過明日，青春又建寅。孤吟愈愁絶，何以慰佳辰。

同王、鄭、唐諸子遊道山石室

松陰懸石壁，竟日費躋攀。風冷客衣薄，洞幽人語閒。散羊村女牧，斜日院僧還。避地真吾計，無錢可買山。

林翼王一首

翼王，字獻十，莆田人，友王弟。順治間諸生。有檽樓集。

宿紫山

嶺際長松亂插霄，澗中古木上支橋。行隨麂跡沾春蘚，坐聽雞聲識晚潮。獵火過門分路細，樓鐘出谷帶雲遙。舊題不見紗籠壁，據榻狂吟復此宵。

鄭纘祖一首

纘祖，字哲遠，南安人，纘緒兄。順治間官参政。有遠齋集。

宿僧舍

夜靜群情歇，高懷寄小庵。微風初到樹，殘月半窺潭。蟲響室虛白，雁飛天蔚藍。孤燈照無寐，夜漏已催三。

鄭纘緒一首

纘緒，字哲孜，南安人。順治間封慕恩伯。

江夜

寒雲倒照數峰斜，碧水光含十萬家。惆悵月波堤上望，空山一笛滿蘆花。

林毓俊一首

毓俊，字爾千，莆田人。順治間拔貢生。有紀遊草。

題畫

寂寞芙蓉影碧波，東籬佳色興如何。無錢買酒詩成後，人比梅花瘦更多。

林日毅一首

日毅，字君肅，侯官人，從直祖。順治間諸生。有浪谷詩燹。

沈心齋云：浪谷詩經營刻苦，不屑一語寄人籬下。

曲江舟中望殘雪

水半仙源白未消，遠山一縷見溪橋。徒知瘦骨憐煙島，豈必寒心厭霽霄。僅可吟梅頻買醉，亦爲愛鶴暫停橈。誰分片笠汀沙外，踪跡猶堪混野樵。

康　珽一首

珽，字君平，號遲素，莆田人。順治間布衣。有鞠通集。

蘭陔詩話云：君平善彈琴，故以「鞠通」名集。

采菱曲

湖水漲湖烟，薄暮湖轉緑。不見采菱人，惟聞采菱曲。

陳元輔一首

元輔，字昌其，侯官人。順治間布衣。有枕山樓集。

遊石蓮菴

爲愛山門傍水涯，到來一路盡幽遐。石潭泉滿長疑月，曲徑春深半積花。疎竹扶籬編古寺，流雲入榻臥僧家。登峰四望困溪上，無數輕舟泊淺沙。

黄道亨一首

道亨，字元及，羅源人。順治間歲貢生。

都中紀勝

欝葱佳氣古燕臺，鳳闕龍樓照日開。天外黄河三輔險，雲中紫塞九邊回。崆峒勝跡存丹鼎，黍谷春光遍草萊。自憶南方卑濕苦，而今高出斗牛隈。

宋祖謙一首

祖謙，字爾鳴，號去損，莆田人。順治間諸生。

蘭陔詩話云：去損八分亞於比玉，又精畫理，陳章侯、胡元潤皆稱其妙。與周櫟園交好甚密。櫟園坐事，辭連去損，並逮入都，作寒鴉賦以自哀。詞意悲婉，人比之駱賓王咏蟬之作。

題畫

蕭蕭疎竹嘯青谿，人坐溪窓草色迷。山雨欲來松葉暗，隔林遥聽鷓鴣啼。

林　諫一首

諫，字祖直，順治間福清人。出處未詳。

清涼臺閒眺

東風吹客上高臺，六代山川望裹來。城自五丁開石出，江分二水接天迴。愁多莫縱傷春日，思窘應慚作賦才。遲步獨登人去盡，殘陽芳草重徘徊。

李嗣玄一首

嗣玄，字又玄，建寧人。順治間布衣。

注韓居詩話：又玄中年得跛疾，謝客著書。嘗買山于石輞，校刻李忠定公集行世。

雨後行茶詳道中

客途嘗苦熱，雨後足新涼。蟬咽山逾寂，風吹稻正香。荒村喧水碓，孤雁入斜陽。最是宜人處，秋花滿路旁。

張　琮一首

琮，字遠公，順治間福州人。出處未詳。

送黎媿曾還閩

萬里飄零日，寧堪賦別離。孤燈憐獨至，疑事孰爲師。菊滿新霜候，人歸故國時。柳條青未得，何處寄相思。

方祖玄一首

祖玄，字翼祚，號心水，莆田人，萬有孫。崇禎間恩貢生。順治中官懷遠教諭。有夜光堂詩集。

蘭陔詩話云：心水精楷法，詩亦清綺。

小桃源

十里清流兩岸山，紫煙紅樹鳥間關。重來猶恐仙源誤，須記桃花第幾灣。

陳　贄一首

贄，字不盈，順治間建寧人。出處未詳。

永鎮閣

三層傑閣古樟西，四月開花似木犀。面面有窓山水入，催耕啼過鷓鴣啼。

陳　琅一首

琅，字石房，莆田人。順治間諸生。

青溪述懷

年來只作信天翁，幾度山窮水又通。對鏡數驚霜入鬢，逢人益信道張弓。花游不厭當壚酒，月咏時聞講寺鐘。自睞幸存雙屐在，牡丹奕奕艷東風。

楊夢熊 一首

夢熊，字渭叟，莆田人，夢鯉弟。順治間諸生。

山居

結屋山郵裏，暮年合索居。却因心境靜，頓覺世情疎。莎徑朝驅犢，苔磯晚釣魚。雖然生計拙，聊可樂琴書。

方綎 一首

綎，字而聲，號如園，莆田人。順治間諸生。

曾客生云：而聲好讀書，無所不窺，雖禪宗道旨，一一會歸，尤精于詩律。

次晦山和尚黄鶴樓韻

曾傳崔灝留題後，又見仙翁過此樓。帝子不歸黄鶴去，晴川一望白雲流。千年事往詩猶在，萬里江空月自秋。我亦君山吹笛侶，驂鸞擬上最高頭。

郭登龍二首

登龍，字御六，福清人。順治間武舉人。有驅草。

村行

應憐春欲去，信步覽郊原。谷暗烏巢樹，花明蝶戀園。烟蘿青夾道，官柳緑當門。消息無家問，悠悠恨獨存。

步岳生兄吴門舟次留别

片帆高掛近斜曛，何事東風手又分。夾岸紅飛三月雨，一江青送兩堤雲。匣中有劍終酬主，囊裡無錢豈賣文。且盡天涯今日醉，朝來驪曲不堪聞。

顔廷桀一首

廷桀，字範卿，順治間永春人。出處未詳。

雲山半嶺望仙人橋

迢遙出城郭，宛轉得幽尋。瀑布懸晴雨，飛梁度遠岑。仙人如脱屣，宦子已投簪。更入雲深處，碧桃千樹林。

黄竹一首

竹，字青士，莆田人。順治間授惠安訓導。有讀書堂集。

村居

兀坐對石峰，青翠常在目。最憐架上花，半入隣人屋。

國朝全閩詩録初集續卷三

侯官鄭杰昌英緝

林方飈一首

方飈，字秋巖，閩縣人。順治間諸生。

雨花臺觀兵即景

晴沙白雪鷺初飛，遥卷江雲入翠微。二水流分燕子石，六朝烟接帝陵扉。和風習習嬌鶯囀，細柳依依戰馬肥。爲慰雨花臺上客，漫言登眺賞心違。

黄而輝一首

而輝，字述之，順治間同安人。出處未詳。

謁諸葛武侯草廬

下馬瞻遺跡，臥龍自昔聞。孤忠留二表，長嘯識三分。墻剥苔經雨，碑荒樹擁雲。草廬人境静，誰可傍耕耘。

葉之叡一首

之叡，字解凡，順治間福清人。出處未詳。有竹埜堂集。

偶述

念彼淡泊子，散髮深入山。伊余秉微尚，混跡在人間。有酒聊復飲，飲罷雙眸寬。古今豈寥廓，天地豈汗漫。昨日鬢毛黝，今日鬢毛斑。願與素心人，晨夕相往還。

林錫疇一首

錫疇，字宸選，閩縣人。順治間布衣。有樹滋堂集。

春日蕭則謙、俞志韓、李伯祥過訪山齋

松林漠漠正飛花，有客車喧古道賒。乞得鬣腮隣婦火，烹來穀雨野僧茶。一江瀏鷚春聲亂，十里蘼蕪夕照斜。竟日論文忘塵倦，城頭遙起晚風笳。

吴敬儀一首

敬儀，字平一，莆田人。順治間布衣。

次答黄源長鐔州賦别

紫蟹黄花秋正肥，西風寒勁雁聲微。不堪此際驚言别，偏怪他鄉喜説歸。落魄幾憐同爾我，健翎何日快騰飛。長安市上應相待，酒肆狂歌有布衣。

常澍一首

澍，字司牧，號雨十，莆田人。順治間諸生。

蘭陔詩話云：雨十精繪事，與楊南叟、林鳳洲及僧澹崖、石竺、嘯峰結社唱酬。遺集散失，從社草

中録二律，皆成于拈牌者，亦一氣渾成，無補綴之跡。莆中詩社多尚拈牌，牌凡六百扇，或牙或木爲之，廣六分，厚一分，以一面刻字，一面空白，平聲三百字飾以朱，仄聲三百字飾以墨，人分百二十字，集以成詩，雖欲因難見巧，然字有制限，殊難得合作也。

遊南山

披襟凌絶頂，此際息喧囂。梵響隨風遠，人烟帶郭遥。碑殘多宋字，寺古自南朝。夙愛尋僧樂，何須折柬招。

侯　烜二首

烜，字薇卿，漳浦人。順治間六歲神童。有趨庭集。

魏惟度云：薇卿早慧，以詩名。從乃祖晉水先生令涇江，舟過鄱陽，望廬山，有「雲飛洞口過還住，泉匯波心瀉又傾」之句，極爲同時所歎賞。

和遊響山韻

削削高山崙，幽幽石洞門。不知何處語，一語滿山喧。

中秋雨夜觀劇

行雲聲遏古涼州，雨滴梧桐翻夜愁。簾外落花飛不起，烟堆楊柳一庭秋。

陳　騮二首

騮，字伯驨，長樂人。順治間歲貢生。有雪鴻堂詩草。

清涼寺守歲

薊門落拓説孤劒，吴市猖狂横短簫。萬里江山懸客夢，殘年襆被寄僧寮。風塵不到香蓮刹，春色還生積雪瓢。静對竹爐寒漏永，林鐘霜柝思同遥。

丁巳首夏還山，曹方伯有贈言，次韻奉答

還山對妻子，秉燭夢魂中。故友烽烟盡，殘鄉悉索窮。月明螺女峽，波静水晶宫。再造思鴻烈，藩屏領大東。

黄　輅一首

輅，字孟謩，號復園，一號無隱，莆田人。順治間布衣。

蘭陔詩話云：復園工八分書，瘦硬有古意。嘗寓上生寺中數年，徧閱釋典，久之有省，百癡上人以拂付之。每發難竪義，風發雲涌，老頭陀不及也。詩亦工秀。

春夜書懷

垂老猶多病，醫方何所憑。有生原是客，留髮亦成僧。夢破三更雨，心明半壁燈。春風普萬物，吾道愧無能。

林翰王一首

翰王，字介宗，莆田人，友王弟。順治間布衣。有西樓集。

看彈箜篌

明月照空階，箜篌聲斷續。身是涼州人，畏彈涼州曲。

黄　瑄一首

瑄，字臥山，順治間莆田人。出處未詳。

秋晚遣興

盡日浮雲起，涼風四野呼。短牆堆敗葉，荒水折寒蘆。何處彈馮鋏，吾生半阮途。悠然還伏枕，拙計定江湖。

陳　銓一首

銓，字克簡，閩縣人。順治間拔貢生，官刑部員外。

西園春思

青山買斷築編蓬，滿地烟霞少路通。萍散曲池魚戲緑，花繁幽徑鳥翻紅。夢迴竹枕空簾雨，暖送紗窗遠樹風。獨處蕭然無客到，閒調雙鶴不開籠。

趙有聲一首

有聲，字和生，閩縣人。順治間諸生。

雨中過青塘即景

荒村深數里，雙屐不曾閒。涉水全依石，流雲半礙山。烟歸迷野徑，雨過集湖灣。千樹人家裏，籬門竟日關。

林日詔一首

日詔，字子召，古田人。順治間諸生。有臥梅集、江上吟。注韓居詩話：子召刻志勤學，躭心著作。凡往哲時賢懿行嘉言，筆而藏之，曰達書。又有四餘、玉田風雅。

雪桂軒懷友

散步東城下，來尋雪桂軒。雨隨秋到樹，風引葉敲門。補竹留雲影，移花斷蝀魂。自憐葭水外，何處覓王孫。

黄　訥一首

訥，原名道珽，字方叔，莆田人。順治間布衣。

山夜懷無隱

别子一何久，黄花秋已深。山藏孤客影，燈照故人心。鳥夢驚斜嶺，鐘聲返隔林。幽棲曾有約，相待又如今。

張　鉉一首

鉉，字明長，福清人。順治間諸生。有紀遊草。

遊虎靈巖

每到靈巖思便幽，凄清况是一天秋。數椽草屋偏依石，千里荒村盡入眸。烟氣浮沉分樹勢，鐘聲朝暮逐溪流。獨憐松老顔還翠，十載親朋幾白頭。

施　鴻 一首

鴻，字則威，邵武人。順治間歲貢生。官奉天經歷。

魏惟度云：則威詩多幽想，不傍人門户。

南歸至楓橋憇息蓮涇菴作

驅馬慰歸心，舟憇八百里。行行逐春光，柳繁鶯不已。南北風景殊，雨晴數起止。我北欣晴多，我南晴方始。故人憫疲勞，淨地休行李。携我泛小溪，斜入松竹裏。古院對幽僧，寫咏寄禪旨。一榻自瀟然，信宿有餘喜。不因行役來，何由娱靜理。

陳　渭 一首

渭，字爾泉，侯官人。順治間布衣。

舟中見月，晨走高郵

好月來孤艇，平湖萬里天。一鷗隨遠近，獨榻老江烟。婉轉深秋夜，悲歌少壯年。明朝騎馬客，風雨又誰憐。

張　霍一首

霍，字亦衡，閩縣人。順治間副貢生。官光澤教諭。

注韓居詩話：亦衡，一作一衡。韓慕廬集有送一衡還侯官詩云：「往惠予琅玕，氣與江湖奔。真奇欣激賞，交臂不可諼。」又云：「神物必騰躍，高鳥欻飛翻。三年泣和氏，百里豈士元。」則一衡見重于當時可知。

江泊晚步

夕陽摇漾大江開，行遍中原一客來。漁子有牀浮水上，牧童無笛下山隈。小灣遁跡危橋駕，深柳藏家夾道栽。早學此中人不出，即今何自得徘徊。

吴養浩一首

養浩，字孟甫，莆田人。順治間諸生。以薦授内閣中書舍人，歷官户部員外。有卜槎閣集。

蘭陔詩話云：孟甫工小楷，嘗摹醴泉銘刻石行世。詩亦華贍。

林十叟至燕賦贈

詞客何來賦帝京，嗚珂滿陌耳爭傾。當年意氣今猶在，此地悲歌感易生。小苑獵回黄霧合，狹斜人散暮烟平。夜談拍案燒高燭，金掌遲遲度月明。

高堯夫一首

堯夫，字國典，號邵翁，莆田人。順治間布衣。有竹林集。

送友人歸宣城

與君相見即相别，不盡離情可奈何。客路青山歸夢杳，孤亭尊酒夕陽多。天涯踪跡頻飄梗，海内風塵未息戈。明到南樓思病骨，夜深寒月伴松蘿。

王士昂一首

士昂，字伯莊，永福人。順治間諸生。

冬孟同諸友遊獅巖

散步層巖上，高低路幾彎。山迴人不見，林靜鳥多閒。撥草穿雲去，尋梅帶雪還。浮生逢此日，頓覺俗情删。

戴瀛一首

瀛，字學可，號䖍齋，莆田人。順治間布衣。

蔡公宅

伊昔蔡公宅，傳聞城南路。古牆飛竹鷄，殘郮幾荔樹。遥遥萬安橋，行人尚來去。

紀汝礪一首

汝礪，字石侯，侯官人。順治間諸生。

西郊春行

此景正芳菲，湖光澹翠微。柳陰藏鳥語，春色上人衣。野寺青將半，山花紅欲稀。閒遊塵事息，坐對釣魚磯。

方　灝 一首

灝，字雲師，莆田人，鏘姪。順治間諸生。有丁卯集。

感　興

幾載無家客，廿年多難身。青春逢戰鬭，白日困風塵。每笑千金薄，常懷一飯真。丈夫不得志，慚愧説甘貧。

楊樹聲 一首

樹聲，字無聲，順治間漳州人。出處未詳。

鄧孝威云：無聲詩頗似右丞。

褚硯耘招飲園亭

寂寞楊雄宅，蕭疎仲蔚棲。雲封石砌暖，月出板橋低。弱柳迎樽斝，名花引杖藜。那知千古意，珍重付黄鸝。

蘇承武一首

承武，字賡燊，莆田人。順治中諸生。有醉烟集。

蘭陔詩話云：賡燊好苦吟，務求幽僻，蓋奉竟陵緒言爲金科玉律者也。

村行

已自艱移屐，纔歸又出門。遠天紅幾樹，流水白孤村。坐冷飢鷹去，厨寒病犬蹲。深懷當此際，祗重故衫痕。

盧士昭一首

士昭，字其融，福清人。順治間布衣。

同曾客生楓橋夜泊分賦

維舟不逐白雲遊，傍水楓林入眼幽。斷續遠砧催葉墮，浮沉漁火亂江流。半橋月冷侵寒骨，滿地霜深欲暮秋。遥憶故園今夜菊，東籬誰與醉淹留。

陳　易一首

易，字于晉，侯官人。順治間布衣。

涵江秋感

雁聲嘹嚦隔滄洲，一片閒心逐水流。萬井霜花寒故壘，半林蘿薜老荒邱。溪山有意供青眼，天地無情易白頭。自笑客懷牢落甚，飄摇那得比沙鷗。

鄭仁質一首

仁質，字季重，莆田人。順治間諸生。有四近堂詩草。

林少威云：季重蒐羅載籍，作爲閩風十首，合綦組以成文，别錦綉而爲質，包括總攬，有一唱三嘆之音。

閩風

天分七建女牛星，自昔曾推此地靈。水碓午春溪米白，斗門潮過澳魚腥。栟櫚樹暗春嵐重，皂莢煙寒秋雨零。下國采風多勝事，家貧松柏尚青青。

邵鼎 一首

鼎，字禹九，號存古，連江人。順治間諸生。

徑竹

森森列列出雕牆，門巷深沉一徑長。殊勝陶公新柳宅，黄花開後幾成荒。

林榛 一首

榛，字果公，侯官人。順治間諸生。有詩略。

曾客生云：果公精陰陽術數學。

花朝集陳楷之宅

邀歡有孟公，上客酒盃同。河水過門緑，春花滿屋紅。石苔蒙宿雨，新燕受輕風。不作長鯨飲，將成白首翁。

游謙徵 一首

謙徵，字廣益，莆田人，伯槐孫。順治間拔貢生。有尺雪堂集。

九日感懷步少陵韻

憶昔山陽逢此日，憑高携醉杜陵臺。十年閉户蓬蒿滿，幾度懷人桂樹開。老去閒心猶菊澹，秋深暮髮共霜來。一堂聽雨呼行樂，觴政花前潦倒催。

張霖 一首

霖，字子善，侯官人。順治間布衣。

宿枕江樓

一望中流暮靄收，數家燈火傍漁舟。霜深野岸烏啼月，楓落寒江人夢秋。隔水冷烟涵樹濕，斷橋孤磬出山幽。幾番憔悴悲雙鬢，門掩西風獨倚樓。

覃　顥一首

顥，字湜白，順治間龍溪人。出處未詳。

西湖晚望

樓外輕烟花外峰，坐來波影碧重重。夕陽寺冷華驄去，載酒船歸翠袖慵。四面蒼山聽杜宇，千家秋雨落芙蓉。荒唐老我西湖夢，驚破南屏一夜鐘。

林朋麟一首

朋麟，字鳳洲，號思庵，莆田人，佳鼎子。順治間諸生。

蘭陔詩話云：漢宗中丞蹈海後，鳳洲飢驅奔走，足跡幾遍天下。嘗作落花三十首，爲時所稱。

秋江有寄

長江生霽色，短棹獨悲唫。秋水情無限，寒山思不禁。白蘋遊子路，芳草故人心。欲識輕離恨，霜砧入夜深。

馬良翰一首

良翰，字臥南，閩縣人。順治中布衣。有叢桂堂草。

注韓居詩話：臥南善八分篆隸，能雕畫印章，詩亦澹蕩無塵習氣。

春興

流水行雲較是非，半生辜負釣魚磯。夢回竹簞茶初熟，雨過春山蕨正肥。蘿薜北窓人到少，干戈南國燕來稀。登樓望斷斜陽外，有客天涯尚未歸。

余賓碩一首

賓碩，字鴻客，莆田人。順治間布衣。

天闕

天闕雙峰削不成，雲霞縹緲望中生。香花自向珠宮出，風雨遥來石鼓鳴。絶壑有時看鳥下，懸崖終日見僧行。上方寂寞山烟起，半夜微聞鐘磬聲。

鄭志 一首

志，字成卿，莆田人。順治間諸生。

蘭陔詩話云：從祖博學多識，聚書數萬卷，率多異本，人擬之陸氏書巢。遺集燬于火，僅傳數作，風韻雅似杜樊川。

溪行

春流滑笏漲前溪，無數垂楊緑覆堤。沙尾鷗鳧成小隊，見人飛過碧汀西。

郭鞏 一首

鞏，字無疆，莆田人。順治間布衣。

蘭陔詩話云：無疆山水人物俱臻妙品。詩名爲畫所揜，亦清逸無俗韻。

題　畫

屋後奇峰疊疊生，林深古樹起濤聲。人間暑氣無從到，獨有松根午夢清。

陳子美一首

子美，字于和，福州人。順治間諸生。辟靈山教諭。

發剡曲懷古

古人有謝公，名與戴安同。酌酒懷樓北，彈琴咏剡東。水雲沉石籟，岸草受溪風。何事山陰櫂，耑過夜雪中。

林贊王一首

贊王，字復子，莆田人，友王弟。順治間諸生。有空樓集。

過晉廢府

龍種今何在，故宫望儼然。塵封金屋裏，苔長玉階前。夜露淒淒下，晨風獵獵旋。西河春色暮，芳草爲誰憐。

李　勉一首

勉，字伯奮，順治間閩縣人。

寄陳黄門

同來石畔影，蝶夢渺江潯。蟲作方秋語，風鳴太古音。杖藜心事短，霜露國恩深。不爲寒雲瘦，何緣日苦吟。

郭元龍一首

元龍，字在菴，順治間海澄人。

舟夜聞蟋蟀次韻

何處生秋草，臨風隔岸吟。偏驚孤客夢，又動故園心。斷續和秋葉，悲涼亂夜砧。琵琶亭下月，訴盡别離音。

黄　士 一首

士，字翰侯，莆田人。順治間諸生。

蘭陔詩話云：翰侯有雋才，工畫美人。嘗戲作傳奇，蹭蹬名場，困阨以死，人以爲少年綺語之過云。

登紫霄口號

高步鳳林上，隨雲入紫峰。濤聲來遠樹，雨意濕疎鐘。隔水穿崖竹，當門夾徑松。禪關應可透，鉢底看馴龍。

吴　駿 一首

駿，字時乘，號隱齋，連江人。順治丁酉副貢生。官寧羌州判。

燕臺思親

匹馬孤吟上帝都，燕臺惆悵獨踟躕。白雲一望七千里，春草堂前憶鷓鴣。

方元相一首

元相，字仲楫，號信庵，莆田人。順治間諸生。

漁滄溪坐釣

垂釣深溪曲，波紋細細風。水清魚辨餌，竿動鳥趨叢。漫抱江湖志，聊藏草澤躬。何心期晚遇，敢説獵非熊。

方逢璧一首

逢璧，字書崑，號良山，莆田人。順治中布衣。

秋懷

十年羈異縣，寂寞此身閒。飛鴈傳秋信，斜陽掛晚山。旅懷黄葉下，鄉路白雲間，莫灑湘江淚，時清且解顔。

林華昌一首

華昌，字兼實，順治間晉江人。

九日遊棲霞感懷五兄

獨上高岑望翠微，夕陽半落雁初飛。依稀識得江山舊，惆悵茱萸淚滿衣。

周韓起一首

韓起，字聘仲，號莘野，莆田人，韓瑞弟。順治間諸生。有秋容亭集。

蘭陔詩話云：莘野善畫竹石，自比王孟端、吴仲圭，求畫者雖罄折至恭勿與，或以金幣求片楮，必大訢之。性嗜荔子，每暑月，人令販子擔荔過之，輒飽噉殆盡，索值無以償，販子乃出縑素求畫，便忻然揮灑。跡雖近憨，亦自不俗。

秋日郊居雜興，用楊孟載韻

野亭殘暑退，樹樹着疎陰。未免秋容澹，偏增客思深。海風吹落葉，山月叫寒禽。一曲歌難盡，誰傳此際心。

曾廷甲 一首

廷甲，字文生，侯官人，士甲弟。順治間布衣。有南北遊草、杞園集。

深青驛感懷

驛在人何處，閒花獨自開。山川惟舊壘，烽火尚殘灰。衆鳥天邊没，孤雲石上堆。相看離亂地，風雨不勝哀。

黄 轍 一首

轍，字聘侯，莆田人。順治間諸生。有白桃庵集。

蘭陔詩話云：聘侯嘗爲酷吏所誣，已赴西市，有貴人援之得免。其書法出入黃、米間，詩格亦蒼老。

遊白塘

孤舟載月出寒塘，楓葉蘆花幾夜霜。長笛一聲鴻雁過，滿天秋色似瀟湘。

劉日章 一首

日章，字君闇，侯官人。順治間諸生。有還拙堂詩集。

閩詩傳云：君闇爲人峭直而行嚴，學業優而才博。精二王筆法，好泉石。詩文深雅，諧性情之正。

舟中寒食

積雨江初霽，垂楊細細生。平沙喧曝網，深樹囀流鶯。未解風濤險，還愁節序更。鄉園當此夕，處處踏青行。

陳延彬 一首

延彬，字學卿，號非野，莆田人。順治間諸生。有玉山堂詩集。

留春

楊柳齊作花，風吹花入室。願藉游絲長，爲儂繫白日。

林賓王二首

賓王，字穆之，莆田人，友王弟。順治中諸生。有秋樓集。蘭陔詩話云：穆之送友遊雲中詩有「先朝綺麗三千户，往事凄涼十六州」爲人所傳誦。王阮亭序其集梓之。

古別離

離別遠難期，淚逐車塵裏。紈扇值秋風，棄置從兹始。君如溝傍水，分流任東西。妾如園中樹，開落祗一蹊。持妾樹中花，照君波上月。形影兩迷離，芳輝徒隔越。人生頻聚首，尚作白頭吟。況此違千里，誰能保寸心。切切復凄凄，高飛黄鵠齊。黄鵠猶回顧，君情那得睽。

春閨

垂柳亂鳴鶯，落花紛㩻㩻。簾垂不見人，深處聞刀尺。

康駱奇 一首

駱奇，字肇倩，莆田人。順治間諸生。

塞上曲

傳道葱河春色回，征人悵望上龍堆。三聲羌笛戍樓月，夜夜關山照落梅。

陳　毅 一首

毅，字季仲，莆田人。順治間布衣。

夜

秋風吹海月，萬里度南州。高臥石梁上，横看天漢流。青烟生遠樹，緑水夾芳洲。此夜多佳興，應懷五嶽遊。

國朝全閩詩録初集續卷四

侯官鄭杰昌英緝

宋道策五首

道策，字聿喆，侯官人。康熙間諸生。有警齋詩集。注韓居詩話：警齋先生，余友黄君世發外祖。自康熙戊子迄乾隆癸亥，詩有千餘首之富。黄友曾商付梓不果。全藁俱見淵厚平中，無劍拔弩張之態。

江樓秋望

徙倚江村望，松篁夾道幽。衆山環静几，一水抱孤樓。鳥語千家夕，蟬聲萬壑秋。鄉園在何處，惆悵白雲悠。

擬古從軍行

帶劍五原去，邊城簇馬看。陣雲當戰苦，塞月飲兵寒。無寐聽銅斗，因風據馬鞍。樓蘭還未斬，何敢覓登壇。

洪江橋上覽勝

天際虹橋落，軒然壯此邦。千灘爭赴海，五虎獨横江。潮湧蓮花嶼，龍蟠白馬杠。飛鳧鱗次集，簇簇上遊艭。

城西草堂客集，次陳昌御韻

清齋地僻傍村墟，客裏相過正夜初。野逕月明沽有酒，霜天水冷釣無魚。白生梅圃花纔放，紅入楓林葉漸疎。惆悵風塵難聚久，幾時風雨復吾廬。

山　行

寂寂荒岑萬樹橙，行人無伴獨躋登。笻經迷路逢山鬼，客欲尋幽問寺僧。寒谷鳥饑爭墮果，霜天猿冷矖枯籐。塵緣到此都消盡，欲學飛仙白日昇。

李光坡 一首

光坡，字耜卿，號茂夫，安溪人，文貞公弟。康熙中歲貢生。有皋軒集。

京師即景咏懷

初夏陽德茂，百卉雜柔剛。長條晴散氣，枝榦無老蒼。春誦又夏絃，時脩業所當。感此時節變，計指迴我腸。藝黍肇牽徒，喝道甘所嘗。衣冠坐深室，閒蕩豈不傷。往者知提耳，矢志無隂陽。殷勤策前路，方幅懼披猖。謂言或庶幾，老來翻覺長。恨初心力分，斗筲較炎涼。念難悔既後，舍旃行與藏。至今循牆走，何由窺室堂。區區負夙志，趍隙愛流光。重恐泛晚收，終已徒饑康。饑康，出穀梁傳。詩書安窮巷，琴瑟調空桑。得便即修理，且莫悲風狂。無羡草木姿，乘氣有微芳。

陳潙潢 一首

潙潢，字志澤，號悟山，閩縣人。康熙五年丙午舉人。官興平知縣，有遊吟詩。

林白雲云：悟山值耿變，竄不應召。逆平，撫軍吴廉其名，任興平令，詳豁浮糧，民懷其德。

江口晚步

適出村莊望，千篷帶夕暉。岸花摇水影，野鳥覷魚磯。山静煙初起，江鳴潮欲歸。芒鞋隨處踏，笑看白雲飛。

朱翰春二首

翰春，字鷹上，號雪厓，莆田人。康熙六年丁未進士。授高苑知縣，陞刑部主事，歷員外，遷户部郎中，陞臨安知府。

蘭陔詩話云：雪厓不受耿逆僞命，焚潰右足，血污床席。僞守遣人按驗，始得免。宰高苑時，安輯流民，無媿循吏。其詩風韻凄朗，詞采清麗，足追作者。

古　詩

落日照北邙，路遠馳鞭影。白楊風颼颼，征人肌骨冷。嵯峨誰家壿，荆棘滿墓門。古碑字滅没，啼鴉共朝昏。勳業宇宙垂，文章金石壽。生前蓋世名，死後竟何有。我欲問其人，其人骨已朽。浩蕩此乾坤，澆爾一杯酒。

建溪雜興

維舟螺女岸，水國易生烟。塔影中流動，江聲落照懸。扣舷歌夜月，倚棹看秋天。客思今方切，鄉關忽渺然。

李　默二首

默，號湖翁，泉州人。康熙六年丁未武進士。官廣東端州總兵。有吹劍集。

上谷晤林羽夫

昔年曾在薊門遊，岐路東西二十秋。握手豈期驚喜半，論交轉覺别離愁。風塵老大餘青眼，書劍飄零笑白頭。一憶古園松菊冷，歸心鄉夢兩悠悠。

春日雨後郊行

遲遲日影雨初晴，郭外尋芳遠近行。寶月臺前新草色，七星巖下老松聲。聞鐘托鉢僧歸寺，緩轡垂鞭馬向城。樹裡野塘烟水澹，有誰春酒自相迎。

林甲春一首

甲春，字叔岸，號肩庵，莆田人，元霖子。康熙八年己酉舉人。官大興知縣。

江樓烟雨和常雨十韻

極目江天暝，寒流帶郭平。叢葭鳴野鸛，亂葦隱山城。霧濕孤帆重，風吹短袷輕。蒼茫無限意，獨立咏詩成。

葉紹芳一首

紹芳，字際泰，號芸三，閩縣人。康熙九年庚辰進士。官江陰知縣。有捧檄堂草。

題楓嶺僧寺壁上

岧嶤古刹踞雄關，閩浙分疆咫尺間。二十八都今夜夢，月明不是故鄉山。

施　霖 一首

霖，字能繼，號澍巖，閩縣人。康熙九年庚辰進士。官工部主事。有雲樵逸響。

富春山

富春山，山有芑。富春水，水有鯉。芑可茹，清且美。鯉可烹，鮮且旨。獨有兩高臺，天地同不圮。可友不可臣，羊裘一老子。

吳士宏 一首

士宏，字本充，侯官人。康熙十一年壬子舉人。有楚行雜吟、對山存草。

劍津晚眺

晉代躍龍後，猶傳劍浦名。烟霞迷晚樹，山水擁孤城。返照湍流急，晴光葦岸平。扁舟今夜泊，秋色靜中生。

陳　潤一首

潤，字龍季，閩縣人。康熙十一年壬子舉人。

天壇夜步贈別道者

極望空濛隱暮笳，蕭蕭雞犬有人家。短牆影落隔隣火，老鸛啣殘野樹花。匹練長河星盡沒，千絲垂柳月初斜。明朝欲向江南路，相憶磯頭上釣槎。

薩　容一首

容，字□□，侯官人。康熙十一年壬子武舉人。

挽陳忠毅公公名啓泰，奉天人。官福建巡海道。耿逆之變，闔門殉難。

由來死節志能伸，况復捐軀二十人。碧血三年醒幻夢，滄溟千古泣孤臣。碑堪載口何須石，魄可迴瀾豈顧身。俎豆湖西蕉荔熟，波光長映水潾潾。

林　誠一首

誠，字司千，號存其，莆田人。康熙十二年癸丑進士。有大抵吟。

鴛鴦和郭友日韻

映水雙雙侶，蘭橈動並飛。風波猶未靜，洲渚總堪依。碧瓦堆霜冷，金針入繡微。何如舒錦翼，相與弄晴暉。

謝亦驥一首

亦驥，字玉路，龍溪人。康熙十四年乙卯舉人。官江南丹陽知縣。有浩園草。

送子强姪歸里

猶子真如子，臨行不忍行。愁予官俸薄，累爾客裝輕。吴越舟摇櫓，楓梨嶺聽鶯。應同春日燕，歸認舊柴荆。

王九寧二首

九寧，字采侯，侯官人，國璽子，九徵兄。康熙十六年丁巳舉人。官連城教諭。注韓居詩話：公生平以節義自持。在連邑時，講學育才，士感其德，立祠祀之。

仲秋送明侯舍弟北遊

聞道幽州古戰場，笳聲吹斷客思鄉。邊風動地晴猶黑，塞漠經秋草盡黃。二水交流看上谷，重關疊翠過東陽。西牕雨暗池塘滿，魂夢從君去路長。

金山臥雨

傍晚疎鐘帶雨敲，一泓秋水寺門潮。瀟瀟野艇歸來急，夢逐歌聲出短橋。

劉夔龍一首

夔龍，字伯讓，漳浦人。康熙二十年辛酉舉人。官南宫知縣。有一畝宫詩。

信陽州道中

曉發信陽道，渡河未曉天。遙隄終見日，淺水自生烟。寒氣侵衣帶，波光上馬韉。平沙蘆荻影，驚動小鳧眠。

鄧炎 一首

炎，字未詳，閩縣人。康熙二十年辛酉舉人。官南平教諭。

白雲寺

不知山有寺，只見白雲堆。亂竹沿溪去，危橋帶月回。林深藏虎豹，瀑響起風雷。聞道二三月，花開客又來。

鄭承祉 一首

承祉，字兼山，福寧人。康熙二十年辛酉舉人。官延平教授。有魚倉集。

楓橋夜泊

春風信宿闔閭城，回首家園百感生。入夜雪花連岸白，傍人燈火隔橋明。霜帆乍落鐘聲近，客夢初迴雁影横。萬里長安到何日，畫橈猶自繫離情。

吴　轍一首

轍，字嵋仲，號易庵，莆田人。康熙二十一年壬戌進士。官通許知縣，以孫孫逢贈兵部主事。有北遊小草。

蘭陔詩話云：易庵父貢士當世，慕蘇老泉之爲人，名其子長曰軾，次曰轍。父子爲文力橅三蘇，句絜字度，不踰尺寸。易庵矢詩不多，亦不摹倣欒城。

途中雜作

書劒飄零賦遠遊，蒹葭滿目不禁秋。一天朔氣侵羸馬，萬里霜華撲敝裘。野店聞鷄長作客，官橋繫柳獨登舟。夜來乍有思鄉夢，明月空懸古渡頭。

李　馥一首

馥，字汝嘉，號鹿山，福清人。康熙二十三年甲子舉人。官浙江巡撫。乾隆甲子重宴鹿鳴。卒年八十四。有鹿山詩集。

過司空表聖墓

古道瞻遺墓，豐碑紀有唐。榮華辭㠘冕，泉石殉君王。詩品卑元相，清風慕首陽。如何長樂老，黄髮耐興亡。

沈歸愚云：表聖評元相詩，比之都市豪估。表聖處危亂之朝，無宗社之寄。隱居王官谷。被召，陽爲衰耄乞歸。後聞哀帝被弑而卒。跡近隱淪，心實忠良也。「泉石殉君王」，移入他人不得。結以馮道反襯，倍覺有力。

蔣　晟二首

晟，字景李，號鶴汀，侯官人，夢蘭子。康熙二十三年甲子舉人。官監察御史。有九山堂詩。府志人物傳云：晟授澧陵令，值鄰境多盜，練鄉勇，招徠安輯。五載中，鋤奸剔弊，以治行擢刑部主事。

過山遇雨有感

風掃寒林黄葉飛，客裝寥落雨霏微。水流曲澗菊初放，霧鎖千山人未歸。三逕荒蕪鄉夢渺，頻年車馬壯心違。子昂琴碎名猶滯，欲采茱萸酒伴稀。

秋懷

荆南冀北兩漫漫，蹭蹬齊歌行路難。沙磧雪深燕地遠，洞庭木落楚天寬。黄河濁浪同舟險，古驛陰風並騎寒。歸喜馬周應接席，獨能無意向長安。

陳遷鶴一首

遷鶴，字介石，龍巖人。康熙二十四年乙丑進士。官左庶子。卒年七十六。有韓江詩草。注韓居詩話：介石嗜學能文。在庶常時，爲李厚菴先生所推重，見其所著太極太虛論引。與辨説，夜分不勌。晚年尤精經學，有易論、尚書私記、毛詩國風釋、春秋紀疑、上峰堂椿樹堂文集、閒居咫聞及詩稿行世。

題榕庵

高人素有山水癖，抱樹作堂依先搆。柯皮垂髯比龍虬，參天黛色射星宿。南望平疇緑野開，烱烱芊芊水滿隈。大江繞郭四十里，人烟北轃越王臺。四時佳景一盼收，最喜春和及清秋。明蟾曳練碧如畫，東風吹拂翠光浮。有時烟雨淡天半，流雲飛噴入高樓。亭宇玲瓏分四面，氣候溫涼隨節變。戀巢好鳥不歸山，名花別種麗葱蒨。過客聞知園林好，停車每愛踏芳草。主人肴酒相爲將，題咏繽紛粲霞藻。顧謂善手寫輞川，一幅嘉陵海內傳。携此東西復南北，方壺隨侍左右側。名園未識景何如，請君披卷看翰墨。

吴士熺 四首

士熺，字熙叔，一字仲初，莆田人。康熙二十六年丁卯舉人。官扶溝知縣。有瀹齋集。

黄肅國故第歌

秋風墜葉飛敗屋，鼪鼯晝嘯屋上木。四顧頹垣愁殺人，烟草離離傷極目。道逢遺老告我云，此第故明黄將軍。門前列戟眼中見，乾坤蕩析不復存。黄河如帶山如礪，茅土當年空指誓。江頭碧血化雨寒，烽烟漸没故侯第。王家戚里盡風塵，東陵况復子孫貧。干戈搶攘遽淪謝，畫棟雕梁摧作薪。我來憑弔動悲哀，千古英雄安在哉。金貂玉册消何處，荒區寂寞空徘徊。誰築新莊高百尺，役車爭輦西家石。釃酒稚牛集萬夫，叢祠甲第恣開闢。古來忠節能不朽，邸舍如雲復何有。男兒殉國傳英名，舟山抔土堪澆酒。君不見秦漢山河百二誇險固，别殿離宮不知數。千門萬户化塵灰，禾黍原田悲行路。

落花仝余全人、林子卿

連袂歌殘出大隄，餘紅斜印屧痕低。三更濺淚還留粉，十里尋香半委泥。客路粘絲風上下，女牆啼鳥巷東西。相逢歷落江南暮，幾度離亭惜馬蹄。映門何處覓紅粧，人面春風恨幾長。對舞空隨鸞鏡暗，雙栖猶覺燕泥香。斜陽陌路難回首，細雨簾櫳易斷腸。前度别來今又見，不堪重爾對劉郎。

灘行即事

行盡津梁到建溪，三篷小艇浪花迷。雨深篠簜前林晚，繫纜灘頭聽竹鷄。

林文英一首

文英，號碧山，侯官人。康熙二十七年戊辰進士。官禮部郎中，出守保定府，有政績。

別榕庵

山靈話別亦愀然，回首依依已七年。自是幽居愁骨肉，敢言高隱樂林泉。雲生亭角千尋木，月照峰頭萬丈蓮。好景留人留不得，相思直到鳳池邊。

何連城一首

連城，字璞野，福清人。康熙二十九年庚午舉人。官國子助教。

難婦題塞上壁間

鄉國飄零已六霜，歸心不復到潮陽。鳳簫今已更新曲，鸞鏡無勞照舊粧。千載傷心同蔡琰，一生薄命嫁王嬙。可憐茅店雞聲月，相伴愁人赴朔方。

鄭　玟 一首

玟，字文玉，龍巖人。康熙二十九年庚午舉人。有聽松軒詩。

石鐘山

怪石臨長江，玲瓏直透麓。清風吹古洞，異響振山谷。山靜鐘常鳴，潭虛月可掬。漁翁知此趣，夜夜傍巗宿。

朱任宏 四首

任宏，字起莘，號惺齋，閩縣人。康熙三十二年癸酉舉人。官將樂教諭。有屏治草堂詩、響山詩集。

汎舟九曲

三十六峰勝，峰峰影倒懸。艇移山欲動，石斷樹能連。有草皆爲藥，逢人道是仙。夕陽鐘磬響，帶月上岩巔。

錢塘夜泊

七百江行路，錢塘一繫舟。晚潮衝雪至，寒月逐波流。浩氣窮三島，清光接十洲。聯吟偕勝侶，潦倒拭吴鈎。

竹垞太史過山齋

漢庭供奉舊詞臣，嘯傲烟霞未老身。爲愛名山探玉女，因嘗荔子到甌閩。江湖縞帶詩中結，風月襟懷酒畔親。枉沐旌旄臨北郭，岩齋草徑掃芳塵。

全邵横菴過芝山僧舍，訪費百男不值，題壁上

爲尋勝侶叩禪關，寥落僧房野草閒。午磬忽鳴人未返，數聲啼鳥在林間。

方　邁一首

邁，字子向，號日斯，閩縣人。康熙三十三年甲戌進士。官蘭溪知縣。

過東湖樵夫祠

高隱東湖日負薪，忽聞天闕已成塵。立庭有淚難全楚，蹈海輕生豈帝秦。青史不須留姓字，草茅自解辨君臣。只今一過芳祠下，沅芷商薇不薦新。

廖長齡一首

長齡，字西纓，將樂人，騰熼之子。康熙三十三年甲戌進士。官廣東糧驛道。有西園集。

偶題

迢迢驛路久知津，南北長征一轉輪。兩見月明江上客，六經夏至道中人。雲山疊翠頻相映，水國輕帆接近鄰。到處風光堪入畫，故園歸去不勝春。

戴盻一首

盻，字未詳，龍溪人。康熙三十三年甲戌進士。官長垣知縣。

金陵

金陵北枕大江流，龍虎盤迴拱帝邱。形勢何曾輸上國，聲華況是跨中州。景陽鐘歇煙花冷，結綺樓空樹木秋。如夢六朝成底事，滄波依舊汎沙鷗。

鄭開 二首

開，字子明，莆田人。康熙三十年丙子舉人。官清流教諭。有天鏡樓詩集。

榕城鄭節婦割耳復生歌

遺安堂上訪我友，高雲客。告我苦節事希有。去年節婦割兩耳，今年兩耳復其舊。去年舊耳裏尚存，今年新耳血縷痕。天彰苦節真奇絶，述之嘆息那盡言。君不見石頭城下忠貞骨，塚中爪髮長蓬勃。千載凛凛氣猶生，俗眼看耳驚咄咄。

蘭陔詩話云：節婦，閩縣諸生林國奎妻也。國奎卒，婦守節撫孤，姑婦相倚。族有無賴子挑之，徙宅避去。亡賴子造嫚書誣婦，婦大恚，割其左耳。姑與宗老具牒訴于令，令勿顧。婦憤誣不白，復割其右耳。宗老復往訴，令勿顧如初。巡撫卞公永譽廉知之，擒無賴子，杖三十，論戍邊。事白後半年，左耳更生完好，右耳始長輪廓。悉具事聞，卞公復申奬語。以婦年三十，格于例未得請旌。章豈績有表節序云：「蓮不能染，志共矢夫兩髦；蘭即可燔，事更奇於三耳。」噫，造物之顯苦節，亦云奇矣。

過西江米巷有感

先人曩日客燕關，鼎革風塵寓此間。幾度置車藏季布，初，甲申闖寇入都，朝貴多匿先子寓，爲潛導以免。無慙負骨返文山。少司馬忠端王公殉難，從者逃匿，先子從兵火中收公屍以還。舊人變滅今誰問，毅魄消沉那復還。五十年來初駐馬，夕陽不禁淚潸潸。

鄭　霄一首

霄，字孟麐，號丹麓，連江人。康熙三十五年丙子舉人。官刑部主事。有燕石緘集。

春日汀遊

驛路稀相伴，逢迎水與山。千帆紅照外，一寺白雲間。虎跡迷花徑，漁歌出柳灣。經年車馬夢，對此覺神閒。

余正健二首

正健，字乾行，號惕齋，古田人。康熙丙子解元，三十六年丁丑進士。官翰林侍讀，擢國子祭酒，典試河南，督學江南，晉副都御史兼順天府尹。有敬義齋集。

郡志列傳云：惕齋衡文窮日夕，視其根柢而甲乙之。見諸生，最以行誼，剴切溫醇，士論稱其和而不流，清而不刻，以激揚爲任。疏請范仲淹從祀，時又督學雲南，疾作告歸，道卒。乾隆庚午，潘巡撫思榘疏請崇祀鄉賢。

維揚阻雨

昨宵已宿維揚水，今日維揚還繫舟。半枕濤聲驚客夢，一天雨色亂羈愁。家山易耐頻年隔，江岸難禁數夕留。喜有同人堪共話，蓬窗几榻亦清幽。

步月看花

花陰寂寂暗浮香，雲際窺人月半床。解語夜深渾入夢，却疑身是楚襄王。

林緒光 二首

緒光，字廣業，閩縣人，文英之子。康熙三十八年己卯舉人。選浙江平湖知縣，歷乍浦同知、永北府知府。有餘齋存藁。

門人杭大宗云：吾師餘齋先生稱詩於海内者踰四十年，推排人世，壇坫衰落，乃巋然如靈光之獨存。久歷風塵，道力愈充，發爲詩歌，屢變屢上，恢廓自信，參一代之風雅而不疑。客歲奉大中丞命採木入閩，道過里門，太夫人垂白猶健飯。提挈群季拜堂下，問起居，歡洽累日夕。事竣而還，得詩百篇，駿伏而誦之，慨然歎吾師之遭際較古人爲獨優也。

暮春即事

三春常苦雨，孤客倍思家。山潤開青嶂，溪浮轉白沙。雞鳴風乍起，簾捲月初斜。世事渾如此，陰晴莫嘆嗟。

抱病不寐

震雷飛削壁，毒瘴隱斜陽。雲氣連山白，溪聲帶雨涼。蛩鳴驚旅夢，螢照亂秋光。百慮孤燈裏，空簷滴漏長。

李建極 一首

建極，字文中，號瑶峰，侯官人。康熙四十一年壬午舉人。

嚴州夜泊

傍郭繫孤舟，夜涼驚早秋。溪聲清客夢，月色破覊愁。雲氣千山淨，江心一鏡浮。高風何處仰，今古躓長留。

陳汝僖 一首

汝僖，字德愉，號莱畦，福清人。康熙四十一年壬午舉人。

予同友人自潯陽取道，會家右周於湖郡訂同歸，泛湖遇雨，投詩索和，依韻答之

天涯聚首半吾徒，雨棹烟簑入聖湖。馬耳恍疑前日夢，山靈愧負十年逋。故宫燕雀傷禾黍，南國笙歌怨夜烏。莫道與君生計拙，雲林一幅載歸無。

陳　仁一首

仁，字惕存，侯官人。康熙四十四年乙酉舉人。有鐵硯齋遺藁。

月橋行秋

秋色涼如水，湖光掩映間。往來幽意愜，隨月上青山。

張文炅一首

文炅，字展玉，號瓊巖，侯官人。康熙四十四年乙酉舉人。官長汀教諭。有燕遊途草。

冶山懷古

海天城郭澤桑麻，咫尺平臺俯萬家。北捧五雲聽鳳嘯，南來勺水躍龍沙。樓頭烟霧凝鰲柱，池上芙蓉拂劍花。此日登臨思勝事，青青山色接蒼霞。

國朝全閩詩録初集續卷五

侯官鄭杰昌英緝

余甸六首

甸，一名祖訓，字仲敏，號田生，福清人，南平籍。康熙四十五年丙戌進士。官順天府丞。有千卷樓集。

閩詩選云：田生性清矯，居官有風節，淹貫經史，工詩古文詞、二王書法及秦漢篆隸。

贈吴子致之任江油江油縣屬四川龍安府。

真定北城闉，邂逅入蜀吏。涼秋御緼袍，馳驛携襆被。卓哉發新硎，無改後門士。立馬相晤言，咄嗟仍色喜。我從蜀中來，能説江油事。千山鎖縣齋，茅茨少塗塈。化居僅米鹽，兼以早休市。人稀土不滿，待君溥其利。俗鈍磨厲難，邑小弛張易。月缺沈郎錢，賢者饔飱治。勤課菜甲鋤，勿矢雞豚字。簿書手自裁，捉刀不須置。更有無米炊，可以濬巧智。報最屬賢勞，安知非福地。舉頭見斜曛，匆匆不盡意。長揖贈三言，雖戲願君記。

三峽行

瞿塘、巫山、黄牛，名三峽。水經云：杜宇所鑿，以通江水。七百里中，兩岸連天，略無缺處。重岩疊嶂，隱天蔽日。自非亭午夜分，不見曦月。至夏水襄陵，沿泝阻絶。王命急宣，朝發白帝，暮抵江陵，其間千二百里，雖乘奔御風不加疾也。春冬則素湍渌潭，迴清倒影。絶壁多生檉柏，懸泉瀑布，飛漱奔流，良多趣味。每至晴初霜旦，林寒澗肅，常有高猿長嘯，空谷傳響，凄其迴絶。故曰：「巴東三峽巫峽長，猿鳴三聲淚沾裳。」按晏殊類要，又以廣元之明月峽與巫峽、巴峽爲三峽，而巴縣西南亦有明月峽，然廣元巴縣之兩峽皆不險也。當仍舊名爲是。

君不見岷山之源出甕口，青衣汶洛挾而走。初在犍爲後邑渝，涪水塾江一齊受。中間經數十縣州，兩渚或不辨馬牛。東會峽門縮尋丈，此水何以能安流。兼之奇峰錯襟抵，拔地去天不盈咫。漫漭湔沛激前驅，鬱怒回濤惡旋起。無刻不與陽侯爭，陰風颯颯迅雷轟。一葉單舸供吐納，微軀直比鴻毛輕。願君遊宦莫入蜀，勸君入蜀須行陸。陸行難於上青天，乘舟生怕割坤軸。割坤軸，霾日車，幾與鯨鯢成一家。

冒雨過連雲棧漢中府

辛苦蠶叢道，夷猶作短歌。雨從山半落，雲趂脚根過。出地三千丈，違天尺五多。携來謝朓句，搔首問如何。

轉頭關早發

小隊輕裝帶曉星，行行且止揖山靈。雲封地軸迷空色，路接山梯入杳冥。怪石怒張疑鬼物，飛泉盤曲肖龍形。途窮休效嗣宗哭，艱險何時不飽經。

蜀宫瓦

絶代繁華地，深秋細雨天。宫門餘片瓦，不忍憶當年。

邊州聞見録云：蜀宫瓦，銅緑者尤可愛。白者石灰漿，受日月雨露之精華，寶色射人，三百餘年舊物也。甲午秋入試院，與江津令余田生行斷垣中得此。田生有詩，隸書刻之。可以作硯。

秦蜀分界

側頸凝眸山外山，西秦巴蜀此分關。故人若問蠶叢景，石似霜皮水色藍。

鄭任鑰 二首

任鑰，字維啓，號魚門，侯官人。康熙四十五年丙戌進士。官都察院左副都御史、江南學政、湖北巡撫。有非non軒稾。

沈歸愚云：江左多名學使，公其一也。生平不以詩重，而詩亦可傳。

春蠶詞

繭月人家愛晴旭，紙筐分葉聲滿屋。三眠過後桑樹稀，稱來銀繭繅爲絲。山村日午緯車響，榆柳陰陰烟火遲。憶昔民間累苛派，新絲二月長先賣。近年兒女有完襦，急公更足償私債。艱難衣食在農桑，年年拜祭馬頭孃。不辭小婦閨中苦，願作山龍藻火裳。

沈歸愚云：他手每説飼蠶之苦，此用翻案法，見閨中女子忠愛有餘。先生補衮之心，言中流露矣。

送林常升北上

君是南州彦，今陳北闕書。江山雙眼到，風雨片帆初。五葉清卿舊，三冬足學餘。懸知雲路近，前席待相如。

劉兆基二首

兆基，字開周，號石湖，閩縣人。康熙四十七年戊子舉人。官平和教諭。有石湖集。

江郎石

山骨崚嶒陡筍牙，攙開天碧漏煙霞。雲聯石表低晴樹，春暖巖頭散雪花。三片削空横駿騻，千尋排翠聳鬖髿。江郎仙去青山暮，鶴唳松陰古廟斜。

姑蘇懷古

霸吳便是沼吳年，一畝黄池枉占先。檇李深仇方釋怨，會稽伏甲已投鞭。採香舊徑荒村月，響屧空廊蔓草烟。獨有忠魂長不泯，姑蘇臺畔越江前。

姚黄甲二首

黄甲，字叔度，號萍踪，莆田人。康熙四十七年戊子舉人。官平和教諭。有詹詹草。

蘭陔詩話云：萍踪爲人沖和恬澹，晚逃於禪。詩非專長，亦自文從字順。

咏史

謇諤賴諍臣，每愁言路塞。如何明叔季，沽名事搏擊。詆誣憑風聞，元老重足立。訐奏隨指使，邊帥枕戈泣。門户水火爭，疇爲念國恤。附璫網東林，三案恣誅殛。龍血戰未乾，明運已告畢。

春日郊居

虚室真生白，無人叩板扉。山光侵竹榻，水氣上苔衣。隱几從花落，鈎簾候燕歸。不須傷寂寞，我貴在知希。

蔡世遠 一首

世遠，字聞之，號梁村，漳浦人。康熙四十八年己丑進士。官禮部左侍郎，贈禮部尚書，謚「文勤」。有二希堂集。

林白雲云：公學問一本之于理。喜造就人材，必以懇篤爲實學。刊有鰲峰講義學約。

蕨寄藍玉霖

結宇南山下，蕨生不費錢。脆當春菜美，青入野盤鮮。小雨遲舒葉，東風欲放拳。莫云滋味薄，一熟動經年。

林佶 四首

佶，字吉人，號鹿原，閩縣人。康熙五十一年壬辰欽賜進士。授内閣中書。有樸學齋詩藁。

注韓居詩話：先生世居郡城光禄坊，家多藏書。徐尚書刻通志堂經解、朱檢討選明詩綜，皆就傳抄。又性喜金石、書畫册、端硯，工篆隸、二王書法。又有焦山古鼎、甘泉宫瓦詩各一卷，刻於昭代叢書中。

題藍采飲歸山圖

采飲策蹇驢，來京未匝月。遽欲别我行，言將返閩越。我雖送君歸，興逐征鞍發。君出一軸畫，青山蔚林樾。孤村烟火深，茅屋山泉滑。中有人讀書，忍棄簪與笏。而我復何爲，塵鞅甘汩没。索筆趨金門，觚稜上丹闕。頓愧舊學疎，那得故書揭。長望懷古人，高風想突兀。安得共此翁，鴻冥共超忽。

甘泉宮瓦歌自注：文曰「長生未央」。

甘泉漢宮遺古瓦，何年棄擲荒隴下。泥沙埋没風雨剥，誰人物色求諸野。阿兄遊宦西入秦，嗜奇好古搜沉淪。西京文字傳絶少，何意「長生」四字完形神。周圍一尺有二寸，水清翡翠光鮮新。非篆非隸含古意，不琱不琢歸元淳。歐陽集古見未到，劉攽博雅誰探真。二千餘年復寶重，轉憶飛廉太乙俱成塵。當塗銅雀非儕偶，歷十四朝真可久。寶器逾晦逾光明，肯讓漳河片瓦傳不朽。

沈歸愚云：吉人兄同人遊秦，得瓦於田畔瓦礫中，徑五寸强，厚一寸弱，圍一尺二寸弱，吉人另有記。寶器逾晦逾光明，才人沉淪久而光顯者，何獨不然。

遊武夷登一覽亭

吾聞武夷山，乃是昇真元化之洞天。中間溪流有九曲，三十六峰陗折相排聯。我家去山七百里，逌然神往已十年。雖未扶藜臨澗谷，早有清夢來騰騫。今冬適經雙溪口，舟子西指思迴船。興高踴躍決探勝，四日逕到仙宮前。凌晨登筏泝霜瀨，山容面面堪沿緣。幔亭巍峩聳雲際，玉女秀出清而妍。虹橋千載駕陡削，接筍一綫梯鈎連。嫣然花竹藏別塢，小九曲内宜安禪。隱屏精舍昔講學，窅且奥處羅群賢。雍雍絃誦倡櫂曲，會心微妙超言詮。盤遊六曲望不極，有亭天半憑空懸。虛無縹緲徑欲斷，猿鳥絶跡惟雲烟。捨舟輕身陟危磴，聽徹水樂鳴濺濺。仙船天路落不落，誰弄狡獪疑彭籛。險艱歷盡到奇絶，天遊古觀山之巔。亭稱一覽小閩越，決眥遠睇無涯邊。此時不知此身在何處，便思脱遺人世同飛仙。丹山碧水如此勝，恨不早拍洪厓肩。會當買山傍雲壑，盡載群籍來摩編。山靈愛山亦愛我，定應招我棄官賦就歸來篇。

沈歸愚云：可作武夷有韻遊記讀，不嫌其詳。

送僧蘧然還江南

潞河幾曲水平流，好趂歸帆過濟州。鴻爪雪泥無定着，渡江又近白蘋秋。

鄭三才九首

三才，字廷贊，侯官人。康熙五十二年癸巳進士。官東光知縣。有參亭存草。

送則明家叔回閩四首

大雅日已遠，哲人難其群。金臺集俊彦，惜别何紛紛。惓言企良晤，騁翰流華芬。任昉當一面，孫陽冠三軍。大蘇與小宋，志若無機雲。别後覺此疎，京洛飽塵氛。金蘭方契闊，况復骨肉分。中懷愴以切，憂心真如焚。安能隨夙駕，談笑到榆枌。

住者雖凄凄，行者休惻惻。有夢到家山，便如生羽翼。况乃志圖南，乘風搏八極。羲馭無停鞭，白駒不可縶。倏忽上京華，看花壯顔色。

我愛張茂先，格物躭妙理。劒氣埋塵埃，淬之光鋩起。有客負龍文，久住張華里。匣中時一鳴，歸路雙龍水。神物不久藏，咫尺風雲裏。行矣莫躊躇，驚人從此始。

高蟬在樹間，咽露清以激。灌木囀黄鸝，其聲何歷歷。静觀萬物化，斯理良可覿。日月變寒暑，蟲鳥異喧寂。開卷動微吟，研朱和露滴。

題謝繡峰負米圖

負米圖，負米圖，我今見之心欷吁。人生不能及身以爲養，死後三鼎九鼎胡爲乎。謝生純孝出天性，破衣簑笠赤其脛。負米甘作人間傭，一擔能肩兩親命。當其避難石城時，昊天號泣何所之。秃筆無靈時不利，丹青百軸難療肌。至誠感神天亦格，付與聰明真奇特。拄杖化作江郎花，汗雨翻成米家墨。謝生從此如有神，不取其貌得其真。王侯第宅爭倒屣，硯池未涸不憂貧。嗚呼人生貴知足，謝生何事中夜哭。有親無米力可致，有米無親今已矣。對鏡自寫負米圖，如怨如慕雨如涕。他人那解其中故，一片真情君不訴。舉杯便擬杜家康，落筆還誇虎頭顧。舊醉客，老畫師，世人稱謂皆如斯。吾謂齷齪不足比，不如呼爲謝孝子。

遊朱家園，用李義山題鄭大有隱居韻

出郭多幽思，名園竹裏分。松多翻急雨，花密礙行雲。覓路衝蜂陣，尋聲入鳥群。羊裘開蔣徑，高趣昔曾聞。

過鄱陽湖

畫舸從天拍浪高，布帆横掛水滔滔。風迴沙鳥迷雲樹，浪鼓江豚拜雪濤。此日天河兵氣洗，當年霸國戰聲鏖。腐儒亦有澄清志，直到中流擊棹豪。

初秋書懷

遙數歸期未有期，閩南風物夢遲遲。功名無那同雞肋，禄米何堪待肉麋。司馬渴深寧有術，梅生貧甚更無詩。何時散髮烏山下，樹樹新紅擘荔枝。

和沈麟洲移居龍山

數椽安穩喜新遷，鄴架圖書腹笥便。人静偶因花判斷，客來時借鳥傳喧。行藏豈待他人卜，氣象由來此地偏。夜半長松作龍吼，種成鱗甲自何年。

葉　洪一首

洪，字宣如，號寛野，莆田人。康熙五十三年甲午舉人。

秋　柳

金城一望影蕭蕭，蕉萃誰憐舊舞腰。惟有多情桓司馬，西風獨立欲魂銷。

蘭陔詩話云：按，「司」字當讀作去聲，如白居易詩「四十著緋軍司馬」，武元衡詩「惟有白鬚張司馬」是也。

鄭　基一首

基，字紹庵，號□□，侯官人。康熙五十三年甲午舉人。由内閣中書官浙江金衢嚴道。有耕雲詩草。

登塔湖

獨立層臺上，湖光照客船。塔危高接漢，樹暝遠含烟。野水連朝岸，漁歌起暮天。莫愁歸路晚，且借酒家眠。

余敏紳 一首

敏紳，字張佩，建寧人。康熙五十四年乙未進士。有韋齋詩鈔。

將出都門別諸友人

輭塵誰復更栖栖，計日關山送馬蹄。行李半肩梅市北，布帆十幅鏡湖西。卑飛自昔輸黄鵠，養氣從今學木雞。遥想征衫初脱處，故園芳草緑初齊。

朱璋 一首

璋，字敬涵，閩縣人。康熙五十四年乙未進士。官翰林庶吉士。

武林登吴山眺望

登山直上最高盤，曉色斜侵輦路寬。萬堞凝雲從地起，一天奔浪接雲看。花迎錦石香塵滿，風撲人烟麗日寒。解道危峰曾立馬，居人猶説宋臨安。

何瀚一首

瀚，字君濟，號北海，閩縣人。康熙五十六年丁酉舉人。官從化知縣。有平遠臺集。

登金陵報恩寺塔

琉璃插漢五雲屯，直上環臨十六門。朱雀航通桃葉渡，鳳凰臺在杏花村。江山天已無分限，王謝人還有幾存。極目蒼茫生百感，敢誇風雅絶塵奔。

蔣迪一首

迪，字濬川，侯官人，晟之子。康熙五十六年丁酉舉人。官崑山知縣。

蜜溪夜泊

歷盡風波險，停橈泊渡頭。鄉心摇短夢，霜氣逼虚舟。歲月關河晚，升沉今古愁。夜泉聲入耳，欹聽枕生秋。

張　煒一首

煒，字彤伯，侯官人。康熙五十七年戊戌進士。官刑部郎中。有雪樵詩藁。

道山亭懷古

山亭一望海天空，蓬島微茫在眼中。黄蘗圖銷金蟒地，白楊烟冷水晶宫。蜃樓隱見滄桑變，螺髻參差潮汐通。莫問當年歌舞地，鄰霄臺畔夕陽紅。

陳萬策二首

萬策，字謙季，號對初，晉江人，遷鶴子。康熙五十七年戊戌進士。官詹事府詹事。有近道齋集。

水　口

水南水北勢迴環，浪息東西兩岸間。賈客園亭圍緑篠，居人屋舍架青山。石灘行盡蛟龍靜，溪雨晴開鷗鷺閒。此去平川二百里，掛帆明日抵江灣。

別表姪黄世則

高館銀釭入夜明，簷牙惟聽雨來聲。籃輿冒雨侵宵到，便是桃花潭水情。

李開葉四首

開葉，字奕夫，號磁林，福清人。康熙六十年辛丑進士。官翰林庶吉士。有崇雅堂詩鈔。

注韓居詩話：磁林館選後即假歸，以吟詠自樂。子爲觀先生，孫劍溪先生，三世翰林，皆能詩。

雜詩四首選二

高人託遙想，天海渺無垠。昔我浮槎去，淼淼河之漘。雲車迴織女，玉齒啓清芬。招我三珠樹，佩我希世珍。同心玩瑶草，青青長結隣。長跪謝仙子，含意莫能陳。孤念明皎日，道遠徒悲辛。

晏嬰舉越石，東海揚其芬。如何蕩陰裏，纍纍有古墳。長夜生荆棘，天海悲空雲。有君能畜士，殺士罕所聞。彼相不惜士，寧弗愛其君。吾欲索瓊茅，往卜諸靈氛。

金陵龍潭夜作

江晚波逾碧，山深月易斜。滄浪何處笛，紅雨一潭花。野火明殘夜，眠鷗聚淺沙。因聞丹井近，欲過葛洪家。

江　夜

秋氣夜逾淡，江聲遠自長。入林沙浦月，隔水草橋霜。野鶴招何處，山鐘聽一方。白雲辭客去，誰與共清光。

吴文焕 四首

文焕，字觀侯，號劍虹，長樂人。康熙六十年辛丑榜眼。官監察御史。有劍虹詩藁。

注韓居詩話：先生性躭酒，好讀書，居官非其所懷。故雖登鼎甲，歷仕宦，貧困如布衣。卒之日，囊無一文，蕭然可愴。全稿散佚，兹向其後人録出數首。

紀恩詩四首

禁城佳氣欝葱葱，烟歛扶桑曉色融。親見杜陵詩内景，高飛燕雀趂微風。

臨軒策遣硬黄頒，條對何人並賈山。韋布頗關天下慮，龍墀長跪自增删。
千官鵠立九閽開，頃刻臯夔出草萊。盡是天閑廐中選，不知若个屬龍媒。
京兆堂中敞畫屏，田間纔出便分庭。歸筵莫靳天厨味，不比侯家百種鯖。

許　均九首

均，字叔調，號雪邨，侯官人，遇子。康熙五十七年戊戌進士。官禮部郎中。有玉琴書屋詩鈔。

山居曉起

露重空山曉，嵐光半未收。好風隨葉落，高木任雲流。嬾性宜于野，衡門恰到秋。但憑屐幾兩，乘興與尋幽。

石林雜咏十九首選六

竹路

谷口負薪歸，樵歌出翠微。旁午不見日，涼露濕人衣。

天門

片石屹千年，一線分雙闕。誰排閶闔雲，去掇天心月。

梅坡

吹我月中笛，枝枝見清絶。半夜起松濤，香積一坡雪。

松岡

喬柯驚老龍，碩果墜山鼠。四時皆歲寒，六月不知暑。

鶴澗

仙羽黑白分，頂上丹砂色。歸來浴清泉，驚起雙鸂鶒。

夢鶴寮

密室杳復明，窗外生煙霧。時有縞衣人，晤言聆清素。

冬夜看月寄和朱師晦太史

獨坐此良夜，修竹影幽齋。美人期不來，涼月上西階。褰帷志長嘆，清思在天涯。飛鴻有和聲，嘹嚦感中懷。

紫籐花庵即事

繞池閒草出牆花，破睡新煎穀雨茶。臨水平橋一雙鶴，兩三聲送夕陽斜。

林一鑾 一首

一鑾，字公御，莆田人。康熙中布衣。有媿樓集。

秋日郊居

秋色寒郊野，吾偏愛此鄉。蘆花雙岸雪，夜月一江霜。病自偷閒減，貧從得趣忘。隣翁時過問，欵欵話能長。

佘儀曾 一首

儀曾，字來儀，號羽尊，莆田人。康熙間布衣。有放香亭詩、瞿瞿草。

邵公木集杜見贈奉答

車馬湖邊四見春，青門一識種瓜人。聞名自許清流上，把臂相看白眼新。世歷風波宜縱酒，君多才地豈長貧。餘生潦倒悲歌裏，何幸疎狂得比鄰。

國朝全閩詩録初集續卷六

侯官鄭杰昌英緝

曾大文一首

大文，字文三，龍巖人。康熙間布衣。

偕謝方山諸友遊半天岩

爲愛山行好，偶行如宿約。逶迤鳥道幽，危仄羊腸錯。雲向杖頭生，峰從天際落。榛關歷幽奇，恍是五丁鑿。五色現空中，曲曲皆蜃閣。促步下巉岩，驚濤起萬壑。

黄潀五首

潀，字庭聞，莆田人。康熙中諸生。有白華書屋詩。

擬　古

春蠶吐長絲，絲成身已厄。不如葉間蟲，化蝶飛南陌。南陌又東園，清風生兩腋。莊周夢未醒，栩栩隨所適。繰絲愛其長，染來紅與碧。文采非不貴，焚身亦何益。

秋日襍感

采采芳蘭花，持贈同心友。同心知爲誰，采蘭徒盈手。空谷自聞香，蕭艾非吾耦。行當九畹滋，紉佩比瓊玖。

山　居

甲子何年紀歷元，山家只解辨寒暄。紅蓮冬熟香浮甑，緑蟻春開色映尊。租稅幸無勞縣吏，田園粗足長兒孫。年來絶少關心事，劇愛讀書秋樹根。

登麥斜巖

蒼巖突兀似飛來，澗道無人鎖碧苔。一片雲隨流水去，木犀香處洞門開。

施世驃一首

世驃，字文南，晉江人。康熙間官福建水師提督，卒贈太子少保，謚「勇果」。

滄墅晚眺

薄暮登樓眼，山前落日斜。晴雲低海角，孤嶼迴天涯。隱隱靈鼉鼓，迢迢逐浪槎。牧人歌犢背，悽切入秋笳。

方涘一首

涘，字翥宗，侯官人，鼎成之父。康熙中諸生。

僧寮秋夜

習靜僧寮宿，明月送秋光。捲簾對明月，風來吹我裳。攬袂步中庭，高樹生微涼。仰視河漢白，灼灼星垂芒。

陳　昂 四首

昂，字軒年，侯官人。康熙中諸生。有海外狂吟草。

赤嵌筆談云：軒年富才藻，尤工駢麗之言。少日爲仇家告訐，謫戍山左。康熙末年遇赦放歸里，縱遊海上，多感懷弔古之作。

詠僞鄭逸事

戰衂旋師返北轅，轉教航海闢乾坤。金多舊借牛皮地，水漲遥通鹿耳門。赤嵌城孤遺故壘，紅夷援絶駐新屯。何緣自比虬髯客，豈昧幾先讓太原。

荒遠羈栖幸弗誅，敢通叛逆約齊驅。漫勞蝸戰爭天下，先自鯨吞奪海隅。三載相持誰得利，兩雄交搆待全輸。彼蒼藉手平南紀，曠古新增一統圖。

昔年亡將濟時才，仰仗威靈涉險來。地轉海鹹生淡水，天回風颶起奔雷。官軍血戰滄波沸，逆豎魂銷刼火灰。澳嶼全收三十六，受降澎島戟門開。

讀楊忠愍公集

將相交彈一部郎，平生二疏大文章。愁開市馬輸邊塞，忍縱城狐踞廟堂。却飲蚺蛇身是膽，有送蚺蛇膽酒者，公笑曰：「椒山自有膽，焉用蚺蛇哉？」止飲一杯酒。任吹枷鎖骨猶香。公赴朝審，有「風吹枷鎖滿城香」之句。自書年譜傳遺囑，慷慨從容在椢床。公自記云：「凡此皆據椢床書也。」

黄良佐一首

良佐，字淳可，晉江人，元驥子。康熙間官石阡知府。有清源山房詩。

湘江遇雨

宿雨連朝暗，長空入望迷。江添湘水漲，雲壓楚山低。社近遲來燕，村孤早聽鷄。不堪南浦上，芳草日萋萋。

黄瀓之一首

瀓之，字帥先，莆田人。康熙間布衣。

注韓居詩話：瀓之一名師先，字静宜，或作福州人。爲史可法幕上士，才似王景略，節如謝皋羽，而詩特妍麗，不類其爲人。

小桃源山居

買山端爲好藏書，較勘丹鉛慰索居。未醉亦言卿可去，相過先問客何如。紅疎藥徑尋詩處，香漬蒲汀洗硯餘。不欲種松知歲月，年光自分老蟲魚。

陳定國一首

定國，字昌乂，號紫巖，侯官人。康熙中諸生。

題榕庵有感

榕庵名最著，地亦以人傳。恢復酬先志，經營見昔賢。道存興廢外，樹老甲兵前。一片烏山石，猶堪倚醉眠。

陳治溥一首

治溥，字以安，閩縣人，治滋兄。康熙中拔貢生。

遊白雲寺

結伴過幽寺，危亭水一灣。鳥啼雲外樹，人踏雨中山。曲澗自洄伏，高僧獨往還。秋光容易盡，難得此身閒。

林首達一首

首達，字上而，古田人。康熙中諸生。有鳴籟集。

平湖橋

晴湖極望水天遥，烟井參差隔一橋。蓼葉洲旁漁艇繫，杏花村裏酒帘飄。人行人憩今猶昔，川漲川平暮復朝。遠聽牧童吹短笛，孤音悲颯頓魂銷。

陳子威一首

子威，字其畏，侯官人。康熙中諸生。

人物傳云：其畏嘗詣軍門上書征臺，募慣海三千人，自備糗糧，給聯絡道劄。寇平，叙功授廣西道。

柘浦山行

輕舟曉到柘城邊，南浦橋西一整鞭。鷗夢尚懸溪上月，馬蹄已踏嶺頭煙。巘垂藤影全侵澗，雲捲峰尖半入天。幾處東風啼杜宇，聲聲咽下百重泉。

陳勤宣一首

勤宣，字宣三，號荷岡，古田人。康熙二十九年庚午舉人。官長洲知縣。

劍溪

荷岡一老叟，家在劍溪頭。閒着烟中屐，靜看渚上鷗。小亭楓樹暝，古岸蓼花秋。漁父偏知趣，呼余醉釣舟。

陳 潤一首

潤，字肅雨，連江人。康熙丁丑歲貢生。

過李筠溪釣臺

悠然垂釣水雲寬，千載高風想掛冠。遺疏終寒奸檜膽，荒臺如峙子陵灘。絲綸收後煙波冷，日月沉時草樹蟠。憑弔靖康傷底事，飛鷗片片下層湍。

林永山一首

永山，字宏節，同安人。康熙間隨征湖廣紅苗，議叙加參將，未任而卒。

都匀慶雲宫

層層翠柳繞雲蹊，劍水紆迴出五溪。莫漫鄉心爭日月，春風已渡洞庭西。

林首運一首

首運，字聞而，號文峰，古田人。康熙間諸生。

有感

大雅遺音嘆僅存，二三友外許誰論。時流坐井難開口，世態翻雲欲閉門。最愛蘆花橫釣艇，還憐草屋枕山根。奇書次第營千卷，洞口閒雲任爾屯。

吴于岸 一首

于岸，字太士，閩縣人。康熙間歲貢生。

林白雲云：太士性傲睨，步趨不苟，出必正其衣冠。雍正初舉賢良方正，官儒學，先生辭不就。生平能文，詩少概見。

冬至後揖山樓見菊

小菊當冬月，亭亭開滿岑。繁花凝雪重，嫩葉載霜深。不改歲寒色，因知遲暮心。平居無限感，爲汝一高吟。

官　莊 二首

莊，字則敬，侯官人。康熙間歲貢生。官建寧訓導。有拙齋詩。

秋夜遊杜塢湖

扣棹泛湖中，山光一望同。穿林秋月白，沉水夜燈紅。波静魚依草，天高雁唳空。不知濃露重，坐聽曲三終。

過燕江桃源洞口有作

野橋緑草絶風塵，立馬燕江喜問津。雲鎖洞門泉作雨，花開谷口鳥啼春。山中日月誰知漢，世外桑田是避秦。只訊南陽劉子驥，武陵今盡太平民。

陳俞侯一首

俞侯，字欒公，晉江人。康熙間官山東知府。有北行草。

建溪舟行

孤烟生冉冉，隱約數人家。斫竹營茅屋，編籬種槿花。短牆依緑水，勝跡入丹霞。我有臨淵趣，休將此地誇。

張　彥一首

彥，字承英，侯官人。康熙間布衣。有自怡草。

渡馬瀆

一葉秋天外，魚龍鼓浪喧。雲深遲雨色，風正信潮痕。萬木浮江岸，千山赴海門。中流餘感慨，擊楫向誰論。

楊應翰一首

應翰，字淑張，邵武人。康熙間布衣。

仲秋鎮海樓眺望

城北高樓接海天，雲山青削畫欄前。六鰲遥兀參差石，五鳳齊分次第烟。秋老蒹葭浮落雁，風翻楊柳咽殘蟬。無諸故壘看何處，今古興衰總逝川。

施世澤一首

世澤，字未詳，泉州人。康熙間溫州總兵。

螭洋晚泊

晚潮已退兩三分，約束戈船暫住軍。浪拂流霞山共赤，烟凝遠岫日將曛。金蛇影戲波心月，玄豹旗翻海面雲。洗硯螭洋天氣好，樓船獨坐看星文。

葉繼榮一首

繼榮，字耀甫，閩縣人。康熙間布衣。有搜餘詩藁。

七夕讌集雙江臺

兩水環橋晚色幽，憑高臺畔看牽牛。雙星情重雲千疊，萬派光浮月一鈎。漁火微茫楊柳岸，鐘聲寥落海門秋。憑欄吟就應須醉，莫負携觴此夕遊。

方　芑一首

芑，字羽豐，侯官人。康熙間諸生。有武夷草。

建陽道中

行跡在天涯，鄉心歸夢賒。亂山孤客路，明月野人家。暝色溪飛雨，晴光樹帶霞。長途猶未盡，歸雁落平沙。

林　儀一首

儀，字羽倩，侯官人。康熙甲子副貢生。

大雪日平遠臺再集，仍用前韻書懷

朔風吹不斷，冬意覺蕭條。酒侶思燕市，詩懷憶灞橋。六花寒欲落，五馬興偏饒。復唱陽春曲，深憐再聽韶。

蔡宗顥 一首

宗顥，字隆名，侯官人。康熙中布衣，隱于星卜。

題王氏山莊

嘯傲羲皇午夢舒，蠹芸香滿舊藏書。簾開遠嶂秋雲捲，榻隱疎櫺夜月初。半畝松林隨鶴步，一籬花雨帶經鋤。重來欲問王摩詰，輞水當年恐不如。

王之鄰 一首

之鄰，字美厥，龍溪人。康熙中諸生。有羽聲集。

過謝玉路龍山草堂

陰晴渾不定，纔見露華重。水滿帆依樹，山空月在松。秋坪花自落，虚枕石常供。冉冉芙蓉出，高低數面峰。

林紹勳二首

紹勳，字下玉，福清人。康熙間諸生。

遊黄蘗寺

欲覓桃洲勝，扳躋意不停。瀑懸孤嶂白，雨過數峰青。古洞烟光合，閒房草色扃。夜深松籟發，塵夢自能醒。

登石竹

扳籐穿仄徑，寂歷絶塵氛。峭壁延青蘚，懸崖墜白雲。猿聲時斷續，山色欲平分。此地憑凭處，真能靜見聞。

賴一德一首

一德，字子吉，閩縣人。康熙中監生。有韻遠吟草。

冬日遊化城巖

探勝登高去，花香處處聞。境空填衆木，巖缺補重雲。鬼斧鑿山骨，神工劈石根。禪房逢勝友，相對靜論文。

黄吴祚二首

吴祚，字永公，惠安人。康熙中監生。有又悔亭詩。

江南舟夜

秋雲澹有無，明月片帆孤。山色朝辭越，江聲夜入吴。丹楓隨露下，白雁帶霜呼。獨坐彈琴罷，扁舟念我徒。

徐州道中

地控江淮上，商邱眺望初。星分微子國，草没孝王居。雲氣連芒碭，河流達孟諸。許張遺廟在，聞笛發長歔。

賀　梁 二首

梁，字建玳，號燕墅，莆田人。康熙中布衣。有一脉言詩。

注韓居詩話：燕墅，成功四子，明進士應達之孫，本河南懷慶府河内人。成功幼入泮，三十棄業學劍，授福建驃騎將軍，因留居焉。燕墅爲籍所阻，自安于命，窮經史，學書畫。及親葬，遊齊魯、燕趙間。福建將軍吴公慕其賢，延爲上客。大參林名麟焻老隱北村，日同觴詠，嘗贈以詩云：「荒村小隱槿籬開，曲沼迴橋三尺臺。坐待月從東海上，更欣客自遠方來。鴉青染紙頻揮墨，蟻緑浮缸數舉杯。莫嘆沈郎消瘦甚，幽香相伴有寒梅。」可想其大概。

登留雲洞

爲覓留雲洞，雞鳴未曉前。嵐光浮海闊，岩影入空懸。氣灑三秋雨，寒生六月天。坐來蠲俗慮，無念即神僊。

鷺江舟中作

天垂四野白，日落半山昏。小艇輕于葉，隨鷗入海門。

陳文遴一首

文遴，字詮新，閩縣人。康熙中監生。有南園集。

鎮海樓懷古

踞山蟠郭勢横空，聳立危樓鎮海東。霸氣久沉歐冶劍，雄圖猶憶越王宮。洲浮螺女蒼烟外，臺峙龍江斷靄中。惆悵翠濤亭不見，銅駝荒草泣西風。

周爰諏一首

爰諏，字問公，康熙間閩縣人。

冬日

繁華草木凋，谿谷正淒惻。玄冥慘不舒，歲事漸云逼。萬物各有因，盛衰迭今昔。不見武安門，猶内魏其客。

薛任驥一首

任驥，字子健，號桐溪，侯官人。康熙中官通州同知。

寄林伯馨次元韻

白髮離家出建州，九秋孤負里中遊。折腰久愧陶元亮，寬帶猶憐沈隱侯。鄉國總期投老計，江湖何日是歸舟。年來除却思君處，胸次曾無一事留。

黄　勉一首

勉，字子誠，侯官人。康熙中諸生。

同遊靈源洞和曾客生韻

着屐尋幽倚杖藜，暮烟輕抹夕陽低。雲歸古寺疎林晚，月上千峰一鳥啼。聽去寒松疑是海，喝回流水不成溪。山花正好西風惡，狼藉堦前踏作泥。

林元誨一首

元誨，字獻可，號愧聰，莆田人。康熙中歲貢生。有南村詩集。

林學川云：愧聰詩取材贍，用古化，于唐宋名家不事規橅而自然脗合。

梅庵看梅

離離疎影映蒼苔，蕭寺春寒覆酒杯。醉起不知身似雪，竹冠斜插一枝回。

孫大成二首

大成，字師孔，號時菴，浦城人。康熙壬午副貢生。官浙江於潛知縣。有怡顔亭集。

雪夜感懷

更深燈火夜蕭然，草閣鐘聲人獨眠。寒雪光分千嶂月，石橋横鎖一溪烟。已將斗酒破殘臘，欲看梅花待隔年。愧我飄零仍梗泛，愁思肯復向誰憐。

秋日閒居雜感

回思生事日蹉跎，幾度秋光荏苒過。白首園林人識少，青山著作月明多。空庭客至燒紅葉，小艇漁來繫緑蘿。今夜無須愁寂寞，閒欹竹枕聽樵歌。

林任夔 一首

任夔，字樹韶，閩縣人。康熙間諸生。

舟中漫成

四望江村曉，千尋竹木森。泉聲雲外冷，春色雨中深。衣濕窮途淚，帆懸故國心。家書封昨夜，欲寄恐浮沉。

葛經邦 一首

經邦，字允莊，康熙間侯官人。

小園梅下獨坐

燒殘蠟炬小窗虚，隔院香堪慰索居。一片芳心如水淡，五更幽韻入簾疎。風光着意傳消息，懷抱先春漫展舒。還是自開宜自落，肯教蜂蝶散花鬚。

蔣夢蘭二首

夢蘭，字則楚，號約齋，閩縣人，玢子，晟父。康熙間布衣。有蓬徑集。

咏道山亭

閩海氛初淨，巍然見道山。亭空抗塵境，地險踞榕關。斷碣蒼烟暮，懸巖古篆斑。憑高一回首，千載白雲閒。

溫麻道中

雨後寒風度遠林，林間烟火望沉沉。黍場雀嗲斜陽曠，霜逕樵歸落葉深。杖屨一身沙雁跡，溪山十載桂叢心。頻過此地生涯拙，贏得霜華兩鬢侵。

國朝全閩詩録初集續卷七

侯官鄭杰昌英緝

林元之一首

元之，字又偁，莆田人。康熙間諸生。以子學普封臨川知縣。有香草草堂詩。

早行

曉靄垂如雨，晨炊起作雲。不知茅屋近，隱隱竹鷄聞。

林公歷一首

公歷，號砥亭，康熙間侯官人。

集榕庵噉荔

岧嶢山館出林東，座遶榕陰四望通。忽見野雲奔度水，驟來簷雨亂隨風。寒生帷幔濛濛濕，香進荔枝的的紅。三伏炎蒸消滌盡，新涼迢遞滿長空。

林正青三首

正青，字洙雲，號蒼巖，侯官人。康熙間歲貢生。官小海場大使。有辦香堂詩集。

集張七孝國齋頭分賦八公山懷古

淮南賢王八賓客，成仙鷄犬同拔宅。至今山靈猶降神，草木能奪苻秦魄。投鞭斷流表英風，氣咽長江抗其嗌。江表君臣方輯穆，縱欲乘之有何隙。景略已死君王驕，九十七萬森劍戟。金陵震恐人心摇，桓冲請授玄請策。太傅風流方賭墅，成敗當前一局奕。廟廊成算守天塹，指揮群從勢辟易。朱序一呼前軍摧，青岡大敗相枕藉。鶴唳欲張鼙鼓聲，風威便掃羌氐跡。四面晉軍高下來，回望膽碎心俱坼。嘯咤不知江水寬，逋逃但覺川原迫。兒輩便成破賊功，從此淮肥流溆湲。艱危全仗社稷臣，川嶽由來不助逆。獨恨江左狃偏安，何不長驅土地辟。坐令半壁腥羶薰，八公應憤中原窄。我今憑弔古戰場，扁舟便拍長江白。惟有山頭一片月，曾照當年戰血碧。

中秋同犀水、古梅、渭雲、白巖遊開化寺

昔年曾到寺，風雨共論禪。疎磬發清夜，孤鴻叫遠天。升沉雲出岫，聚散水生烟。又值秋光好，當杯月正圓。

張　彬一首

彬，號文園，康熙間侯官人。

渡揚子江

路出三叉口，飛帆帶夕陽。金焦興廢眼，淮海戰爭場。月漾江心塔，潮迎瓜步航。揚州今夢覺，正好善刀藏。

移家柘浦

孤舟遠度萬峰遥，聊作躬耕半學樵。三載齊門空挾瑟，一朝吴市罷吹簫。蒹葭人散西江月，楊柳家居南浦橋。愁見東山猶不起，碧雲秋水怨迢迢。

陳子欽一首

子欽，字克器，長樂人，騮從子。康熙間歲貢生。

不二亭

傍寺最幽處，依山竹數圍。人方尋徑入，鳥亦夾亭飛。禪室流餘磬，花籬影半扉。喜逢僧一話，霜翠落寒暉。

林文烜一首

文烜，字蔚若，號素園，侯官人。康熙間布衣。有自鳴集。

注韓居詩話：素園喜詩酒，精篆刻，習岐黄、星卜之學。年四十五卒。

雨後寄陳松岩

聚散傷寥落，艱危意倍牽。離群驚一載，執手憶三年。月白琴猶掛，風清榻尚懸。不堪今夜雨，愁聽竹聲眠。

宋慶曾一首

慶曾，字沂公，號魯齋，莆田人。康熙間歲貢生。官寧洋訓導。

蘭陔詩話云：魯齋工選體，精楷書。與姚萍踪、黄愧野友善。萍踪贈詩有「詩接東西晉，書摹大小王」之句。

夾漈草堂

高峰鬱岧嶢，鳥道切霄漢。紆迴陟其巔，靈境闢奇翫。初登矗若梯，既至平如案。烟杉繞塢稠，風篁拂石亂。曩哲此幽棲，誅茅亙昏旦。藝圃供漁畋，皇墳恣點竄。二酉窮無遺，七略成一貫。詣闕獻天子，才名壓虎觀。一朝拂衣歸，鍵户樂篇翰。儒術比康成，素履同玄〔二〕晏。我來挹清風，窅窅遺跡漫。牧豎爲前導，鳥語如相喚。裴裒草堂中，欲去未忍判。空山明月夜，彷彿聞歗嘆。

余正烈二首

正烈，字威若，號畏齋，侯官人。康熙間布衣。

睡起

睡起懶攤書，開窗細雨餘。鄉心秋更切，世事病逾疎。曲徑飛黄蝶，方池跳白魚。閒庭聊自適，把酒月生初。

歸燕

不識清秋燕，飛飛何處歸。劬勞餘舊壘，漂泊帶斜暉。海闊風雲暗，天高羽翼微。烏衣聞有國，此去是耶非。

陳登二首

登，字駿公，連江人，彦弼子。康熙間歲貢。有慕築集。

秋思

日暮邊城鼓角哀，西風吟斷錦文迴。望迷銀漢天河去，愁絶金莖玉露來。身世微茫雙鬢短，江村寥落晚砧催。當年宋玉悲何事，靜掩柴扉晝不開。颯颯金風西北來，連朝寒雨不曾開。菊栽彭澤霜前放，雁帶斜陽夕影迴。王粲空懷孤客恨，賈生終負少年才。陸沉今古知多少，轉眼繁華亦可哀。

李孚良二首

孚良，字右起，龍溪人，贊元之子。康熙間布衣。

鄧孝威云：素園先生急流勇退，早解河北之綬，寓居白下，惟事嘯咏登臨。令嗣右起，日相隨於杖履筆硯間，其詩高雅妍麗，固堪繼美。

秋興

日暮臨初景，涼風滿石城。輕雲過嶺變，微雨度溪晴。殘葉迎秋下，寒蟬竟夕鳴。西軒明月夜，美酒此中傾。

江上追送六卿叔不及

聞滯南征棹，揮鞭到水濆。鴉啼三徑樹，風起半江雲。白浪連天闊，輕帆逐鴈分。獨憐夕照下，無計可尋君。

錢　清 一首

清，康熙間侯官人，出處未詳。

留別鷺州楊少府

玉臺清譽久聞知，握手何當款別時。落魄又分廉吏俸，登樓誰和使君詩。舟迴海角猿聲急，秋老天涯雁影遲。惆悵斯來難問道，片帆西下與誰期。

湯大來 一首

大來，字泰侯，莆田人。康熙間布衣。

蘭陔詩話云：泰侯教授里門，人罕識之。鄭天鏡集中有懷湯泰侯詩云：「人生老友難多得，得失相窺古道存。輕薄紛紛厭入眼，時時微中有談言。」蓋敦古處之士也。予偶得其秋興詩十餘首，亦自清穩，爲拔一首以傳，不使泯没無聞焉。

秋 興

老矣甘終隱，蕭蕭兩鬢秋。都忘秦甲子，頗愛晉風流。竹里藏書屋，蘆汀把釣舟。此間多逸趣，物外復何求。

林 瑩一首

瑩，字潤玉，康熙間福州人。有知非集。

丹霞晚眺

看山偏愛晚山濃，更向山前拄短笻。十里層巒迴紫翠，一溪秋水浸芙蓉。雲隨破衲僧歸院，月帶清陰鶴在松。紫玉臺前幾迴首，寂寥同聽上方鐘。

李建勳一首

建勳，字文惠，號梅亭，侯官人。康熙間官刑部員外。有緘齋詩集。

望雲丙舍讌集即事

雨過林初潤，雲開峰轉青。看花攀石磴，醉月枕山亭。燐火當樓見，村舂永夜聽。清和生竹簟，幽夢幾時醒。

林　泉一首

泉，字雲谷，晉江人。康熙間布衣。有棲軒集。

注韓居詩話：雲谷善四聲，工篆隸，小楷得鍾王法，詩非所長。

秋之江南懷吴子元先生，兼寄和謝荆玉原韻

湖山月色霽，蝶夢帶餘香。秋水露初白，園林菊未黄。有懷因掛杖，漫計説歸航。珍重惠連咏，榛苓託寄長。

康　琨六首

琨，字于玉，莆田人。康熙間布衣。有葯莊詩集。

余澹心云：葯莊詩淡而實腴，豔而不頑，雄放而不奔迅，感慨而不怒號，蕭瑟而不憔悴。協山水之清音，合風騷之旨格。

黄聘遙云：葯莊詩冷冷如澗松，聽之令人生遺俗想。

蘭陔詩話云：藥莊家徒四壁，饔飧不給。學詩于甌離子，能自出新意，不屑拾前人唾餘。畫亦不減王叔明。每秋高風起，輒携酒登山，仰天大叫，時人比之阮嗣宗。早年不娶，晚寓其友林亦山山茶閣中，棲身妙域，注念舟經。有白蝙蝠一雙，大如團扇，巢於户間。所作天仙百詠，多出世語。自知逝日，遍别友人。殁後降乩賦詩，與舊交談生前事了了，人咸以爲仙去云。

閩中竹枝詞八首 選六

山上飄飄吉貝花，山頭高處有人家。戴勝一聲桑葉緑，郎去採蕉妾絡紗。

上竿塘峙下竿塘，郎往上竿竹扈鄉。上下竿塘爭一水，待郎不見見斜陽。

將軍灘上子規啼，錢女廟前芳草迷。竹筏鸕鷀來往慣，一年長在木蘭溪。

鷺鷥池上倚蘭橈，蕩漾洄溪五姊橋。愛聽玉箏聲宛轉，夜深月上美人蕉。

嶺上望郎倚石楠，郎行潮海盡烟嵐。可憐洲北臨汀水，不肯東流獨向南。

香嶺門前客路遙，香焚木乳度清宵。儂情恰似檀香木，薰在郎衣不肯消。

李士衡一首

士衡，字小友，康熙間寧化人。

黯淡灘早發懷吴又延

曉氣入清夢，江聲雜遠灘。霧鳴雙槳暗，烟濕一帆殘。樹色含朝翠，春光帶薄寒。劍州三十里，回首不勝看。

賀青來一首

青來，字芸仕，號登石，莆田人，賀長子。康熙間布衣。有渭笛同聲集。

壺公山

莆海有仙嶠，兖州之泰山。一壺何怪異，八面可循環。山有八面形勝。蝌井通潮信，梯峰聚石斑。脈自石梯山。翠籠天馬上，光動木蘭間。天馬，山名。木蘭，水名。矹矹鍾靈氣，氤氳毓瑞顔。欲尋霄漢路，翹首願躋攀。

戴一球一首

一球，字士齊，莆田人。康熙中布衣。有西亭詩草。

懷林斯飛夫子

别後情懷倍悵然，郊居誰復侍青氊。寒雲細雨遲歸路，杯酒殘燈憶去年。草店丹楓初落葉，木蘭秋水欲生烟。幾回夢斷南來雁，何日天涯錦字傳。

郭金鑑一首

金鑑，字威予，閩縣人。康熙間歲貢。有金陵遊草。

九日登雨花臺

鍾山紫氣抹殘霞，虎踞龍盤舊帝家。秋淨長江澄素練，烟迷疎柳躁昏鴉。六朝勝事成衰草，千古荒臺記雨花。强進萸杯拚酩酊，免教離思動天涯。

黄帝臣 一首

帝臣，字敬卓，號憶趨，莆田人。康熙間諸生。有梅麓軒詩集。

蘭陔詩話云：憶趨工行書。其詩五言宗陳白雲，七言如「半空鴉陣疑雲影，一徑松濤作雨聲」、「愛閒未免詩添累，助興從來酒有功」、「樓銜海日擎盤出，檻俯崖雲擁蓋來」、「老至情如棋欲罷，靜來神似夢初醒」此等佳句，皆步趨陸放翁者也。

山居

寄興烟霞外，棲心澗谷間。瀑飛晴日雪，雲失舊時山。序準花開落，年隨燕往還。一尊依碧草，何事更相關。

丁啓印 一首

啓印，字爾翼，侯官人。康熙間諸生。

曾客生云：爾翼善草書、八分，尤工于詩文。

夜泊金沙

村落疎烟裏，山川覺漸平。露餘孤棹濕，月小數星明。漁火聚還散，溪聲咽復鳴。客懷因不寐，到此亦關情。

王命祐一首

命祐，字伯履，康熙間晉江人。

步盧夢山世兄雨後登樓韻

高閣晴陰裏，天涯共爾來。江寒能瘦竹，雨潤欲肥苔。目逐南雲斷，書沉北雁回。莫嗟身世事，撫景一銜杯。

董敬受一首

敬受，字有人，侯官人。康熙間歲貢生。

林白雲云：有人好寫水墨，性豪放。晚年貧甚，並無家室，孤子一身，以舌耕自給。年八十餘卒，朋友爲之殯葬。

第一山房

第一山村勝，烟霞照眼新。人從石背出，路向樹腰巡。洞迴全無暑，花開半似春。喜聞容買隱，聊可寄清貧。

鄭士俊 一首

士俊，字長沛，侯官人。康熙間諸生。

春暮偕陳而大郊行

野徑春痕細，柔風掩緑林。側身天地闊，放眼水雲深。麥浪飛寒隴，梨花隔翠岑。行行何所適，握手共歌吟。

戴炳畿 一首

炳畿，字彦翰，莆田人。康熙間諸生。有北遊草。

賦得涼葉下庭梧

忽驚金井墜，涼氣集庭梧。對雨聲還急，因風色轉殊。天高青嶂遠，樹老白雲孤。黯淡秋光裏，層陰入畫圖。

黄德佑 一首

德佑，字子修，晉江人。康熙間拔貢生。有黄御霞詩藁。

晚步

澗水清潾潾，涉流步長坂。我有會心處，行行忘近遠。驅犢野人歸，採薪樵子返。清風動林木，白雲生絶巘。日色下西隅，蒼然山逕晚。

黄　琮 一首

琮，字裼公，康熙間晉江人。

秋杪送韜汝南還，兼懷李厚菴太史

揮手送君去，秋高驛路寒。自因知己少，愈覺别離難。濁酒尋歸夢，黄花破旅顔。故人如問訊，爲我報平安。

林一璘一首

一璘，字公韞，莆田人。康熙間歲貢生。有懷樓集。蘭陔詩話云：公韞學詩于王阮亭。居卞中丞幕内，爲中丞輯古畫，考極精核。

舟中清明

三月南中白紵衣，羊裘獨擁坐朝暉。離人已是無情緒，况對楊花遠近飛。

張登瀚一首

登瀚，字孝朝，福清人。康熙間諸生。

晚眺鰲極閣

平野蒼烟合，高城白日斜。沿江孤客艇，背郭有人家。閣迴饒秋色，山空隱暮霞。寂寥頻悵望，覊思滿天涯。

林正升 一首

正升，字允恭，侯官人。康熙間諸生。有碧莊集。

秋感和客生「來」韻

疎林葉落滿蒼苔，獨上山樓日幾回。堤畔忽驚楊柳瘦，籬邊又見菊花開。隔江孤雁唧秋度，歸樹寒鴉背夕來。極目烽烟空佇立，晚風蕭瑟不勝哀。

李世昌 一首

世昌，字東山，康熙間莆田人。

水郵秋泛訪哲上人

小艇衝波去，孤村一望迷。斷橋時見路，隔岸忽聞鷄。極浦歸雲遠，長天野水齊。哲公蘭若近，停棹問新題。

張鶴年 一首

鶴年，字興五，侯官人，崙子。康熙間諸生。

楊白花

楊白花，何處飛。飛來勸人別，飛去勸人歸。朝入山爲雲，暮入海爲月。雲易消，月易缺。楊花遊絮三百里，春風人在半樓裡。

游　泓 一首

泓，字旭初，號漣漪，莆田人。康熙間諸生。

武　夷

羽客乘霞去不回，幔亭風月伴誰來。人間幾度曾孫老，依舊山花歲歲開。

鄭秉宧 一首

秉宧，字爾期，福清人。康熙間國學生。有問山樓集。

坐雨有懷曾客生之武夷

獨坐春光半已非，誰憐暮雨冷柴扉。花殘幽逕香難落，草長荒堦色漸肥。一紙素箋飛不到，九溪寒瀑醉忘歸。倚欄何事堪惆悵，目斷天涯故侶違。

曾士甲 一首

士甲，字客生，侯官人。康熙間諸生。有幻有堂集。

注韓居詩話：客生緝閩詩傳初編，多明季諸人詩，俚俗兼以蕪雜，風雅幾墜矣。末附幻有堂數十篇詩亦類然。兹擇最雅馴者存其一。

清溪晚棹

近住清溪白石灣，百年天地幾多閒。蘆花秋水世情遠，放棹歸遲愛晚山。

林　弼 一首

弼，字傳仲，莆田人。康熙間拔貢生。官英山知縣。有築巖小草。

獨　坐

獨坐空齋小几凭，漸看樹木暮雲興。溪流近閣來千里，小徑當窓曲幾層。架積白魚書未檢，香添金鴨霧初騰。關心自覺無餘事，記得瓜園乍上籐。

曾貞元 三首

貞元，字又賓，侯官人，士甲長子。康熙間諸生。

郊行

堤上絲絲細柳繁，天涯芳草倦王孫。數聲啼鳥春山緑，一徑殘花暮雨昏。矮屋寒烟城外市，小橋孤樹水邊村。非予不作尋芳賦，幾度臨風欲斷魂。

江村

緑塵靄靄結層陰，門掩寒梨春意深。微雨入簾花氣薄，蒼烟歸樹鳥聲沉。數峰對酒開青眼，一枕臨流濯素心。更有新詩何處得，移舲時向月中尋。

晚眺

倚笻吟罷日將斜，江渚江村白鷺家。山色四圍人在畫，疎烟明月上蘆花。

黄志璋一首

志璋，字眉仲，晉江人。康熙間蔭生教習，官陜西洮岷道。卒年八十五。有璞園集。

寫懷

一枕黄粱醒便休，谿山隨處可淹留。但饒逸士蓴鱸興，不羡清名李郭舟。變態任從流水去，閒心還與白雲酬。我生本是邱園客，何必逢人諱故侯。

林昇一首

昇，字洪山，莆田人。康熙間官揚州通判，陞鞏昌同知。有酬弧草。

冒巢民云：洪山詩如天人無味之糧，如山海移情之景。

舟泊丹陽，是日立秋

船牕夜半忽驚秋，起看天河檻外流。家信不懸孤雁足，客心長寄大刀頭。梧桐一葉飄金井，菡萏千花散玉溝。獨向江干還信宿，亂烟深處是揚州。

林鳳焻一首

鳳焻，字韶來，莆田人，麟焻弟。康熙間諸生。

送玉巖兄之粤東

葉落丹楓瑟瑟聲，孤鴻掠羽起長征。三山曉色越王國，五嶺秋風趙尉城。間道溪迴添水驛，離亭月出數煙程。莫因鱷徙潮無警，忍待池春草自生。

【校勘記】

〔一〕「玄」，原作「京」，百衲本二十四史影宋本晉書卷五十一皇甫謐傳曰「沈靜寡欲，始有高尚之志，以著述爲務，自號玄晏先生」，據改。

國朝全閩詩録初集續卷八

侯官鄭杰昌英緝

陳衣德一首

衣德，字章侯，號浴齋，閩縣人。雍正元年癸卯進士。官直隸文安知縣。有東遊漫草。

遊龍頭巖

怪石巑岏上，凌空一草亭。濤從松際落，琴向澗中聽。檻柱延斜日，觚稜指旦星。凭欄無限意，翹首望鴻冥。

劉敬與一首

敬與，字隣初，福清人。雍正元年癸卯進士。官行人司行人。有且朴齋詩鈔。

香草齋作

如花似雪范雲句，團扇青袍何遜詩。自古風人重離別，今君何以慰相思。

吴九叙 三首

九叙，字瞻侯，侯官人，士宏子，文焕兄，日來孫。雍正二年甲辰舉人。有瞻侯詩稿。

遊西湖放歌

我友當年向我説，西湖烟景真超絶。前在芝陽，孫蓉洲、鮑濟瀛、龔丹林、章衡三、家田祖輩，曾共道西湖勝槩。參之傳記轉茫然，未及遨遊空眼熱。今年忽作汗漫行，趹宕孤踪入西浙。天風不散越嶠雲，浪雨捲作潮頭雪。曙寒江口聽停橈，幽思浩觀情獨切。春遊亭左路倭遲，丁婆嶺畔步連綴。湖光山色欝紆來，小艇夷猶欣鼓枻。初望雷峰勝覽齊，六橋風致從容列。觀魚花港水悠悠，忠肅祠開碑巀嶭。舟師指點舊靈踪，飛來峰頂傳奇譎。螺痕秀插遠空青，雙岫披烟爽氣徹。風生欸乃曳渟泓，瀲灩晴波旋綴纈。三潭遙滯採菱歌，秋月亭空閒皎潔。鷗鳧摇蕩逐寒萍，烟水迷離櫓聲咽。湖心亭裡豁塵觀，輝煌宸翰龍蛇掣。青油烏榜任横斜，酒罌茶鐺恣提挈。須臾漫藹水湄中，飲興雄豪聊弭節。林逋鶴去冷梅叢，陸贄堂荒剩殘碣。朱門青瑣日峥嶸，碧瓦雕甍路澄澈。曾是龍旂行幸來，竹木樓臺亘鋪設。唾壺敲罷帶餘酣，次第探奇腸糾結。伸眼翹看六一泉，迅駛而過嘆井渫。我來曲榭覓荷風，畫檻迴廊殊委折。山帶空低雨意微，嵐光返射雲陰滅。岳墳左近肅趨瞻，百年浩氣英精烈。捩舵迴轉興不窮，斷橋殘景還寥泬。暮山髣髴聽鐘鏗，洗耳臨流重蹩躠。選佛場中古蹟高，林薄蒼涼脱扃鐍。柳堤秋滿散輕颸，景色澄鮮足怡悦。聖湖濃淡實相宜，尠陋華軒與金埒。越都勝槩一朝收，歸路無心問日昳。此遊莽淼憶交舊，漫漫已作經年别。

登春江第一樓

富春江上大觀樓，水勢山形一望收。風過縠紋天際合，烟横黛色日邊浮。平蕪鳥下稻粱晚，古殿臺荒薜荔秋。犀甲三千渺何處，好將萬弩障狂流。

過黄天蕩

洪流漭沆接雄都，千尺波濤氣勢殊。雲暗隔江驚過鳥，風摇巨艦落輕鳬。山河和戰空陳跡，南北旌旗冷霸圖。大地滄桑凴一慨，水留沙渚岸蓬蘆。

林　寅一首

寅，字懷清，號直齋，沙縣人，連城籍。雍正二年甲辰舉人。官廣東知縣。有中可集。

江　村

清江一帶遶郊墟，恰稱幽人此卜居。傍水亭臺都入畫，引流園圃自成渠。修篁對岸涵波靜，緑柳隨橋照影踈。時有鄰村詩酒侶，同來澤畔看遊魚。

廖必琦一首

必琦，字愧荆，莆田人。雍正二年甲辰進士。授户部主事，改翰林編修，擢浙江道御史。有荔莊詩鈔。

注韓居詩話：序廖太史集者，皆當時顯貴，多稱秀毓三山，才傾八斗，爲詞垣夙宿。余未能知，録此一首，以例其餘。

故園即景

日涉聊成趣，當前景物奇。山明雲散後，水漲雨晴時。弱柳垂新緑，流鶯認故枝。悠然乘興杳，猶憶鳳凰池。

王應元 一首

應元，字屺陟，閩縣人，朝屏父。雍正四年丙午舉人。有植三堂詩集。

舟泊白沙

白沙聊信宿，獨自放懷寬。樹色春汀暗，鷄聲夜雨寒。孤帆燈際落，短劍酒中彈。疎放真如我，何愁客路難。

穆元春 一首

元春，字則仁，號資巖，閩縣人。雍正四年丙午舉人。官新塗知縣。有希光堂詩鈔。

寄友

地迥雲連谷，城高風滿樓。江山千里外，離思五更愁。濁酒長相憶，高文莫暗投。他時憐會面，霜雪各盈頭。

徐時作三首

時作，字鄴侯，號筠亭，建寧人。雍正五年丁未進士。官成安知縣。有崇本堂詩集。

注韓居詩話：集中詩五百餘首，語多甜熟。兹擇其略雅秀者。

青山書屋吟訓兒曹作

青山俯城郭，書屋結其下。古樹欝蒼茫，遠峰環緑野。中有好古師，胸次甚瀟灑。童子坐春風，栽培成梧檟。執策端玉立，掩卷快瓶瀉。讀罷倚欄干，看雲擬變化。或指如龍獅，或笑爲牛馬。語雖出遊戲，各抒性靈寫。憶我總角時，亦如三子者。禮樂荒秋冬，詩書歉春夏。學業力圖成，禄位難苟且。蹉跎五十年，德器慚陶冶。勗爾思道體，晝夜宜不舍。砥節與多聞，富貴豈虚假。孝弟出入勤，言行尤悔寡。先聖屢發蒙，尊敬當奠斝。

後生雖可畏，莫令囂塵惹。青山閲人多，古屋誰家廈。令名萬古傳，功德千秋社。敬作童蒙謠，應識宗大雅。

鳳山寺

蕭蕭松竹冷，斜日落西林。鳳鳥何年去，僧房此地深。天花開佛座，石磬淨禪心。領取飛鳴意，時時聽好音。

次余德成過六宜居訪友

誰訪雲林水竹居，六宜談笑樂無餘。丈人雞黍能留客，不羨桐江尺半魚。

陳汝亨一首

汝亨，字學乾，號惕六，莆田人。雍正五年丁未進士。官酉陽知州。有二知齋集。

吴節婦挽歌

我觀巾幗人，烈過奇男子。歐公論馮道，曾高斷臂李。勁節久不聞，今復見吴氏。憐愛相卿卿，九泉隔爾汝。願爲並命禽，雙雙棲墓梓。捐軀古所難，安閒見舉止。不能同日生，自當同日死。偉哉此兩言，千秋照青史。

節婦，涵江潘舜光妻。夫病卒，誓以身殉。語人曰：「吾不能與夫同日生，當與夫同日死。」及次年夫卒日，吞金屑死。

鍾夢麟一首

夢麟，字石仙，號紱我，莆田人。雍正五年丁未進士。官工部主事。

挽宋母

苑内花多竹插籬，看花剛到楝花時。蕃蓏頓作傷心草，蛛網上簾窣地垂。

鄭　遠一首

遠，字懷伯，號砥亭，仙遊人。雍正五年丁未進士。歷官北直隸按察使。

對菊有感

三度婺川老却秋，不堪此地任淹留。陶園有菊重相見，笑我勞勞到白頭。

翁懷忠一首

懷忠，字維矩，號豸岩，侯官人。雍正七年己酉舉人。官江西大庾、東鄉二縣。有耕心堂小草。

水口夜泊

風高日迥樹凋殘，向晚停橈俯碧湍。江月窺窗人影静，寺鐘敲夢雁聲寒。故園未遠逢秋半，客思新添坐夜闌。回首臺南荒徑裡，傍籬幽菊不勝看。

萬紹祖一首

紹祖，字洽侯，號梅溪，晉江人，福建水師提督正色之孫，廣東按察使際璋之子。雍正十年壬子舉人。官廣東南海知縣。有梅溪集。

戊子秋過訪洗心堂

心境本無塵，時參非鏡想。因水偶呈形，湛然涵萬象。中有嘉遯翁，深居瞻素養。我披秋色入，高閣凌霄敞。滄浪藉濯纓，憑欄共幽想。縱横千古間，傾盃還抵掌。不着浮雲翳，神光漸開朗。心心自相照，箇中明晃晃。醉起步夕陽，蒼翠耀天壤。花柳繞池旁，林禽傳佳響。慙非二仲流，宛同三徑爽。欲訂素心人，朝夕頻相訪。

周正思 一首

正思，原名正峰，字君履，號謙亭，閩縣人，紹龍子。雍正十一年癸丑進士。官翰林編修。

遊白雲寺

曲徑轉清幽，閒雲任去留。鳥喧千嶂暝，煙散六橋浮。古木陰疑雨，空山靜帶秋。此中看不厭，心境兩悠悠。

陳發其 三首

發其，字師顔，閩縣人，福清籍。雍正間拔貢生。有慕樓草。

過李公敫維摩室

一徑盤危磴，濃陰最上層。門深圍古樹，屋冷失炎蒸。此地欣相過，于君得未曾。風風雨雨夕，書火伴禪燈。

何二澹過訪館中

幽館經旬住，朋來意自佳。風光生院棘，暮色轉庭槐。盤進城隈酒，厨分江市鮭。留君與斟酌，牆月吠晴蛙。

晚　眺

散步虚廊晚，遥空一望懸。落霞疊嶂外，飛鳥夕陽邊。草色迷秋逕，蛩吟起暮天。凭闌數延佇，身世覺悠然。

鄭亦僑二首

亦僑，字東坰，一字洞霄，侯官人。雍正間副貢生。有枕煙樓草。

長至客鰲江

十載九爲客，江村倍黯然。梅雲疎夜雨，海色老寒天。從事家家酒，生涯處處船。無心紀雲物，一任歲華遷。

漁溪道中

于役緣何事，斯征更渺然。燕銜江店雨，山斷海門烟。過客艱行潦，居人覘剩田。桑麻縱摇落，風景尚當年。

李榮芳五首

榮芳，號蘭亭，建寧人。雍正間諸生。有鏡齋集。

月夜二首

殘陽没松嶺，暝色生葭浦。高天纖滓盡，圓魄波心吐。文魚潛不驚，沙禽淨可數。煩襟乍能滌，好景誰爲譜。却羨夜歸漁，嘔啞弄柔艣。

溪光本澄澈，復此中宵月。寒漪媚岸篠，清輝散林樾。遥邨看欲無，孤嶼淡將没。髣髴凌波人，肌膚艷冰雪。淑美信可怡，邀之雙玉玦。斯靈懼我欺，臨風寄愁絶。

朱明經槎亭

楊柳蔽江岸，蕭疎別有邨。捲簾方極目，清坐竟忘言。蘅杜香連屋，鳧鷖日在門。塵懷應自哂，披豁一相論。

登證果寺

古寺空山僻，行行磴道重。樹間紛落葉，雲裡忽聞鐘。妙諦塵堪滌，清談茗作供。更宜高放眼，天外數遙峰。

遊韶光寺和白香山韻

峭削群峰上，蕭條開士家。斷雲閒補屋，細雨欲飛花。鶴瘦依松杪，僧貧採蕨芽。飯餘眷泉石，小坐試新茶。

陳學良三首

學良，字廷漢，號梅谷，長樂人。雍正間監生。有刺桐紀遊。

辛巳小春晦日，同許梅崖之溫陵途中雜咏

宿靄沉雲漏隙光，野花雨歇夕陽香。一村行盡一村好，此去溪山路正長。
荒草萋萋恠石蹲，天風謖謖古松昏。斷碑廢額忘年歲，落葉無人半掩門。
功成不用祖龍鞭，千古長虹跨海眠。過客那堪風浪險，憑欄最喜雪山連。

黄　彬二首

彬，字重侯，號愧野，莆田人。雍正間歲貢生。官永春州訓導。有介石軒集。

西郊晚眺

西爽還堪挹，行行度小邨。雲低芳草陌，竹亞短籬門。菜甲畦初潤，禽言樹乍喧。傍城僧舍近，佛火報黄昏。

暮春雜咏

偶扶筇杖過湖西，徧覽名藍跡已迷。不識誰家亭榭好，佛桑開映女牆低。

藍　彬一首

彬，字敬輿，長汀人。雍正間諸生。卒年二十九。工書法、篆刻圖章。

初夏登玉虚閣

暖雲如絮草如烟，踏破青苔滿徑錢。得食雀喧黄麥隴，不平蛙〔一〕閙緑秧田。兩條水道分溪口，四面人家到檻前。珍重仲宣樓外目，江山終古有詩篇。

周世發一首

世發，字詒綏，羅源人。雍正間拔貢生。官如皋主簿。

江南道中寄林白雲

行到江南路，思君魂易銷。十年風雨共，一别海天遥。楊柳姑蘇月，桃花揚子潮。愁心何所寄，旅夢夜蕭蕭。

林三槐一首

三槐，字悦山，號植巖，古田人。雍正間歲貢生。有蓬廬草。

寄金壇湯主簿

君住江南好，清閒吏亦仙。彈琴鳴夕雨，種柳掠春烟。雁斷千山影，鶯啼二月天。笑余甘澹泊，垂釣玉灘邊。

方　錢一首

錢，字稚左，莆田人。雍正間歲貢生。

木蘭秋泛

迴瀾橋畔聽漁歌，數雁橫秋掠影過。晚倚篷牕望山半，柑橙樹樹夕陽多。

王　道一首

道，字直夫，雍正間漳浦人。出處未詳。有鹿皋集。

晉亭峰遠眺

十斛丹砂鼎已空，偏留亭址此山中。蓮花自插秋嵐碧，蓮花，峰名。爐火如連夕照紅。雲外置身疑化羽，天邊何事不從風。更臨石罅觀滄海，目力雖賒趣未窮。

黄植京一首

植京，字景山，沙縣人。雍正間諸生。有我藏詩稿。

遊鳳冠巖

極目危樓上，蒼烟起萬重。塵疆春水斷，絶磴石苔封。雲薄巉巖洞，山空破寺鐘。兹遊好風日，不似值殘冬。

吴景淹一首

景淹，字希通，龍溪人，鐘子。雍正間諸生。

大江懷古

源流脉脉遡荆門，岸葦洲蘆一望昏。地坼東南開霸業，江連吴楚共乾坤。鴞磯尚立夫人廟，魚腹空歸先主魂。千載臥龍遺恨在，漢家無計復中原。

曾斯盛一首

斯盛，字爾一，號慕堂，莆田人。雍正間歲貢生。

鄭慎人云：慕堂究心儒書，未嘗談詩而詩亦清穩。

得友人書却寄

一自分襟後，停雲寄遠思。身非黄犢健，夢與白鷗期。方配君臣藥，圖編主客詩。多君珍重意，勸下董生帷。

何敬與一首

敬與，字德衍，號釣濱，福清人。雍正間拔貢生。官教諭。有陟屺集。

登杭州吴山

臨安佳勝足登臨，環抱湖山列畫屏。石甑雅聞葆叔壵，虎林兼有夢兒亭。蘇堤楊柳垂橋緑，葛塢松杉映郭青。悵望家鄉何處是，不堪踪跡似浮萍。

【校勘記】

〔一〕「蛙」，原作「哇」，據汀南廑存集改。

國朝全閩詩録初集續卷九

侯官鄭杰昌英緝

林其茂二首

其茂，字文竹，號培根。閩縣人，逸曾孫。乾隆元年丙辰進士。官山陰知縣。有山陰集。郡志人物傳云：山陰素被水患，其茂宰邑時，量窪突，相曲折，增築海塘，以御外潮。城〔一〕河淤塞，自西郭至偏門，徧行深濬。修蕺山書院，建義學，治城垣，寘漏澤園，治行稱最。以失察鐫級歸，卒年三十。生平風力峻整，有幹局。在職七年，民更安之。著有轂音集、山陰集。

祭禹陵南鎮

太史公云：「上會稽，探禹穴。」楊升庵謂「禹穴在蜀中」，其説近鑿。而會稽志以陽明洞當之，又與酈道元水經注異。大抵藏書之所本，幽閟難尋，故曰探而不曰遊也。香爐峰乃會稽之最高處，道書載陽明洞爲十一洞天是已。其中多岩竇，峻不可極，非大具濟勝者莫能達。丙寅秋，致祭於禹陵南鎮。鎮即會稽山神志所稱「開元中封爲永興公」者也。祭畢問路，土人領登是峰。如蟻旋磨，如猱升木，數里始造其巔。天風海濤之况，豁然心目。其下有石屋，其旁有深洞，但不知所謂「禹穴」者，是耶，非耶。歸來作詩紀之。

會稽之山何巃嵸，儼然作鎮如衡嵩。典禮上溯隋與唐，歷代祀秩皆三公。盤崖絶磴相回互，壁立千仞何由通。緣枝引蔓生微逕，天梯石棧紛鼉叢。其巔入雲連斗極，下視寰海堂坳同。百靈奔走驅精魅，衆嶽朝宗勢崇隆。巒崩峰摧洞天啓，訇然石扇開當中。窈窕谽谺架成屋，磽聱犖确嵌虚空。老藤怪木所勾裹，蹲列虎豹排狐熊。斡旋雷雨孕元氣，森羅萬象包鴻蒙。膚寸成霖乃其職，試看欻吸崇朝功。天開靈境藏膏澤，豈徒福地誇丹宫。頭眩眼花意惝怳，陟歷奇險稱豪雄。蓊若煙雲隨屐齒，豁然心目凌穹窿。肉芝石髓何時出，但御仙子泠然風。赤文緑字神所閟，縱欲蒐討難終窮。歸來作詩紀奇境，誰能刻畫鑱天工。赤城雁蕩跡未到，此山第一雄江東。

寒食日乘筏泛蘭渚，訪觴咏故跡，並過天章寺尋冬青穴

深幽重上梵王居，自在長廊響木魚。石徑笋生春雨後，風簾花放午晴初。珠邱難覓冬青穴，玉匣誰傳繭紙書。唯有蘭亭紆折水，長依碧嶂瀉清渠。

黃元俊一首

元俊，字惕三，號在田，閩縣人。乾隆元年丙辰進士。官湖北房縣知縣。有一笑集。

遊雙闕山

雙闕天開五月秋，奇崖百轉快探幽。半空倒影疑懸塔，萬象涵虛盡入樓。但覺僧從雲外話，不知客在畫中遊。置身第一峰頭立，千里烟波一望收。

陳　材一首

材，字克任，號梅園，連江人。乾隆元年丙辰進士。官至知縣。

和吴曦江江月韻

君取流水聲，遺我江月情。江流月不動，月白江自清。我今望明月，長憶故鄉盟。故鄉在何許，關河縱又横。愁來起夜半，相對精神生。高臺非别物，千里起遠程。何當無新穎，能見空江明。閉户誦君詩，黄昏詩已成。詩成亦何有，玉輪頂上行。

郭趙璧三首

趙璧，字名瑾，閩縣人。乾隆元年丙辰舉人。有瑜齋詩草。

暮春和韻

春初已愁思，春晚又悲吟。飄絮半入水，啼鶯空戀林。管絃斜日盡，風雨落花深。况復傷遲暮，天涯客子心。

北寺秋感

一夜西風動客愁，澹雲疎雨海天秋。數聲鐘起潮初落，千里書迴淚未收。張翰有情空憶鱠，仲宣何事更登樓。自憐身世同萍梗，莫漫逢人應馬牛。

夜　泊

入夜鰥鰥獨不眠，凄風苦雨繞江邊。遠村籬落知何處，楊柳汀洲似去年。白草蓋庵沽酒肆，青鬟收網釣魚船。來朝又是梅莊別，携得詩囊上嶺巔。

林國樑二首

國樑，字樹昂，號洞樵，古田人，三槐子。乾隆元年丙辰舉人。有未焚草。

觀太液池和韻

長虹雄視九天開，玉柱雕欄輦道回。仙闕影從波裡出，宮鶯聲度柳陰來。千行藻荇依朱鯉，一島烟雲散碧苔。自昔漢廷多獻賦，凌雲共羨馬卿才。

上湖南臬憲周夫子

南下西風送雁群，楓林露重落紛紛。沙飄金浦沉閩海，月照衡山隔楚雲。使節仁風三洞裡，扁舟清夢五湖濆。明年陽月公車道，應立程門雨雪雰。

陳登元一首

登元，字朝欽，古田人。乾隆元年丙辰舉人。有金粟集。

黎嶺

纔領仙霞勝，旋看黎嶺橫。烟村含宿雨，林鳥弄新晴。逕曲陰偏密，風和午轉清。登峰徒悵望，鄉思眼中生。

鄭漢履 一首

漢履，字聲伯，福清人。乾隆二年丁巳進士，官漳州府教授。有未刻稾。

送何友省覲吴門

知君意氣聳雲霄，省視江遊拂柳條。雙劍漸分閩地水，片帆斜趁浙江潮。雄圖立馬詢三國，王氣隨鞭指六朝。獨有所知離索況，紙牕風雨聽瀟瀟。

翁文達 一首

文達，字兼卿，號桃湖，古田人。乾隆二年丁巳進士。有翁桃湖集。

林白雲云：先生性恬靜，有骨鯁。爲諸生時，甚清苦。及登第後，頗能自立。未數年，與妻子相繼而亡，哀哉。

浦城發棹

仙帆天上復飛還，南浦纔逢九月間。黄菊有情猶待我，白雲無恙自歸山。回頭頻看峰千疊，開户遥憐水一灣。明日悃關且停櫂，籬邊樽酒喜開顔。

林咸吉一首

咸吉，字啓健，福清人。乾隆六年辛酉舉人。

寒　缸

我有千古心，永夜不能寐。數起撥寒缸，千載一時至。火盛膏易銷，利至能昏智。窗隙射西風，四壁蕭蕭意。

吴元龍一首

元龍，字允潘，連江人。乾隆六年辛酉舉人。有曦江詩草、海陵篇、北遊草。

理觀山房讀書

深山深處結茅屋，四野寒梅種修竹。滄江流水供朝夕，長年荒徑無人躅。灶下老婢熟黄粱，堦前稚子騎青鹿。主人閒睡常過午，起來長嘯振山谷。書成自有白猿守，詩就漫付山魈讀。更深阿紫床前拜，指畫苔蘚蝌蚪律。昨宵簪筆垂白虹，紅霧霏霏聞鬼哭。

郭植 五首

植，字于岸，古田人。乾隆七年壬戌進士。有月坡詩集。

注韓居詩話：玉田三進士，郭月坡、翁桃湖、葉杏漁，皆時有才名。奈月坡未四十而卒，桃湖子亡而殁，杏漁丁母艱復丁父艱，未幾，子女弟姪及身相繼而殞者七人，慘矣。未數年間，三人俱入冥府，何天之忌才若此耶？

過分水關

甌閩西出此雄關，巀嶪高懸碧漢間。無數好峰流瀑布，却教飛雨失青山。竹鷄啼暝煙千樹，松鼠窺人水一灣。到得車盤身出險，數升村酒自開顔。

舟行即事，仝林十二介飛限韻

濛濛霧起半江昏，淼淼波流兩岸痕。疎柳小旗河北驛，亂烟古屋水西村。鴉啼暮雨漁歸浦，人語蘆花犬吠門。惆悵此行秋已老，天涯吟望幾銷魂。

憶金峰

不到金峰已七年，眼中邱壑想依然。鴨頭水緑春前雨，螺髻山青鳥外天。夜雪湘簾桑落酒，曉窗銀管浣花箋。於今悵望清秋暮，雲樹蒼茫隔翠烟。

送人之楚

博望分來一葉舟，掛帆重上古黄州。酒沽煙渚滕王閣，人嘯江天庾亮樓。千里趨庭非作客，三春把袂又經秋。歸期想待鶯聲促，長路垂楊翠欲流。

送客江上有感

送客洪橋渡，停橈憶昔年。酒沽秋柳店，人醉蓼花煙。雪浪喧寒浦，雲帆起暮天。山川猶在眼，回首意茫然。

林應震 六首

應震，字鯉湖，號東方生，同安人。乾隆九年甲子舉人。有蒼筤詩集。

林白雲云：鯉湖古作絶似晉魏，近體亦學唐而少變者，真時下一老手也。

題黄叶庵别墅

芸香趣有餘，載酒子雲居。三面不虧月，一樓皆貯書。金莖霄外剪，石髮雨中梳。天樂聽猶近，時來學步虚。

萬年宫

問津纔識路，亭下好維舟。碧峽孤燈雨，丹崖一雁秋。僧歸深竹寺，鴉散晚汀洲。宴罷橋何處，仙雲自去留。

鐵佛寺別李紫巖

數載相將別有情，三韓路杳望修程。風塵萬里不爲意，秋水一天方欲行。錦勒關河朝看劍，玉樓歌管夜吹笙。高文兼有匡時略，豈但囊中叩論衡。

小南溟

即此是南溟，天池不爲小。空濛水一天，中有怒飛鳥。

秋　夜

白月照高夜，長河迴不明。西風動秋杵，滿地是寒聲。

畫洞庭晚景

君山晚望楚江回，潦倒林亭酒一杯。斜日孤城臨石壁，遠帆無數逐潮來。

王朝屏 一首

朝屏，字履周，號雲根，福州人，應元之子。乾隆九年甲子舉人。官刑部員外。有近堂詩鈔。

羅城懷古

故國繁華地，城高雉堞新。有門皆利涉，無水不通津。橋冷鼇峰月，樓飛柏廟塵。羅山遙睇望，惆悵昔年春。

陳純基 三首

純基，字孔敬，閩縣人。乾隆九年甲子舉人。有雪漁詩集。

泊舟登岸即事

落帆營口岸，雞犬雜聲喧。古寺斜臨水，溪橋直到門。尋春楊柳市，沽酒杏花村。野興渾無極，歸橈月色昏。

孤　村

行行三五里，驛外見孤村。水淺沙痕白，山深樹色昏。渴虹吞斷澗，倦鳥背殘暾。疑有高人住，終朝獨閉門。

行至上洋

不識上洋路，行經五里峰。市橋黄葉酒，蕭寺白雲鐘。隙地編籬密，低厓結屋重。危灘過此減，吾意稍從容。

林從直二首

從直，字白雲，號古魚，侯官人。乾隆九年甲子舉人。有白雲稿。

注韓居詩話：白雲緝閩詩選四帙，計四百餘人，中可已而不已者居其半，末附白雲外集一卷。兹存録二首。

夏日送釣雪仲還玉田

君歸玉溪上，我送洪江橋。别君在去年，送君在今朝。君情若何許，我情千萬縷。見君無幾時，别君歷寒暑。迢迢煙水深，惻惻心中苦。仰聽鶺鴒鳴，聲聲變凄楚。何況夏園蟬，孤吟傷獨處。期君到巖頭，憶我舊别愁。我聞流水急，君看泉源幽。村鷄夜喔喔，茅屋風颼颼。起坐不能寐，應亦同吾憂。

竹崎秋夜

此夜栖何地，江清涼正生。殘砧催落月，蟋蟀亂秋聲。草盡村籬闊，林疎碉户明。寂寥多遠意，斜倚待潮平。

洪士輔一首

士輔，字台卿，晉江人。乾隆九年甲子舉人。官詔安教諭。

高郵舟中

南下淮流急，三湖水勢連。野帆青草外，茅屋白鷗邊。江送千山雨，寒生六月天。吴歌應耳熟，鄉思轉予牽。

方　翀一首

翀，字羽中，晉江人。乾隆九年甲子舉人。有不已言集。

注韓居詩話：羽中詩集，諸體命題，多涉庸腐。閱積年所著，凡數十卷，知是埋頭雪案，不務聲華之士。

題畫雨中蘆雁

連天陰雨荻花圍，睡宿寒坡不敢飛。記得晴秋風景好，長空明月引群歸。

童能靈一首

能靈，字龍儔，號寒泉，連城人。乾隆九年優貢生。有冠豸山堂集。

注韓居詩話：寒泉家貧力學，舌耕以養。博涉群書而歸宗於性命。結廬冠豸山十餘年，著作等身。有周易剩義、洪範剩義、太極辨微、中天河洛、詩大小序辨、三禮分釋、理學疑問、樂律古義、朱子爲學考、朱陸淵源考、留村家學述。留村，其父也。門人醵金刊梓。兩舉博學鴻詞，以母老未赴。年六十三以貢士終，祀鄉賢。

冬夜聽江鵬起彈琴

明月照寒夜，高齋張素琴。月從窗外冷，夜向曲中深。未識古人意，何如江子心。予懷從此遠，聽罷起長吟。

林運均 五首

運均，字爾敬，漳浦人。乾隆初諸生。有可亭詩草。

禽言四首

行不得也哥哥，山深徑曲石陂陀，攀躋欲度愁藤蘿。巘巇世路防蹉跎，行不得兮當奈何。

不如歸去，已罹于羅歸何處。錦城花落惜春殘，巫峽猿啼傷日暮。何似孤鴻塞上來，于飛冥冥弋何慕，不如歸去。

姑惡姑惡，新婦難作。婦姑多勃谿，新婦背人啼。老姑猶自可，小姑謠諑我。小姑須嫁夫，與我不相殊。姑惡姑惡，不如無。

提葫蘆，杏花深處買村酤。揮灑百篇需一斗，胸中萬事都破除。春花秋月當歡娱，有酒不飲何其愚。提葫蘆，醉酪酥。

遊瑞竹巖

我來正值午風稀，半日餘閒坐翠微。竹向空階穿石出，鳥從曲檻破雲飛。喤喤梵鼓翻僧貝，朵朵巖花繡客衣。解事山門老彌勒，笑人塵鞅未忘機。

陳一策 二首

一策，字爾忱，晉江人。乾隆初諸生。有香雪齋集。

榕陰詩話云：爾忱七律清婉可誦。

五夜

五夜入孤村，冒寒人語少。鷄鳴兩三聲，殘月掛林表。

訪友

草堂新築傍苔磯，城郭風塵到此稀。背閃夕陽雙鳥没，屐黏晴雪一僧歸。石橋水色虛搖檻，板屋梅花亂撲扉。今日似遊人境外，與君相對欲忘機。

林　鋒 一首

鋒，字欽穎，侯官人。乾隆初歲貢生。有茗樊自存稿。

秋　日

支離久分臥蒿萊，懷抱逢秋欲暫開。疎雨山門禪客去，斜陽江樹遠書來。葉飛沙埠潮聲亂，花滿蘆屯雁影迴。極目遥天長嘯罷，漁簑樵笠且徘徊。

黄　度 一首

度，字于叔，號馨谷，建寧人。乾隆間歲貢生。官閩縣訓導。有于山晚翠集。

夜來香

幽香偏自夜深聞，夕秀朝華總莫群。燈火空庭人去後，紗櫥合伴薛靈芸。

張甄陶一首

甄陶，字希周，號惕菴，閩縣人。乾隆十年乙丑進士。授翰林編修，改新會知縣。

贈鄭紹菴

仲宣一布衣，中路屣爲倒。人須意氣真，不在相逢早。陶也疎懶人，平生厭探討。九重方需才，將以繪火藻。岳牧迫網羅，以我入奏草。歲晏策蹇來，躑躅長安道。雪重風淒淒，日光寒野草。人家多閉門，誰與論懷抱。夫子邦國珍，載筆登三島。文彩繼家聲，醇謹贊阿保。溫樹秘無言，但見書上考。自顧雲泥殊，趦趄畏相造。且懷禰衡刺，肯效周勃掃。不謂傾蓋中，一言遂許可。下彼徐孺榻，延我侯生座。十日九飛觴，醉中索詩稿。笑談雜觥籌，縱橫衫袖潦。筆酣進所言，往往誤爾我。非君汪洋度，未免起嗔惱。世俗交態衰，城府深于堡。丈夫各有期，肝膽貴自寶。不隘鸚鵡翔，豈挫麒麟老。吾無徑寸珠，亦不投道左。爲君歌此曲，燈燼霜皓皓。置之懷袖間，三年字應好。

王紫紳一首

紫紳，字垂公，長汀人。乾隆十年乙丑進士。官山西五寨知縣。

屋上烏

屋上烏，夜哺雛。繞樹三匝聲嗚嗚，翎羽跋剌尾畢逋。町畦之蟲廥倉粟，唧得來時哺兒腹。雛兒漸老行且飛，烏母啞啞枝上啼。十月空場遺穗稀，可憐母正望兒歸。兒曹不知母心苦，人生何用將雛哺。

王陽開四首

陽開，字周侯，號東溟，永福人。乾隆十五年庚午舉人。選河南獲嘉知縣，任泉州府教授。有思永堂詩鈔、三奇遊草。

鼓山用蔡君謨先生韻。

出郭三十里，屶崱峰在目。盤迴石磴紆，琳宮敞山麓。梵唄引天風，清音滿巖谷。邃洞多白雲，雲封成古屋。靈源秀且奇，蒨翠森松竹。峭壁墨跡懸，勢若怒猊觸。振策陟崇巔，天宇恣遐矚。江海浩漫漫，洪流迅飛瀑。真境廓鴻蒙，天生是使獨。我無濟勝才，賞心亦已足。

舟泊富陽

日色向黄昏，停橈舟子喧。人家背山麓，潮水拍城根。白板漁舠迅，青簾酒旆翻。桑麻十里遍，淳朴此猶存。

劍津晚泊

十年慣作鐔州客，依舊烟霞過眼逢。溪流丁字分三派，溪自順昌、沙縣來，曰西溪。自建溪來，曰東溪。二溪會於劍津，呼爲丁字水，曰南溪。南溪與尤溪合入海，謂三溪。山勢螺紋疊九峰。九峰山，在府城南。洞裏猿聲長嘯月，城南有聞猿洞，昔方士煉丹，二白猿往來甚狎。風晨月夕，時聞清嘯。匣中劍氣欲成龍。雷焕子佩劍渡津，劍入水化爲二龍而去。五千里外歸程近，玉露杯傾酒力醲。玉露白酒力甚釅。

趙北口

小艇艖艄緝緯蕭，灣頭日出曉烟銷。河魚上市腥風起，白小黄鮎貫柳條。

陳朝麟一首

朝麟，字卿懷，號祥野，侯官人。乾隆十五年庚午舉人。有涵青閣詩。

避暑道山觀

蓬萊仙境在人間，宿雨新晴叩竹關。飛鵲池邊雲未捲，望潮峰上鶴空還。且將清簟消炎暑，不厭輕風解醉顔。潦倒虚亭時極目，茘紅遥映石文斑。

許清奇一首

清奇，字賞夫，號象峰，南靖人。乾隆十五年庚午舉人。有象峰集。

過榕林别墅

仙吏歸來買小邱，海山四面景全收。三千界内疑蓬島，尺五天中近玉樓。分韻潮生墨湧浪，揮杯月上酒添籌。如君詩卷留天地，方好滄溟學掉頭。

何逢僖 六首

逢僖，字敬儒，號念修，侯官人。乾隆十六年辛未進士。官禮部侍郎。有春明藁、西行小草。

秋日陶然亭獨眺感詠

灼灼園中花，離離原上草。遊人跡未稀，秋風疾如掃。生世無百年，少壯奄已老。鴻毛遇順風，瞬息戾仙島。時命苟不然，其雨日杲杲。學劍愧無成，讀書苦不早。此心非木石，安得知者道。晚吹入高臺，徙倚傷懷抱。

酒泉郡中登樓感詠

祁連山色接流沙，歷歷穹廬錯犬牙。右臂即看關路斷，左賢空盼地形斜。明駝散後聞郊野，天馬來時別渥洼。最是磧烟迷望處，交河古郡説唐家。

送林又眉進士令犍爲

嘉陵風景畫難成，羡爾飄然捧檄行。路入蠶叢千嶂合，江迴巴字一帆輕。衙齋晝永花當座，官閣春深鳥唤名。還有故園佳絶味，絳囊鮮擘玉晶瑩。邑產荔支。

三月廿五日偕同署諸君訪豐臺芍藥，午憩王氏園林即事

城南小陌駐輕車，乘興來看杜曲花。出郭草香千徑合，過橋鞭影一行斜。暖風吹面如中酒，清磬留人且喫茶。水閣西頭最惆悵，數枝低亞蘸明霞。

爲瓦敬亭學士題秋江艤棹圖

老屋疎林欲作秋，千峰翠色極天浮。停橈自愛溪光好，不是山陰雪夜舟。

題便面秋色

是處看花總可憐，秋花寫就更嫣然。一枝試作江頭想，人在丹楓紅蓼邊。

【校勘記】

〔一〕「城」，原作「河」，據乾隆福州府志改。

國朝全閩詩録初集續卷十

侯官鄭杰昌英緝

黄元吉一首

元吉，字宗黎，號珸溪，侯官人。乾隆丁卯解元，十六年辛未進士。官翰林庶吉士。有味蘭草。

題畫

策杖携琴步小蹊，回看春樹夕陽西。奚童不解春光好，數促歸來莫漫題。

廖飛鵬一首

飛鵬，字翼搏，號石村，龍溪人。乾隆十六年辛未進士。官河南汲縣知縣。有石村集。

過榕林别墅次石壁原韻

落日滿榕林，憑高俯翠岑。霞連華圃色，雲接大觀陰。白髮終難遣，玄談得素心。亭前波浪闊，壯思助豪吟。

林宗懋 一首

宗懋，字長西，號敬岡，侯官人。乾隆十七年壬申舉人。官泉州教諭。有榕池小草。

咏蘭

空谷無人暗自芳，朝來還浥露珠光。輕風入室言皆臭，淡月窺窓夢亦香。别有素心遺洛浦，更饒幽趣出瀟湘。荷衣製就思爲佩，剩得清芬散碧觴。

孫振豪 一首

振豪，字汝西，浦城人。乾隆十八年癸酉舉人。有賡籟集。

張惕菴先生云：君詩渾雄雅麗，於閩派不忘其祖。

過水閣

水閣人烟小，依稀三五家。春風吹野燒，村女映山花。草店無沽酒，疎林有宿鴉。夕陽古道上，萬頃半桑麻。

鄭天策一首

天策，字宗苹，號對墀，閩縣人。乾隆十九年甲戌進士。

秋水

蕩漾拖寒碧，澄潭鏡遠空。素心渺無盡，一葉下微風。

王有嘉四首

有嘉，字隨孚，龍溪人。乾隆二十四年己卯舉人。有鑾山遺草。

寄陳寧侯

朔風吹別袂，涼雨送歸舟。紅樹孤村迥，新蘆兩岸秋。衣寒仍佇立，棹遠尚凝眸。珍重臨岐意，相期厲素脩。

惠　安

門墻環薜荔，城郭半漁樵。薯圃蕭疏甚，穿泉過小橋。

竹崎所

渡頭輕槳雨廉纖，曲檻環江掛酒簾。好似廬陵溪畔路，萬船燈火取魚鹽。

鉛山道中

粘泥滑石雨初晴，渡口沙灣一棹輕。檞葉滿山村舍隱，遥從竹裡聽雞聲。

王韶鈞二首

韶鈞，字則希，號廣庭，長樂人。乾隆二十四年己卯舉人。官建陽教諭。

秋日齋頭眺望

山郭連岡勢，平田縮水灣。一川秋意澹，十畝柘桑閒。雲影全歸樹，溪痕半在山。何當乘逸興，相與棹舟還。

園居

半壁峰高妙，松杉一道斜。山光侵座曲，溪色上窗紗。風雨孤燈夜，文章兩鬢華。祇期賸逸興，到處看梅花。

藍應元一首

應元，字資仲，號春圃，漳浦人。乾隆二十五年庚辰進士。官翰林院庶吉士。有古蘿詩文集。

題榕林别墅圖

鷺洲岩壑稱蓬島，獨愛榕林景更奇。海上有山皆入畫，齋中無石不題詩。客來對酒常終日，釣罷看花接四時。好向斯圖窺勝概，蔣君墨瀋最淋漓。

林　奮 一首

奮，字有上，號載臣，仙遊人。乾隆二十七年壬午舉人。有日知録。

歲荒行

閩江東流浩無極，平地蛟龍謀窟宅。雨師風伯怒未休，水聲漲天天勢窄。中田剩見荒草長，百里春收無麰麥。二頃徒聞負郭田，三農愁見三時隙。家家内顧絶斗儲，吁嗟胡爲逢此厄。憶昨壯遊京國年，薊門燕關遍車轍。去時水潦蕩未平，處處郊坰壞阡陌。相逢不見笠車人，唯有流民羸且瘠。乞食道左涕交頤，提携幼小拉服軛。鄭俠繪圖數難全，杜老羌村語嘖嘖。歸時風竿蔽天來，官差捕蝗勢喧赫。十丁五丁分班行，捕得蝗蟲論斗石。大官嚴譴暮兼朝，旁午羽書紛絡繹。馬疲人倦吏亦嗔，連畦接町行盤跚。荒凶已見水爲災，忍復場苗生螟螣。始知氛祲無時無，客途感此頻太息。偃臥家園冬復春，夢魂不到關山月。課農秧馬南東走，懸望新年歌比櫛。豈意歲荒雨水多，風景依稀幽薊北。絃管吹雲已無心，金尊對月此何夕。慨息作此歲荒行，留與觀風使者得。天心仁愛自無私，會看豐稔手加額。

薛起鳳一首

起鳳，字飛三，號震湖，海澄人。乾隆三十年乙酉舉人。有梧山草。

摩青閣

傑閣亭亭緑樹間，冲霄直似出人寰。畫欄俯視烟雲裏，多少樓臺水一灣。

翁若梅二首

若梅，字賢達，號羹堂，閩縣人。乾隆三十一年丙戌進士。官四川黔江知縣。有二玉堂詩。

臺江夜泛

一天清似洗，孤棹過橋東。帆轉沙汀月，潮平杜若風。露珠臨水泫，漁火隔林紅。何處數聲笛，秋山空復空。

謁岳忠武廟

中原空望岳家兵，小紙親書獄已成。惆悵七陵安片土，凄涼二帝老荒城。直於信國開先路，還使睢陽畏後生。痛飲黃龍遺恨在，錢塘江上怒濤聲。

林兆鯤 一首

兆鯤，號南池，莆田人。乾隆三十一年丙戌進士。官翰林院庶吉士。有南池稿。

石屏題詩

由來佳境生詩興，及到仙源一字無。那得才人似摩詰，詩中更畫輞川圖。

鄭永錫 一首

永錫，字三懷，福清人。乾隆中歲貢。有尊山詩集。

注韓居詩話：三懷，約園高弟，詩字寒瘦，比約園尤甚。

江上夏夜聞雨

風樹到窗鳴，簟床短夢驚。微燈餘素壁，疎雨集殘更。草濕沉蟲響，荷傾雜溜聲。朝來瓜蓏潤，老圃若爲生。

朱肇璜 二首

肇璜，字待濱，建寧人。乾隆間諸生。有槎亭詩鈔。

奉和徐丈嵩霞中秋後一夜烏峰酌月

烏峰秋夜好，面面淨塵囂。選石分詩局，支寒仗酒瓢。燈紅雙塔影，月白一江潮。慷慨彈長鋏，歌聲達九霄。

讀武夷志書後

宴罷賓雲杳不聞，仙人無復會曾孫。壑舟虹版俱陳跡，三十六峰空白雲。

朱　霞三首

霞，字天錦，建寧人，肇璜子。乾隆間歲貢生。有曲盧詩鈔。

讀始皇本紀

祖龍欲弭謗，偶語者棄市。壠上耦耕夫，號召戍卒起。金人鑄十二，宇内兵器毁。百二十斤椎，博浪魂魄褫。焚書盡坑儒，士抱遺經死。夜半授書人，圯上逢孺子。築城爲防胡，綿延千萬里。詎識陳勝王，狐鳴大澤裏。天道豈無知，人謀安可恃。從來興與亡，乃知不在此。

讀前後出師表

丞相出師日，傷心拜表行。知臣惟謹慎，盡瘁此生平。篤棐典謨匹，纏綿騷雅并。山窗涼雨夜，三讀若爲情。

春杪過靈應峰

古寺出孤峰，煙雲嶺半封。閒穿幾兩屐，來看六朝松。遥窄翳春草，蔬香摘晚菘。悠然無限意，傍晚數聲鐘。

林長楠一首

長楠，字介飛，閩縣人。乾隆間副貢生。官會稽縣丞。有楚山詩集。

同友人早渡黄河

天開絶險帶神州，漭漭乾坤日夜流。萬里風濤翻九曲，一帆詩酒渡三秋。雄談敢拂羊欣席，仙侣同乘郭泰舟。聞道此中通碧漢，對君真作泛槎遊。

楊聯榜一首

聯榜，字登三，號訒齋，長汀人。乾隆三十一年丙戌進士。官浙江桐廬、海鹽知縣。

注韓居詩話：訒齋居官有三吏稱，以其幹局慈惠不名一錢也。詩無成集。

春日田園雜興

近況誰相許，生涯郭外田。驅牛芳草岸，荷鍤野雲邊。社就鄰翁飲，歌同牧豎聯。興來神轉旺，朗誦漢書篇。

毛健行 一首

健行，字須雲，福清人。乾隆間布衣。

房村夜泊

依沙繫纜宿房村，村口桃花水到門。燈火幾家沽酒肆，籓籬一帶賣蔬園。春陰殘月迷煙樹，雨漲虛舟破夢魂。客路不堪回首望，溪聲鄉思共潺湲。

董三錫 一首

三錫，字世晉，永福人。乾隆間諸生。

登高蓋山觀二石室

崚峋石室是仙家，水滿蓮池瀉玉華。鐘磬空中傳籟響，樓臺天半倚雲斜。栖巖客袖千峰月，補衲僧裁一塢霞。恰喜短笻供鳥道，芒鞋踏遍紫藤花。

黄叔純二首

叔純，字葉舟，晉江人，德佑子。乾隆間監生。有緣情集。

浙溪舟行

雲斷暮山出，烟深夕照微。林鵶寒自噪，水鳥没還飛。橘緑遮漁艇，梅香點石磯。如遊圖畫裡，倚棹欲忘機。

建州道中

山山疊翠竹千林，谷口人居在竹陰。激水作舂沿澗急，編籬爲壁入雲深。鑿開茅徑遥天接，高架橋亭絶壑臨。細雨溟濛西嶺外，肩輿愁斷旅人心。

陳作楫二首

作楫，字濟川，侯官人。乾隆間歲貢生。官平和縣訓導。有苕泉閣集、飧聽樓詩集。

劉隣初云：苕泉閣集，諸體不必盡録。其五七古篇篇俱勝，莫非造懷指事之作。其遺辭也，不求纖密之巧，而旨峻味深，庶風人之遺乎？

初秋山水圖

秋溪淡宕涵天碧，秋山巉峭排空立。静如太古爽寒襟，一泓浮練生虚白。壑轉飛流碧玉斜，峰迴平遠疎煙滴。水秀山明日夕佳，中有才人烟外客。胸次直將雲夢吞，丰稜竟與松喬匹。右軍書法重鵞群，中散酒懷舒鶴翮。淡性翛然照玉山，逸情卓爾漱寒石。履曳瑶堦水是心，情營帶草書爲宅。與君卅載騁風塵，文酒飛軒早卜鄰。聚星堂上留新月，夾漈庭前擷緑蕁。月朗蕁香恣幽討，徐穉允行。陳遵允思。俱傾倒。耿耿銀河素練明，瓊漿遥送蓬萊島。澗泉磬石聲泠泠，居然山水有清音。

中秋夜同魏彦翼坐月次壁上韻

共宿北城邊，蓬門鎖晚烟。微雲空碧漢，勺水照孤禪。柝響魚驚夢，詩成月在天。漫將清夜興，携酒泛漁船。

林伯居一首

伯居，字廓玉，侯官人。乾隆間恩貢生。有仁齋詩稿。

送友人再往姑蘇

清秋把酒慰離思，秋盡何當又別離。湖海幾人推意氣，鄉園應自重襟期。寒雲慣繞僊霞路，朔雪重飛笠澤湄。聞道江南春信早，驛梅應附尺書馳。

廖　炳九首

炳，字天瑞，閩縣人。乾隆三十五年庚寅舉人。有香粟齋詩集。

石門瀧

危溪夾怪石，勢若神鬼搏。陰氣蔽幽巖，陽景沉巨壑。洞深藏虎豹，嶂嶂無鸛鶴。嵯峨色昏黑，盤轉貌獰惡。木客聚族遊，下唱上則諾。因此相戒嚴，舴艋不敢泊。己未秋之季，遊興忽焉作。買舟溯劍津，行李從簡略。不問沚之毛，先數山之膜。鵝卵積溪罅，龍首仰林薄。大可坐千人，小者纔一握。縱使金披砂，豈有玉在璞。與語不點頭，相對氣蕭索。未聞蒼松化，但見野草絡。秋雨逗天驚，女媧坐寂寞。忽聽石門瀧，巉岏不可度。我來舟尾觀，騁望殊驚愕。巍巍復巖巖，磊磊兼落落。長我英壯心，砥礪成圭角。乃知處城邑，跼蹐類冬貉。尺地貴黃金，隘陋轉相學。氣不吞三湘，才豈撼五嶽。今日過石門，胷次稍開拓。恨未呼神工，將此新篇鑿。

許旌陽斬蛟處將過劍潭，壁有龍跡。

天空潭影澄心碧，高巖蟠轉蛟龍跡。綠蘚青苔不敢生，真君飛劒此留名。曾傳寶劒爲龍去，孽龍又復逢人怒。頸血糢糊流作泉，爪牙鱗甲埋寒烟。井蛙閒語動生疑，蜃樓海市不可知。白帝嗷嗷誰聽見，寄奴擣藥空爾爲。豈知靈怪奔騰倏難度，神仙獎善當除惡。若謂此事涉渺茫，君不見周處斬蛟韓驅鱷。

姑蘇臺

浣紗溪上人如玉，素絲來綰青波曲。君王重色不重賢，那解宴安醞鴆毒。梧桐秋冷零露多，美人醉罷嬌如何。至今一點寒山寺，坐看荒臺麋鹿過。

朝陽臺

荆襄經營奔無數，斯臺差足供詩賦。空中環佩夢中逢，薌澤微聞朝復暮。衡山高高湘江深，問天不答離騷沉。留得荒唐弟子在，傳將司馬賺黄金。

黄金臺

床頭金盡壯士寒，爲築高臺淩雲端。禮賢名壓四君上，巋然勝跡難磨刊。易水蕭蕭風不改，當年夕照明孤壘。怒髪寸碎駿骨完，荆軻竟死不如隗。

中秋仝張士傑登釣龍臺

同上高臺瞰大荒，秋中景物亦蒼涼。冶城宫闕環流水，漢代山河照夕陽。龍去尚餘垂釣井，鴿飛還有唱經堂。惟予與子周旋久，徙倚朱欄話獨長。

登越王臺懷古二首

騷人遷客拂巖頭，隼尾鐫題不紀秋。大廟尚沿唐代跡，深宮已冷漢家愁。往來霸主空爭鹿，早晚漁翁自狎鷗。若誦小山招隱句，荔裳應亦裂南州。

驅愁竹葉豈無功，遊覽身疑入畫中。殿上客驚榆筴雨，江干帆落鯉魚風。龍池斷梗還飄緑，蛛網殘花半罥紅。只爲欃槍銷氣久，昇平能説白頭翁。

憶庚申探梅

爲訪南枝到北門，美人芳樹各銷魂。滿腮嬌帶三分暈，入袖香生一片溫。幾朵綻霜春有信，半梢横月夜無痕。而今往事空回首，廢浦寒烟黯淡村。

郭廷筠二首

廷筠，字可遠，號有堂，閩縣人。乾隆三十五年庚寅順天舉人。官廣東惠州府。注韓居詩話：有堂初官廣文。乾隆五十一年冬，臺匪林爽文爲變，閲二載未平。福文襄奉命督師往勦之。謁軍門獻策，與文襄意合，奏請隨行軍中，著有勞績。事竣，不次超擢。居官善讞獄，有能名，異敏才也。

送何素華歸里

折柳大江湄，江波漲緑漪。故人從此去，相見定何時。華屋空留恨，青山總繫思。此行無可贈，分手益凄其。

白湖

鵓鳩啼遍野田青，渡口帆檣落淺汀。一路濕衣梅子雨，午風人過白湖亭。

國朝全閩詩録初集續卷十一

侯官鄭杰昌英緝

蔡羹元 六首

羹元，字邦調，號和亭，閩縣人。乾隆三十年乙酉拔貢生。官廣西馬平知縣。有質存齋詩鈔。

山樓

結構臨岧嶢，曉闌縱遥睇。晴雲欲濕衣，足聲不到地。山抱孤城低，日出澄江霽。白鳥東南飛，紅霞亘天際。

夜泊三水縣

小舟逆浪上，日暮宿江灣。縣郭臨三水，嵐風凍百蠻。波聲烟靄外，漁火有無間。黄葉蕭蕭下，空林月滿山。

鼓山半山亭望江

亭依半嶺俯寒流，颯颯西風山意幽。歸鳥數聲千嶂夕，澄江萬里一天秋。烟横晚白迷荒塹，樹出孤青辨遠洲。遥望夕陽晴雨外，斷虹飛掛最高頭。

海上謡

橋南橋北午風腥，大港潮來水更青。雪白鰣魚新上市，落花天氣雨冥冥。

題秋帆送別圖

陰陰畫角戍樓寒，送客初從古驛還。最是銷魂橋上望，一帆秋水夕陽山。
折盡長條與短條，西風吹客上河橋。故鄉莫更重回首，穩趂錢塘八月潮。

甯人望一首

人望，字立孚，號幾軒，建寧人。乾隆三十年乙酉拔貢生。有一枝、雙鏡、倚廬、北海等集。

江月亭

獨立寒江上，水清江月白。遙見鷺鷥飛，秋空澹無跡。

董　書一首

書，字同丹，號岦齋。建寧人。乾隆三十年乙酉拔貢生。

舟泊南臺即事

一片波光三十里，平林如繡草如絲。日斜風定潮初落，正是鱘魚上市時。

林光興一首

光興，字師賢，侯官人。乾隆三十五年庚寅舉人。有鑑泉詩鈔。

嶺行除夕

萬里辭家去，鄉心此夕頻。春先旬日到，臘月中旬立春。年向詰朝新。遊子每南望，高堂有老親。不知椒酒後，多少話離人。

謝國治一首

國治，號修堂，連城人。乾隆三十五年庚寅舉人。有春草齋詩。

臨江閣

雕欄疑插漢，珠箔欲浮江。日暮催清磬，榕陰泊小艭。老僧皈石閣，孤鳥下魚矼。頓覺空塵想，閒吟月滿窗。

陳蘭一首

蘭，字挺三，號香圃，長汀人。乾隆三十五年庚寅舉人。

蓮寺聞鐘

古木蕭森一寺幽，踈鐘遙度使人愁。雨飛石瀨聲初濕，霜落江天意欲秋。猶憶廿年驚斷夢，從知半夜在虛舟。寄言冷笑沁園客，誰與三生共倚樓。

許懿善三首

懿善，字道秉，號繼之，侯官人。乾隆三十六年辛卯舉人。官廣東陸豐知縣。有暨茨詩稿。

游表弟聖清，乃余外祖南安太守文孫也。由閩來粤相訪，見所見而去，贈别

曾將宅相勗雛鵷，木記盤根水記源。一十七年廉太守，二千五里客王孫。蘇鴻不到雲横嶺，謝燕遲歸月閉門。臨别慚無瓊玖贈，四榕亭上酒盈樽。

過藍關韓文公祠，見石刻「步雪仙踪」四字，似好事者爲之，爰識於此

不教道統絶人間，一髪千鈞紹孔顔。佛骨但聞登白簡，仙踪漫説度藍關。書如禪乘原無據，詩屬傳疑亦可删。古廟杉松冬後翠，寒鴉猶帶夕陽還。

自題暢叙亭

松竹梅邊結小亭，素心人共倚疎櫺。遶廊一水沉雲白，排闥三峰過雨青。客去便尋醒酒石，我眠莫觸護花鈴。家僮料得相如渴，旋汲清泉煮茯苓。

鄭兆元 三首

兆元，字國仁，號春泉，侯官人。乾隆三十六年辛卯舉人。有韻語偶存。

彭城懷古

暴秦失其鹿，劉項決雌雄。芒碭雲五色，王氣鍾沛豐。險據敖倉粟，先入咸陽宫。圖籍收相府，天下歸沛公。嗟哉楚重瞳，置俎烹而翁。垓下圍一潰，烏騅陷澤中。秋風戲馬臺，項羽因山築臺以觀戲馬。離黍半芃芃。俛仰弔陳跡，興廢總成空。徘徊黄樓上，蘇東坡守彭城，修繕其城。作黄樓於東門之上，以爲水受制於土，而土之色黄，故取名焉。日落呂梁洪。呂梁山，在徐州城東南五十里，下有二洪。

潤州懷古

天塹長江鐵甕城，孫吴時築城子固以甓，號爲鐵甕。當年王氣泄秦嬴。京峴山，在府城東，秦時術者言其地有王氣，始皇遣赭衣徒三千，鑿京峴爲長坑以泄之。荒涼宋帝南徐鎮，宋文帝以江南爲南徐州，治京口。惆悵郗公北府兵。郗愔在北府，徐州人多勁悍，敵人畏之。雲暗三山愁野鶴，濱江三山，謂金、焦、北固也。

濤翻兩島吼奔鯨。焦山東北有二島對峙，謂之海門。興亡六代無窮恨，咽盡寒潮日夜聲。孫吴、東晉、劉宋、蕭齊、蕭梁、陳陳六代皆都建康。

詩人墓

櫟園葬詩人，陳鴻趙十五。湖月照吟魂，寂寞一抔土。

方廷珪一首

廷珪，字伯海，福清人。乾隆中歲貢生。

哭齊三國海

國海，諱潮。庚午舉人。辛未往臺謁本房師歸，遇風覆溺，妻何氏殉烈。事載府志。

握手河梁日，誰知永訣時。魂銷歸海國，夢幻作鴟夷。姓字書何補，乾坤事可疑。同人惟汝少，白首竟無期。

黄日紀一首

日紀，字協三，號叶菴，龍溪人。乾隆丁丑年官兵部主事。〔一〕有荔厓詩鈔。

鐵笛舊隱今爲道觀。

鐵笛山人舊隱居，林亭松竹尚蕭疎。石門苔砌秋風冷，玉殿珠宫夜月虚。出觀鐘聲過雨後，濕衣嵐翠乍晴初。窅然别是神仙界，日暮低徊興有餘。

徐家恒一首

家恒，字正思，號心一，建寧人。乾隆中歲貢生。

至延平

秋日尚餘暉，泛舟大江上。蕭蕭下紅葉，杳杳開青嶂。涼風動客思，夕陽起樵唱。世路共勞勞，誰能齊得喪。

林龍友二首

龍友，字德鼎，號大痴，侯官人。乾隆中諸生。有雲水十二種詩。

山居

夕鳥啼樹間，炊煙出林際。荷鋤人晚歸，雙扉悄然閉。古牆覆藤蘿，仄徑長蘭蕙。月下重徘徊，白雲宿庭砌。

禪州

向夕禪州港，輕舠客未還。月明秋在水，雲暗樹連山。螢火來沙際，蟲聲出草間。一燈江市迥，沽酒破愁顏。

陳日芝一首

日芝，字廷屏，長樂人。乾隆中諸生。

麗山遇雨

一片寒烟極浦橫，斷橋深處少人行。朦朧不見山前色，惟有清溪打槳聲。

曾思謙一首

思謙，字六吉，閩縣人。乾隆間監生。

送郭蓋菴由粵北上

悵望金臺賦遠行，西風隨雁且南征。樽前白髮三秋思，馬首玄霜萬里程。弔古晚過劉龔墓，觀潮曉上尉佗城。壯觀都入詩囊裡，好付雙魚慰別情。

余位躬三首

位躬，字伯瑞，號輯庭，閩縣人。乾隆三十六年辛卯舉人。官邵武教授。有惜分軒詩稿。

送張治民旋浙並赴蘇松陳觀察幕中

翩翩公子喜初逢，快聚香壇坐老榕。人似高峰欹恠石，詩如初日映芙蓉。一湖爽氣含秋水，三竺濤聲出古松。此去吴門依密戚，寒山夜半共聞鐘。

題畫

龍鱗蟠屈長虬枝，千澗風來颺鬢絲。並坐縱談懷葛上，故園松菊莫相思。

煙雲繚繞美人貽，謂姜丈笠堂。風雨鷄鳴十二時。島瘦郊寒長吉夭，篋中遺稿付佳兒。笠堂壬寅七月下世，旅囊羞澁，有志未酬，客死他鄉，令予心惻。詩文稿未刻者尚多。

許王臣三首

王臣，字思恭，號陶瓶，侯官人，均子。乾隆間職員。有夕佳樓詩鈔。

注韓居詩話：許氏自明季以來，以詩畫仕宦顯其家，七世同居。乾隆乙巳聞於朝，御賜詩及扁額以褒之。洵可謂義門世範矣。

送石林伯兄之嶺南

晴煙漠漠草離離，無力東風颺酒旗。嶺路哀猿啼不斷，夕陽歸鳥逐鞭絲。

大被連床未有期，河橋人遠柳如絲。不堪月影窺簾幕，春草池塘夢覺時。

春日郊行

楊花點點撲征衣，小立江郵望落暉。牧笛一聲山鳥起，春耕人正飼牛歸。

吴　游一首

游，字學南，建寧人。乾隆中諸生。有宛亭集。

寶蓋巖

天然名勝地，盤折半空行。路到上方盡，雲從石罅生。巖幽纏蔓瘦，佛古篆烟清。往返成朝暮，山花自送迎。

鄭若沂二首

若沂，字子詠，甌寧人，方城孫。乾隆中諸生。早卒。有蛾術齋稿。

古意

促促復促促，倚檻度清曲。妾生在深閨，生小慣裝束。十二學織組，十三縫羅裳。十四理膏沐，重整嫁時粧。如何遭棄捐，蕭瑟等秋草。秋草逐秋風，何時入郎抱。願將白紈扇，化作明月輝。明月有圓缺，紈扇爲誰揮。願持五色線，繡作合歡被。被底雙鴛鴦，飛入菱窠裏。蔦蘿終有托，井水原無波。妾身甘棄置，敢謂君恩何。

季秋夜坐

庭前涼氣集，桐葉落初紛。何處清光滿，遙從樹影分。天空一雁度，秋晚數聲聞。坐久燈將燼，寒窗掩暮雲。

鄭天籙六首

天籙，字有桐，閩縣人，方坤子。乾隆丁酉拔貢生。有垂露齋詩稿。

山行

韶光過九十，開遍木奴花。山徑一二里，春聲三兩家。桑麻春社晚，雞犬夕陽斜。眺望前村路，浩歌興轉賒。

春日郊遊偶成

溪流曲曲傍人家，楊柳低眠屋角斜。何處香風吹不斷，隔牆一樹女郎花。唐人謂辛夷爲女郎花。

釵溪竹枝詞十首選四

沾衣榆莢雨霏微，屋角桑鳩逐婦飛。叱犢聲中泥滑滑，水田一帶學僧衣。

小寒食到野棃開，泉下人憐土一堆。麥飯菁羹招故鬼，山山飛遍紙錢灰。

春韭秋菘出土香，緑葵白蓼紫芽薑。錦綳初褪貓頭笋，玉版參來味更良。

蜎集蜂屯苦竹橋，白鹽赤米滿肩挑。趂墟人散日西匿，野鳥紛飛傍客寮。

林元炳一首

元炳，字孝黼，號蔚巖，閩縣人。乾隆四十二年丁酉舉人。

臥雲新築精舍於東山之麓偶成

數椽斜傍竹，小徑曲通山。茶竈風能爇，柴門夜不關。猿啼千嶂晚，花落一庭閑。少住爲佳耳，何時更往還。

何西泰三首

西泰，字素華，侯官人，逢僖子。乾隆四十三年戊戌進士。官翰林院編修。有實齋詩稿。

積　雨

積雨楚雲平，連朝未肯晴。井梧一葉落，萬户生秋聲。衰草前村路，空江獨夜情。洞庭有歸思，吹笛到天明。

江行

風急正揚舲，空江望渺冥。群山趨北固，九派匯南溟。別浦迢迢緑，平蕪漠漠青。臨流發長嘯，身世一浮萍。

朱仙鎮

三字獄成事可悲，當年此地詔班師。干戈百戰垂成日，父老中原痛哭時。臣罪當誅原不怨，長城自壞更誰支。未應嘆息匡山事，宋室淪亡恨已遲。

陳松巒一首

松巒，字茂谷，古田人。乾隆中布衣。

葉杏漁先生見訪不遇，詩以答之

流水灣頭小隱居，虚君車馬到門閭。不知只在烟霞裏，閒傍蘆花獨釣魚。

蔡德輝 一首

德輝，字子耿，龍溪人。乾隆間監生。有鳴秋草。

遊館娃舊址

晴日登高舊館娃，琴臺有石鎖烟霞。採香徑冷生春草，響屧廊蕪集暮鴉。一代美人魂已杳，百年霸業志空奢。可憐歌舞風流地，寂寂禪房掩落花。

陳　湛 一首

湛，字又和，晉江人。乾隆中諸生。有倚嵐詩集。

過竹溪訪黄清如

一水遥相隔，隨雲到竹溪。梅寒纔蘂放，桔熟壓枝低。濁酒憑狼藉，新詩恣品題。歸途月正好，醉影滿沙堤。

李大仁二首

大仁，字居在，建寧人，俊族子。乾隆間諸生。有存齋遺稿。

注韓居詩話：居在丁父艱，哀毁逾禮而卒，年二十五。梅崖先生有傳。

贈隱居者

避俗來深谷，棲遲數十年。院多手種樹，庭有自流泉。採蕨經晨雨，鋤苓破暝烟。隱居堪獨樂，不願世人傳。

雪中過飲家葦杭宅

同遊胡久曠，積雪滿寒原。不辨經行路，來敲何處門。青山斜見屋，流水自成邨。即此相携好，銜杯一笑言。

李肇杏一首

肇杏，字芸父，閩縣人。乾隆間歲貢生。有紅雪樓詩。

林白雲云：李七丈詩極幽靜，如澮烟明水中，吐出菩提妙香。

和余田生先生山居韻

獨怪歸來早，名山有夙緣。行吟新水竹，坐嘯舊雲烟。約伴斟春甕，看僮理鶴田。蒼生方倚望，可久臥林泉。

黄好禮一首

好禮，字遜堂，長汀人。乾隆間諸生。

邱一逸別業落成，招邀燕集賦贈

別業新通薜荔牆，桃花深處闢虚堂。彈碁自煮三冬雪，盟菊人歸一夜霜。掃徑不妨雲共席，支窗閒放月登牀。君家舊館存苕霅，又拓雙溪別一房。

黎元儁一首

元儁，字秀萬，長汀人。乾隆間布衣。

首春遊植松園

行盡松園一徑幽，博山沉水篆烟浮。春風未掃禪林雪，更爲梅花半日留。

林紫苑一首

紫苑，字燦若，侯官人，紫杏從兄。乾隆間諸生。有瓿餘詩鈔。

春日周用書昆玉招同鄧宗岳三丈泛舟西湖

金鳳歌殘水殿空，緑波微皺柳塘風。千年景色郊原異，二月鶯花海國同。載酒客呼烟艇入，看雲僧趂石橋通。湖陰三户猶春社，桑柘青青古木雄。

陳照萬一首

照萬，字聿韜，侯官人。乾隆間歲貢生。有無庵詩稿。

九日與陳釣溪、高楓溪、張又燕登烏石山

道山九日秋色鮮，我輩相與窮巖巔。雁影菊影招客上，臺江洪江在眼前。涼雲白間萬松樹，夕照紅浸千澗泉。薄暮下山更回首，招提孤磬凌寒烟。

陳　砮一首

砮，字若奎，號畏民，侯官人。乾隆庚辰副貢生。有未刻稿。

蕭　然

蕭然此獨坐，兩載徒淹留。風定蜻蜓疾，雲明桔柚浮。春聲深巷午，客思小窗秋。日月嗟云邁，撩人景物悠。

邵鴻謙一首

鴻謙，字朏山，閩縣人。乾隆間諸生。有初術集。

山房

午枕千章下，醒時鶴夢初。山從溪語静，人倚洞風虚。面目無塵氣，乾坤有竹居。老身須僻地，落月夜鐘疎。

朱佑一首

佑，字啓堂，建寧縣人，梅崖長子。乾隆間諸生。早卒。有松陰詩鈔。

晚步

反照下前山，輕烟鎖幽壑。空林忽已暝，時聞寒菓落。

吴登瀛二首

登瀛，字翊唐，永定人。乾隆四十四年己亥舉人。有芙蓉臺詩鈔。

夏日抵中岐

海雨蒸樓茘支熟，山鄉處處忙收穀。一聲葦笛響風頭，撲面吹來冬釀馥。

與柴羽從漁者

木犀香透藻蟲飛，上溪藻蟲狀似蛾子，鬚長類蝶，落水則霜降。新釣魚兒趂水肥。換與前邨沽酒店，載將明月滿船歸。

王益泰一首

益泰，字敬遷，侯官人。乾隆五十四年己酉舉人。

旅夢

旅夢知何處，天涯誰與鄰。獨憐半規月，分照兩邊人。庭院泥空落，池塘草自春。生憎有杜宇，啼罷最傷神。

俞文漪一首

文漪，字簡中，長汀人。乾隆五十八年癸丑進士。官吏部郎中，出任溫州知府。

題靈洞山葛洪煉丹井

玉堂金闕誰指導，月駟風軒自能到。試看靈洞山都山，典午仙人留井竈。憶昔句容葛稚川，著書抱朴論延年。所思鄭隱傳方術，宗派淵源由孝先。聞說丹砂出交趾，舞蹈仁壽奏天子。願令勾漏辭通侯，全家共問藥不死。取道迤邐出廣州，廣州太守相攀留。鳬舄幾曾飛桂海，丹爐從此煉羅浮。羅浮靈洞非相遠，龍蹻雲時能往反。三十六洞蠻荒時，不是仙人誰管揵。天開三井浸碧寒，瑶草琪花環一欄。玉女牽絲月下汲，瓊漿調鼎長不習。當日龍虎交護守，化兔入鐺不敢走。未審丹成在何年，飛昇拔宅連雞狗。靈湫與山不可移，蒼厓翠蔓來纏眉。淺水澄鮮孤照鶴，深源幽黯潛蟠螭。人間幾處傳仙井，究竟何處真仙境。漫言飲水駐朱顔，毋乃充飢求畫餅。金石鉛汞半托名，嗚呼一井安能靈。我欲來往四百峰頭六六洞，自誦參同黄庭内景經。

何　瑩一首

瑩，字述聖，號芝卿，侯官人。乾隆間諸生。有芳蘭詩鈔。

春夜有懷

湖亭橋畔柳衙西，鎮日關心杜宇啼。欲作南朝舊宫體，杏花春雨不堪題。

林在深一首

在深，字秀水，侯官人。乾隆間廩生。有玉磬齋詩鈔。

邊庭苦

不到邊庭來，不識邊庭苦。若問苦何如，邊庭苦難數。

鄭　暠一首

暠，字日如，侯官人。乾隆間廩生。早卒。有秋江未焚草。

久雨

四圍山色暝，平望思依依。細雨幾時歇，浮雲無盡飛。晚園花漸落，秋浦雁初歸。深巷稀來往，黄昏早掩扉。

周鶴鳴一首

鶴鳴，字永芳，羅源人。乾隆間諸生。有臥林詩草。

旅夜感懷

家鄉在何處，歸路萬重山。異地誰相問，孤燈夜獨閒。鐘清黄葉寺，秋老白蘋灣。作客徒辛苦，無如返故關。

王金殿一首

金殿，字授鑾，侯官人。乾隆間布衣。

旅店

過江道路幾盤迴，暮色依稀撲面來。遥見風燈摇曳處，山村晚市一時開。

葉殿材一首

殿材，字紹能，侯官人，夢苓次子。乾隆間布衣。

注韓居詩話：紹能父夢苓，字景西，號松根，乾隆二十七年壬午舉人，官鳳山學教諭。紹能隨父之任。五十一年臺匪林爽文滋事，父子被執，罵賊而死。

村居即景，恭步家大人原韻

牛背摇鞭趂晚暉，前村煙火見應微。醉歸茅屋雲侵榻，劚罷松林月滿衣。一片清泉漁父路，數竿修竹野人扉。如何終日浮梁客，勞攬風塵未息機。

【校勘記】

〔一〕「丁丑」、「主事」四字原闕，據福建省圖書館藏清抄本荔崖詩鈔沈德潛序補。

圖書在版編目（CIP）數據

國朝全閩詩録 /（清）鄭杰輯；陳叔侗點校. -- 福州：福建人民出版社，2023.11

（八閩文庫. 要籍選刊）

ISBN 978-7-211-09198-0

Ⅰ. ①國… Ⅱ. ①鄭… ②陳… Ⅲ. ①古典詩歌—詩集—中國 Ⅳ. ①I222

中國國家版本館 CIP 數據核字（2023）第216658 號

國朝全閩詩録

作　　者：［清］鄭杰 輯　陳叔侗 點校
責任編輯：張輝蘭
責任校對：李雪瑩　陳　璟
美術編輯：陳培亮
出版發行：福建人民出版社
電　　話：0591-87533169（發行部）
網　　址：http://www.fjpph.com
電子郵箱：fjpph7221@126.com
地　　址：福建省福州市東水路 76 號
經　　銷：福建新華發行（集團）有限責任公司
印刷裝訂：雅昌文化（集團）有限公司
地　　址：深圳市南山區深雲路 19 號
電　　話：0755-86083235
開　　本：890 毫米 ×1240 毫米　1/32
印　　張：25
字　　數：451 千字
版　　次：2023 年 11 月第 1 版第 1 次印刷
書　　號：ISBN 978-7-211-09198-0
定　　價：118.00 元